李白（七〇一—七六二）

時代與李白

貞觀遺風 韋后之亂 唐隆之變

少年李白

出生到二十歲

開元之治

青年李白

二十四到三十二歲

四處遊歷，尋求入仕之途。

李楊之亂

壯年前期李白

三十五到四十歲

結識許多詩人，名滿天下。

壯年後期李白

四十一到五十歲

受唐玄宗徵召入長安，命爲翰林院供奉。遭讒謗，自知不被重用。皇上賜金解職。

安史之亂

老年李白

五十到六十一歲

參與永王李璘叛變之事，遭貶夜郎。多病。

李白生平大事紀

七〇一年（武則天長安元年）李白出生。傳說李白四歲隨父從西域回到四川綿州。

七〇五年（中宗神龍元年）四歲，發蒙讀書。

七一五年（開元三年）十四歲。已有詩賦多首，並得到一些社會名流的推崇與獎掖，開始從事社會干謁活動。亦開始接受道家思想的影響，好劍術，喜任俠。

七一八年（開元六年）十七歲。隱居戴天大匡山（在今四川省江油縣內）讀書。往來於旁郡，先後出遊江油、劍閣、梓州（州治在今四川省境內）等地。

七二〇年（開元八年）十九歲。出遊成都、峨眉山。謁蘇頲於成都。蘇頲甚贊其才，復勵之以學。

七二一年（開元九年）二十歲。春歸家昌明。此後三年均在匡山讀書。

七二五年（開元十三年）二十四歲。離開故鄉而踏上遠遊的征途。再遊成都、峨眉山，然後舟行東下至渝州（今重慶市）。第二年經荊門山至江陵（今湖北省江陵縣）。在江陵與當時著名的道士司馬承禎相遇。

七二七年（開元十五年）二十六歲。居於安陸壽山，與故宰相許圉師之孫女結婚，居於安陸。

七三〇年（開元十八年）二十九歲。春在安陸。前此曾多次謁見本州裴長史，因遭人讒謗，於近日上書自白，終爲所拒。初夏，往長安，拜會宰相張說，並結識其子張垍。寓居終南山玉眞公主（玄宗御妹）別館。又曾謁見其它王公大臣，均無結果。

七三一年（開元十九年）三十歲。與長安市井無賴之徒交往，初夏，離長安，經開封（今河南省開封市），到宋城（今河南省商丘縣）。秋到嵩山，喜歡故友元丹丘的山居所在。暮秋，滯留洛陽。

七三二年（開元二十年）三十一歲。自春歷夏在洛陽，與元演、崔成甫結識。秋，自洛陽返安陸。途經南陽（今河南省南陽市），結識崔宗之。

七三三年（開元二十一年）三十二歲。構石室於安陸白兆山桃花岩。開山田，日以耕種、讀書爲生活。

七三六年（開元二十四年）三十五歲。春在太原，曾北遊雁門關（今山西省代縣）。南下洛陽與元丹丘相逢。秋，至嵩山元丹丘處，結識岑勳。南返途經襄陽時，與孟浩然再會。是年杜甫二十四歲。在齊魯燕趙一帶漫遊。

七四一年（開元二十九年）四十歲。居東魯，與韓准、裴政、孔巢父、張叔明、陶沔等隱於徂徠山（在今山東省州市北部），縱酒酣歌，號稱「竹溪六逸」。又以學道爲事，意欲出遊越地。

七四二年（玄宗天寶元年）四十一歲。夏，與子女一道至南陵，欲遊越中。玄宗徵召入京，返南陵。秋，赴長安。與太子賓客賀知章相遇，賀以「謫仙人」稱之，復推薦於朝廷，得玄宗優遇，命爲翰林院供奉。

七四三年（天寶二年）四十二歲。初春，玄宗於宮中行樂，李白奉詔作〈宮中行樂詞〉，賜宮錦袍。暮春，興慶池牡丹盛開，玄宗與貴妃楊玉環同賞，李白又奉詔作〈清平調〉。對御用文人生活日漸厭倦，始縱酒以自昏穢。與賀知章等人結「酒中八仙」之遊，玄宗呼之不朝。嘗奉詔醉中起草詔書，引足令高力士脫靴，宮中人恨之，讒謗於玄宗，玄宗疏之。

七四四年（天寶三載）四十三歲。送賀知章歸越。三月，自知不爲朝廷所用，上書請還山，賜金，離長安而去。初夏，與杜甫識於洛陽。旋往開封，請北海高天師授其道，決心遁入方外。秋，與高適、杜甫共遊梁宋（在今河南省）。冬，北往安陵（唐屬平原郡，在今河北省吳橋縣北），乞蓋寰爲造眞籙（道教的秘籍），由高天師如貴道士授籙濟南（今山東省濟南市）的道觀紫極宮。還歸任城。

七四五年（天寶四載）四十四歲。與杜甫同遊於任城一帶。夏，與高適、杜甫同謁北海太守李邕於濟南。秋，與杜甫復會於郡（今山東省曲阜市），二人同遊甚密。秋冬，在魯郡別杜甫，遊金鄉（今山東省金鄉縣）、單父（今山東省單縣）。

七四六年（天寶五載）四十五歲。春，遊魯郡。臥病任城甚久。

七四七年（天寶六載）四十六歲。春在揚州。旋至金陵，遇崔成甫。

七五一年（天寶十載）五十歲。春在任城。秋滯留在高鳳（後漢的隱士）石門山（又名西塘山，在今河南省葉縣西南）元丹丘居處。

七五五年（天寶十四載）五十四歲。夏遊當塗。秋遊秋浦（今安徽省貴池縣），冬返宣城。旋至金陵，獲知安祿山亂。門人武諤許去魯中（今山東省）接其子女南下。分別後，自往宋城接其妻宗氏。

七五六年（肅宗至德元載）李白五十五歲。歲初，與妻子宗氏一道南奔避難。春在當塗。旋聞洛陽失陷，中原橫潰，乃自當塗返宣城，避難剡中（今浙江省嵊州市）。至溧陽（今江蘇省溧陽縣），與張旭相遇。夏至越中。聞郭子儀、李光弼在河北大勝，又返金陵。秋，聞玄宗奔蜀，遂沿長江西上，入廬山屛風疊隱居，永王李璘數次下達聘書，幾經猶豫，終於決定下山入其幕府。

七五七年（至德二載）五十六歲。正月，在永王軍營，作組詩《永王東巡歌》。永王兵敗丹陽，李白自丹陽南逃。旋被捕入潯陽獄中。妻宗氏爲救其四處奔走。江南宣慰使崔渙與御史中丞宋若思極力救之，乃獲釋。宋若思聘白入軍幕參謀，以掌軍中文書事務。隨宋若思一同至武昌（今湖北省鄂城縣）。九月，病臥宿松（今安徽省宿松縣）。曾兩次贈詩宰相張鎬求救。終以參加永王東巡而被判罪長流夜郎。

七五八年（肅宗乾元元年）五十七歲。李白自潯陽出發，開始長流夜郎，妻弟相送。春末夏初。途經西塞驛（今武昌縣東），至江夏，訪李邕故居，登黃鶴樓，眺望鸚鵡洲。秋至江陵，冬入三峽。

七六一年（上元二年）六十歲。流落江南的金陵一帶。靠人賑濟爲生，聞史朝義勢力復盛，李光弼派兵鎭壓，再次請纓入其軍幕，但因病而半道還。冬初，寄宿於當塗縣令李陽冰處。

七六二年（代宗寶應元年）六十一歲。早春，臥病當塗。晚春三月，作最後的一次旅行，遊宣城、南陵。秋歸當塗，病痾日下，自知無望。而李陽冰又退隱在即，欲走無路，精神失常。臨終之際，將平生所著託李陽冰。十一月，卒於當塗。

唐玄宗（六八五—七六二）七一二—七五六在位

歷史背景摘要

六八四年：武則天廢中宗，立睿宗李旦，親自臨朝聽政。

六九〇年：武則天稱帝，改國號爲周。

七〇五年：武則天病逝，中宗復位，恢復國號唐，仍用神龍年。

七一〇年：唐隆之變。韋后弒中宗，李隆基起兵韋后，剿滅韋氏集團，迎睿宗復位。一場宮廷政變。

七一二年：睿宗禪位給李隆基，是爲唐玄宗。

七一三年：玄宗治國初期，以開元作爲年號，勵精圖治，任用賢能，發展經濟，提倡文教，使得天下大治。

玄宗並採納張九齡的建議，制定官吏的遷調制度。選取京官中有能之士，將其外調爲都督刺史，以訓練他們的處事才能及培養行政經驗。同時間，又選取都督刺史中有作爲者，將其升爲京官。這樣內外互調，增進了中央與地方的溝通、了解和信任。

七二二年：玄宗採納張說之提議，實行募兵制，以取代日漸廢弛的府兵制。在開元十年（七二二年），他親自挑選府兵及壯丁共十二萬人作爲京師的宿衛，稱爲長從宿衛，之後改稱「彍騎」。

七三四—七五二年：李林甫任宰相，專權十九年，蔽塞言路，排斥賢才，導致綱紀紊亂。後多認爲他正是使唐朝由盛轉衰的關鍵人物之一。

七三八年：南詔首領皮邏閣統一「六詔」，唐封他爲雲南王。

開元中期開始推行的「專業化」進一步推廣到軍事中，讓專長軍事的異族將帥專任邊境主帥（節度使），不讓漢人出任邊帥，把唐朝的武功推展到另一個高峰。北方滅後突厥、東北挫敗契丹、西北分裂削弱突騎施而稱霸西域、西方大敗吐蕃（哥舒翰）。

七四二年：唐玄宗提拔了安祿山、哥舒翰等有能力的外族將領，在邊疆地帶設置十大兵鎭，以節度使節制，作爲威懾異族與邊疆防禦的措施。但是這個也給不久爆發的安史之亂種下了禍根。

七四九年：管理府兵的折衝府已經無兵可交。唐停止徵發府兵，改行募兵制。

七五二年：李林甫死後，楊國忠（楊貴妃之父）繼任宰相兼文部尚書，並身兼四十餘職；執政期間，兩次發動征討南詔的戰爭，結果都慘敗。兩度出兵折損近二十萬人。

七五五年：安祿山以討伐楊國忠爲名義反，陷洛陽，安史之亂開始。

七五七年：安慶緒殺安祿山；郭子儀收復長安。

七五八年：史思明反。

七六三年：李懷仙殺史朝義，安史之亂結束。

七八〇年：頒行「兩稅法」。

七八二年：藩鎭大亂。

盛唐疆域圖

開元十三年—十四年　李白離鄉遠遊簡述（整理自《少年遊》、《鳳凰臺》）

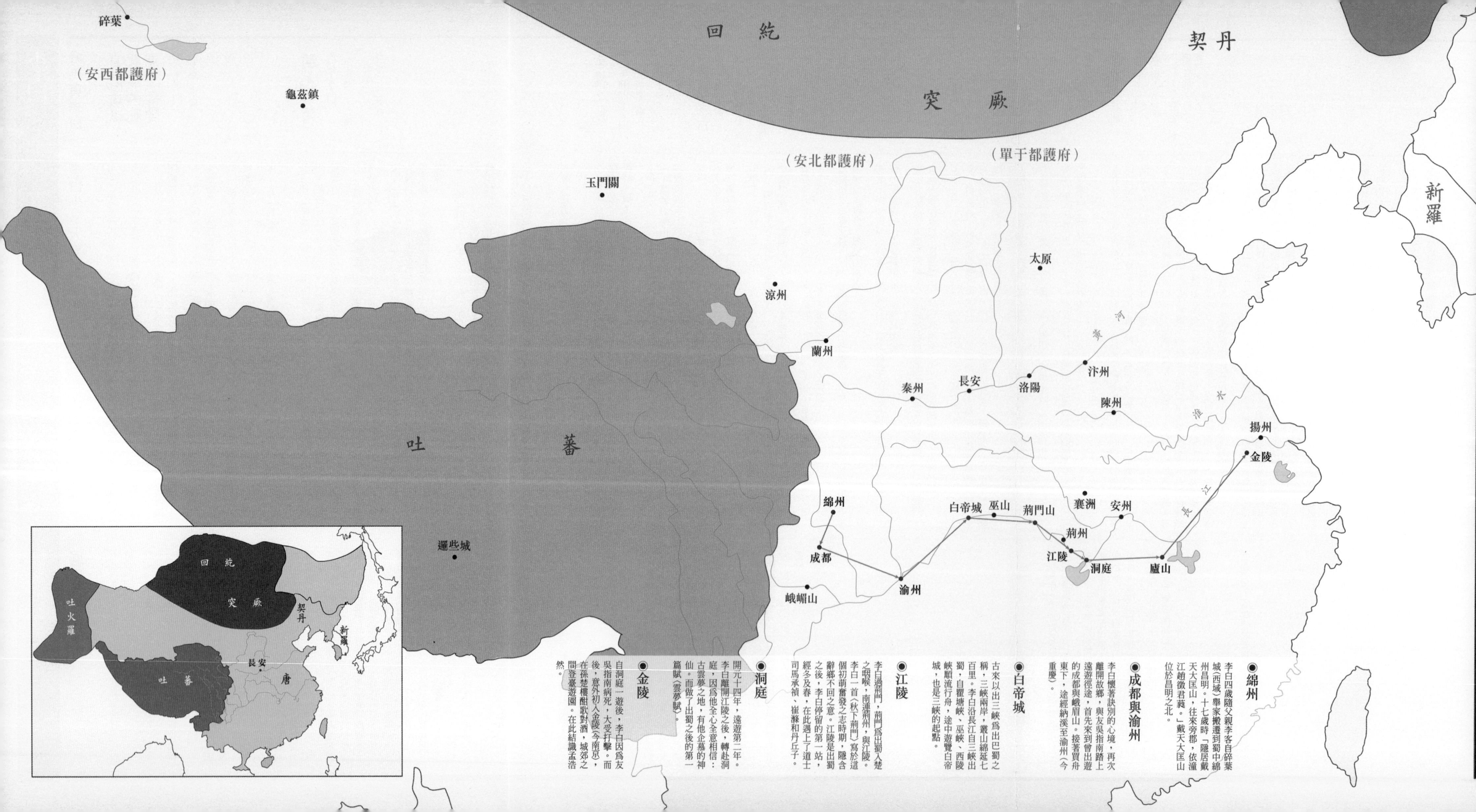

◉綿州

李白四歲隨父親李客自碎葉城（西域）舉家搬遷到蜀中綿州昌明。十七歲時「隱居戴天大匡山，往來旁郡，依潼江趙徵君蕤。」戴天大匡山位於昌明之北。

◉成都與渝州

李白懷著訣別的心境，再次離開故鄉，與友吳指南踏上遠遊徑途，首先來到曾出遊的成都與峨眉山。接著買舟東下，途經納溪至渝州（今重慶）。

◉白帝城

古來以出三峽為出巴蜀之稱，三峽兩岸，叢山綿延七百里。李白沿長江自三峽出蜀，自瞿塘峽、巫峽、西陵峽順流行舟，途中遊覽白帝城，也是三峽的起點。

◉江陵

李白過荊門，荊門為出蜀入楚之咽喉，南連荊州，與江陵。李白一首〈秋下荊門〉寫於這個初萌奮發之志時期，隱含辭鄉不回之意。江陵是出蜀之後，李白停留的第一站，經冬及春，在此遇上了道士司馬承禎、崔滌和丹丘子。

◉洞庭

開元十四年，遠遊第二年。李白離開江陵之後，轉赴洞庭，因為他全心全意相信：古雲夢之地，有他企慕的神仙。而做了出蜀之後的第一篇賦〈雲夢賦〉。

◉金陵

自洞庭一遊後，李白因為友吳指南病死，大受打擊。而後，意外初入金陵（今南京），在孫楚樓酣歌對酒，城郊之間登臺遊園。在此結識孟浩然。

大唐李白

二　鳳凰臺。

張大春

大唐李白

鳳凰臺。

序

再說李白

關於《大唐李白》如何發想

大約從二〇一一年起，我開始注意到自己所處身的社會所出現的一些瑣碎的小現象，這些事情有時候發生在生活之中，有時也貫穿到我寫作或者是收集材料的某些觀點裡面。其中一點就是：如果一個社會充滿著機會，充滿著各種實踐抱負的場域，然而有些特定的人從出生開始就沒能握有這些機會，甚至永遠無法實現他們可能的抱負。那麼他們可能會去做甚麼？

也就差不多在這體會的同時，我正準備動手寫《大唐李白》。

李白就是在當時一個盛世之中積極尋找自己機會的人。他出生於西元七〇一年，過世於西元七六二年，一生所繫，大約與盛唐相彷彿——自七世紀末到八世紀中，差不多有半個世紀的時間，是大唐帝國看來最輝煌繁榮的時代。如果把盛唐這個概念和李白的生涯看作一個對比，我們就會發現兩者密不可分。

李白出生之前，整個唐朝經由唐太宗、唐高宗，一直到武后，甚至唐中宗，好幾代風範各異，行徑不同的帝后一直在做一件事，那就是持續地擴大其官僚集團。這其中有許多原因，而武后是特別的角色，她本來不該是李唐皇室的繼承人，但不論是基於個人的野心，或者是弘教的企圖——更可能是藉助於佛教經典（如學者所一再指出的《大雲經》，其中有女主稱帝的啟示）——她布置一套全新的統治規模和價值。或許，武則天期望在舊有的官僚集團之外，找到帝國新生的力量。比方說，幫助李唐建立起皇權的關隴集團，一直對武則天這樣的當權者有強大的壓力。當武則天利用新的考選制度，引進更多的士子之時，官僚集團便開始急遽地擴充。

李氏當國的時候原本就苦於自己的郡望不高，不足以和前代綿延數百年的高門大姓之家相抗衡。所以，從唐太宗貞觀年間修成的第一部試圖建立新士族階級的書籍開始，無論是稱之為「士族」、「世族」、「門閥」，都是世代為高官的家族。唐太宗修《氏族志》推揚時興冠冕，打擊古老門閥；日後新編的《姓氏錄》目的和手段也是相近似的，像是和李氏並肩打天下的武氏，也一樣不註明郡望，堪見《氏族志》、《姓氏錄》之為物，恰是對南北朝以來的高門大第做徹底而沉重的打擊。

武則天大量的擴充官僚集團的成員，使得整個王朝所運用的公務員數量增加了幾乎十到二十倍。這樣一個龐大的官僚集團固然帶給帝國經濟上的負擔，同時也為許許多多原先不可能進入士大夫階級的人帶來希望。不斷擴充的貢舉、制舉、雜舉不勝枚舉；表面上的說詞都是「搜揚拔擢，顯舉巖穴」，而《史記．蘇秦張儀列傳》所謂「布衣卿相」的局面，似乎更加真切了。這為許許多多寒門之士——也就是社會地位比較低下的年輕人帶來無窮的希望。可是，李白卻偏偏沒有這樣的機會。

李白的父親是一位商人，而且根據種種跡象的判斷、資料的比對，我們可以猜想李白的父親可能是出生在西域的胡商，血統上應該是漢人，但他所從事的行當只能說是大唐帝國最邊遠低層的一個階級。

一般說來，商人除了繼承父族的家業，最後成為另外一個商人之外，是沒有機會進入到士大夫這個階級裡來的。因此李白根本沒有改換門庭的機會。充其量只能南來北往地從事貿易，其間或者從事各種放貸、投資的行為，將本求利，也容有腰纏萬貫的前途。然而，這是不是他想要的人生呢？這是一個問題。

大約在西元七〇五年，李白的父親李客帶著一家人從西域來到了現在稱為四川的蜀中綿州昌隆縣（由於要避唐玄宗李隆基的諱，而改名為「昌明」）。李白大約四、五歲左右即成為蜀中的居民。根據他日後的回憶，年幼時曾經在父親的指導下讀過司馬相如的賦作。這表示他的父親可能具有相當程度的文化修養，但是這一點不是沒有爭議。因為也有許多學者認為：如果在年幼的時候要教導一個孩子從事文章辭賦那樣的學習，這樣的父親應該不只是一個普通的商人，說不定也具有文人的背景。

關於這一點，我是存疑的。我相信李白的父親不見得實際教導過李白，那更可能是李白對於親長教養程度的吹噓。但李白的父親的確有可能通過金錢的支援，提供豐富的書籍，在大量如同遊戲一般的閱讀、模仿啟蒙之下，李白生活優渥，等閒不必操煩治生的實務，得此薰陶，他從童年起就長期浸潤於經籍文章之教，而沒有其他同代士子必須參與、將就的諸般科舉、制舉考試桎梏。

總之，在沒有進學（館學）念書的背景之下，從年幼時就能熟稔古代辭章之學的經驗，堪稱是獨一無二的。根據《酉陽雜俎》所記，李白「前後三擬《文選》。不如意，輒焚之；惟留《恨》、《別》賦。今《別賦》已亡，惟存《恨賦》矣。」

但是我們仍然要問：李白為甚麼要揑造自己的身世呢？他為甚麼要誇張父親給他的文化教養？這裡，我們可以看出李白這一生之中極其介意，並且力圖振作的一個動機，那就是他不甘心成為帝國底層的一個賤民。在盛世之下，一個非士人階級，未嘗不能有野心、抱負，未嘗不想成就某些經國濟世的事業。李白真正的想法是甚麼，我認為要從他十七、八歲跟隨的師傅趙蕤這個人講起。

趙蕤這個人在歷史上所流傳的記錄不多，只知道他有個和他一樣不問俗名世事的妻子，曾經有地方官吏召見他們夫妻，希望趙蕤能出來做官，他嚴詞拒絕。李白曾經跟隨他至少三年以上的時間，在這幾年當中，有將近一年的時間，李白自己到蜀中其他的城市，包括現在的成都（當時稱為錦官城）、峨眉山等處去遊歷。李白的經歷大約在二十五歲之前都在蜀中度過，其間跟隨趙蕤學習的一段經歷，對他日後的人生帶來了重大的影響。

趙蕤是一個今天來看「沒有中心思想」的人，也可以稱之為一個徹頭徹尾的「縱橫家」。所謂縱橫家，是以一套又一套儘管彼此相互矛盾，彼此扞格的論述，來達成言辯目的，以解決現實糾紛的。這樣的人，經常藉由工具式的思維來謀求最大的利益——儘管未必是私利，卻也在一定程度上顯現其功利的、現實的、見風使舵的企圖。他們幾乎不真正探討或表現出自己相信些甚麼。

對於縱橫家而言，勝負跟是非是可以等量齊觀的。這樣的一種人格，這樣的一種訓練，也許和李白天生的個性有所衝突，可是畢竟對李白的成長帶來重大的影響。趙蕤的著作——《長短書》內容還相當完整，就是通過種種反覆的舉例、辯論，針對一個一個設定的議題，進行言辯，和劉向所編的《戰國策》、《說苑》、《新序》相當類似，堪稱是一部辯論手冊，而非思想論著。

李白寫文章除了模擬整個《昭明文選》之外，這種辯論術的訓練也使得他日後能侃侃而談、從容應對。在種種與人相互交談的過程中發揮機智，展現一種過人的風采。我常疑惑李白既然不能夠參與那樣名目繁多的科舉、制舉，為甚麼還那樣用功讀書。明明不需要考試，為甚麼他會那樣努力呢。我相信在李白而言，那是一個有趣、恆久，而且極其吸引人的遊戲。更進一步說，寫文章，學人寫文章，借用前賢修辭表現而令時人歎為觀止的製作，對於李白而言，就是一種表演。這種表演，無關乎日後能不能獲取成為士族、成為官吏的機會。他只關心一件事情，我的文章比起古代那些高高在上，號稱天潢貴冑者，那些諸侯卿士大夫，比起這些人，我李白應該毫不遜色。

與古人爭勝，與時人較勁，看起來是兩回事。如果說將「與古人爭勝」來取代「與時人較勁」，那麼這又是一種甚麼樣的心態？我們可以這樣說，在現實之中，基於身家地位不能參加科考的李白，如此積極的學習、模擬，並且一篇又一篇地寫那些看起來幾乎沒有人會欣賞的文章，到最後反而成就了李白作為一個文章家、詩人最重要的訓練。成就了此一訓練的李白也滿足了某種可以稱之為虛擬的抱負。在二十五歲離開蜀地之前，李白還碰到了甚麼樣的事呢？我認為接下來的這件事情貫穿李白的前半生，甚至到最後還影響了他的婚姻。

讓我們先旁敲側擊地看一眼李白的父親為自己命名為「李客」這件事。

為甚麼會有人為自己命名為「客」呢？客就是客人，也就是客商。給自己起這個名字，很顯然李白的父親並不是認真的。李白一定也知道李客並不是父親的真正名字。

唐朝人非常重視避諱，也就是兒子不能口呼父名，也不能在自己的作品裡書寫父親的名字。從這個角度來看，李白有很多的作品，比如「客心洗流水」、「樂哉管弦客」，至少在他的詩篇裡面能找到幾十個客人的客字，為甚麼他不避諱呢？一，他本來就不是嚴格遵守禮法的士大夫階級，可以不在乎。可是李白本來就是一個希望自己能夠從模仿到亂真，把自己視為一個士大夫的人，應該還是要避諱的。李白不避諱，那就只有第二個可能，他很清楚父親本名不叫「客」。取名為客，因為他是從西域回來，心態上還是作客，何況他還是一個客商。

身為一個行商成本負擔要比一般的店商要更多，冒的風險要更高，可是也許正因為交通流動遠地的貨物，獲利也可能更大。還有一點很要緊，就是需要擁有更好的償債能力以及更卓著的信用。

從實務面來看，既要獲利高又必須負擔比較少的風險，就應該在一個長途交易貨品的旅途之中，建立我們今天所說的倉儲和物流中心，以及建立起區域性的交易網路。李客是有條件的，除了李白之外，他還有大小兩個兒子。李白很認真地讀書、寫作、甚至吟詠詩歌，可是這些活動並不是承擔家族事業的正務，而是先前所說的遊戲。相較於同時代其他相同或不同階級的男子，李白遊戲的時間相當長。無論是否讀書應考、謀求仕進，唐代男子到了十四、五歲即告「成立」，李白的哥哥和弟弟，大約就是過著這樣平凡而順命生活的人。

李白曾經有詩這樣說「兄九江兮弟三峽」，他的哥哥在九江，他的弟弟在三峽。九江和三峽兩地是長江流域整個水運的終點和起點，在這兩個地方，兄弟待了近乎半輩子。李白的哥哥大概也就是在十四、五歲上到九江。幼弟在差不多在同樣的年紀到三峽扎了根。這顯然和整個家族的營生有關。兄弟二人在水運起迄之地，轉運東來西就的貨物，春去秋來，執業如斯，本本份份從事著物流商的本行。至於李白，他在開元十三年忽然離開家鄉乘船下三峽，並且經過九江，可是經過三峽的時候，並沒有去探望他的弟弟；經過九江的時候，也沒有去拜訪他的哥哥。讓人覺得很不可思議。看起來，他好像是要躲避與親人的會晤，為甚麼呢？

大約十六七歲的時候，李白可能犯下過殺人的案子，如果根據他自己的吹噓，他曾經出手使劍，殺過好幾個人。如果李白所言不虛，那麼根據大唐律法，唐詩會少掉八成的光輝——李白就來不及把作品傳到後世了。李白並沒有真正殺人。他也許動了刀——因為他隨身帶刀。根據日後李白的好朋友崔宗之詩裡的形容：「袖有匕首劍，懷中茂陵書」由此可知，李白的袖子裡隨時都藏著匕首。可能李白在殺人成傷之後，進入偵查的過程中，暫時被釋放了，後來也不被追究——可能是李客花了些錢幫他擺平官司？接著需要一段平息的時間，李白不能在家鄉昌明市上繼續鬼混，這中間需要時間。需要的時間也許是半年，也許是一年。

接下來要問：在這一年左右的時間裡，李白去了哪兒？大致上，根據三言兩語、極為有限的資料，我們可以推測，他少年時期在一個叫大明寺的所在待了一年多。這會衍生出來另一個問題，寺廟可以讓任何人長期居住嗎？如果你是一個士人，也就是可以赴考任官的人，則儘管唐人筆記上流傳著「飯後鐘」（也就是吃過飯之後才打鐘，招呼來寺廟僦居的士子前去用餐）那樣悲慘的故事，不過，寺廟還是有義務接待各方進京趕考的讀書人。但是一所寺廟要讓李白這樣的少年犯進入寺廟之中，以讀書為藉口，逃避刑責，大概還是須要更複雜的關係。我們就此可以從當時寺廟與商人之間的經濟供輸方面推敲出他們最可能的交往關係。

這就是我寫《大唐李白》最早的一段路徑。透過細節追索，我想描繪出一個文學史上沒有敘述過的李白。文學史這門課程以及這個概念，是一個近代學院的產物，學院制度生產出來之後，我們學習的人誤以為那厚厚的一本書裡就是古代文人生活、創作的大體風貌，作品好像總是跟前代的以及後代的作品發生直接的影響關係。我們因此而忽略了每一個時代的作家都可能更大程度上與他那時代的實際生活有著更密切的瓜葛。

李白的詩、生活與情感之所以還值得我們繼續求訪，乃是因為整整一千三百年前的大唐時代，還有太多值得我們去想像拼湊以及研究理解的痕跡。我才起步而已。

（本文從作者接受《外灘畫報》採訪整理而成）

鳳凰臺上鳳凰遊，鳳去臺空江自流。
吳宮花草埋幽徑，晉代衣冠成古丘。
三山半落青天外，二水中分白鷺洲。
總為浮雲能蔽日，長安不見使人愁。

李白——〈登金陵鳳凰臺〉

1 一回花落一回新

吳指南在生前的最後幾個月裡，經寒春而入炎夏，常犯一怪疾，便是雙眼忽然眩盲，片刻之後，又不知何故而忽然復明。當時他和李白同在洞庭旅次，竟不以此為憂，反而經常在這盲疾突發之際，高聲喧鬧呼喊：「嗚呼呼呀——李十二，李十二！黑了黑了。」

這盲疾，真令李白束手。吳指南卻以此為調笑的話柄，說他：「遮莫從那趙黑子學醫採藥，竟不抵事。」「遮莫」，就是「儘教」、「縱使」的意思——這是出蜀之後，一路上聽仿各地行人經常掛在嘴邊的俚語，學舌既久，便也改不了口了。

還不只是調笑，吳指南甚至把這盲疾當作樂事；每當失明，無論置身何處，就只能茫然兀立，舉凡一行一動，都得倚賴李白相幫，眼前該出現而不能出現的景致，也須倩李白為他說解、形容。像是某處山峰如何挺特，某處平蕪如何曠遠，某處水曲如何宛委，某處湖沼如何澄清，兼及某人的膚髮衣裝、某物的形貌結體，李白都得為他一一狀述。

吳指南樂之不疲，感覺李白只在這時刻，才像是與他相知相伴的手足——這是他近二十年來從未曾有的體驗。也仗著這盲疾，吳指南不時還像是要索討舊債似地說：「前數年汝獨上峨眉玩耍，卻教某一人在昌明自飲自斟，好不幽悶——汝且說來，那峨眉山色，比之眼前又復如何？」諸如此類，李白總不懊惱，有問必答。

直到某夜，正值滿月後三日，李白與吳指南相偕來到一座幾乎已經荒圮的蘭若，向寺僧打探：寺中可有抄寫經卷的硬黃紙，僧人支吾以對，似有十分難處，李白竟然罕見地掏出了些許碎銀，交付在僧人掌中。吳指南便在此時發了眩盲，遠近人物倏忽昏暗下來。他摸索著拉拉李白的袖子，道：「嗚呼呼呀——李十二，李十二！黑了黑了，天黑、地黑、汝亦黑！」

李白放低聲道：「錢塘龍君將興風作浪，此去涇陽數千里生靈不免一劫，待某辦了大事，再與汝細說原委。」

隱隱約約地，他能夠聽見李白窸窸窣窣同那僧交談。問答間不外就是那紙的尺幅、顏色，僧人約莫是納人銀兩，話也多了起來，直道此紙經匠作染過黃檗、白蠟，料質堅韌，寫來滑順晶瑩，寫後金光四溢，可以百年不受蠹蟲蛀蝕，早些年寺中有人尚知作字的，經常用之抄經云云。

李白只回了句：「當即要燒化的，毋須在意甚長久。」

那僧一聽這麼說，便不住地嘖聲嘆息道：「可惜、可惜。」

吳指南問不出所以然，只能一路聽將下去。他聽見李白共那僧齊動手腳，將紙張掛在壁間，接著便舀水磨墨，其聲碌碌然，磨罷了，像是從身上某處摸出一張藁草，逐字逐句唸了下去：

靈氛告余以所占兮，將有不懲之事。毋寧捐所繾綣兮，臨八表而夕惕。夫化行於六合者，出於淵、見於田、飛在天，此龍行之志也。胡為乎雷其威聲，雹其怒視，催風則三日折山，殘滅噍類；布雨則萬頃移海，喧嘩兒戲。私抱棖觸而難安兮，豈遺蒼生以怨懟？三千大千，一身如寄。為龍為蛇，不報睚眥。

片刻再讀、三讀，大約是確認字句無誤之後，李白又吩咐那僧：仍得備辦幾樁物事，始能克竟全功，所需者：除了銅盤一只，炙籠一架，還有「五穀莖稭，松柏膏脂」，那僧不免嘀咕了幾句，聽不出來是微有抱怨、還是仔細斟酌，總之就是這麼唸叨著，人也就去遠了。此後，便是一段漫長的寂靜。而在這寂靜之中，吳指南彷彿聽見了李白在貼掛著紙張的壁前濡毫作書的微小聲響。

「汝寫字？」

李白不答。但聞筆毫在硬紙上擦拂刷掠，片刻不停，李白口中自唸唸有詞，滿紙寫畢之後，才走近他，又誦過一遍，才低聲道：「此作非比尋常。」

「汝向來如此說。」吳指南笑道。

「今番不同，這是給龍王寫的。」李白湊上前，附耳說罷，似乎早就料到吳指南會訝異聲張，舉手便把他的嘴給摀上，接著道：「汝瞎即瞎矣，也一併作啞了罷！」

好半晌，那僧才慢騰騰返轉了來，手上推一輪車，軋軋作響。李白這廂收捲起字紙，連聲道：車上還有敷餘處，便扶著吳指南登車，自在車後掌握軫柄推行，並那僧三人作一路走。不多時，便聽見了水聲，由遠漸近，似欲侵身，通體上下也感染到一股沁涼之意。

自從來到洞庭，每當吳指南不醉、不睡亦不盲之時，與李白沿湖而行，隨走隨歇，消磨白晝光陰，入夜則尋覓了能安頓騾馬的民家求宿，至曉則縱意所如，行行復行行，說是觀覽山水，不如說各人滿眼自寓心事；真箇是漫無來處去處，彷彿此身之外，只餘天地而已。他們的確見識了雲夢七澤的浩渺廣袤，可是吳指南始終感覺，僅僅相去咫尺的李白，卻像一陣若有似無的襲人夜風，恰是越過了千里煙波，拂面而來——卻又在轉瞬之間，牽衣而去。

在風中，他們都聽見了船歌，一舟子引吭唱著：「學陶朱，浮五湖；喚留侯，戲滄州——此身在不在？江河萬古流。」等漁歌在夜風之中蕩遠了些，李白停下腳步，幫扶著吳指南下車，吩咐那僧：「便是此處了。」

吳指南摸著腰間酒壺，灌了幾口，問道：「到此則甚？」

當下沒有人接腔，在一片沉暗闃黑之中，吳指南只能從些微響動揣想：李白大約是摸索著囊中所攜之物，一陣敲磨攛掇，還帶著金鐵交鳴之聲。很快地，便生起了野火。片刻間火勢稍稍大了些，煙燎撲面，可以嗅出那燃物是穀皮麥稭之類，雜以松脂柏膏，衝鼻一陣異香，久久不散。

直到火勢突地大了，光灼熱炙，倒教吳指南眼簾上乍然蒙上殷黃，那黃光隨即淡了些，吳指南勉強眨著眼，眨得淚水如泉，盈盈湧出，隨即模模糊糊看得見些許形影，先前那一陣眩盲，算是過去了——他漸漸可以看見夜暗中的細浪，還可以認出不遠處一口疊架著護欄護蓋的廢井；就在他面前三數尺開外，的確生起了數圍方圓的明火，鐵架銅盤，應該就是李白同那僧方才敷設的了。

一陣一陣的東南風不時擾動著白煙，李白則目不轉睛地凝視著煙的去向，也像是在等待著那煙再往空中竄升，接著，他猛然甩袖出手，將一卷紙擲在烈火燒烤的銅盤之上，也就是轉眼之間，紙卷發了藍色燄苗，隨即漫染作一團晶亮，居然若有去意，乘風而起，火星逐高逐散，就在十丈上下之處，灰燼騰飛於夜色，煙靄則沉隱於湖光。

然而，李白始終不發一言。吳指南一壺幾乎飲盡，意興飽滿復闌珊，忍不住盡作忿氣發了，斥道：「汝大事辦了否？某小人，不通文字，遮莫使某裝聾作啞，不聞不問，然則即此你我便海角天涯，各散一方，豈不兩般快意哉？」

李白一向不作怒聲，也一向不擅應付他人怒氣；尤其是對吳指南，總只能變些手段哄慰。於是隨手朝空一指，那是暮春荒月十八的月輪，不圓不缺，無甚可觀。李白權且這麼一指，逕向湖邊走去，正想著該數說些新奇巧怪的言語，好消解吳指南的懊惱，不料一條魁偉的身影應指而出，端端正正招呼了一句：「太白果然在此！」

吳指南聽得這一聲喊，陡然一驚，來人雖非刻意作勢，卻中氣飽滿，迴音繚繞，一時間湖山震盪，連遠方的波濤，亦隨之嗡嗡然作甕中之鳴。李白也大感意外，沒想到這般夜晚，如此郊垧，居然還有能叫得出他字號的訪客，便迎步向前，一面拱手為禮，一面道：「貴客枉駕而來，有失遠迎……」

話還沒說了，來人一揮大袖，閃身避過李白的一揖，倒有幾分意思是衝著吳指南說話：「汝後生嘈鬧喧嘩，豈不怕驚動了洞庭龍君？」

這人形軀高大近丈，深目隆準，一張闊嘴微微前拱，倒有幾分鳥喙的形貌。他穿著一身及踝的紫袍，手中握著綠玉杖，頭上戴著一頂小金冠，恰恰裹住朝天一髻，那金冠燦爛奪目，形制與李白所見過的吏員所繫戴的官帽絕不相同，卻別有一翻華貴的氣派。最為奇特的，是他的肩膊上扛著一頭似熊非熊、似羆非羆的怪物，不時左張右顧，睛光猛厲，但是這怪獸的嘴吻卻一逕上揚，竟帶著些許溫馴的笑容。

「原本應該拜臨貴寺才是。」這人一矮身，坐在荒圮的井闌上，對那僧人說道：「可是屋宇狹仄，不如趁此風涼——風涼麼，亦趁酒香。」說著，舉起綠玉杖一指，揚眉注目，盯著吳指南腰間酒壺，道：「汝亦好飲？」

吳指南聽他口氣，頗似酒徒，登時忘了正與李白忮氣，立即解下壺來遞上前去，道：「自江陵打來幾斗容城春，某沿途日盡一壺，至今已不多有。」

「啊！是『水邊賣』，天之美醁也。」

來客也不遜讓，就著壺口一仰脖頸，喝將起來——但聽他喉頭滾滾汩汩，唇邊漓漓拉拉，良久不歇。吳指南正狐疑納悶：壺中餘瀝哪裡禁得住如此暢飲？豈料來客又將壺遞了過來，接在手中，微覺異常沉甸，似較先前還要飽滿充足；仰面再喝，風味仍是十足的容城春。

這兩人你一仰、我一仰，半句閒話也無，不免有些個爭勝的況味。如此往返四巡，而壺中酒漿不竭。卻在這麼一來一回之間，里許之外的湖墅一帶竟然大發天光，像是有成束成群的流星，不住地從略見偏斜的北斗口傾瀉而出，同時焦雷隱隱，流火炤灼；彷彿天上有眾神圍觀吆喝，每當那客滿飲一壺，天上的便傳來一陣嘆息；每當吳指南喝罷，傳來的則是歡噱的笑聲。李白看得吃驚，猛然間想起一則「天笑」的事典，備載於東方朔《神異經・東荒經》。

　　東荒山中有一大石室，是號稱東王公的居處。東王公是個巨人，身長一丈，鬚髮皓白，鳥面人形，且生具虎尾，常與一玉女投壺為戲。有的傳說還敷衍出更多的細節，說經常追隨於東王公左右的，還有一頭如熊似羆之獸。

　　投壺，古禮有之。說的是賓主燕飲之餘，考較才藝、比鬥輸贏的遊戲，也往往被視為一種儀節，程序十分繁瑣。投壺之前，賓主之間要相互請讓，為數者三。其壺大腹長頸、口略開張，頸圍有二環耳。定制：壺腹高五寸，頸七寸，壺口徑兩寸又半。投壺之物則分別是二尺、二尺八寸以及三尺六寸之箭；這種箭，專名曰「矯」，一般也不會用之於戰陣沙場。

　　古來規矩，主人三邀請賓客入局試投，賓客須一再婉拒，至三邀乃可開局。一人取箭四枝，主左賓右，在距壺兩箭又半之地，試將箭脫手擲入壺中。首發之箭入壺，謂之「有初」，計以十籌。二、三箭復中者，則各計五籌。第四箭再中，謂之「有終」，加計二十籌。

　　賓主四箭擲畢，加總其籌數之多寡以決勝負。賽局結束，由名為「司正」的予以裁決，「酌者」斟酒，勝者致酒於負者，負者跪承其觥，飲酒受罰。之後，再進入次局；一般以三局二勝為「成禮」，至此無論勝方負方，或是觀禮之人，皆一體共飲。

　　《左傳・昭公十二年》：「晉侯以齊侯宴，中行穆子相，投壺。」此為投壺最初之見於文獻者。在這一則故事中，原本晉強而齊弱，晉昭公主盟，宴請齊景公，飲宴中以投壺作戲。當時，晉侯先取持一矯投壺，擔任儐相的中行穆子為晉侯誦唸祝詞，道：「有酒如淮，有肉如坻。寡君中此，為諸侯師。」令齊侯大為不滿，自取一「矯」，也誦唸祝詞：「有酒如澠，有肉如陵。寡人中此，與君代興。」

不料晉侯、齊侯都投中了，勝負難分。賽局結束之後，大夫伯瑕責備中行穆子道：「穆子失言了！吾國君侯原本就是諸侯盟主，而投壺之戲乃是遊戲，豈可以為列國位次之籌？如今齊侯不過是賽局之勝，卻可以從此平視吾國君侯，從此再要齊君來依附，恐怕相當艱難了！」由此亦可知：投壺之爭自春秋以來，就不是一個單純的遊戲，實則寓含著諸侯邦國角逐霸業的奧義。

《神異經》所述者，遠比這一則史料簡陋，說的是東王公與玉女投壺，每局一千二百矯，當投矯入壺而得籌，天上就會傳來哀呼吁歎之聲；一旦投射偏失了準頭，矯未入壺、或是入而復出者，天上就會傳來歡呼大笑之聲。西晉時代的博物學者張華為此書作注時寫道：「言笑者，天口流火炤灼；今天不雨而有電光，是天笑也。」這一則小故事無頭無尾，可是寓意深峭，大約是說上天視人所能，無論智慧、學行、功德、技藝，無不可笑；一旦據此而與人有爭勝之心、爭勝之行，就顯得更為可笑了。

多年之後，李白有〈梁甫吟〉與〈短歌行〉二詩，分別有句：「我欲攀龍見明主，雷公砰訇震天鼓。帝旁投壺多玉女，三時大笑開電光，倏爍晦冥起風雨。」以及「天公見玉女，大笑億千場。吾欲攬六龍，迴車掛扶桑。北斗酌美酒，勸龍各一觴。富貴非所願，為人駐頹光。」一都說到了「投壺」、「天笑」，也俱言及強矯變化、異態百出的龍。從寫作的習慣上說：詩人幾乎不自覺地讓「投壺而引天笑」的故事與原本並未出現的龍之意象糾纏在一起；箇中原委，似乎須從此夜覓其蹤跡。

那客同吳指南以酒量爭勝的意氣寖高，愈發不可抵擋，其間元氣角逐，有驚風鬥雨之勢，嚇得那僧竟一陣煙似地消失了蹤影。李白不免擔幾分驚憂，可是看吳指南難得開懷盡興，又不忍拂擾。不過須臾工夫，兩人又往來了五七巡，兩飲者居然不改顏容，了無醉狀。

就在各人大約仰了十壺上下，那客不覺打了個嗝兒，口中微微噴出些許赤色的火燄，他舉掌稍一掩遮，仍被吳指南看見，指笑道：「看汝生得魁偉，幾口酒漿卻也容蓄不下哉？」

那客聞言無甚異狀，倒是匍匐在他肩上那獸的嘴吻猛可一開，現出白牙血舌，向吳指南惡吼了一聲；吳指南也不畏懼，翻臉也對那獸一吼。來客見狀，不但不惱，反而大樂，不時將那綠玉杖拄地作聲，且道：「後生酒壯膽豪，可能與某再飲幾巡否？」

吳指南也不答話，捉起壺來，便向口中傾了——不消說，又是一番你來我往；直到李白岔口道：「貴客與某素昧平生，而逕呼某字『太白』，可道緣故否？」

「觀汝文采書跡，豈非太白星君乎？」那客聞言一頷首，緩了緩豪飲之勢，歎道：「某自帝堯以來，奉職鎮守錢塘，天上春秋未幾，已歷人間數千載矣。其間所遇下謫仙官，錦袍介鎧，文班武列，不知凡幾，卻還不曾見過一個真男子。」

一口氣說到了「真男子」，那客狠狠搖起頭來。吳指南則一把從他手上攫過酒壺來，且飲且道：「飲中便見真男子，有甚難得？」

那客回頭眄了吳指南一眼，道：「汝一鄙野蟲豸，泥塵蟪蛄，大凡平生只粗豪鬥氣耳，何可言男兒事？」隨即一指李白，嗔目厲聲道：「倒是太白星君——汝作得大好文章呀！」

李白突如其來被他這一指，不覺間心為之驚、膽為之寒，五臟六腑在腔中一陣翻湧。「汝斗膽！斥我『雷其威聲，電其怒視，催風則三日折山，殘滅噍類；布雨則萬頃移海，喧嘩兒戲。』」那客坐在井闌上巍巍不動，彷如一座崇山峻嶺，當話語中略現慍色，遠方的湖泊也會跟著發出一陣一陣的吼嘯。可是也就在轉瞬間，怒容竟和緩了，他筋肉浮凸的猙獰之貌一霎收斂，整張臉和悅了起來：「然而文字大佳！讀來酣暢痛快得很——若非此等文字，但看某翻雲覆雨，再去涇陽壞毀他千里禾稼、淹埋他百萬賤民，無非彈指之勞耳。然，既有此等文字，人間畢竟不能不有堪當敬惜之人，豈容某輕躁致禍？是某受教深重了！」

「噫！」李白驀然一怔，張口結舌：「汝竟是錢塘——」

「某正是。」

「相傳爾輩能隱能顯，能大能小——」李白朝那客一拱手，道：「春日乘風以登，秋日御風而潛，興雲布雨，鑽天入地，驅電鳴雷，固無礙於幽冥之別，常往來乎仙凡之間，則功德亦大矣！」

那客聞言，不住地搖頭，反手舉杖，拍了拍背上那怪獸的頭顱，道：「汝所言，未必盡然！此物同某無異，原本亦是一龍，自人間三代以來，奉天帝之令，鎮守滎陽旃然河，向為兩京襟帶、三秦咽喉，職司濟水入河之事。此龍性情謙抑，處事恭謹，能教旃然河終古不溢、不淤，了無過犯。不料當今開元天子客歲封禪泰山，行經彼處，無緣無故，取弓箭射之，矢發而殘。自此旃然河流漸伏漸涸，彼郡恐將不免淪為赤地也！人間帝王嗔暴如此，咎由自取，我輩能有何功德可言？」

吳指南被那客奚落低貶，已然著惱，再看他二人你一來、我一往，儘打些不著邊際的啞謎，更是侘傺難耐，正待發作，不料李白卻伸手朝他一指，對那客道：「某曾接聞於本師東巖子趙徵君蕤，言爾輩有萬變之能；昔年孫思邈號稱『藥王』，即從龍王得藥單三千。敢請龍君巧施妙手，為我這伴當一療盲疾？」

李白此言不妄。故事有二；其一，於兩百年後為南唐溧水縣令沈汾之《續仙傳》所錄，說的是隋末唐初時的孫思邈至山中採藥，嘗救一青蛇，未料此蛇竟是龍子，龍王為報其再生之恩，召之至水府，盡發龍宮藥方三千道，日後孫思邈才成就了《千金方》三十卷的鉅作。

另一說則是當孫思邈隱居於終南山時，北地大旱，西域一僧來長安，自言法術高明，請在長安西南郊的昆明池結壇，為蒼生求雨。祈禳七天，昆明池水的確縮竭了好幾尺，但見晴空微雲漸積，可是雨仍不肯驟落。這時，反倒是昆明池中之龍受不了了，化身成一老叟，去見孫思邈，懇請相幫，孫思邈對老人說：「某知昆明池有仙方三千首，能與某，某即救汝。」

老人喟嘆道：「此方，上帝不許妄傳，今急矣！固無所吝。」不多時，這池龍化身的老人便捧著藥方三千首，貿貿然來。而段成式《酉陽雜俎》所記載的十分簡略，謹述以：「思邈曰：『爾當無慮。』自是，池水忽漲溢岸，數日，胡僧羞恚而死。」《酉陽雜俎》所脫漏的正是孫思邈訛索昆明池龍藥方的手段。另據方明《瑯玕閣雜筆》補充，原來胡僧求雨，只是個障眼法，所借興之雲，乃是昆明池水升成，水愈淺而雲愈厚，池龍遂目澀睛枯，行將瞽盲，孫思邈攻破此術，向當時也在終南山遊歷的司馬承禎討了一道符，過化之後浸水灑入昆明池，登時龍目滋潤，喜淚漣漣，才有了「池水忽漲溢岸」的異象；然而仰頭一看，雲散霾開，九霄以下，依然晴旱——這是胡僧詐術未能得逞的原委。

至於昆明池龍，由於得了這道神符的緣故，日後無論天候如何，總能「旱不減其水，澇不增其波，澄明如鏡，一碧萬頃」。無論如何，鄉人野說，聚訟紛紜，爭傳著若能借得昆明池水洗浴，可以除眼翳，增目力，開眸光，這又是龍池之水可以癒盲疾的傳說了。

經李白這一問，那客竟不置可否，回頭卻問吳指南：「汝不安於盲乎？」

這是很不尋常的一問。豈有明眼之人忽然睹物不見，卻能隨遇而安呢？可是誰也沒有想到，吳指南回眸看了李白一眼，居然哈哈大笑，道：「某與李十二生小為鄰，朝夕相伴，將二十載，至今仍不識此人；某果安於盲哉？不安於盲哉？有甚分別？」

那客聞言訝然，吁歎一聲，道：「小人之言，何其壯哉！。」

吳指南依舊絲毫不肯示弱，又灌飲一壺，道：「前月在江陵與一酒徒共飲，彼道：某合得一死於此——死也便死了，盲也便盲了，不是說『鄙野蟲豸，泥塵蟪蛄』麼？何壯之有？」

那客接過酒壺，一臉茫然，不由自主地起身，肩頭龍物亦聳聳欲動，這時洞庭湖上再度捲起了呼吼咆哮，在剎那間恍如百獸齊鳴。

「天笑！」李白仰面縱目，向空極望，斗杓之中又冒出無數爭先奔竄的流星，挹注於暗夜深處，有如為自己點燃了一條下墮的明路。

也就在這上天發出癲狂之笑的同時，洞庭湖風四面環吹，一時之間，子規鳥鳴聲大作，如怨慕泣訴；開元十四年的滿春花絮便落盡了。

那客也隨著李白的目光向天外看去，看著、微笑著，道：「彼等天門神將，確是笑某。」

「有何可笑？」李白和吳指南同聲問道。

「應是笑某空負千年龍威，一身神力，卻被你三言兩語便說怯了氣性罷？」說著，揚手一指夜空，昂聲道：「而今便宜汝等，某且飲酒，不鬧風波！」

「錢塘龍君襟懷灑落，是江湖萬姓之福——」李白長揖及地，肅容道：「李太白感戴莫名。」

「汝今凡身姓『李』，是天子宗室耶？」

「某先氏竄逐遠邊，至國朝神龍初葉遁還，家大人指天枝以復姓，遂為李氏。」

錢塘龍君一皺眉，帶著幾分困惑，道：「既云『復姓』，則仍須是皇親。」

李白一蹙眉，略遲疑，才低聲道：「身寄商籍，不堪敘此——」

吳指南不待李白說完，搶道：「此子讀書作耍二十年，也混充得士人行了。」

錢塘龍君看著一陣陣逐漸飄零到跟前的落花，笑道：「神宇浩渺無極，仙年遼闊悠長，在我等雖只一瞬；在汝輩則節序更張，萬物生滅，久歷繁瑣。唯太白星君之文，千古不易。不過……」說到這裡，錢塘龍君遲疑了，像是有著極深的憂慮，不忍猝說。

「一回花落一回新，」李白接道：「時移世變，文章又豈有常哉？某生小初識字紙，朝夕戲擬古人文字，《文選》一編，不過是几榻間玩具，摹習萬端，還就是自家淺見，當下得意而已；三數載後復觀之，多不成體面的。龍君說甚麼千古不易，見笑了。」

「非也非也！」錢塘龍君不等他說完，便急著搖頭擺手，道：「星君！權且聽某一言。汝今謫在人世，平生所業所習，不外是人間數千寒暑所積，借喻譬之，或為猿鶴，或為蟲沙，形貌軀殼耳。然所受於天者，存乎一心，此情可謂『天真』，斷無可改。」

「天真不改，有何可憂？」

「此正可憂者也。天真之性，直觀淺慮，不能應機謀。」錢塘龍君道：「試想，洞庭諸仙攛掇汝焚禱一文，勉我以好生之德，是為蒼生乎？抑或別有所圖？汝且周旋思忖。」

「龍戰江湖，荼毒萬物，諸仙不忍見此，豈有他圖哉？」

「非也非也！」錢塘龍君仍是一陣搖頭擺手，語氣更焦急了：「汝且看而今洞庭湖山之間，俱是上清派諸子，或為仙家、或為道者，彼等奉神祀鬼，博藝多能，數代以來，更雜通醫藥百工，有生死人、肉白骨之技，此輩豈不能作文章乎？渠所用心，是為竭爾智慮，藉爾文筆，日後以此昭著汝太白之名，以為天下作計。」

「某何德何能而當此？」

「即此一派天真，百世不遇。」錢塘龍君歎了口氣，道：「然某所深以為憂者，亦在於此：當今世道，不容天真！」

「他實也聰明，實也聰明。」吳指南漫口應了一聲，話是稱賞，語氣卻含糊而譏誚，說罷，繼續飲他那怎麼也飲不盡的壺中之酒。

「太白！某所言，慎勿輕忘：當今世道，不容天真。倒是令尊『指天枝以復姓』為有見識——汝走闖風塵，天家姓氏儘可隨處抖擻，好教普天下人敬重汝家郡望。某，告辭了。」錢塘龍君伸手撿了一片因風而來的落花，反掌放在肩頭，彷彿就是要讓背脊上那怪獸嗅聞，花瓣著衣不墮，只風中微微翕揚。接著，但見他一挺腰，縱起數尺，偌大身軀筆直地墜入井中，但聞如鐘似磬般的話語在井壁間迴盪著：「汝與某道義未盡，向後，容於有潮汐浪濤處一會！」

湖邊廢井，不知道是何年何月開鑿的，也不知是何年何月堙塞的，總之早已乾涸。不意就在錢塘龍君縱身而入之際，激起數十圍粗大的浪柱，沖天直上，半晌未歇。先前那苦臉寺僧聽見波濤滾滾之聲，近在咫尺，搶忙披衣趕了來，見井水猶噴發著，浪頭高出井床數尺，不由得瞠目以對，良久才道：「貧僧掛單本寺三十年，向不知此井有水，寧非我佛顯靈？。」

「他交朋友，非神即仙，非仙即佛；」吳指南冷冷一笑，轉臉復對李白道：「獨我這白丁，去鬼不遠，既然追隨不了汝辦大事，亦不甘當真死此洞庭——某即此回昌明去了。」

說著，吳指南拔身而起，不料穹蒼幽邃，卻洞察纖毫；吳指南才一舉步，頭上三尺之處便訇然爆出一聲聲天笑，吳指南別無長物，在握只一酒壺，登時咒了一聲，將酒壺朝北斗扔去，人卻打個踉蹌，顛蹶仆倒在火爐旁，一張臉湊近火灰餘燼，猛可吸了一口大氣。李白搶前攙扶，吳指南翻了個身，大口喘息，或許恰是被這爐火引的，但見他眼耳鼻口有竅之處，竟隱隱冒出青藍色的火苗。人卻還能言語：「李十二，『春水月峽來』，是否？」

那是數月之前李白和吳指南他二人一行出荊門時，李白在舟中回顧來時江流，曾道：「此蜀水，為我送行，竟也出峽來了。」

「枉它這一來——」吳指南當時笑著說：「便不得回。」是在彼時，李白解下匕首，在風浪間鏗鏘拔擊作響，將就著吳指南的語意，開懷吟道：

春水月峽來，浮舟望安極？正是桃花流，依然錦江色。
江色綠且明，茫茫與天平。逶迤巴山盡，搖曳楚雲行。
雪照聚沙雁，花飛出谷鶯。芳洲卻已轉，碧樹森森迎。
流目浦煙夕，揚帆海月生。江陵識遙火，應到渚宮城。

自巴及楚，芳洲碧樹看似無異，李白未及料到的是，僅僅一年多之後，吳指南已經來到了生命的盡頭，或許在顛仆之時，吳指南便已然了悟，自己也猶如萬里送行而來的錦江春水，一去而不回。

此刻吳指南指著北斗，笑謂李白：「酒壺卻教他收去了。」

2 蝕此瑤臺月

太原在唐時號稱北京，所轄一縣，叫做祁。早在高祖立國之前的兩百年，此地出過一個豪傑，名喚王神念。這人從本縣主簿而潁川太守，奄有一郡之力。由於北魏拓跋氏的崛起，他便渡江向南方蕭梁的朝廷通款輸誠，算是歸順。從此成為蕭梁一朝在北地的邊防重鎮。

王神念歷任安成、武陽、宣城等地的內史，治績卓著；特別是日後到青州、冀州擔任刺史，看當地百姓幾乎無神不祀、無鬼不尊，以為如此既有乖於正信正見，又糜費貲財，耗竭人力，於是在禁止淫祠一事上，特別用力，而自兩漢以來，刺史向有敬稱，是謂「使君」，故王神念有「豹使君」的諢號；豹，就是春秋時治鄴城，以毀河伯之祠留名青史的西門豹。

這「豹使君」不但性格剛正，也頗知書，旁通儒術佛典，年輕的時候鍛鍊過騎馬射箭的武藝，到老都還精壯矍鑠。在《南史．王神念傳》上說：他曾經在梁武帝蕭衍面前演武；一手持刀、一手執楯，走一陣攻戰的套路。猛然間，那左手的楯，竟然變換到了右手；而右手之刀，也赫然易於左手，其間如何，無人能測，而左右交度，馭馬往來，堪稱冠絕群伍。

到了梁武帝普通六年，王神念已經七十五歲了，身坐散騎常侍、爪牙將軍，可以說是極負重望的朝臣，火氣仍舊很大；有一回聽說海隅之地又有巫風妖雨，大興邪道，當地百姓惑於其巫，發東山巨石，建築了既高又廣的神廟。豹使君聞訊，立刻親率部伍，前往毀撤。一陣打燒之餘，不料在回程中忽然遇到了狂風暴雨，兼之焦雷迅電，把數百小隊困在一處郊野。

這時兵士們惶急不能自安，紛紛鼓譟起來，有人說這是廟神顯靈，對不敬信其靈者，微示薄懲。王神念聽不得這話，當場抽出一侍卒腰間的利斧，朝雷電密發的遠天怒斥道：「王神念在此，豈有他神在耶？」說罷，一斧子向天擲去，竟然沒再落下來。雷霆一時而俱寂，風定雨歇，天地開朗。

就在這一年的秋天，王神念沒來由地生了一場肺病，咳血數升，拖不過十多天。易簀之夕，此公忽然從榻上坐起身來，望著窗外的天空，道：「金鈇莫回，回則有禍，後人須記！」說罷，一倒身便死了。

梁武帝於是下詔，追贈本官，加衡州刺史，賞給鼓吹一部，並賜諡號曰「壯」。他死前的交代，家人的確沒有忘記，從此世世相傳，斧器不入庭院。不過，三數代之後，子孫們昧於本事，漸漸地也就荒唐其說了。

王神念也不會想到，身後整整兩百年，他的一個嫡生的玄孫女當上了皇后，也遇上了罕見而難解的麻煩。

李隆基由楚王改封為臨淄王是在中宗景龍年間，復兼潞州別駕，在這時，他娶了甘泉府果毅都尉王仁皎的女兒，王仁皎即是王神念的嫡曾孫。景龍四年——也就是李白九歲那年

——李隆基從潞州回到長安，這時，他已經擁有了一支名為萬騎的武力，著虎紋衣，跨豹章韉，號稱親軍。也就是憑藉著這支部隊，他消滅了韋氏和安樂公主，也誅殺了太平公主。

在這兩次政變中，王仁皎和他的一雙子女——臨淄王妃和她的孿生哥哥王守一；都曾參與機要，史稱：「將清內難，預大計。」

王子妃也終於在先天元年、李隆基登基之後，被冊立為皇后。王仁皎首先受封為將作大匠，隨後歷任太僕卿，封祁國公，遷「開府儀同三司」——也就是可以自辟官署，平肩宰輔——雖然沒有首相的實權，也恰可滿足王仁皎大量積聚財貨的慾心。《新唐書．外戚傳》上用十八個字道盡他的後半生：「避職不事，委遠名譽，厚奉養，積媵妾資貨而已。」

王仁皎死於宋璟和蘇頲被罷黜的前一年，也就是開元七年，得壽六十九歲。皇帝贈以太尉，並在名義上封了他一個益州大都督的官職，謚號曰「昭宣」。這一切都行禮如儀，略無半點異狀。出殯行列啟行的時候，皇帝還親自登車，相送至望春亭，遠遠一望，轉身對宰相張說道：「且為太尉立塊碑罷！」這是相當特殊的榮寵，不但由張說撰文，皇帝還親筆書石，命工鐫刻。

不但王仁皎位極人臣，備享榮貴，連王守一也得以尚娶清陽公主、封晉國公，遷官至殿中少監，累進太子少保；不但如此，還承襲了父親的爵位。可是，王氏一家人並不明白，這一切都只是表面文章。

王仁皎生前侈靡逾制，凡家用器物，儀仗鹵簿，常仿效皇家。貪婪加以僭越，不時會引來物議，皇帝表面上似乎從來沒有介意過。帝后之間，平居若無齟齬，這種事本來還可以容忍。秉乎常情而言，儘管天子夫妻共患難於少時，長久相處，自然不無扞格，其中最難啟齒而又隱衷深切的，就是皇后無子乏嗣的一節。

偏偏就在皇帝特別加恩書碑之後，王守一居然上表，請求援引睿宗皇后的父親竇孝諶的舊例，希望能將王仁皎的墳墓築高，至五丈二尺，這就引得大臣相當不滿，反對最力者，正是侍中宋璟，以及門下侍郎蘇頲。

他們的諫書裡，有這樣的字句：

夫儉，德之恭；侈，惡之大。高墳乃昔賢所誡，厚葬實君子所非。古者墓而不墳，蓋此道也……比來蕃夷等輩及城市閒人，遞以奢靡相高，不將禮儀為意。今以后父之寵，開府之榮，金穴玉衣之資，不憂少物；高墳大寢之役，不畏無人。百事皆出於官，一朝亦可以就。

這是直白地警告皇帝：昔年竇氏所作所為，已經是皇室姑息所致，而當時的大臣顯然也並不能同意；此中更要緊的一個論點是：奢靡恰是禮儀之敵。而宋璟的文章還給了皇帝一番重大的提醒：當年韋后也是為父親「追加王位，擅作酆陵，禍不旋踵，為天下笑。」換言之：請求逾制加高墳陵，應該看做是變上作亂的徵兆。

皇帝與皇后漸漸疏遠，以及有寵於武惠妃，幾乎是同時發生的事。對於惠妃的姓氏，皇帝不是沒有顧忌，不過，王家請立高墳所引起的反感、和正宮久而無子的事實，卻隨著時光流轉而醞釀成應否廢立的問題。皇帝曾經和受封為楚國公的秘書監姜皎討論這件事。

姜皎在李隆基尚未為太子之前就因世蔭而任內官，遷尚衣奉御、拜殿中少監，和李隆基連牀而坐，擊毬鬥雞為友。等李隆基當上了皇帝，還呼他「姜七」，時賜以宮女、名馬及諸般珍寶器物，不可勝數。

姜皎當時的職官，實與廢立之事無涉，這純粹是皇帝找寵臣拿主意、打商量的意思居多。姜皎卻另有所圖，把這番秘而不宣的「聖意」當作了市恩的禮物，向皇后洩漏了。這件事由皇后的妹夫、也是嗣濮王李嶠揭發，顯然有向皇帝興師問罪的情緒。

這一番廢后，究竟當真幾何？恐怕永遠是個謎。君臣二人之會，原是密商，一經公論，就成了國家大事，非得按程式窮治皇后失德的理據不可。皇帝心虛，當然不肯承認；可若是斷然否認，逕指其說無謂，則日後便很難重啟廢后之議了；其處境矛盾可知。此時，中書令張嘉貞微伺主意，也為了讓王皇后不尷尬，想出個法子打開僵局。

張嘉貞是在宋璟、蘇頲罷黜之後升中書侍郎、同中書門下平章事，而掌握相權的；不到幾個月，便因為處事圓滑幹練而加封銀青光祿大夫，遷中書令。他斥責姜皎「妄談休咎」——也就是說，根本不問姜皎和皇帝之間有無密商，只針對他提醒皇后的閒言碎語而問罪。結果是「杖皎六十，流欽州，（姜皎）弟吏部侍郎（姜）晦貶春州司馬，親黨坐流、死者數人。」姜皎的六十杖打得相當結實，由於刑傷過重，死在流放的路上。

也就在姜皎的死訊傳來之後不久，皇帝下了一道敕書：

宗室、外戚、駙馬，非至親，毋得往還；其卜相占候之人，皆不得出入百官之家。

這原本是兩道不相干的旨意，並置於一敕之中，就有了顯著的標的，這是在張嘉貞的「妄談休咎」之斷上另做文章，警告皇室近親之間的往來，實有結合作勢、傾側天威的危險。而占卜之徒更可能藉神秘之說、奇幻之術為當局帶來莫大的威脅。

偏偏王皇后兄妹信邪，求子既不能得，只好求神。王守一找來一僧，法號明悟，說是能發動南北斗星，作鬼神法，但須書天地字與皇帝之名，與另一方刻寫了天地字樣與皇后之名的牌主，相合而共禱，其詞曰：「佩此有子，當如則天皇后。」就能夠有效驗。

此法樞紐，在於書寫帝后之名的牌主，需是同一塊剖開的霹靂木——也就是要從天雷劈倒的樹上鋸取。

明悟對王守一道：「貧道偏有此物，且般般皆符合徵應，足見天意不爽。」

王守一大喜，連忙問道：「何說？」

明悟笑道：「這物事乃是青州所得，有大樹千年，枯倒於野，幹上有一銅斧，爛柯觸手即碎，唯餘斧頭而已。若得以此斧析此木書名，正應了『天授而不假人以器』的道理。」

王守一不記得傳家寶訓有「金鈇莫回」之語，就算記得，大概也不以為這霹靂木會帶來橫禍。縱使以家訓為無稽，日後遭難，也還或多或少與不讀書、不習史有些關連。

早在西漢武帝之時，就有陳皇后故事為前車之鑑。

世傳陳皇后之名為阿嬌，為漢武帝劉徹的表姊。父親為堂邑侯陳午，母親則是館陶長公主劉嫖——劉嫖也是劉徹的姑姑。

李隆基與劉徹的婚姻有十分相似之處。他們在締結親事的時候，都還沒有儲君的身份；時移勢轉，天命忽臨，而皆為一代雄主。李隆基的妻族在他得以踞大位、擁大寶的路上，出了死力；而館陶長公主劉嫖在劉徹被冊立為太子的關鍵時刻，也是參贊的主謀。由於出身形勢所繫，陳皇后和王皇后都不免自恃身份，令漢武帝和唐玄宗不得不稍假辭色，而予以相當的尊禮，以至於夫妻之間，恩愛漸薄。此外，因為沒有子嗣、又不獲聖寵，萬般無奈而求助於淫祠，也是這兩位皇后命運相同的一點。

漢武帝的別寵衛子夫於建元二年入宮，三年成孕，這是對中宮地位的一大威脅。陳皇后就曾經挾長公主之力，囚禁衛子夫之弟衛青；並多次在漢武帝面前尋死覓活。也有傳說，陳皇后前後花了九千萬錢，請人進宮傳授「媚道」、甚至引一女巫名「楚服」者，入內寢施「巫蠱祠祭祝詛」，這件事被論以「大逆無道」之罪，楚服當眾梟首，一時之間株連所及，竟達三百多人受誅。漢武帝隨即賜詔於陳皇后：

皇后失序，惑於巫祝，不可以承天命。其上璽綬，罷退居長門宮。

陳皇后的故事流傳既久，附會滋多，其中最著名的，還包括長門「千金買賦」一節。這一段相當可疑的情節，卻對李白產生十分重大的影響。

〈長門賦〉初載於昭明太子蕭統、及其文學集團所編纂的《文選》。所載故事：陳皇后被廢，幽居長門宮，倒還吻合史事；至於「愁悶悲思。聞蜀郡成都司馬相如，天下工為文，奉黃金百斤，為相如、文君取酒，因于解悲愁之辭。而相如為文以悟主上，陳皇后復得親幸。」就完全捕風捉影，信口開河了。

歷來不信〈長門賦〉故事者，多以賦前這篇小序立根據，認為司馬相如在世時，並不會得知劉徹死後的謚號為「武」，所以不應該在序中寫下「孝武皇帝陳皇后」的語句。不過，信之者也可以辯稱：序是昭明太子等人代作，而不必因此見疑於司馬相如。

真正不可信的，反而是最明顯的一點：陳皇后並未因〈長門賦〉而重獲聖眷。衛子夫很快地接掌中宮，而陳皇后的兄弟陳須和陳蟜，也在長公主劉嫖過世之後、服喪其間，因爭財、行奸而獲罪，被迫自殺——這和八百四十年後王皇后的命運如出一轍。兩位皇后家破人亡，也都沒有重新回到君王身邊。

李白再度離家，自三峽出蜀，是在開元十三年，他二十四歲。這是一趟曲折而緩慢的旅程，他似乎有意遲迴其行，以一種漫興於山川之間的從容意態為之，甚至還重新跋涉了先前出遊之旅所過之處。

而就在此前不到一年的七月己卯日，王皇后正因「剖霹靂木，書天地字及上名」的「厭勝」之事而被廢，鬱鬱死於宮，世傳其寬大雍容之名，但是仍不能庇佑其兄王守一逃過嚴厲的制裁——他被貶為潭州別駕，一個極卑微的小官；而在半道上就接獲皇命賜死了。這樁情節重大的案子還不算牽連太甚，傳言漸漸散播到遠方。李白風聞此事於道途之間，寫下了古風五十九首之二，內容是這樣的：

蟾蜍薄太清，蝕此瑤臺月。圓光虧中天，金魄遂淪沒。螮蝀入紫微，大明夷朝暉。浮雲隔兩曜，萬象昏陰霏。蕭蕭長門宮，昔是今已非。桂蠹花不實，天霜下嚴威。沉歎終永夕，感我涕沾衣。

此外，他還有兩首異曲而同工的〈白頭吟〉，其一如此：

錦水東北流，波蕩雙鴛鴦。雄巢漢宮樹，雌弄秦草芳。寧同萬死碎綺翼，不忍雲間兩分張。此時阿嬌正嬌妒，獨坐長門愁日暮。但願君恩顧妾深，豈惜黃金買詞賦。相如作賦得黃金，丈夫好新多異心。一朝將聘茂陵女，文君因贈白頭吟。東流不作西歸水，落花辭條羞故林。兔絲固無情，隨風任傾倒。誰使女蘿枝，而來強縈抱。兩草猶一心，人心不如草。莫卷龍鬚席，從他生網絲。且留琥珀枕，或有夢來時。覆水再收豈滿杯，棄妾已去難重回。古來得意不相負，只今惟見青陵臺。

〈白頭吟〉其二如此：

錦水東流碧，波蕩雙鴛鴦。雄巢漢宮樹，雌弄秦草芳。相如去蜀謁武帝，赤車駟馬生輝光。一朝再覽大人作，萬乘忽欲凌雲翔。聞道阿嬌失恩寵，千金買賦要君王。相如不憶貧賤日，官高金多聘私室。茂陵姝子皆見求，文君歡愛從此畢。淚如雙泉水，行墮紫羅襟。五起雞三唱，清晨白頭吟。長吁不整綠雲鬢，仰訴青天哀怨深。城崩杞梁妻，誰道土無心。東流不作西歸水，落花辭枝羞故林。頭上玉燕釵，是妾嫁時物。贈君表相思，羅袖幸時拂。莫卷龍鬚席，從他生網絲。且留琥珀枕，還有夢來時。鸕鶿裘在錦屏上，自君一挂無由披。妾有秦樓鏡，照心勝照井。願持照新人，雙對可憐影。覆水卻收不滿杯，相如還謝文君回。古來得意不相負，祇今唯有青陵臺。

這三首詩都是以廢后為題旨所繫，自開元十二年之後，二十年間，對於李白卻造成了無可逆料、也無從迴避的巨大影響。

李白出川時已經是個晚熟、但終於自立的成人；他面對世事，直觀用情，卻猶滿懷天真，不知道一時之文字，會輾轉於他時形成全然異樣的解釋，竟然有一天會撲回另一個生命現實之中，摧毀原本的生活。那光景，猶如王神念擲天之斧，終究有墮回人間、形同霹靂的巨力。

李白寫「蟾蜍薄太清」時另有懷抱，寫〈白頭吟〉時也獨具感傷。這些，都在出蜀途中逐漸醞釀，具現了他自己的酸楚；然而令他萬萬不能逆料的是：這種直陳其事、曲發我懷的辭章，卻也可以在迢遞多年之後，成為他褻侮聖明的證據。

〈白頭吟〉兩篇，顯然是一詩之初、再稿，其修訂至再，情由如何？而於陳、王二皇后，同一題材，三致其思，又是甚麼緣故呢？

關於廢后故事，聞者向所留心之處，多在宮闈爭寵、色衰愛弛或是庶子奪嫡之事。〈長門賦〉之作，開啟了這一題材的濫觴，無論是否出於司馬相如親筆，都堪稱曠世傑作。其佳處在於它擺脫了人事、權力、名位以及制度爭議的喧囂，利用賦體不憚辭費、刻畫入微的特性，將篇幅還給一個美麗而憔悴的女子。

這種描寫的方式，一反屈原騷體那種凡遣字必有比擬、凡造語必有指涉、凡用事必有寄託的慣性；其反覆陳詞，就是讓讀者緩慢地、細膩地、親切地觀玩一個失意的婦女，如在指掌間撫觸、如在眉睫間窺巡、如在肺腑間徘徊。

個別的章句一旦拋開了那些美人君王、香草君子的取譬，使之重返具體而鮮活的對象——也就是鬱懷偃蹇、流涕徬徨的女子，那些政治上取直遠佞、親善除惡的寓意，必須被隔絕在單純的情思之外；司馬相如用〈長門賦〉再一次發明了賦體——直陳其事，直抒其情，直體其物。

這個手法，在〈長門賦〉是有作用的。因為要讓一個已經對廢后失歡無感的君王再生戀慕之情，就必須藉由生動的文字凝結其視聽，撮聚其志意，全然專注於一人之身，重啟君王的昔日的記憶，也重燃其愛慾，重拾其憐惜。

〈長門賦〉在李白心頭所引發的聯想，以及於寫作的旨趣，卻很不一樣。他不但不懷疑這篇作品可能出於偽冒，反而透過詩篇，進一步將漢武帝和司馬相如、陳皇后和卓文君的命運綰結成一體。

這就牽涉到司馬相如本人的故事。在《西京雜記》上記載了一則傳說，如果傳聞屬實，當繫其事於司馬相如獻賦得官之後，歸家於茂陵時，無何而起了少年之心，想要在茂陵當地再娶年輕的女子為妾。卓文君遂寫成了一首〈白頭吟〉，其詞如此：

> 皚如山上雪，皎若雲間月。聞君有兩意，故來相決絕。今日斗酒會，明日溝水頭。躞蹀御溝上，溝水東西流。淒淒復淒淒，嫁娶不須啼。願得一心人，白頭不相離。竹竿何嫋嫋，魚尾何簁簁。男兒重意氣，何用錢刀為！

這首詩是否出於卓文君？也大有可疑。只不過寧可信其有而成就了辭章動人的奇談。唯詩中言及「御溝」，實在不可解。因為顯然是在晉代以後，崔豹《古今注．都邑》才特別解說了這個語詞：「長安御溝，謂之『楊溝』，謂植高楊於其上也。一曰『羊溝』，謂羊喜抵觸垣牆，故為溝以隔之，故曰『羊溝』也。」

到了南朝謝脁《入朝曲》：「飛甍夾馳道，垂楊蔭御溝」的句子出現，「御溝」也才逐漸進入文人詩歌。

而以卓文君的經歷見聞，很難在詩中調遣這樣一個詞彙。然而無論如何，李白卻寧可相信卓文君這首詩徹底改變了司馬相如的心意。

這就要從李白那三首詩寫作的次第一一耙梳。最早寫成的，是〈白頭吟〉之二。此篇較〈白頭吟〉之一稍長，而且蕪雜；非但文理跳脫，意象紛歧，多了許多細節——像是司馬相如初入長安，有市門題字「不乘赤車駟馬，不過汝下」的一節，據此，李白就多寫了「相如去蜀謁武帝，赤車駟馬生輝光。一朝再覽大人作，萬乘忽欲凌雲翔。」日後一旦相如異心忽生，李白也忍不住增加了「相如不憶貧賤日……茂陵姝子皆見求」的枝蔓。

在刻畫卓文君怨慕情切之際，李白更放手施以繁複的描寫，「五起雞三唱，清晨白頭吟。長吁不整綠雲鬢，仰訴青天哀怨深。」甚至還動用了寓意並不相侔的那個癡情妻子因丈夫戰死而哭倒城牆的典故——「城崩杞梁妻，誰道土無心。」

這樣運用故實雖然豐富，可是略無節制。例言之：將早就被司馬相如質當了換酒喝的「鷫鸘裘」也搬弄回來：「鷫鸘裘在錦屏上，自君一挂無由披」就顯得生硬無謂，而不免造作。

這一篇草稿，到多年以後重寫的二稿時，的確變得更加簡練了。李白大筆斲去一些敷染深情的字句：「頭上玉燕釵，是妾嫁時物。贈君表相思，羅袖幸時拂。」以免讓明明是動機於「離棄」之作，反而變成一首「愛戀」之作。這也可以看得出來：李白對於「丈夫」——

包括漢武帝與司馬相如——之「異心」，有著一再摹索翫味的好奇，不可動搖。

首先，是運用蜀地（錦城、錦官城，也就是成都）江流浮禽一景，作為「起興」，把比翼雙飛的情侶夙願作成伏筆，以呼應篇末的青陵臺故事。接著，他省略了司馬相如受召入宮，以及作賦得官的際遇；一鋒入竅，將替陳皇后作賦得黃金的事直接榫入了「將聘茂陵女」，可謂急轉直下——黃金入手，作賦抒情的文人和拋棄原配的皇帝便成了同一種人。

此一重合，還拱繞著兩稿俱存的幾個典故。其一是覆水難收，有以為出自漢代會稽太守朱買臣；《拾遺記》則標之為（姜）太公望和妻子馬氏間棄婚重逢之事。不論是用「覆水卻收不滿杯」、還是用「覆水再收豈滿杯」的語句，都顯示李白對於一旦生了嫌隙的夫妻關係便再也無法寄望。兩稿也都藉由龍鬚席之網絲（枉思）、琥珀枕之留夢，來表達懸念；不過，恐怕只能相對加深那舊情不再的惘然而已。

其中最重要的一個詞語，就是《搜神記》所載的青陵臺。

宋康王史有此人，是東周時代宋國的末主，為齊國所滅。由於身為亡國之君，日後史料傳說不惜「眾惡歸之」，其中之一就是他將國中士人韓憑的妻子強奪為已有的悲劇。

故事：宋康王郊遊至下邳，為了看當地採桑之女而下令在桑園中築青陵臺。也就在這臺上，他發現了美女息露，也打聽出息露是士人韓憑之妻，遂強令韓憑獻之。夫妻別無計遁，只能應命。分別之前，息露有詩報韓憑云：「南山有烏，北山張羅。烏自高飛，羅當奈何？

烏鵲雙飛，不樂鳳凰。妾為庶人，不樂宋王。」這已經是相當直白而痛切的憤慨了。

而在被奪之後，息露另有一詩明志：「其雨淫淫，河大水深，日出當心。」宋康王不能解，傳示左右，也沒有人看得出端倪。獨有老臣蘇賀能微知其意，上對說：「其雨淫淫，言愁且思也；河大水深，不得往來也；日出當心，心有死志也。」

有的記載說宋康王殺了築臺的韓憑，有的則說韓憑吊死在臺邊柳樹上。家人葬之於死所，息露假意要臨喪致哀，以盡其禮，始能再醮。不料就在祭奠之後，從青陵臺上一躍而下，殉夫了。一說是息露死前還留有遺囑，希望能與韓憑合葬。宋康王自然不肯，反而刻意將這一對夫妻的墳塋隔絕幾里之遙，不使相對。

國人哀之不能盡意，便在兩墳頭各種了一株柳樹，不過一年之後，兩柳於地下交錯其根，於地上合抱其幹，枝葉間還經常會出現雌雄鴛鴦各一，交頸悲鳴。這樹，便叫相思樹。

青陵臺固然是哀感動人的象徵，堪為世間癡情男女詠歎歌頌，但是無論施之於漢武帝和陳皇后、或者是司馬相如與卓文君，恰恰是不堪的對比。

李白兩度翻寫〈白頭吟〉，都以青陵臺為結，從這個性命相報的結局還顧本文，就不像是在歌頌韓憑夫妻的堅貞之情，倒有如以一種感憤於死亡的語氣，質疑生者所不能企及、不能擁有、不能持守的愛戀。這份質疑太過強烈，所以末聯「古來得意不相負」的話，就與典實略不能相顧了——畢竟，韓憑與息露實在不能說是「得意」。

然而，更值得注意的是：由開元天子廢后而引起的「長門之怨」，令李白揮之不去的執念卻是「覆水難收」。也就是說，在他看來，當人世間相互愛慕的情人一旦齟齬不能相得，便猶如一條延展向兩頭的陌路，再也不能重逢。作為一宮廷中極端嚴重的事體，「廢后」反倒變成了男女決絕、不可收拾的隱喻。

出蜀道中，李白買舟東下，到渝州時在船上乍聽得舟子估客之間的謠諑，說是「國母被廢」。人人面容棲皇，神色哀傷，如喪考妣。他感覺那是一樁藐遠卻攸關每個人身家性命的大事，但是無從進一步想像其盤根錯節的因果，只能就近從自己切身的經驗中揣摩、比擬——不過，無論他怎麼想，帝后之決裂，都有如趙蕤與月娘在一夕之間的分離。

月娘飄然離去的那天夜裡，明月如盤，月中暗影也顯得格外清楚。李白原本在廊下就月讀書，偶然間斷斷續續聽見趙蕤夫婦在室中相互溫言道別，其中間雜以「王衡陽」、「十八年」、「恩怨皆了」的話，入耳只覺不可置信——端居常日，有甚麼呢喃不捨的離情別緒可道，又有甚麼必須慎重其事的恩怨可說呢？

然而片刻之後，月娘一身勁裝，頭裹青綠繡花巾，緊緊覆縛著一頭長髮，盤髻之上還壓了頂寬簷風帽，上半身穿一襲絳紅衫，以錦帶結束，露出來的錦繡白襯衣看來還是新縫製的，下半身則是黑、金雙色條紋褲裙，隨身還有囊橐在肩，全然是一副遠行胡女的打扮。李白從來沒見過月娘如此修飾，一時間還誤以為眼離錯看，愣住了。良久之後，看月娘步履漸遠，才放聲一問：

「師娘要遠行？」

月娘凝眸看了李白一眼，眼中有笑，似也帶著過多晶瑩的月光：「昔年汝曾說過：『並無大志取官』；還記得當時師娘如何答汝否？」

「記得的。」李白欠身不敢回望，低頭道：「師娘訓某：若無意取官，便結裹行李，辭山逕去，莫消復回。」

「只今汝若有取官之意，便仍好結裹行李，辭山逕去，莫消復回。」月娘笑著，直讓月光淌下臉頰來，一面道：「天涯行腳，舉目所在，明月隨人，豈有甚麼遠行？」

說完，頭也不回地就走了。

李白求助也似地看一趙蕤，但盼他能說些個原由。趙蕤只舉舉手，食中二指略向圓月一揮，道：「月中蝦蟇食此金魄，有說十八年方才一度，確是難得一見啊！」

的確就像趙蕤所說的，不久之後，傳說月中那三足蟾蜍變得更為清晰，其色由灰褐而絳紫，隨即轉成一片墨黑，偶來一片山雲掠過之後，三足的蟾形貌也腫脹起來，逐漸消化原形，變成了一團烏影，卻讓原先的明月看來像是一輪乍金乍銀的光圈，其明灼光燦，甚至遠勝於先前的玉盤，也為月娘益發照亮了前路。

3 萬里寫入胸懷間

李白出蜀的真正原因，一直是個秘密。終其一生，儘有無數胸臆之語可向天下人敞說，略無遮掩；唯獨在突然之間拋棄了一切，仗劍辭鄉，去不復顧，似乎全無根由——那是吳指南從故宅趕了一匹五花馬來的當日，趙蕤於一箭之外影影綽綽看見了，想起七年以前與李客爊牛頭夜話的那回，的確好像見過這馬一回——牠原本身色棕紅、鬃色碧綠、蹄色烏黑、額色雪白，體軀肥大，卻彈步輕盈，牠應李客的呼嘯而來，片刻飛奔十餘里，佇立著守候李客的時候，還不時流露出頑皮不馴的小駒之性。

於茲七年之後，這馬益見壯碩，鬃毛也變得鬈曲深密，依然背無鞍韉，口無銜轡，性情卻沉著穩適得多。吳指南引馬就路旁隨手一指，那馬也乖順，便於指處站定，偶爾趁風動搖幾下尾巴，別有一份意態自如的從容老練。

吳指南並非無端而來。除了馬，還有一肩行李。他把行李也齊整地堆置於道旁，仔細看了看陰濛昏灰的天色，指沫風乾，想想一時之間，或恐還不至於落雨，才三步併兩步跑來，呼叫著：「神仙」、「李十二」。

很難說李客是由於難題棘手而誠心求助，或者是他想藉機驗看李白究竟能否成材？總之，吳指南帶來了讓李白措手不及的消息——大明寺僧慈元忽然死了。

有一個到處流傳，可是言者人人惶怖不安，寧可信其無的謠言，說慈元是「代死」；其所代者，便是綿州刺史李顒。

李顒自從上表舉薦，而趙蕤、李白師徒「不就」之後，不但不沮喪懊惱，反而鬆了一口氣，省操一份心；自然也愈益敬重這「趙徵君」了。根據他自己散存的幾首記事之詩所載，就在李白去來成都、峨眉千里之行的一、兩年間，他至少兩度造訪趙蕤，至則「通宵談飲，綴詩不歇，極盡歡噱」。

忽一日，刺史心念偶動，隨手扔下公事，就要微服易馬，前往大匡山找趙蕤作詩去，徜中別駕、司馬苦勸而不止，料是天意得知，忽而從烏何有之鄉闖來一人，名叫張夜叉。這張夜叉披頭散髮，肩立鸚鵡，狂歌終日不息，這一日偏就橫身臥在刺史馬前，像是醉倒了、又像是瘋魔了，滿口濫說胡話，招來更多閒人圍聚，刺史就更出不了署門外大街了。可是，人們不大敢驅趕張夜叉的道理也很實在：他不胡說則已，一旦說了，語便成真。

這一天，張夜叉說的是：「太守向是風雅人，儘說風雅話，張夜叉給太守送行，就學太守說四句吧？——太守莫出門，出門死太守。山留一世青，家有無涯壽。」

李顒留心民事，早聞聽人說：張夜叉有前知之能，聽見這話也的確有些悚然。然而繼之一轉念：某身為一州之牧，位列諸侯，不能夠禁絕邪神淫祠之屬，已經俱現柔懦了，如今教這無賴漢子擋馬即止，日後還能有甚麼顏面？有甚麼清望？想著，揚手一鞭，馬蹄便向張夜叉踏了去，一踏撲起了一陣黃埃灰土，空中只一鸚鵡盤旋數匝，嘎嗚而去。

此後之事，俱在李頎詩自注之中。這首詩的題目是〈匡山夜吟繼赴大明寺有懷寄趙徵君〉，主旨乃是藉由西晉時張翰忽然棄官的故事，來隱喻自己逃脫公職、作一日遊的心境。

秋風召我入匡廬，繫馬鞴纓綴酒壺。隱約浮詞與君共，微聞高鳥向人呼。去來歸意分明在，多少名心逐漸枯。十里燈簷驚唄早，輕雲渡得此身無？

秋風之思，向出張翰，字季鷹，曾任齊王司馬冏東曹掾，《世說新語．識鑒》說他在北地洛陽任官時，忽然有感於見秋風之起，而強烈地思念故鄉吳中盛產的菰菜、蓴羹、鱸魚膾，於是跟人說：「人生貴得適意爾！何能羈宦數千里以要（按：要，即邀，貪取的意思）名爵？」遂命駕而歸。不多久之後，齊王敗於司馬乂而被殺，當時人都以為張季鷹有「知機」之能。

匡廬，本來就是指廬山。李頎借用這個現成的詞，拆其字意，說的是趙蕤所隱居的大匡山室廬，也是詩家慣技。從詩的內容可以看出：這一天他乘馬登山，還攜帶著酒壺，為的是去和趙蕤商討詩句。詩意所繫，應該就是不耐為官的心情。這一場詩酒之會，或許在上半夜就結束了，揆諸常理，李頎應該不方便留宿，所以到了下半夜，便策馬告別，獨自前往北山之鄰的大明寺借宿。

由於到時尚屬夜分，天色未明，佛子勤劬誦經，其聲遠傳不絕，而令李頎忽生翩翩然遺世獨立之感。而在詩後小注之中，則提及了張夜叉行前示警、以及他當夜在大明寺的遭遇。

李顒今夜將到寺留宿，是他過訪趙蕤的慣例。不消說，早就有刺史衙署之人先行通報，並且預為打點。不料李顒才片腿下馬，就一溜身順落倒地，死了——唯獨心頭尚餘一點溫熱。

大明寺常住一向知道慈元與趙蕤、李客等人熟識，這一夜便遣慈元為使君知客。這份差使，在百丈懷海禪師為普天下叢林制訂清規之前，名目無數，蜀中各寺多稱為「知客水火」，也就是專為貴賓打理膳食，侍奉漿粥。

正在忙碌著水火之事，慈元忽然間聽說刺史死於馬下，便連忙趨至廄前，俯身察看，還期期艾艾地吩咐隨侍的淨奴道：「使君心頭猶熱，去取藥酒懷中熱罨來！」兩句話說完，又輕輕「噫」了聲，居然也一頭栽倒，跟著死了。

熱罨是急救之法，片刻施之，果然奏效。李顒悠悠然醒轉了來，第一句話竟然是：「和尚怎地去得恁快？」

眼前除了倒地不起的慈元之外，只有李顒公廨裡的參軍、從人以及取藥酒來推拿熱敷的淨奴，並無其他和尚。又過了不多時，寺中維那僧也來了，一路慌慌張張地問道：「慈元無恙否？慈元無恙否？」及至看見慈元倒臥在地，全沒氣息，渾身透涼僵硬，這才歎道：「果然！」

原來李顒一蹶如夢，夢中走在一片荒原曲徑之上；但見道旁一僧，手拄錫杖，待他走近時，突然合掌一揖為禮，道：「使君且留步。冥司有急敕來，謂使君尚有一卷詩文未完，此累世債，須盡償之乃已——此行，且付貧道代勞可矣。」

此外，大明寺的維那僧亦有所見——頃刻之前，他還在堂上指點新僧誦經，忽然看見正殿旁閃過一條緇衣人影，心想：時過寅初，豈容支離院僧夜行？遂趕緊奔逐而出，追隨那身影繞過兩個院落之後，才發現是慈元。慈元為維那僧所阻，不得已而轉過身來，面色煞白，神情哀戚，道：「已代李公大使死矣！某本佛圖戶賤民，難得遂此功果，幾般盤算，實勝在世清修，也便去了！」

維那僧但感身受寒涼，再上下打量慈元的容色，的確沒有半點活人氣息，便問道：「既云已死，可有遺言囑託常住？」

「小僧近佛日淺，俗心難化；貪嗔不去，慚愧已極，豈敢遺言以累道侶？唯代使君死，彼亦當有深恤。可盡付常住，以充佛前供養。」

慈元所交代的，也只能算一半實在——李顒得此代命之人，在一夕間翻死轉生，既受了驚嚇，也得了了悟。不久之後，他還真效法張季鷹飄然辭官，身歸故里，行前並捐輸大明寺數十萬宦囊所蓄，而留下了「一官何所有？半卷再生詩」的句子。

至於慈元，卻還有一半不算老實的隱私——他多年來在寺外與李客共營生計，不論放貸、質押，以貨以銀，私貯也不下數十百萬錢；這些，他都嚴口吞聲，沒半句吐露。

但是，依〈匡山夜吟繼赴大明寺有懷寄趙徵君〉詩後小注所記，慈元還是有捨不下的眷懷，見官不得不訴——就在李顒一蹶奄逝之後，「見一僧來，云：『貧道自有手實記賬；今代使君死，匆匆不及治，奈何？』」

此處所說的「手實」，原本是唐人編戶齊民的載錄，民戶自操，是一部官署覈實年籍丁畝的憑據，上面不但注記了各人應服課役，往往細舉積欠，謂之「記賬」。此賬三年一修，確保有「國人」身份者都能完糧納稅，也服事了應該從公的勞力。和尚是方外人，有度牒，自然不會成家戶，也就不會擁有「手實」，但是慈元聲稱「自有」，意思很明白了：他在世上仍有未了的債務。既有代死之說，李顒當然不好峻拒：

「予曰：『可代治乎？』僧曰：『可。貧道於昌明李客處寄資百萬，非可語人，心實苦之。果索得而為營齋奠，期不復墮奴身，於願足矣。』予曰：『和尚亦有放不下物？』曰：『未拿起，如何放下？』」

在李顒而言，這一段記述僅付笑談，不外唐人風趣。顯然，他日後並未認真為這個代他而死的和尚追討逋餘，營奠營齋之事，想來是這刺史「去來歸意分明在，多少名心逐漸枯」的徹悟之後，自捐所有而償之。真要追問起令慈元一死不能或忘的這筆錢，居然在三五年間「輾轉散來東海道，間關接濟維揚人」，都結化了無情因緣——此是後話。倒是從張夜叉阻馬到慈元代死的情節，日久而訛生，後來被人繫於劍南節度使章仇兼瓊之身，大約也是因為章仇兼瓊名爵高顯、動見觀瞻之故。

慈元之死，可比江濤滾滾，留在世上的浮沫泡影僅此寥寥數十字，甚且連個名字都未曾記得。為李白帶來這死訊的吳指南也就當是一則閒話表過，他來大匡山，其實另有差遣在身。李客囑他伴送馬匹囊橐來，是要李白出一趟遠門——分別前往九江和三峽，為一兄一弟各發付一份資財。這事來得突然，李客還相當罕見地給了吳指南一份酬勞，指使他陪著李白同行。

吳指南看來意趣盎然，簡直就想即刻動身。李白一則對遠遊感到興奮又徬徨；一則顧慮著大匡山上再沒有人陪伴趙蕤，忽而替他感到冷清，反倒有些不安。

而趙蕤卻有不同的想法。他沉吟了好半晌，才招呼吳指南，把馬匹沿坡拉到子雲宅後的槽上去，囊橐也搬進了相如臺，這就意味著不讓來客說走就走了。

「出蜀非同於遊眉州，」趙蕤雙眉攏攢，又來回踱步，逡巡良久，才轉向吳指南道：「此去萬里，須得計議——李商另有吩咐否？」

「只說『神仙自有安排，聽憑所囑』。」

趙蕤聞言，點點頭，回眸看一眼李白，忍不住笑道：「前此往西南一遊，所囑於汝，尚能記否？」

李白道：「敬領所教三事：『見大人，須防失對；見小人，須防失敬；見病人，須防失業。』」

趙蕤捋了捋胸前長髯，放聲笑道：「一旦出，果若何？」

李白低下臉來，不作聲了。趙蕤的嘲謔並非無的放矢——金堆驛上一劍招搖，差不及分寸便招惹了驛卒之禍；至於干謁蘇頲，則空領兩句不著邊際的「若廣之以學，可以與相如比肩矣」的嘉勉，看來都難說沒有「失敬」、「失對」。更不堪的是，一年多行腳所過，到處有人爭傳李白醫道高明、藥膳精到，這就更違背了「須防失業」的世故用心。這也是他飛揚浮躁，不能謹恪沉靜的個性使然。趙蕤還不放過，接著道：

「一事不記，倒也好！汝初來時自道：寫詩恰是隨意，皆不落題目；看來汝一生行事，亦復如此。」

說到這裡，趙蕤一副龐大偉岸的身軀像是忽然鬆垮了下來，頸一垂，肩一沉，雙瞳黯然。可是，這神情也只一瞬即逝，他登時挺直胸膛，抖擻衣襟，轉身朝廚下走去，一面走，一面啞著嗓子道：「猶記初會之夜，某有新釀濁酒一壺，俱付汝等飲盡，而今此釀甕中老矣，宜再與汝等共之。」

這一甕酒，讓李白和吳指南醉而復醒、醒而復醉，不能數計日夜；而趙蕤顯然有意如此。連朝之筵，趙蕤似飲而未飲，不醉而若醉，隨著兩個少年漫天漫地說些胡話，數落著或恐有憑、或恐無據的見聞，說來不外家常，東一句、西一句，恍如疇昔所經歷過的任何一個平凡朝夕。

語既不經心，意遂無所留；直到不知過了多少時日之後，李白在出峽舟中與吳指南對飲而微醺的那一刻，回眼看見船後以纜索網繩兜縛著的馬匹，在風中齜牙咧嘴，喑喑欲鳴，瞪著一雙鈴大的眼睛，像是怕驚擾了正在撼搖著天地的山影江聲，而不敢妄動。那馬兒的神情，直似不斷地將心中千言萬語，咀嚼吞嚥，決意不向迎面撲來的風濤吐露。李白這才忽然想起來，遂叫道：「神仙用心如此！」

吳指南無論身在何處，遇酒只是傻飲，當然不會知道李白的話，便昏昏盹盹地四下張望，但見舷窗外山青逆溯，江碧回瀾，一舟如箭，逕隨波勢向東急發，哪裡有甚麼趙蕤的形影？便問：「神仙也來了？卻在何處？」

李白並不答話，他的了悟，只能自己品嚐——

那是在席間，趙蕤曾經沒頭沒腦地問道：「前番遊歷，汝父倩大明寺僧具騾車一駕隨行；今日則為備一馬，可知用意？」

李白不意有此問，想了想，只道：「車駕負載沉重，是耶？」

說也奇怪，趙蕤看似正襟危坐地提了一問，答時卻亂以他語，當下舉了舉杯，道：「鍾儀、莊舄之徒，下士也！不足以言四方之志。一俟風埃撲面，即知胡馬嘶聲。汝自體會，乃不至忘懷。」

鍾儀，春秋時人，其人其事具載於《左傳．成公九年》。說的是晉景公觀兵於軍府，看見一個戴著楚國帽子的軍犯，便追問來歷。從人報之以：「鄭人所獻楚囚也」。晉景公把這楚囚召喚了來，盤問姓氏、職司，知道他世代為楚宮琴師。問他能奏樂否？這鍾儀回答：「樂工既是先父的職守，也是我的專職，豈敢有二事？」

晉景公於是遣人給了鍾儀一張琴，使操其樂；果然所奏即是「南音」。晉景公這時多問了一句：「知道貴國之主究竟是個甚麼樣的君侯嗎？」

鍾儀相當謹慎地回答：「這不是我等小人該問的事。」可是晉景公執意要問，鍾儀對答如此：「但知吾君為世子時，有師、保等大夫侍奉教誨，朝有嬰齊、晚有子反，這些都是賢臣——至於其他，小臣我就不知道了。」

這一番答問傳到了晉國大臣范文子耳中，以為所言不背根本、不忘故舊、也不存心阿諛，堪稱忠信敏達，於是晉景公也就聽從了范文子的建議，不但釋放了鍾儀，還差遣為專使，回楚國去促成與晉國之間的交好。

莊舄，是越國人，其事則見於《史記．張儀列傳》。縱橫家陳軫與張儀同事秦惠王，張儀以陳軫曾經「重幣輕裝」，出遊於秦、楚之間，形跡有通敵之疑。秦惠王追問陳軫，陳軫竟不掩飾，並且轉述了越國人莊舄的故事。

越國人莊舄遊宦到楚國，擔任「執珪」之官，卻忽然生了病。楚王遂同臣子們議論此事：「莊舄在越國，是個低賤的小人物；到了楚國來，官爵顯要了，貴富了，他還會想念越國嗎？」這時，楚王身邊有一隨侍的近臣上前應道：「凡人之思故，在其病也。彼思越則越聲，不思越則楚聲。」楚王派遣人去窺伺，果然發覺病中的莊舄不意間所說的，還是家鄉越國的話。

陳軫舉莊舄為例，意思就是說：「臣去秦就楚，其情猶如莊舄。不能不牽繫根本。」這話說得實在，也將就著莊舄的故事，贏得了秦惠王充分的信任。此後，無論是王粲《登樓賦》：「鍾儀幽而楚奏兮，莊舄顯而越吟」或是李白《贈崔侍御》：「笑吐張儀舌，愁為莊舄吟」、杜甫《西閣二首》：「哀世非王粲，終然學越吟」，皆用此事。

不過，當李白在行舟之中看那馬瞠目吞聲的模樣，忽然天清地澈，萬端了然，原來趙蕤千言萬語都不交代，就是要讓他自己體會：這一趟出遊，不會有歸期，也不會有回頭之路。所謂「胡馬」，不外是「胡馬依北風」，自然是指戀家之思，儘管如此，可是他卻不能學鍾儀、莊舄——那種人在趙蕤這般徹底的縱橫之士看來，只不過是「下士」而已。

趙蕤這一番不動聲色的提醒，果然較之於諄諄切切的耳提面命益發受用。李白停杯遠望，凝思良久，把許許多多的人生碎片都串結起來。他驚覺那一次醉態可掬的趙蕤並沒有荒唐其言，他每一句看似枝蔓無根的談話，都暗藏機栝，互成結構，一旦想起了其中之一，其餘便亦鋪天蓋地連綴而來，的確讓李白於回味中「自體會，乃不至忘懷」。

就在嘲弄了「鍾儀、莊舄之徒，下士也！」之後，趙蕤忽然狀似不經意地舉杯問李白：「下士聞道而大笑，何解？」

這是老子《道德經》第四十一章上的一段話：「上士聞道，勤而行之；中士聞道，若存若亡；下士聞道，大笑之。不笑不足以為道。」是在引申前文「反者道之動」的意思。老子自有對於上、中、下士的等差之見；以為「下士」由於見識淺薄，根本不明白真正的道體道用為何物，一旦接觸了道，便以為荒誕不經，便大笑起來。反而言之：唯其因為「下士」之笑，也就顯現出道的高深了。

李白依本義答了。趙蕤卻立刻道：「某既云：鍾儀、莊舄為『下士』，則鍾儀、莊舄所笑者何？」

這是一個尖銳的衝撞——鍾儀、莊舄之念舊、思鄉，或許出於私情；但是在儒家史傳經典的教訓裡，心繫故國不只是個人的情感，更是不可撼搖的倫理，甚至就是「道」的具體實踐。從這一方面說，則鍾儀、莊舄不但不是「下士」，還應該被許為儒家的「上士」——他們惓惓孤忠，耿耿不忘，一生「勤而行之」的，不正是對生身家國的眷戀和愛慕之「道」嗎？一旦從這個儒家之「道」來看趙蕤，其論勢鬥術，非君無父，反而注定要成為正統士君子眼中的「下士」。可是，在一個遊心於廣宇、騁懷於天下，從根柢之處不以閭閻鄉黨為念的縱橫家眼中，「道」卻超越了家與國之間的種種聯繫；趙蕤所追問的，乃是：當舉世都推崇著鍾儀、莊舄那樣的士君子的時候，被目為「下士」的縱橫家如何自處？

「某既笑鍾儀、莊舄為下士；則鍾儀、莊舄亦必笑某為下士。」李白嗅出其中仍不免是那正反相對之論，一時難以取捨，只能勉強拾了句孔老夫子的話應道：「道不同，不相為謀。」

趙蕤為每個人再斟上酒，也撿起一句夫子牙慧追問：「彼之道便取那『在邦無怨，在家無怨』；則汝之道又如何？」

「在邦無怨，在家無怨」是孔子回答仲弓問仁的話，趙蕤用此語，不外就是暗示：鍾儀、莊舄乃是「邦」與「家」的囚徒。

「某之道——」李白忽然想起來了，應聲答道：「神仙曾經說過的：『身外無家』！」

「汝得之矣！身外無家，以為天下事也。」趙蕤放懷笑了，隨即一口飲盡杯中之酒，復道：「某這也是『下士大笑』！」

舟行順流，江水滔滔，李白怔怔地望著那匹漸慣於風浪顛簸而安靜下來的馬，徹底明白了趙蕤的意思：從此以往，一身所及者，唯天下耳。

這是一次徹底訣別的浪遊，與先前的錦城眉山之旅是多麼地不同？他不能再作居鄉之吟，不能再有歸鄉之思，甚至不能再圖返鄉之計。因為唯有在人世間徹底拋開了他作為一個商人之子的身份，他才有機會成為大唐帝國萬里幅員之中的一個全新的人。

說是訣別，也就像月娘乍別匆匆之言：「天涯行腳，舉目所在，明月隨人，豈有甚麼遠行？」李白告訴自己：世上沒有真正的遠行；若有，便是在分不清前浪後浪、此水彼水之間，拋開每一剎那之前的那個故我而已。

兩年以後，他在揚州逆旅中臥病，平生首度以為自己即將死去，因而寫下了〈淮南臥病書懷，寄蜀中趙徵君蕤〉；這是他寫給趙蕤的一封信，也是唯一的一首詩：

吳會一浮雲，飄如遠行客。功業莫從就，歲光屢奔迫。良圖俄棄捐，衰疾乃綿劇。古琴藏虛匣，長劍挂空壁。楚懷奏鍾儀，越吟比莊舄。國門遙天外，鄉路遠山隔。朝憶相如臺，夜夢子雲宅。旅情初結緝，秋氣方寂歷。風入松下清，露出草間白。故人不可見，幽夢誰與適。寄書西飛鴻，贈爾慰離析。

4 驅山走海置眼前

大匡山上一片石；方圓數十丈，遍生綠苔，分寸無間，曾經忽然出現了刮刻詩句，字如斗大，迤邐歪斜；是李白手筆：

犬吠水聲中，桃花帶露濃。樹深時見鹿，溪午不聞鐘。野竹分青靄，飛泉掛碧峰。無人知所去，愁倚兩三松。

這首詩刻在巨石的苔衣上，字跡呈陰文，經歷幾度春秋。直到那一場綿延數日的大醉，李白使酒乘興，將之踐踏、刓剔，以至於剝除殆盡。可是不知是有意、或無意，偏偏留下了末聯出句的末字，一個鏤空的「去」字。

綿州刺史李顒在李白出蜀之後不久辭官，歸里之前輕裝簡從，繞道大匡山探望趙蕤，可是子雲宅周遭數里之外，闃無人跡。他只能猜想：神仙必是採藥去了。此去或恐不只三、五日，他卻不能等。那麼，此生此人，也就不得再見了。

既然不忍遽去，只能儘意勾留，李顒在相如臺前後徘徊了好幾個時辰。他從後園棚籬之外、趙蕤和月娘親手開闢的小徑一路走進山深三、五里之遙，彼處有一澗，為此山號稱天水的瀑布分流，由於坡勢較緩，每隔幾十丈遠，淙泉淵渟蓄積，塘潭疊見，中有無數游魚，在十分清澈的淺水中往返。

也因為無所事事，李顒看著看著，便隨意跟著一魚的遊蹤，信步而去，不料卻發現這魚繞潭數過之後，竟從側旁一渠逆反著較緩的水勢，直往上游而去，他也就移步回頭，察看那渠——其側底皆有枕木片石堆砌，不像是水勢穿鑿生成。非徒如此，當他來到上游的另一小潭邊，卻見另有三五尾巨口細鱗之魚，也從另一側的灣渠中奮力上游——而這一渠與前者並無二致，也是人力鋪鑿出來的。

這一來他看明白了；在這前後數里之間，趙蕤利用平曠的地勢，將一脈又一脈、一渟又一渟原本順坡而下的山水，引而曲之，成了群魚可以反覆迴遊的緩溝，然則，養育繁殖，盡在其間。

「此局造化夥矣！」李顒驚詫之情難抑，忍不住鄉音楚語出口，餘聲裊裊，在山壁間迴盪。在這一刻，他舉目環觀，看群山眾壑，林木蔥籠，忽然有一種身在天地之外的茫然；像是發現了無比的奧秘——原來說甚麼九霄雲外、神宮仙境，卻可以是體察微物之生，設施工巧之具，為草木鳥獸蟲魚覓一棲息地而已。想到這裡，隨之而來的沮喪卻更形劇烈——「堪歎某一世居官，不能偶識養生卹民之道如此，豈不愧煞？」這幾句是他的詩集弁言，其下有句，可以說是李顒對自己立功而未成的一縷深憾：

觀魚知造化，訪舊悟仙蹤。公事從今了，通人幾度逢？群官難遂道，叢菊半鄰農。一楫桃源遠，微吟愧李顒。

李顒將他的這一卷詩集分抄了三部，其中一部傳家，一部留在綿州大明寺，一部送龍門香山寺。人問其故，他說：「治亂無常，猶如生死不測。一卷詩既承天命而作了，宜乎善保藏。寺廟清靜地，寒門士子蛸結者多，知音人或在其中。」

這三部抄本與李白另有因緣，只其中一部——也就是留在李顒安州故里的一部；較諸另外兩本，有些許不同。那是因為李顒於數年之後，病篤彌留之際，曾經喚人取筆墨到榻前來，說：「某更有一詩未曾寫了。」

接著，他對家人說起了他獨自向大匡山告別的最後一程，是來到當初李白刓苔作詩的巨石之前。但是卻無論如何不曾料到，一首五言八句，僅僅留下了一個「去」字，似乎這也是冥冥之中注定，他也到了不得不走的時刻。在家人的攙扶之下，李顒搖晃著他的大腦袋瓜，吟了兩句：「誰留去自去，石上望神仙」。就在這虛渺空寂的一望之中，李顒垂下頭，像是對他的家人、更像是對自己說：「尚有一韻，竟不記耶。」他忘了另外兩句，溘然而逝。

至於故留「去」字而去的李白，一啟程就把甚麼都忘了——尤其是他的兄弟。

李白之兄一郎，族中大排行第八，名尋，生小勤謹木訥，十四歲上從李客遠行，安置在九江，隨俞氏航船一門習算學，之後便落地生根。李白之弟三郎，族中大排行十六，名常，鄉里最稱幹練。李常也在十四歲剛滿之時追隨隊商出綿州，不多久就在巴蜀之間自領估販貿易，三年而獨立。之後又過了一年，李客招之到石門山官渡口，所謂「巴蜀咽喉」之地，建立了可以轉運十萬石物資的棧坊。

官渡口舊名紀唐關，一關所轄之區覆蓋了巫峽兩岸，李常的倉舖就在北岸信陵鎮。由於江面澄平，水勢深靜，全無波瀾漩陷之險。一般水路行旅，皆在此地渡口選船。有那輕裝就道，欲快行速至者，必揀選小舟，多在南岸登船。至於負載沉重，貨運躉行的，往往要藉力於七、八千石的大船，多在北岸登船。岸間就憑仗排筏過渡。

李白於此度出川，由蜀之巴，半程山水算是重來回味，於吳指南卻新奇異常。為了讓這友伴也能飽覽山河明秀，李白遂仍由陸路啟程，先折往奉節白帝城——此縣，以諸葛亮奉劉備「託六尺之孤，寄百里之命，臨大節而不可奪也」的操守而命名；此城，更因昔日劉邦以赤帝子之身醉中劍斬白帝子而留名；而這裡，也是三峽的起點。

古來以出三峽為出巴蜀之稱，三峽兩岸，叢山綿延七百里，形勢光景，不一而足，或雄奇、或險峭、或俊秀、或嫵媚，瞬目以收，但覺變化萬千。

長江三峽風景秀麗。北魏酈道元《水經注》以簡約痛快之筆寫之，千古以來，無有過者；像是：「兩岸連山，略無闕處。重巖疊嶂，隱天蔽日。自非亭午夜分，不見曦月。」或者：「至於夏水襄陵，沿泝阻絕。或王命急宣，有時朝發白帝，暮到江陵，其間千二百里，雖乘奔御風，不以疾也。」但是正因為無有過者，卻往往於酈道元的文字之外，也就很難見識三峽的其他面目了。

即以古里計程，三峽七百里之說也多了，自蜀徂楚，江行西起奉節縣白帝城，東至宜昌南津關，全長約唐里三百有餘，四百不足，前後由瞿塘峽、巫峽、西陵峽相貫而成。瞿塘峽位在最西，景貌短促，前後僅十五里，向屬奉節巫山縣。巫峽九十里，從巫山到官渡口，此地已屬巴東。再向下，則是西陵峽，一百三十里，由秭歸到南津關，屬湖廣之區。

「兩岸連山，略無闕處」所謂，是指三峽兩岸高峰綿延，崖壁險巇，山峰突出江面數百丈，而江面狹仄之處，往往不及數十丈，是以才有「岸與天關接，舟從地窟行」的句子。古傳一說，謂地下之龍借水中長蛟之力而鬥，拱石奮起，欲升天庭，而天水則自西發來，切鑿江牀，日夕鎮壓之，使不能抬頭。

李白與吳指南自瞿塘峽順流行舟，看山不能深，試酒不覺量，才過夔門，心頭竟一陣驚悚——瞿塘峽關，狀如天地門戶，江北赤甲山一嶺插天，盤曲如桃尖，為古巴國赤甲將軍屯營看守江龍之地。南對岸的白鹽山則無論晨昏晦雨，繞山上下總有一團亮銀的風霧，閃爍不已。忽而目睹這景物，便聽見前後數船上的舟子們你一句、我一句，輪番吆喝著唱來：

尖山天上掉蟠桃，繞石白銀飛雪毛。千尺江深誰見底——

這時的江流也正由於地貌之變，千漩萬渦，怒激奮搏，縱使有多少人力欲屏擋排抗，恐怕也不能逆移尺寸。便此時，所有的舟子們居然都停下手中槳楫，人人肅殺莊嚴，有一種臨危授命、任天地操之弄之而不抵不拒的意態，他們只環視著衝撞船身的驚濤駭浪，齊聲喊唱著最後一句：

　　將軍來洗戰龍袍！

此情此景，一面令人骨冷齒寒，一面也教人汗流浹背。李白與吳指南不能不取出酒漿，指點江山，欲言又止，只好以飲代言。直到夔門隱沒於峭壁以外數里，吳指南才冒出一句話來：「居然不死！」

在抵達官渡口之前就已經喝得不省人事。他們人在南岸，本該先暫寄了馬匹，渡江赴鎮交割銀兩，之後再乘筏回櫂往南岸，另覓一沿江下行的輕舟出峽。豈料兩人都醉眼乜斜，卻還心有旁鶩。吳指南極力想要分辨的是這立身之處，究竟是江之南？還是江之北？而李白所想的則是萬里關山，倘或真的一去不回，與月娘可還有一晤之緣？

便在這時，渡頭船家正召喚著稀稀落落的往來行客登舟，有一聲、沒一聲地喊：「客不壓艙艙不滿，巴山無水舟子懶——」

這船不大，可是旅人更少，數來計去，不過五、六個肩挑貿易。船家意興闌珊，像是根本不欲起碇。

這時任誰都看見了：渡頭上一人鬚髮戟張，衣衫襤褸，既沒有箱籠，也沒有包袱。肩頭卻站著一隻雄姿傲視的鸚鵡。那人登上一船，肩上的鸚鵡則扭轉了脖頸，直朝李白叫喚，呼聲極似人語：「佳人與我違！佳人與我違！」

這正是李白的心思。他神魂一蕩，生怕錯過了鸚鵡之言，也顧不得其餘，緊隨著那人便走，船家問了句：「下江否？」李白且不答，逕將囊橐發付了那人。吳指南也就跟著搶身上前，將馬匹頸上套索也遞了過去，道：「過江、過江。」船家見有這馬情知生意足了，不免一喜，回頭衝伴當使了個眼色，說時遲、那時快，一事無牽掛，群山迎面來，這船就解纜東發了。

李白登船，是船家眼中的豪客，迎納自然十分禮遇，當下排開他人，將他和吳指南讓進了前艙，就一四座交椅、方几高榻處坐了，正在前後兩艙之間捆縛馬匹，只見李白引那肩佇一鸚鵡的漢子同坐，那漢子也不推辭，敞襟揮袖高踞入座，但見他虯髯戟張、亂髮鬖髿，意氣昂揚，倒有幾分像是這一席的主人、甚或是這一船、這一江的主人。他隨即俯身湊近李白臉前，道：「汝與某，見過。」

李白正猶疑著，這人扯開嗓子便唱了兩句：

代有文豪忽一發，偏如野草爭奇突——

「啊！汝是錦官城那騎羊子——」李白一驚，不自覺地竄身站起來，卻給漢子一掌到肩按住。

「實不相瞞，」漢子壓低聲、朝李白臉上噴著濁氣，道：「某乃天上文曲，俗名張夜叉的便是。」

一聽他這麼說，吳指南不禁放狂噱笑起來，道：「既然也是星君下凡，能不識得李家此仙乎？」

吳指南卻沒有料到，張夜叉臉色倏忽一凜，額筋浮鼓，頰肉顫磨，朝他瞪起一雙如豆的小眼，道：「太白星君與某自有勾當，干汝無賴小人底事？容汝斯須放肆在座，休得再要囉噪！」

可這吳指南乃是結客少年出身，又哪裡能夠容他一介丐流開口鄙斥？他登時抬起右掌，直要向几案上拍落；這廂李白見機得早，一臂攔下，笑著望一眼那鸚鵡，岔開話題，道：「文曲果然不凡，即令是隨身一禽，也能吟誦佳句，非同俗響。」

「不過是個短命畜生，且休理會。」張夜叉看似說的是肩頭鸚鵡，又似隱隱然陰損了吳指南一句，隨即道：「這詩麼，原本是星主之作——日後自有徵應。」

說也奇怪，那鸚鵡像是頗能解語，登時嘵舌喊著：「佳人與我違！佳人與我違！」

「某供此職，所司甚蕪雜，生死離合，俱在指掌之間，不可須臾疏失；以免文運摧折。然此差實在苦勞不堪言，亦不能多言，以免洩漏了天機。而今擾汝一程，也是天機所繫，不能不爾。歉甚歉甚！」張夜叉指著船頭船尾的那些個商販，歎了一口長氣，有如難得遇上了知音儔侶，從而無限感慨地說：「且看當今，天下繁盛，物阜民豐——倘或人間商賈益多，文士寖少，抑或人人從商業販，莫入士人行，則某仔肩清閒，又何其幸甚！何其幸甚矣！」

說到了「擾汝一程」，李白也才瞿然一驚：不對！他和吳指南搭上的，是順行下江之舟，而他原本還得先過渡到北岸，給李常送一份家眥去——此事，卻全教那一句引人入勝的詩給勾引、耽誤了。

正當李白惶急於失計的這一刻，張夜叉猛可起身，逕直朝艙外船首踅去。他肩頭那鸚鵡也似躍似縱，不斷撲搧著七彩翅翼。李白還來不及攔阻，又想著得呼求船家返櫂，卻見張夜叉信步而去，直入江濤，只一瞬，便淹沒在浮波亂泡之間，半空中，只那鸚鵡盤旋三匝，隨即也消失不見。

此際，李白耳邊迴盪著帶有鳥語況味的一個句子：「驅山走海置眼前」。

5 清晝殺仇家

驅山走海，可見去勢之疾。李白一醉而錯過的，可不只是信陵鎮的千金之託；他還錯過了西瀼口。西瀼口在官渡口之北，向為兵家必爭之地。三國之末，東吳大將陸遜火燒劉備連營七百里，據《巴東縣志》所記有此：「追兵急，備燒棧斷道，然得免。」而劉備能勉強全身而退，暫免一劫，最後流亡至白帝城托孤於諸葛武侯，還是拜地利之所賜，此地遂名「避兵岩」。

此地直至千載而下，能傳聞於世，料應不在這劉備的「避兵岩」，而是一首詩。詩題〈西瀼溪〉，其詞曰：

迢迢水出走長蛇，懷抱江村在野牙。一葉蘭舟龍洞府，數間茅屋野人家。冬來純綠松杉樹，春到間紅桃李花。山下青蓮遺故址，時時常有白雲遮。

傳聞這首詩的作者是杜甫，也有考證以為此詩寫於唐代宗大曆三年的三到六月之間——頸聯所述「間紅桃李」是即景寫實的筆觸。穿鑿附會之言還頗稱詳盡，以為尾聯所寫，就是在懷念李白。

因為李白出身綿州昌明縣，此地舊有盤水，亦名廉水；據《太平御覽‧地部‧隴蜀諸水‧廉水》引《宋書》曰：「范柏年，梓潼人。宋明帝問：『卿鄉土有貪泉否？』柏年曰：『臣居梁益之地，有廉泉、讓水，不聞有貪泉。』帝嘉之，即拜蜀郡太守。一云：此水飲之，使人廉讓，故以名之。」

正因為這個來歷，該鄉亦名「清廉鄉」。李白自稱「青蓮居士」，諧音「清廉」，是思鄉之計，殆無可疑；但是西瀼溪距綿州太遠，實在難說「山下青蓮遺故址」，便是指李白。至於「白雲遮」，說是從李白的〈登金陵鳳凰臺〉詩中之句：「總為浮雲能蔽日，長安不見使人愁」而來，更不無穿鑿之嫌。

推而究之，大曆三年時，李白已經物故六、七年，杜甫也已經五十七歲；再兩年，詩聖也過世了。倘若說這一份對故人的思念如此長遠，就詩句論意旨，似乎並不實在。

〈西瀼溪〉聲調穩洽，思致明朗，不失風趣。尤其是頸聯的「純綠」、「間紅」浮跳於松杉、桃李之間，的確具現了幾分老杜的神采。然而，果若以「老去漸於詩律細」的韻致衡量，則詩中的「走」字、「在」字都欠琢煉，「一葉」、「數間」和「春來」、「冬去」也滑俗不耐重吟；至於第二句與第四句犯重的「野」字全然無謂，更見鄙拙。

說起來，這首詩並非杜甫手筆，也不必等到大曆三年始作——這是考據家們為了湊合老杜晚年居住在夔州的一段時間，硬生生羈縻所成。

然而這首詩，自有其畢現另一折枝節情事的價值，其作者，乃是當年跟隨李顒至大匡山走訪趙蕤、李白師徒的綿州別駕魏牟。

別駕之官，一向與長史、司馬並為州郡三輔，有時別駕甚至也稱長史，是刺史佐貳。列為上州的別駕，居從四品下。李顒辭官前，循例有所保舉。看這魏牟年輩已經不算晚，憐惜他蹉跎下僚，已歷八任，遂大力褒讚入京，洊入秘書少監，這就取得了從四品上的資格，到了這個地步，只要守得官闕，大約就能轉任殿中少監、或者是大都督府、親王府的佐僚。

魏牟鑽營有道，尤其是詩才敏捷，極善諧聲對偶，往往能在一些酒筵饌席之間贏得上司賞鑒，又由於熟悉巴蜀民情，所以秘書少監還不及坐熱，很快就放了一個正四品下的歸州刺史，初上任，便以當地盛產神農菊為題，留下了頗令當局者欣慰而傳誦的名句：「行看歸州人不歸，坐憐叢菊到秋肥。神農付得天香種，留與明妃染繡衣。」詩中以「菊」喻「隱」，又將「香」諧「鄉」，使用的是不歸的典故，撐持的卻是歸來的鄉思，算是魏牟畢生的佳作了。

倒是那一首〈西瀼溪〉，別有實事寓焉。天子河一帶百里，由南向北，流入巫峽，來助長江水勢。有謂此河曾迎宋太祖趙匡胤之鑾駕，以是得名，不確。先是，此河兩岸峽谷幽峭，峰林蒼蓊，其間密佈著無數天成深洞，亦不乏名呼。其中稱思仙洞、穿天洞、收雲洞、野牙洞等等，不一而足，率皆按諸實景。

至於「天子洞」，追本溯源，也不荒唐。許多崖洞窽竅相通，滴泉積壤，上下欲合，稱之石筍、石林、乃至石柱者，亦端視其狀貌而已；當時巴人也稱那些較肥大的乳狀石為「野牙」，而後世則一律以鐘乳稱之，可見古今人眼中所見，本是一物，遐想舛離而已。

石泉涓滴似乳，所見偶同，也有人說：此乳山精地靈，感物而生，飲之可以得子，故有「添子」的迷信，「三峽第一洞」固不須以景物之信美才能稱「第一」，蓋「添子」諧音「天子」，非天下第一而何呢？

有了「添子」之名，自然也就會招徠需要添子的人；不知自何朝何代起，巫峽口上下過渡人等，獨行或伴行的女人便多了起來，而且幾無例外，都是來求子嗣的。

〈西瀼溪〉詩首聯「迢迢水出走長蛇，懷抱江村在野牙」，「長蛇」所形容的並不是水，而是往來行舟上下、絡繹不絕的女子，排成了一列蜿蜒漫長的人蛇。「懷抱」一語雙關，既指江面盤曲周折，如擁攬村落；也指這些不孕婦女的心情，是去向山洞裡面的「野牙」祈求香火綿延的。

「一葉蘭舟龍洞府，數間茅屋野人家」的落句雖然是寫實，出句卻大有玄機。因為「一葉蘭舟」，並不是尋常能夠往返三峽之間的航船。畢竟蘭舟太雅致、也太脆弱，根本經不起峽中風濤；此處當然別有所指——用「蘭」字鑄詞，無論是「蘭夢」、「蘭兆」、「贈蘭」，都出自《左傳．宣公三年》，鄭文公的賤妾燕姞，夢見天使贈來一株蘭花而得子，即日後的鄭穆公。這個典實也就與「野牙」的禱祀崇拜有了聯繫。

此外，「龍之洞府」也是雙關之語。它一方面隱括了綿州治下的一個上縣，叫做龍安；一方面又影射巴東一代古傳數千年來之謠，說的是地下有龍不欲自安，老是想要拔江而飛升。至於龍之一字，兼攝兩端，實則別有緣故。

近二十年前，中宗皇帝在位之時，龍安縣有一縣尉，世未傳其姓字，只知道是綿竹縣出身的一個寒門士人。他在稽核公廨財務的時候，發現銀帳兩般不合，趕緊向縣令請示。

縣令名叫毛韜，先是支吾推託，繼之以斥責詬詈，復繼之以折辱誣陷。事後想來，才知道通衙上下，無論是縣令以至於流外司事，都是虧空之主；所蠹蝕貪吞的，便是當地雲門堰、茶川圳田的歲修事功。既侵吞了衙署錢糧，也苛索了百姓徭役。不料此事清者不能自清，反而被群汙所窘，不過數旬，反而羅織了他稽覈不實的罪狀；下獄數月，憂憤成疾，一命嗚呼了。

這件事的底細甚秘，外人向不得知。豈料天欲人窺，自有萬千孔隙。原來毛韜以下，舉縣丞、主簿乃至縣尉，這主謀貪贓的四個人，一向都沒有子嗣，十八度春秋轉瞬即過，諸人由於內升外調際遇不同，也各自星散。只是年齒徒增，膝下猶虛的命運相同，四個人似乎也只能徒呼負負；唯各自於中夜輾轉，又覺得悵惘不甘。

他們之中，誰也沒有想到，風生水起，四時來去，十八年後，各逐遷轉多方，卻又不約而同地回到綿州。毛韜為李顒長史，官居正五品上，除了還幹些中飽私囊的勾當，從來並沒有甚麼治績。

近年風聞：鄰州巫峽口層巒之間有添子洞者，石乳滴水如泉，盛以瓜瓞之器，滿飲則能成孕，有誠則靈。這才是諸方求子婦人不遠數十百里，乘船而來的緣故。此外，又據說出了那洞，水即如常，沒有添子的效益了。婦人們於是跋涉前來，列次第以取滿一瓢，便於洞中飲了，之後才滿懷欣然地回家。

公門主婦四人，遂以毛韜之妻為首，聯袂到鄰州福地求子。這事原本不宜大作旗鼓，可是又不能不略微張致，以便與常民區別。於是便向航商徵來一艘數百石的大紅船，結掛起借來的紳戶燈綵，四個婦人卻穿著庶民常服——如此一來，既逞了排場，又掩了身份——一路引著上江下江諸人側目，竟不知船上是不是一群商賈之家召喚的老妓。

來到添子洞，長隨人遮擋扈從於外，四個婦道正待以瓢取水，卻見洞中高處石壁盤坐著一名女子，年約三十上下，一身勁裝，頭裹青綠繡花巾，寬簷風帽，一襲絳紅衫，以錦帶結束，遠遠地喊了聲：「見過縣君！」

毛韜乃是正五品命官，妻稱「縣君」，可見洞中女子是知情者。這讓婦道們都大吃一驚，來者居高臨下，膽敢這麼干犯，若有甚麼歹意，一時還真不知道該如何應付。

孰料那女子一眼認出了毛韜的妻室，當下嫣然而笑，直勾勾一雙眼盯著她道：「求子延嗣，乃是家戶大計，縣君請便。」說完便仍如先前一般，盤膝坐定，瞑目不語。四個婦人可是顫手搖身、提心吊膽地接著泉水喝著，仍不免犯嘀咕：此女看來容色恭順，言詞達禮，卻為甚麼仍舊帶著一股清剛的厲氣呢？

就在四婦人飲罷添子之泉，欲為歸計之時，石上之女又開口說了：「十八年一命難酬，無何上天有好生之德，不能取四償一，妾亦不敢代籌，還請縣君等自為商議，妾當娶何人首級以薦神明，來日當赴衙署求教。」

這是婦道們聽得懂的言語，卻不敢相信、亦無以作計之事，一句話不敢回，嚇得臉色煞白、腳步凌亂，跌跌撞撞從洞裡奔出，呼喊著洞外長隨人捉拿妖女。這邊紛紛扈持婦道登船，那廂持了刀棍入洞察勘，哪裡還有甚麼妖女行蹤？

毛韜等人從此過不得安穩日子了。數算起來，十八年前正是他們四個在龍安縣以贓誣害那縣尉憤死囚牢的時日，天道好還，凡是與其謀、司其事者，誰也脫不了干係。然而那全無來歷的女子已經留下話：只取一命為償，剩下來的就是：該由誰授一命去？

過不了幾日，四人家中都出現了異狀，一早起床，人人都在扃鎖完固的房中發現一支含苞未放的青梗蓮花，此乃當地所產，原本不足為奇——在他人看來，青蓮之為物未必可解，可是對於貪贓枉法、謀財蠹民之人而言，青蓮二字，諧音清廉，其諷喻也至為明白了。可是蓮花之側，卻分別有白絹、匕首、砒黃等物——用意至為明白，就是要個人擇一自裁手段耳。毛韜臥榻上的青蓮花旁則非比尋常，是一個布囊，裡頭裝著兩三石子。

十八年來，兩度入蜀為官，毛韜一看就明白了，那是巫峽口下的卵石，經過億萬年江水沖滌磨打，個個如珠似玉。每當有迫於世道人情、不欲求生之人，打從崖頭跳落，那屍身上就會沾滿這樣的卵石，泥血混雜，侵入皮肉，難以清除。送來這幾顆卵石，也就不言而喻：毛韜如果誠心悔過，以贖前愆，便可以登高一躍，決其志矣。

經秋而後，在四個求子的中年婦道裡，只那毛韜之妻居然成孕，肚子一日一日大將起來，推看來年三、四月間，應該就瓜熟蒂落了。這一年霜後，毛韜為妻子延醫切脈，診得一舉得男，堪稱大喜。可是忽一日，一枝早已枯萎的青蓮花又出現在長史臥榻之側——而這一次受到威脅的，只有毛韜，則顯然與孩子即將出世有關。毛韜默識其意，隨即了然：以這尋仇女子的身手，若是要拿這尚未出世的孩子一命作抵，也是輕而易舉的。

毛韜隨即將另三人喚了來，一一交代了公事家計，隨即道：「十八年命途迂迴，世路盤曲，任汝與某遷轉如此頻繁，卻也避匿不得，還是在劍南重逢了。此中必有天意，不能違拗。而今吾志已決，當以一肩任之。」

「看來這狂言為患的，不過是一女子耳，何不發兵邏捕？」

「君不聞百數十年以來，此類以武犯禁者，莫不長於道術，彼等出入宮苑官署，穿窬排闥，莫不縱意之所如。一旦大動刀弓甲冑，討之伐之，反而啟天下人之疑。到那時，新仇舊怨，群言囂囂，事即不洩，某等名聲亦敗矣。」

這時另一個也大搖其頭，道：「說甚麼『一肩任之』，想長史不就是束手授命麼？試問：以一朝廷五品命官，忽而引咎自裁，想這普天之下，與長史有些許新仇舊怨者，又當囂囂而言者何？」

「這，已在所慮之中，」毛韜點點頭，苦苦一笑，道：「某自有了計，必不致牽累諸君——可是諸君啊！為官涉臟，而猶欲全一名節，我等之貪婪，不可謂不大矣！」

這一席令其他三人半明白、半糊塗的商議便這樣結果了。毛韜隨即於次日在家宅中大設壇台，以酬神賜子為名，廣邀僧道，聚修法事，一連三日。外人不知，可是毛韜的用意卻昭著非常——想那送青蓮花來的人必定也在暗中窺看、偵伺著。

到了最後一天黃昏，毛韜也登壇醨酒，以示感念山川神明。有人也發現：他公然摘除官帽，脫卸一身公服，換戴了樸頭，僅著常衣，才步下壇台。此舉罕見，但是一片喧填震耳的鑼鼓管弦之聲，淹沒了圍觀庶民的竊竊私語。

這是人們最後一次看見毛韜——這位長史從此消失了蹤跡，妻子、僚友依照他臨行之前的吩咐，四處傳言：毛韜感遇神通，一朝忽而辭官遠去，應該算是成就了一段仙緣。家人們在當年冬日，取當地松杉之材，為製二寸薄棺一口，以衣帽入殮。就在來春，正當桃李間雜紅白之色滿山遍開之際，毛韜的遺腹子也平安順利地出生了。

與《神仙拾遺》、《神仙感遇傳》、《感通錄》堪稱齊名的《仙遊雜編》中聲稱：毛韜「入野牙山，拂雲去，不知所終」，而魏牟所撰〈西瀼溪〉詩小序則有相當近似的筆墨：「長史毛公感青蓮意，入西瀼溪山，拂雲而去，一洗塵垢。」其中多了十幾個字，似乎一方面在暗示：那報仇的女子之名就是「青蓮」，這一點有些牽強，未必符實。至於「一洗塵垢」，則似以為毛韜的下場是投江而死，則不無可信之處——因為的確沒有人看見過這位長史大人橫陳於巫峽灘頭的屍體。

如果在這一層理解上回頭再讀〈西瀼溪〉詩，便可知在毛韜的去就生死之間，添子洞中的女子簡直是如影隨形，常相左右：

迢迢水出走長蛇，懷抱江村在野牙。一葉蘭舟龍洞府，數間茅屋野人家。冬來純綠松杉樹，春到間紅桃李花。山下青蓮遺故址，時時常有白雲遮。

只不過在這一段期間，沒有人知道她就是十八年前投身環天觀修真的女道士——月娘。

6 此行不為鱸魚鱠

月娘了此恩怨之時，李白懵然無所知。而時序交替不休，這已經是開元十三年的秋天。

李白剛剛出荊門，途中聞及皇后在前一年被廢的消息。廢后成為庶人，移送別室安置，這就是囚徒了。其令舉世臣民震驚的，不僅如此。試想：在一夕之間，以國母之尊，忽而失去了一切身份榮寵，反而令普天下百姓惴惴不安；何以天上之人，竟爾與我為鄰？

倒是李白對此事別有同情。他一向深信自己出生之時，母親「感長庚星入懷」的那一則奇說，所以「廢后」這樁原本同他風馬牛不相及的事，卻激發出獨到的同情——他不也是驟然間從天上墮落到凡間的星辰嗎？這一枚星辰，難道也是因為忽然間為天庭所厭棄、拋擲，而讓他淪落成一個連科考資格都沒有的商人之子嗎？他所能做的，似乎只有亟力隱瞞身份、尋求干謁出身，除此而外，他的前途只能說是一片茫然。

就在李白仗劍辭鄉，離親遠遊，而又陰錯陽差地一去千里之際，迎面撲來的邦國大事，竟然像是他自己的一個徵應、一個迴響。

人們爭說：廢后不但被剝奪了名位，甚至在被廢兩個多月之後便鬱鬱而終；傳聞皇帝中夜思慕，涕泣不能自已。此語寥寥，在方圓數百萬里的國土上不脛而走，雖然沒有任何紛披如枝葉的細節，但是，皇帝與皇后與天齊高的地位，卻讓這短短的幾句話帶給人無限飽滿的哀戚和感傷。

李白的古風之二〈蟾蜍薄太清〉與〈白頭吟〉顯然是在這一重意緒的激盪之下完成了初稿，日後歷經幾度翻改、謄抄，而流傳下來。但是這兩首詩並不能盡道他那種「被天所逐」的淒涼之意，於是在〈白頭吟〉的稿草後面，他又趁月秉筆，寫下了另外兩首日後標題為〈長門怨〉的七絕小詩，詩句如此：

天回北斗掛西樓，金屋無人螢火流。月光欲到長門殿，別作深宮一段愁。

桂殿長愁不記春，黃金四屋起秋塵。夜懸明鏡青天上，獨照長門宮裏人。

以旨趣論，此二篇根本是運用兩個不同韻腳所試作的同一首詩。實則，同題之作，另外還有兩首，但是在日後各編全集中並未著錄，如果把這四首合起來看，便一目了然，原來細讀李白著作，還可以翫味出他如何藉由詩句與他的讀者相應和、相感知。另外的兩首〈長門怨〉，是這樣寫的：

搖光西卻掩長門，厭厭屋金收黯魂。提月嚬蛾看紫陌，苔深不見靸鞋痕。

日下觚棱渡蝃蝀，窗金敷衍上林風。只今借月無何事，一片秋心照碧穹。

整體而言，這不是四首詩，也很難說是一首詩的四度修訂。因為在李白長年臨摹《昭明文選》與古樂府諸題的積習之下，似乎從來不以為求某題某作應該是不移不易的定本；他反而認為：即使命題相同，每操一筆，便是一副全新的本來面目，毋煩修飾，不須點竄。縱使一篇寫來不能愜意，那麼，便另出機杼，迭為更張。是以李白修改舊作的事例並不多見，如果字斟句酌，丹黃塗抹，必有緣故。

比方說：出蜀時所寫的〈白頭吟〉，是因為自覺用意過於蕪雜，導致辭句瑣碎，於是大加刪削，以整齊精神。此外，出蜀不久之後，他在荊州遇見知名的道士司馬承禎，一時有感而發，寫了一篇〈大鵬遇稀有鳥賦〉；這篇文字，很快地便因為司馬承禎的名聲烜赫而流傳，可是李白卻在多年以後明白表示：「悔其少作，未窮宏達之旨，中年棄之」，直到後來，李白再讀《晉書》索引的阮宣子（修）所寫的〈大鵬贊〉，下了四字斷語：「鄙心陋之」。這才又「遂更記憶，多將舊本不同，今復存手集，豈敢傳諸作者？庶可示之子弟而已」。

根據這幾句寫在重新標題為〈大鵬賦〉的文前小序可知，讓李白願意出手改作舊章的動機來自阮宣所寫的〈大鵬贊〉；而〈大鵬贊〉全文十六句如此：

蒼蒼大鵬，誕自北溟。假精靈鱗，神化以生。如雲之翼，如山之形。海運水擊，扶搖上征。翕然層舉，背負太清。志存天地，不屑唐庭。鸒鳩仰笑，尺鷃所輕。超然高逝，莫知其情。

這的確只是一篇改寫《莊子．逍遙遊》中大鵬狀貌的文字，並沒有驚人可感之意。李白聲稱「鄙心陋之」，所鄙陋的，究竟是自己的〈大鵬遇稀有鳥賦〉？還是阮修的〈大鵬贊〉？實在很難斷言。然而無論如何，李白在序中至少透露了一點：他之所以「復存手集」——也就是重新整編自己的詩文稿——是為了能夠「示之子弟」，也就是說：這已經是他近老之年才從事的活動了。

相對於晚年，出三峽之際一氣呵成之作，居然四首，且漫作散擲，隨手棄去，也有緣故——因為在那吟作的當下，他之所以反覆陳詞，逐篇翻作，完全是為了吳指南。

李白首作的〈長門怨〉是那一首「日下觚稜渡蝃蝀」。吳指南根本不能識字解意，顯得興味索然。李白轉念一想，與此子相伴而行，若是只能使酒鬥氣，日後相偕出入，定然極為無趣。轉念一忖，何不將就著作詩，與之周旋相與？不解詩者，未必不能為寫詩者謀，正反曰，此亦其道、彼亦其道也——豈不別有一番趣味。

於是李白逐字逐句地解釋詩中不盡似口語、而難以耳聞意會之處。像是「觚稜」、「蝃蝀」、「上林」。

「觚稜」語出《文選．班固〈西都賦〉》：「設璧門之鳳闕，上觚稜而棲金爵。」呂向注：「觚稜，闕角也。」也就是借宮城上轉角處成方角棱瓣之形的脊瓦，來代稱宮闕。

「蝃蝀」，一般用以代稱虹；其色青赤，因雲而見。由於古有「虹出日旁，后妃陰脅主」

的影射與迷信；所以在這裡，李白用意，是藉后妃的幽怨來鋪陳宮廷的不安。

「上林」則是秦、漢兩代的皇家宮囿，縱橫三百里，中有灞、滻、涇、渭、灃、鎬、澇、潏等八川紆餘委蛇，四池浩蕩，十二門雄闊，三島如何縹緲，百獸如何逍遙。李白口乾舌燥地數說了半天，吳指南卻道：

「何不直道皇帝居家園子省事？汝亦不曾去過，豈知那觚棱如何？上林如何？還有——吾鄉也有虹、也有蝃蝀；虹一向在日頭之旁，可日頭若在東天，則蝃蝀便在西天；日頭若在西天，蝃蝀則在東天。虹自虹、蝃蝀自蝃蝀，原來不是一般物事。汝作詩說書上有，書上也不該枉說！」

李白笑了，道：「汝既不解，某便改作——」

緊接著，李白便作了「搖光西卻掩長門」起句的一首。「搖光」，一說是北斗七星的第一星，也有說是第七星，又名「瑤光」、「招遙」，司馬相如〈大人賦〉中恰有此語：「悉徵靈圉而選之兮，部署眾神於搖光」。李白既然要用漢武、陳皇后故事來影射當今皇帝之廢后，則「搖光」、「長門」自然更為貼切合體。接著，李白還詳細解說了「厭厭」、「屋金」與「嚬蛾」。

首先，是那「厭厭」；微弱而神志不振之貌。《漢書．李尋傳》：「列星皆失色，厭厭如滅。」晉陶潛〈和郭主簿〉詩之二：「檢素不獲展，厭厭竟良月。」以及劉義慶《世說新語．品藻》：「曹蜍、李志雖見在，厭厭如九泉下人。」

在慣用典籍之語的作者看來，這些詞語並不生僻，可是對於不慣於讀詩、作詩的人來說，那些簡約其語、卻豐贍其義的文字，卻帶來無比的困惑。李白依舊逐字逐事，一一為之詳說。

「屋金」，是漢皇劉徹孩提時代、一心只有表姊阿嬌的那句童言：「當以金屋貯之」——也就是「金屋藏嬌」的轉語；在詩具中，以黃金打造的屋宅都黯然失色了，何況人的情思呢？至於「嚬蛾」即是「蹙眉」，這是將「蛾」以狀「眉」，無論是《詩・衛風・碩人》的「螓首蛾眉，巧笑倩兮」，或者是〈離騷〉的「眾女嫉余之蛾眉兮，謠諑謂余以善淫」，都是借指中懷幽怨、悱惻不能明言的美女；這是了然無疑的。

不過，才解到這裡，吳指南又忍不住岔嘴爭道：「蹙眉便說蹙眉，嚬蛾作甚意思？」李白不但不懊惱，反而覺得這像是一場有趣的博弈，他仍舊笑著，道：「汝既仍然不解，某便再改作——」

以是之故，後人能在李白集中看到的〈長門怨〉，便剩下了兩首，先寫的一首是：

桂殿長愁不記春，黃金四屋起秋塵。夜懸明鏡青天上，獨照長門宮裏人。

後寫的一首是：

天回北斗掛西樓，金屋無人螢火流。月光欲到長門殿，別作深宮一段愁。

就這麼一首比一首看來更加平易、簡白，也就是將詩句中運用史料典實以喚起情感的那一層層曲折拆除，讓語句入耳即可會心。這就不得不回到人生原初的經驗、回到人世共同的感知，回到「小時不識月，呼作白玉盤」那樣直質之境。

用心即使如此，用語仍然有別。「桂殿長愁不記春」也可見難處。這一句沒有人稱，卻有「愁」和「不記」兩重心理活動，反而很容易掩去「桂殿」所欲引起的季節之感，倒不如直寫秋夕——「天回北斗掛西樓」；依照近似的道理，「黃金四屋起秋塵」原本是阿嬌所受的寵眷驟然消褪，有如一夕之間，秋風忽起，本是藉典故中之細節另起一喻象，奈何吳指南或許仍不明白：黃金染了塵，仍是黃金，豈有價損之虞？這就不如轉成「金屋無人螢火流」來得妥貼，畢現了空寂、蕭瑟的處境與心情。

至於「夜懸明鏡青天上，獨照長門宮裏人」則是因為前文已經盪入「愁」與「不記」的情思，此處不能重為雕琢，只好以景語作為反襯。而「月光欲到長門殿，別作深宮一段愁」則恰恰相反，正因為此作前文徒寫空景，也就不能不於後一聯中以月擬人，藉旁觀以點染秋怨的題意。

排列為〈長門怨〉之一的：「天回北斗掛西樓，金屋無人螢火流。月光欲到長門殿，別作深宮一段愁。」與之二的：「桂殿長愁不記春，黃金四屋起秋塵。夜懸明鏡青天上，獨照長門宮裏人。」委實難分軒輊。不過，一旦與先前所舉列的另兩首合併而觀，似乎就可以見出李白為遊伴翻作諸篇、層層遞淺的用意了。

詩作初衷，原本無法盡付人言；詩人錘鍊，也只有天地之心可以窺見。像〈長門怨〉這種既要規模出歷史情懷、又要寄託以現實諷喻的作品，李白自然可以華采自珍，高蹈自取；人說不解，則應之以「叩寂寞而求音」。可是，李白卻不肯這樣想。

從應對吳指南的翻作手段可知，李白寧可從他四周的白丁之人身上窺見：這些不能操筆弄文之人的詩歌，又是甚麼？那種因風吹日曬雨打霜侵而來的聲音，又是甚麼？舟子們俗白而蒼勁飽滿的歌聲、船上巴東估客們稍異於蜀中的語調，甚至在船行途中，灘頭浣女時而清晰可聞的謠曲，都讓這驀然間一睹新天異地的詩人感受到，原本搬弄起來輕盈、嫻熟，且無入而不能自得的文字，為甚麼會顯得陌生而沉重？

他和吳指南之間那看似對局一般的遊戲便有了極不尋常的意義，也產生了長遠的影響。李白每作一首誦來，吳指南便說：「解得」或是「解不得」；有時，還在沉吟滋味半晌之後，頷首搖頭地指點高低。

這一首〈巴女詞〉，明明只取一尋常之譬，喻巴水下行勢急如矢，乃在一瞬之間，將心上人帶往不知何年何月才會回來的遠方，一絕只二十字，全襲常民語，逕取其易、用其淺，正是李白出蜀諸作的鮮明特徵：

巴水急如箭，巴船去若飛。十月三千里，郎行幾歲歸？

吳指南便道：「這便字字聽得明白，汝即不解，某亦曉得。三千里不遠了，三萬里也使得。」

江山感召，也有「分明可會」與「隱括難求」的多重內涵，卻能並存於一詩之中，無礙於知者與不知者都能欣賞的句子。像是另一首，日後標題為〈秋下荊門〉的七絕，就是絕佳的例子：

霜落荊門江樹空，布帆無恙掛秋風。此行不為鱸魚鱠，自愛名山入剡中。

荊門為出蜀入楚之咽喉，南連荊州，與江陵、天門為鄰，西扼宜都，接南漳、當陽。吳指南對這一首詩裡的名物別無所知，但覺「江樹空」三字，寫盡眼前之景，且這七字音調抑揚錯落，高鳴低響，四聲迭蕩絕妙，聽來如聞絲竹合奏，登時擊掌叫好。看那「布帆」、「秋風」，並是眼前所見之物，情致清朗，颯爽無比。此行不是為了吃鱸魚羹、而是為了賞名山，也由得李白這麼說，至於何處能食得鱸魚鱠？不免到時在地打聽便了。

可是偏偏在這粗看起來並無曲意包藏的文字中，還是埋伏著好幾處典故。

布帆無恙：出自《晉書．顧愷之傳》的典故，然而比對〈大鵬賦〉文前小序可知，行年至此的李白，應該尚未讀過《晉書》。所以，他應該是從趙蕤《兔園策》中「布帆無恙」四字，擷取了這個典故；說的是東晉時代顧愷之的故事。

顧愷之從上司荊州刺史殷仲堪處借得布帆一掛，始能行船返鄉，行到一地名曰破塚，遭遇到極大的風，在寫信向殷仲堪報平安的時候，顧愷之是這麼說的：「行人安穩，布帆無恙。」這一段短短的記載，其趣味在於，僅僅使用了八個字，便顯示了借物者的體貼，也反映了貸方殷仲堪儉素惜物的個性。

不過，拍打著布帆的秋風，卻與下一句的「鱸魚鱠」又組成了另一個意義上的結構；略同於李顒〈匡山夜吟繼赴大明寺有懷寄趙徵君〉之「秋風召我入匡廬」，還是在借用《世說新語．識鑒》所載的張翰有感於秋鄉故物的蓴羹、菰米、鱸魚鱠，因之遽爾辭官的事。

從這個意義結構上，可以把這四句詩再推進一個層次理解，似乎可以這樣說：秋霜覆蓋在荊門遍地的枯樹上，使得山形江面都呈現出一種寥落荒空的開闊之象；秋風習習，則頗有從容送行之意。這一趟遠行，恰與昔年辭爵棄官、歸里嚐鮮而盡得返鄉之趣的張季鷹相反——詩人卻是一個離家出走，準備遊訪各地名山，尋訪前途的人呢。

實則此解亦不盡然。因為剡中，是一個過於複雜的概念。李白尚未去過剡溪、剡中，未至而賦，正因為感而召知的，並非現實的名山地貌，而是含藏在這地名中的意趣。

「剡溪有甚好去處？」吳指南問。

「風度好。」李白道。

7 萬里送行舟

剡溪居曹娥江上游，屬古吳越之地，唐初武德八年設縣，用的就是古名。李白日後寫〈夢遊天姥吟留別〉：「湖月照我影，送我至剡溪」、〈敘舊贈江陽宰陸調〉詩：「多酤新豐醁，滿載剡溪船」以及〈別儲邕之剡中〉：「借問剡中道，東南指越鄉」，剡溪之地，每每不能去懷。在唐代，對於前代六朝風物人情的想像與景仰，往往集中於某些特定的倫理價值，這就使得剡溪、剡中、剡縣成為文人與節操、風雅的象徵之地。其樞紐人物，就是戴逵。

關於戴逵，最常見的記載是《世說新語．任誕》，其情境流傳千古，一字不能改傳：

「王子猷居山陰，夜大雪，眠覺，開室，命酌酒。四望皎然，因起仿偟，詠左思〈招隱〉詩。忽憶戴安道，時戴在剡，即便夜乘小船就之。經宿方至，造門不前而返。人問其故，王曰：『吾本乘興而行，興盡而返，何必見戴？』」

這個故事，曾經為李白引用在詩句之中多達十六次，可見念茲在茲，不能或忘。然而，它自有啟人疑竇之處。

被訪者戴安道懵然夢中，豈知門外有乘興而來之人？舟子勞力槳楫，豈知主家有忽然而盡之興？顯然，這一程灑然來去的風采，必是王子猷自造而傳人。王子猷與戴安道有多少交情，史籍不載，野說亦不見，這一則神理動人之談，會不會是出於令時人「欽其才而穢其行」（《晉書．卷八十》）的王子猷的杜撰呢？

戴逵，字安道，東晉譙郡人。世家官宦，其兄戴逯就曾經因為戰功而封侯，官至大司農。戴逵則自幼便以「有巧思，聰悟博學」，「好談論，善屬文，能鼓琴，工書畫，其餘巧藝靡不畢綜」而聞名甚早。《晉書．卷九十四．隱逸》上說他：「總角時，以雞卵汁溲白瓦屑作《鄭玄碑》，又為文而自鐫之，詞麗器妙，時人莫不驚歎。」

除了具有文物創造的天資，戴逵還曾經以夙構在胸，揮毫即成的一幅〈漁翁圖〉震驚當代畫師王蒙，《世說新語．識鑒》記錄了王蒙的感慨：「此童非徒能畫，亦終當致名。恨吾老，不見其盛時耳！」

這份畫藝，甚至感動了他的老師——陳留大儒范宣；原本戴逵追隨范宣就學，范宣讀書，戴逵亦讀書；范宣抄書，戴逵亦抄書。唯獨戴逵好畫，范宣認為「無用，不宜勞思於此」，等到戴逵出示所繪的〈南都賦圖〉——也就是依照東漢張衡名篇的文意，躍之紙上，這就像是披圖作注，以明宗旨，反而令范宣大開眼界，領悟繪事載道的精神。

唐代律宗之祖道宣所讚戴逵之語，具載於《法苑珠林》，道宣以為，自佛祖入滅以來，經過了上千年，從西方傳入中土的佛像，已經在中原形成了定制。雖然佛像「依經溶鑄，各務彷彿；名士奇匠，競心展力」，但是只有戴逵，能夠「機思通贍，巧擬造化，思所以影響法相，咫尺應身，乃作無量壽挾持菩薩……核準度於毫芒，審光色於濃淡；其和墨、點采、刻形、鏤法，雖周人盡策之微，宋客象楮之妙，不能逾也。」

這也就是說：戴逵所繪佛像一出，也就成為後世認知、仿效的標準，佛祖也就有了濃眉長眼、寬額垂耳、笑面大肚之形。據傳：戴逵每畫一佛、每塑一像，都悄立於帷幕之後，默聞觀者品評指點，以為修改之資，這是能兼攝群生之意的手筆，化千百人之想像，盡融於一人之手眼，時人謂此為：「真參造化也。」

除了賦佛以億萬眾生觀想之形，《世說新語．巧藝》更進一步藉東晉名士庾道季（龢）之辯，襯托了他對雕塑佛像的看法。庾道季認為戴逵所畫的佛像「太俗」，應該是戴逵「世情未盡」的緣故。戴逵卻說：「大約只有務光（按：夏、商之間一名行事孤僻、避跡卓絕的隱者）能免得了『世情未盡』之評罷？」不只淡語解嘲，亦且拈出了「人想像中的神是不是應該沾帶煙火之氣」；而主張神應該避免俗氣的論者，是不是又持論過苛了？

曾經在廢后風波之中以「妄談休咎」一語排去姜皎、事後卻仍然受到王守一牽連而貶官的宰相張嘉貞有一玄孫，名彥遠，著有《歷代名畫記》。在這本貫通三千餘年歲月的繪畫史上，張彥遠形容戴逵的手筆：「情韻綿密，風趣巧拔。善圖賢聖，百工所範。荀（勳）衛（協）之後，實稱領袖。」

聰明、好學、擅六藝的魏晉人物，多如過江之鯽，戴逵之特殊，在於他不同於其他名士高賢的格調。在戴逵看來，儒家重名，是基於尊賢的根本；道家輕名，也是基於務實的企圖。所以這兩家之說，只是殊途而同歸而已。也就由於他所重視、講究的是一己道德修養和根本實踐；而這種孜矻勤恪的治生立說、為人處事，卻很容易被視為腐儒。《世說新語．雅量》說到戴逵自會稽東出，身為太傅的謝安去探望他。謝安一向看不起戴逵，相見不與接議大事，但泛談琴書而已。戴逵了無吝色，欣然自得，而且說到了琴與書，言理益妙，像是更適意而自在。從此謝公才真正明白了戴逵的雅量。

戴逵與知名的竹林七賢更迥然不同，他在書法、繪畫、雕塑甚至音樂和儒術方面的成就，並沒有讓他追隨著魏晉間的名士時風，走上放曠、任誕之途。相對地，戴逵之所立論，是在一個明確的論證基礎上，排除儒、道兩家為思想與行為帶來的障礙。他是一個對「求名責實」有著深切體會的人——倘若不能責實，名即墮入虛妄。《兔園策》（以及據之而擴充的《蒙求》）上都有「戴逵破琴」故事，亦具載於《晉書》本傳，謂：當時太宰、也是武陵王的司馬晞，聽人說戴逵「善鼓琴，使人召之，逵對使者破琴曰：『戴安道不為王門伶人！』」

然而世事之矛盾反覆如此：戴逵原本不求身名，偏因隱居不仕而成就了「通隱」之名，也為剡中、剡溪帶來了千載之譽。是以後世也有冷眼觀書而不能服志於俗說者，頗以為「乘興而行，興盡而返，何必見戴？」諸語，不過是成就了王子猷的風趣之名，其情其慨，竟與戴逵何干？

若以實事立論，戴逵如此之「隱」，就是與皇室、貴族以及當局之整體決裂，這是要冒生命危險的。晉孝武帝之時，屢以散騎常侍、國子博士徵命，戴逵以父親臥病為辭而不就。郡縣官吏或敦促、或脅迫，無時或已。戴逵情急無奈，便逃往吳地，依內史王珣就居——當時王珣有別館在武丘山，逵潛蹤而來，與王珣廝混了幾十天，仍無長久之計。當時會稽內史是謝玄，頗有保全戴逵的慈心，遂上疏曰：

伏見譙國戴逵希心俗表，不嬰世務，棲遲衡門，與琴書為友。雖策命屢加，幽操不回，超然絕蹟，自求其志。且年垂耳順，常抱羸疾，時或失適，轉至委篤。今王命未回，將離風霜之患。陛下既已愛而器之，亦宜使其身名並存，請絕其召命。

這是一篇風義、辭章兩般皆堪稱偉大的文字，孝武帝因之而放過了戴逵，而戴逵也得以在剡中悠遊安居了一段時間。之後，那位曾經庇護過他一段時間的王珣成了尚書僕射，顯然基於私交所願，也上疏再請徵召戴逵為國子祭酒，加散騎常侍，戴逵還是不肯應召。

太元二十年，皇太子始出東宮，太子太傅會稽王司馬道子、少傅王雅、詹事王珣又上疏曰：「逵執操貞厲，含味獨遊，年在耆老，清風彌劭。東宮虛德，式延事外，宜加旌命，以參僚侍。逵既重幽居之操，必以難進為美，宜下所在備禮發遣。」之後沒多久，戴逵就死了，完全脫卻了官祿逼身的困擾。

戴逵之隱，須時刻冒大戮喪身之險，這與唐代以後的隱，有本質上的不同——大唐以降，「隱」之為事，形同儀節，則頑抗君命的精神已經蕩然。這不是一朝一夕形成的，高宗顯慶五年，立「安心畎畝，力田之業夙彰科」、「道德資身，鄉閭共挹科」、「養志丘園，嘉遁之風載遠科」，首開其端。而今開元天子又立「哲人奇士，逸淪屠釣科」等——回首數來，這些都是獎掖士人沽隱遁之名，以登進取之階；帝王求賢，以蒐隱為能事，則隱者之避徵逃名，反而成了入仕為官的手段。

李白出蜀，可謂適逢其會，他的〈秋下荊門〉恰是寫於這初萌奮發之志的時期。「此行不為鱸魚鱠，自愛名山入剡中」兩句，前一句是辭鄉不回的隱語，後一句則具備了入世和出世的雙重旨趣。

於戴逵、王蒙、范宣、庾龢、謝安、謝玄乃至於王子猷、王珣等人，出仕或歸隱只是士人階級的取捨抉擇而已。儘管謝安隱而後仕，王子猷仕而後隱，或出處隨遇，或進退由心，一如山濤勸勉嵇紹的話：「天地四時，猶有消息」，是一種自然的更迭。

「隱」與「名」原本猶如天星參商，各在天之一涯，此出彼沒，不相為侔。可是，到了李白的這個時代，仕與隱已非截然之二事，而遠較東晉時代僅止於士族與皇室之親疏離合更為複雜。其中最特別的一點，便是藉隱而仕、由隱入仕的手段。寒門、白身之士逐漸發現：累積了數百年的南朝士人傳統，使「隱」成為一種近乎必要的資歷；「因隱得名」於無形中轉變成「以隱致名」——原本的兩般選擇，也變成了一個反覆的步驟，一個曲折的過程。

李白固不能如戴逵之樂道而淡泊，戴逵故事卻帶給了李白無窮的嚮往，剡溪深處的「通隱」格調，乃是人生最終的境界；在此之前，會須經歷一番發達，而發達之所由，則非世俗之名則不可——那麼，所謂的隱，也都是緣名入仕的準備。如此說來，「自愛名山入剡中」

就透露著更幽微的意思：名山便不是指知名的遊憩所在，而是說聲名如山，剡中具足。李白於是有了和王子猷一樣、藉附會於隱者而博名的情致。

此時，巴水如箭，峽舟似飛，恰是送載著李白，告別他那卑微無聞的身份，一去不回。於此，他寫下了這首〈渡荊門送別〉：

渡遠荊門外，來從楚國遊。山隨平野盡，江入大荒流。月下飛天鏡，雲生結海樓。仍憐故鄉水，萬里送行舟。

這還是一首在聲調上與時調若合符節的作品，頷聯道景，頸聯寫意。山是身後逐漸消失的巴蜀之山，江是眼前倏忽迎來的荊襄之水。隨身之月雖明，卻照不透海市蜃樓一般有如幻影的前途，便在此刻，李白若有所悟，寫下了用語平淡，而命意決絕的結句，自己為自己送別。

近千年之後的清代詩家沈德潛在《唐詩別裁》中論道：「詩中無送別意，題中（送別）二字可刪。」不過，沈德潛是大大地誤會了。詩題的「送別」，不是親友分離之送別，仍須從詩句意會。末句「萬里送行舟」，可以有「送．行舟」、「送行．舟」兩種意義上的斷讀；深翫字句，乃可以發現：送這個字的意義，不是送別之送，而是載送之送，故與詩題之「送別」一字而雙關，寓「送別」於「載送」。此作殊堪玩味者，即在將故鄉之水擬為送行之人。

至若送行者但為故鄉之水，也恰恰說明了一件事：李白離鄉時，並無人送行。東逝不返的江水，相送萬里之遙，所送者，則是李白的故我。

從此，李白當得是「身外無家」。

8 銜得雲中尺素書

出蜀之後，李白停留的第一站，是在江陵。此地為古楚郢都，自漢代始，江陵便為荊州治所，所以又稱荊州城，南臨一帶長江，北依一曲漢水，有西控巴蜀，南通湘粵，襟帶江湖，指臂吳越之勝。在此地登岸休憩、投槽餵馬之際，李白忽然吩咐船家不必牽回馬匹，連籠仗都一併搬移登岸，他要在這荊州城停留下來了。

「汝莫不是不下九江了？」吳指南十分困惑，他知道：李白身攜大批貲財，有黃白之物，也有許多可以兌換銀錢的契券，就是要分別交付兄弟二人。出峽時已經誤了一處，中道行至江陵，居然又不肯進發，吳指南自覺有負李客之所託，焦躁起來。他皺著眉，苦著臉，蹲在岸邊，撥弄著悠悠緩緩向東流去的江水，怨道：「春日啟程，儘教汝遊山玩水，只今戲要到秋日了，還要盤桓則甚？」

李白笑答道：「汝不記某前在巫山大醉之夜所作詩耶？」

吳指南索性落坐灘頭，踢蹬著沙石，恨道：「嗚呼呼呀！不記不記，哦哦叨叨這許多，哪得記？」

那是一首聲調上遵守時式，可是卻完全不用對偶的五律，日後補題為〈宿巫山下〉：

昨夜巫山下，猿聲夢裡長。桃花飛綠水，三月下瞿塘。雨色風吹去，南行拂楚王。高丘懷宋玉，訪古一沾裳。

李白眼看著來時行舟孤帆遠引，隨口吟了這一首數月之前的舊作，拍拍吳指南的肩膊，道：「詩句為憑，某此行即是來看楚王的！」

吳指南仍舊垮著一張闊嘴，道：「汝父囑某之事，不辦不能自安！」

李白心下明白，嘴上卻忍不住頑笑道：「某於江陵亦有『百里之命』，汝卻不信乎？」

吳指南聞言茫然了：「某卻不知……」

李白解開綑縛籠仗的縧索，拉開底屜，那是厚甸甸的一隻土色的油布囊，十分醒目。李白一臉自嘲之色，將之捧在手中顛來倒去地道：「商家之事，汝豈便盡知？」

自隋代修驛路、開運河，大通萬方往來以後，行商輻輳，道途熙攘。但凡是行商之屬——從負販以至於商隊；都認得這樣的包裹，裡面的東西，就是一般書信，謂之「商牒」，也有些地方稱為「商遞」。

大唐郵驛制度雖然堪稱完善，不過，唐律明訂：必須涉及緊急軍務、在京諸司用度、各州急報、大典攸關之州郡奉表祝賀、諸道租庸調附送、在外科舉士子進京應考、大吏之過往送迎，以及因為朝官去世而須扈送家口還鄉等等情事，才能動用驛傳。換言之，一般百姓、野人，並不能藉以便宜通信。若要魚雁往返，只能委由「商牒」。

商，兼攝二意，一是商賈之商，一是商量之商。經常南來北往、東走西赴的估客為熟識的主顧攜代投遞，有剋日計程必須送達的，也有不擇期而順便為之的；有給予酬勞的，自然也有無償相幫的人情在焉。無論稱呼如何，都是一個意思：行商在原本的程途中，替人交送書信。民間黎庶有此需求，而官方郵傳驛遞卻不能足其所需之時，應運而生。

在這一包裹商遞裡，的確有一封投往江陵的書箚。此下順流而東，直到九江，諸大小城鎮，凡有書信須交遞處，即是李白行將棲止之地。而江陵的這一封信，卻為他帶來意外的際會。

依照書箚封裹所示，收信的人寄住在江陵天梁觀，叫厲以常，一見面才知是個雙眼近乎全盲的老者。天梁觀於南朝梁元帝暫都於江陵時興建，當時侯景之亂初定，梁元帝索性不返回殘破不堪的傷心之地建康，而在此即位，據以為新都，天梁觀也就是在這偏安王朝喘息的片刻間構築起來的。

未料宮觀樓宇尚未及落成，蜀中武陵王自立稱帝的亂事又起，梁元帝飲鴆止渴，引狼入室，搬來了西魏宇文泰之援，精兵五萬，真格是騎射良材，一舉平定了亂事，益州卻因此而易幟，入於北朝之手。前後安穩不到三年，梁元帝便教侄兒蕭詧用土袋悶殺而死，梁朝自此便只剩下江陵四圍方圓八百里奄奄一息的江山。

四戰之地，哀鴻遍野，直到大唐開國之後，天梁觀才由地方上的父老醵資完成，事在高宗麟德元年間。可是直到這個時候，人們才省得，由於長期征伐，道途間綿延不絕的曝屍，餵養了那些專食腐肉的鴉鳥，使之孳繁養聚，成群出沒，無時或已。群鴉也不知為何挑上了天梁觀，作為棲息之地，鎮日盤旋鳴叫還不算甚麼，隨時從樑椽上噴落的屎溺便可以百千斤計。道士們滌之未盡，遺洩復來，如掃落葉，旋祛旋墮，人人只能暗自叫苦，而莫可為計。

忽一日，觀外來了個肩揹破布囊，一身墨泥臭氣、年約三十上下、雙眼生滿翳白的漢子，先是側耳聽了聽，又翕張著瞳仁大小的鼻孔，道：「此間宜是三清之地，奈縱得妖禽如此嚣煩？」

道士們一聽這話，情知來者不是常人，趕緊迎了進去，你一言、我一語地請教因應之策。這漢子也不辭讓，大踏步向觀裡走，像是熟門熟路，看來絕不類一瞽者。他裡裡外外巡了一圈，回到頭一進的三官殿，才顯現出猶豫不決的盲態，道：「此殿糞穢之氣忒烈，某竟嗅不出方位。」道士們給指點了，他才指一指正北的牆面，道：「某便於此牆施一手段，可令妖禽斂跡，一個不敢復來。」

這漢子便是厲以常了。

驅逐鴉鳥殆無可疑，但是大殿必須扃封泥錮，整整三天，不容人出入，也不許人窺瞷。只有厲以常一人在殿中，飲食溲遺，無人可以過問。他還出了條件，要向天梁觀「邀立符契，署以保證」。條件是雙方面的——事成之後，一旦三官殿門窗洞開之時，妖禽登時散去，且決計不敢復來；則這天梁觀就要任他來去自如，來時食宿，去時盤川，不可缺待。觀中上上下下百多名道侶合計了半天，都以為除此而外，也絕無他計可施，便應允了。

三日三夜，就在道士們焦急的守候之中捱過去了，厲以常用長柄銛刃掘破泥封，拉開殿門，但見打從三官殿內裡外上下各角落間嘩然一聲湧飛而出千百隻烏鴉，嘎嘎嚇嚇，聲鳴震耳，但是一旦去了，好似烏雲乘風，一霎而滅。牠們再也不曾回來過。

而大殿北牆上，則多了一畫像，畫的是十八丈高、三十丈寬，看上去非鷹非隼、說不得又似鳶似鵠，端的是一頭展翅而翔、凝目怒視的巨鳥。眾道士看得目瞪口呆，噤口吞聲，像也惶惶然有些亟欲竄逃的意思。

「諸道人應已熟讀過《莊子》第一篇罷？」厲以常說時哈哈大笑，迴聲四揚，當真教人不寒而慄。

可是，要比起他所說的〈逍遙遊〉之所述，此壁上所繪之鳥，可能還算小：

北溟有魚，其名為鯤，鯤之大，不知其幾千里也。化而為鳥，其名而鵬，鵬之背，不知其幾千里也；怒而飛，其翼若垂天之雲。是鳥也，海運則將徙於南溟；南溟者，天池也。

〈逍遙遊〉以鯤鵬開篇，千古以下，讀者無不奇其文、壯其辭而多有不解其旨者。文中所標之鵬，雖然「水擊三千里，摶扶搖而上者九萬里，去以六月息者」，用意卻非欣羨其大，而是藉著蜩、鷽（也就是蟬與斑鳩）對這大鵬的譏嘲，而展開的反諷。相對於大鵬而言，蟬與斑鳩之為蟲鳥，身形小得不得了，就算決起而飛，充其量不過就是一株樹木的高度，牠們卻啁啁啾啾地譏笑大鵬「奚以之九萬里而南為？」

正如同一日郊遊而返的人，會去嘲弄那些遠適千里者積聚糗糧一樣——這是莊子進一步的譬喻；也就是「小知不及大知」、引申而及於「小年不及大年」。如此發端，並不是以為大知勝於小知、大年勝於小年；畢竟，莊子在篇末還是引用了另外一個譬喻：「今夫斄牛，其大若垂天之雲，此能為大矣，而不能執鼠。」由此而回顧整篇〈逍遙遊〉，便知莊子本意，乃是物大物小，各自其用；有用無用，各盡逍遙。

然而，當天梁觀中如此巨幅的壁畫出現在李白面前的時候，他所感受到的震懾、他所迸發出的激動，是從巨大而來，前所未有。他知道，莊子曾經在「漆園」之地擔任過不知所事的小吏。睹畫思人，一時間竟冒出了誤會，還癡想著：既名「漆園」，必多繪事，這壁上的鷹，會不會竟是莊子之徒所為呢？他漫不經心地把這奇想告訴了吳指南：「汝可知——此畫出乎何人手筆耶？」

吳指南也被那怒目前視的巨鳥震驚著，他瞠目結舌，只能搖頭，無以為答。

「鳥無非大鵬，匠無非莊周！」李白自以為得意地放聲說道。不料空蕩蕩的大殿之上，卻忽然傳來了語聲：「此畫若乃出自莊生之手，對壁當有蜩與鷽，方見各盡逍遙之意。」這時三官殿後轉出來一名身形不及六尺，矮小佝僂、白鬚銀髮戟張萬散的老者。他一面說、一面衝李白等走來，也才漸令人知：這是個盲叟。

李白方自欠身為禮，老者已然翕張著鼻孔、朝兩人通體上下嗅過一遍，一面道：「峽江之氣未除，二客是蜀中來的；隨行有馬，卻捨不得騎乘；籠仗中書卷不少，多前代舊章，酸味甚重。雜有百方生藥並已炮丹膏，則汝尚通醫術——」說到這裡，老者眸中白翳倏然一開，雖僅只一瞬，卻讓李白感覺到，對方已經把他看了個五體通透。老者接著道：「汝身負李商書信之託，那油布囊尚是江陵產物——莫非有書信交遞？」

油布囊連同其他書信，並未隨身攜出，都還在逆旅之中。而這一番搶白，更讓兩少年相顧惶恐，不知所措。李白只能像是作賊似地從懷裡悄悄摸出書笥，將奉未奉之際，老者又俯首一嗅，哈哈大笑，道：「天下錢銀，儘教這李商居間賺去了！他連這靈虛觀的生意俱能勾當得？」

李白這才偷眼眄了眄信封下署，果然是開州靈虛觀。他不知道老者是如何得知書信來歷的，舉向鼻端嗅了一嗅，也嗅不出靈虛觀的氣息。

「蜀中宮觀數以百計，唯有靈虛觀燃的是隨州苦竹院的松木蛇香，其香細密綿永，一旦著於絹紙，經年不滅——」老者揮揮手，對李白道：「不消說，是要某過峽，前去為彼等牛鼻子補壁的罷？某老眼昏瞀，看不得細書小字，汝且為某讀來。」

「老君，汝是——」

「厲以常在爾。」

李白依言拆了信，通讀一過，用語懇切謙卑，情詞並茂，正是要請這厲以常遠赴開州靈虛觀，「為圖聖像」。厲以常一把扯過信來，撕了個粉碎，道：「凡人不能見道，天始付之以道者；道者不能見道，居然付之一盲叟——某豈能圖聖像？」

李白覺得他這話說得有機趣，又想起信中推崇、尊禮其畫藝禮敬之言，不覺看一眼北牆上的巨鳥，試探著問道：「那麼，畫此大鵬者，也非為見道？」

「某作此圖六十年，市井無知者。汝小子所見，不同於常。」

吳指南則按捺不住，亢聲道：「呿！一瞎翁，安得畫這好大良禽？」

「世間可見者幾希？可見者，即明；不可見者，即盲。小子也須知這瞎的佳處！」厲以常似乎並不以吳指南的無禮為忤，但抬起藤爪一般的手，指著壁畫，逕對李白道：「較之於大鵬，此鳥，不過蜩、鷽而已；復較之於稀有鳥，大鵬，亦不過蜩、鷽而已。」

稀有鳥，字義不異，即稀有罕見之鳥。漢東方朔《神異經．中荒經》：「崑崙之山，上有大鳥，名曰稀有。南向，張左翼覆東王公，右翼覆西王母，背上小處無羽，一萬九千里。西王母歲登翼上，會東王公。」

若不以神思丈度，且用尺寸衡量，連毛羽和毛羽之間的空隙，都有一萬九千里寬廣，則較之於莊子所說「鵬之背，不知幾千里也」，這稀有鳥當然更大得多。如此比合大鵬與稀有鳥兩者，其大之外，更有其大，不外就是運用誇飾之法，藉凡人對於大物之憧憬想像，推擴無極、無涯的情懷。

「大鵬若得見稀有鳥，」李白道：「則未必笑其大，亦未必慕其大。」

厲以常這時再度閃開了眼中白翳，露出一雙明亮烏黑的瞳仁，帶著些許嘲誚、以及些許好奇的神色，看著李白，道：「大鵬又復如何？」

李白笑道：「大鵬猶可見物，而稀有鳥目中，殆無物矣。」

「何以見得？」

「大鵬之大，猶可想見；稀有鳥之大，似更無極。」李白道：「試問，巨物沖霄，疾於星火，一瞬而適九萬里，騁目於八荒之外，停眸於星月之間；則稀有鳥非徒無視於蜩、鷽之微物；或恐亦無視於大鵬；並大鵬數千里之軀亦不能入眼，則其大若何？也不免一個盲字！」

這話像是在嘲弄瞽者，然而聽在厲以常耳中，卻另有一層義界：李白之言，更多的是在諷刺那些為人、為物之大者，高其位而遠其志，亦不免茫昧其行；越是如此，識見越是不能遍及蒼生，入於毫芒。

厲以常趨身兩步，直將鼻眼湊在李白面前，道：「汝天資穎悟，言事能自出機杼，溷跡於賈行，可惜了。或應一見當世之稀有鳥，也不枉來一趟江陵。」

厲以常所說的稀有鳥，是知名的道者司馬承禎，他正在前來江陵的路上。

9 笑我晚學仙

這要回到一個與「大」字不可須臾而離的議論——大唐三教共存並舉，諸法所關切，便在此字。這個字極通俗，小兒能識。然若究其為唐人孜孜以求者，卻不在狀述物形分別而已。不同宗法教義的爭執議論，一旦及於「大」，則皆指涉那最不可動搖之根本，也就象徵了這宗法教義在俗世間的地位。

早在唐高祖武德八年，發生過一場知名的辯論，論辯雙方為沙門慧乘與道士李仲卿。辯旨為窮究「道」的本然；也就是作為信仰的究竟依據。其中關鍵一字，乃是「法」——在這場辯論中，所謂的「法」，都是「師法」、「學習」的意思。

慧乘問李仲卿說：「先生廣位道宗，高邁宇宙，從來專解釋《道德經》。素知此經上卷明道，下卷明德。未知此道之外，更有大此道者否？或此道之外，更無大於道者？」

李仲卿答道：「天上天下，唯道至極最大，更無大於道者。」

慧乘為了確認李仲卿所使用的字句，便重複了對方的用語，再問：「道為至極最大，更無大於道者；則亦可謂：道是至極之法，更無法於道者？」

李仲卿也聽得仔細，認為對方引言大旨無誤，道聲：「然！」

慧乘接著又說：「《老經》上明明記載：『人法地，地法天，天法道，道法自然。』則是說『道』亦有所法——汝卻如何自違本宗，竟乃云『更無法於道者』？倘若這『道』，即是至極之法，則『自然』焉得為『道』所法？『自然』既為『道』之所法，又安能謂『道是至極之法，更無法於道者』？」

李仲卿並不知道，他的論述在此時已經落入對方因明詭辯的陷阱之中，只懵懵懂懂地答道：「道只是自然，自然即是道，所以更無別法能法於道者。」

慧乘好整以暇地繼續問道：「汝云：『道法自然，自然即是道』；那麼，『自然』還法『道』不？」

李仲卿答道：「道法自然，自然不法道。」

慧乘又重複了一遍李仲卿的話，復追問道：「汝云：『道法自然，自然不法道。』則可否說：『道法自然，自然不即道？』」

李仲卿仍不以為所辯有任何破綻，朗然應道：「『道法自然，自然即是道』，是以『道』、『自然』不相法。」

慧乘這時才露出了話中預藏的鋒刃，反唇相稽：「『道法自然，自然即是道』，亦可謂：『地法於天，天即是地』乎？然而地法於天，天不即是地；故知：道法自然，自然不即道。若自然即是道，天應即是地。」

幾乎無關於實質上的論理，慧乘只是以子之矛、攻子之盾，當下便破解了道士的語言遊戲，令李仲卿「周幛神府，抽解無地，忸赧無答」。這一場讓道教信徒灰頭土臉的辯論一直到司馬承禎始反轉之，而且這道人解來雲淡風輕，雍容雅量，尤其是令皇室大為嘆服。

司馬承禎，較李白年長五十四歲，晉宣帝司馬懿之弟司馬馗的後人，表字子微，法號道隱，河內溫縣人。師事茅山派北傳宗師潘師正於嵩山，受上清符籙、導引、服餌之術。後隱居於天台山玉霄峰，自號白雲子。

早在武則天及睿宗當國時期，聞其名而召入京師，親賜手敕，問以陰陽術數與治道。他的答覆出乎天下人之意料。居然說：「陰陽術數，本屬異端，而理國應以『無為』為本。」

睿宗平生四讓其國，本是一個崇尚虛靜、力持沖淡的君主，一聽此論，如聆仙音，立刻賜以寶琴及霞紋帔。此會則令司馬承禎意外地獲得了更為廣泛的名聲。

到了開元九年十一月，皇帝又派遣使者將這位已經七十四歲的老道士迎入內宮，親受法籙。是從這一刻起，李隆基正式成為一名具有道士身份的皇帝；他顯然有備而來，出其不意地問了司馬承禎一句：「昔在高廟時，天竺法子慧乘僧大折我教道義，卿若身為李仲卿，當作何語？」

司馬承禎略無思索，慷慨答道：「彼論固知名，而無益於道義；是亦無損於道義。」

「卿且高論，朕樂心隨理。」

「《老經》原文：『人法地，地法天，天法道，道法自然。』其斷讀不確，乃生誤會。仲卿失察，遂為佛子攻破。」

「然則，應作何解？」皇帝聞所未聞，有些吃驚。

「『人法地，地法天，天法道』——」說到此處，司馬承禎停頓了一下，語氣一緩，復道：「『道法，自然。』」

司馬承禎的話讓剛剛獲得道士身份的皇帝大為歡忭，忽然體會到古文集中載錄枚乘〈七發〉所形容的那種狀態：「於是太子據几而起曰：『渙乎若一聽聖人辯士之言。』涊然汗出，霍然病已。」豁然開朗，有如大病初癒。

在原先的辯論裡，是將老子論中的一切「法」字皆作「仿」、「效」之解。於是「道」和「自然」二者也就有了一種等次差異的關係；質言之，「自然」應該是「道」所追隨師法的對象，就必然高於道、大於道。這也理所當然與「道即自然」、「自然即是道」等語有了內在的牴牾。回頭再以「天」和「地」的等差來攻訐，居然會導出「天應即是地」的結論，則道家根本論題，便棄甲曳兵矣。

可是司馬承禎卻把最後一個「法」字，變成了道體的狀態、道體的形式、道體的規律，一旦脫解出前三個法字的「師法」之意，「自然」就不會是一種既「大於道」、又「等於道」的矛盾語，所指稱的也不是一個大於一切的終極本質，而只是一個形容詞了。

「道兄！高論、妙議！」皇帝對司馬承禎的稱謂忽然改了，改得有些唐突，有些失份，但是沒有誰會在意。的確，這一番答問使皇帝念念不忘，他像是初次發覺道門的詼諧與淡泊，的確有一種真誠的氣質，於是轉身對身邊的大臣笑說：「恨我學仙也晚，只能隨命為天子。」

這位隨駕接見司馬承禎的大臣，正是禮部侍郎賀知章。在朝列百官之中，以修真練氣聞名，據說能驅趕自己的生魂脫身，夜行千里，與諸鬼遊。武后時，曾出任太常博士，掌考選庶務。

有那麼一回，賀知章與同僚賭戲，指著一人腰間金龜袋飾為質，謂：「某能於中夜啟北門，持管而歸，不教人知，遂者得此。」北門，說的是芳林門；此門向南大路直通安化門，為京師脊幹，隨時有羽林重兵鎮守。所謂的「管」，就是鑰匙。至於「金龜」，袋飾也。唐代官員例受魚袋。初，內外官五品以上，皆佩魚袋。武后天授元年，改佩魚為佩龜。三品以上的龜袋更用純金為飾，四品用銀，五品用銅。到了中宗年間，才又罷龜袋、還賜魚袋。

賀知章談笑一諾，與太常寺僚友共席至夜半，忽然說：「北門鎖鑰至矣！只在此室之中。」

眾人爭相喧嘩尋找，果然在樑上覓得，卻仍不肯釋疑，乃將鑰匙塗裹了油脂，復置返於樑上。天明之前，鑰匙已然不翼而飛，賀知章則始終在席未去。直到晌午過後，北門軍中盛傳奇聞：芳林門的鑰匙滑膩不能經手，無人能道其緣故。賀知章自有雜詩記此事：

蟬蛻空餘一樹秋，泠風初領北門樓。仙身看解新痕在，青瑣松脂證去留。

句中的「青瑣」，瑣字亦通於鎖，原本是皇家宮門窗櫺上的青色連環飾紋，借指廣廈豪宇，也多喻稱宮廷。松脂，則是《神仙傳》上趙瞿的故事——趙瞿因為病癩，遭家人遺棄在荒山裡，竟有仙緣奇遇授以松脂之藥，從此「身體轉輕，氣力百倍，登危越險，終日不極。

年百七十歲，齒不墮、髮不白。」之後，竟證成為地仙。不過，再翫其所藏之事，便與生魂解體、以取北門之鑰的事吻合了。

10 直上天門山

趁皇帝說起「學仙也晚」、「隨命為天子」的話，賀知章故作臨機而動，實則早就主意打定而上奏，道：「我朝高宗皇帝乾封丙寅之年，曾祀昊天上帝於泰山之陽，而武氏隨行焉。其後武氏亦於萬歲登封乙未之年，封於嵩山，至今二十又五載矣。此天子為萬民敬天事神之禮，不宜久疏，而絕天人精神往來。」

「封禪大事，豈便說得即做得？」皇帝打斷他：「遠事姑且不徵，即就乙未之封少室而言，早在天授年春正月，便有地官尚書武思文、及朝臣、外官二千八百人上表，請封中嶽——遑論這畢竟還是出於武氏之意；儘教如此，也還遷延了五年。」

大唐開國首度封禪，要從高宗麟德二年——也就是乾封丙寅的前一年——十月說起。當時天子率文武百官、武后則領內外命婦，從駕的文武儀仗，自東都洛陽啟行。一路之上，都要列營置幕，帳帷綵幄，彌亙原野。隨行者，東從新羅、百濟、高麗等國而來；西自波斯、烏長、突厥、于闐、天竺而來。天下軍將，也各自簡選了精銳扈從，鹵簿儀仗綿延數百里。初發景觀，即有「穹廬氈幕，牛羊駝馬，填咽道路」的盛況——皇帝也沒忘了專命他極其寵愛的「神雞童」賈昌相伴，選六軍小兒六十，攜鬥雞三百隻，沿途觀鬥取樂。

封禪的禮儀究竟應該如何？歷代皆無定制。唐高宗所從事者，多出於當代禮官研讀古籍、揣摩文字、附會諸般數術詞語的摹想、發明。像是築起一座高壇以祭天地及四方山嶽之神，這壇臺，無論在《周禮．春官》或《史記．封禪書》裡，原本就叫做「封」，其廣丈二尺、高九尺，相當簡樸；封禪之時所建立的刻石，也叫「封」，連尺寸大小都沒有定式。

但是到了唐高宗時代，便融合了道教的法語；封，也就形成了繁複的名類；至若「封」中藏有玉牒，在秦、漢之時，約只是禱祀祈求的話語，並無奇秘奧衍之處，可是到了唐代，踵事增華之餘，封禪變成為一宗連皇帝都不知道該如何慎重其事的繁瑣大事。

這浩浩蕩蕩的隊伍，一路遲蹣其行，來到濟水入河之濱，但見洪波瀰漫，浩無際涯，分不清溪沼疆界。皇帝問左右：「奈何野水荒荒，不見堤岸？」張說應聲答道：「《左傳》有載：楚師伐鄭，次於旃然；此水自春秋以來即如此，聖王不範圍，野水不逾越。」「宰相為禮儀使，應知聖王豈有不範圍者？」皇帝聽張說這麼說著，心口一惡，雙眼一花，看見了滾滾黑浪之中居然浮出一頭黑龍，說時遲、那時快，早已從御輦座邊箭壺中抽取一雕金鳳尾矢，朝黑龍射去——天子之射，靡不有中；矢一發而龍影逝滅，皇帝滿意了。

直到十二月才輦集於泰山之下，在此地停留十日。其間皇帝下達敕命：在山南之麓四里處建圓丘為祀壇，壇上以五色土髹飾，名之曰「封祀壇」。此外，山頂也要另築一座更高聳、更寬綽的五色土壇，這是「登封壇」，其形制「高九尺，廣五丈，四面出陛」以象「九五之尊，德被四方」。同時，還要在與泰山一脈的社首山頂再築一座方壇，號曰「降禪壇」。三壇皆依《周禮》所記，以素土夯實而成，不用一磚一石，極簡約而質樸，以示對天純誠，不假雕飾。

直到封禪之禮完全結束之後，皇帝接受群臣朝賀，還要下詔，立三碑，改稱「封祀壇」為「舞鶴臺」、「登封壇」為「萬歲臺」、「降禪壇」為「景雲臺」，此時，天下改元乾封，改奉高縣為乾封縣——這已經是後話了。

此前，君臣們都要在這泰山腳下度過歲末，直到次年新正朔日，才進入封禪大典的高潮。皇帝先在山南「封祀壇」祀昊天上帝；第二天才登岱頂，封玉牒於「登封壇」。玉牒究竟是甚麼？始終是一個秘密，蒐求舊典所載，並無任何形容。人們只知道歷來封禪的帝王，會將這「玉牒」埋藏在祀壇之下，而一向無人能窺其字句。到了開元天子當下，也只聽說：當初高宗封泰山的這一回，「上帝冊藏以玉匱，配帝冊藏以金匱」——此處的意思是說：前來封禪的皇帝分別將他對天（也就是昊天上帝）、以及配享於天地山川的前代帝王所禱祀的內容，要封藏在不同的容器之中。關於這件後世史書必將記載的大事，行年三十六歲，雄心勃勃的李隆基表面上謹慎，也頗有不欲昭告於人的主張。於是，當著司馬承禎的面，他故意曲折其辭，又問了一次：「猶記睿宗皇帝曾問道兄術數如何治國之事；道兄奏以『無為』，而直指數術為『異端』，此誠驚人之論！然則，封禪以通神明，是有為？抑是無為？」

司馬承禎閉上雙眼，匍匐而言：「舉天下人之力，傾天下人之資，虔天下人之心，致一『敬』字；正是化『有為』以入『無為』；藉『無為』以彰『有為』。」

皇帝原本躁動不寧的心忽然安定下來，他吁了一口氣，騁目遙迢，從重重疊疊的飛簷反宇之間，望見幾塊畸零的藍天，這時就連飄過宮苑上空的雲朵，都緩慢得好像凝結了。他反覆回思道士的話，覺得感激。他知道：道士大可以不必鼓勵他多事，多事則怎麼說也夠不上「無為」的妙旨。可是，道士言外，似仍有未盡之意，令這好奇慕才不能自已的皇帝還想一探究竟：

「『致一敬字』當作何解？」

「天子示人以敬，便是『無為』；天下以敬生信，便能『有為』。」

此後，司馬承禎別無長言；無論皇帝再怎麼問，只唯唯虛應「如其然」、「則其本然」、「與民休養」、「共物生息」而已。他不希望皇帝在層出不窮的語詞上反覆考掘，轉成文字之障，卻誤以為自己得到了無上的奧義。

皇帝這一次受籙，不期然卻堅定了他封禪的意願。他相信司馬承禎的推論：當皇帝展現了他對天的崇敬之後，也就隨之而鞏固了蒼生百姓對整個帝國的信仰，而這種「致一敬字」的工作，卻是多方面的。

例言之，有一份早就呈上來的太史奏疏，指陳：已經通行五十多年的「麟德曆」一而再、再而三地不能準確預測日食，這不是新鮮事，援舊章往例，就該更造新曆，皇帝遲遲未決，卻在見了司馬承禎之後不到一個月的時間，就下詔命名僧一行「更造新曆」，亦即日後名為「大衍曆」者。一行僧造曆，還牽涉到要更鑄新的觀測儀器，於是又發動府兵曹梁令瓚製作了一具全新的「黃道游儀」，用以「測候七政」——亦即觀測日、月、五星運行的軌跡。這兩件事傳揚開來，使天下周知，人們開始期待：「皇帝將有大事於天」。

果然，到了次年（即開元十年）六月，早先因為木材腐朽而崩毀的太廟歷經五年工期而重建完竣，並從原先的五室擴充為九室。當初被搬遷到太極殿的歷代先祖皇帝神主也都遷回太廟來了，皇帝也特別發表詔書，強調了他敬天法祖的情感。

法祖，則不只是去禮敬那建立大唐的高祖李淵而已；在接下來的一年中，皇帝又依據史官們最新的研究——以及相當程度的牽強附會；追尊北魏時代官居金門將的李熙為大唐「獻祖宣皇帝」，並追尊李熙之子李天賜為大唐「懿祖光皇帝」，兩位受追尊的皇帝牌位，都入祔於太廟九室了。

此舉，顯然有意遮掩李唐自冒郡望的長遠謀劃。李唐皇室篡改郡望，以圖自高於山東豪門士族的質疑早在國初之時即普遍流傳。根據釋彥悰《唐護法沙門法琳別傳》所記，唐太宗時，即有法琳僧當面駁斥唐太宗自道郡號為「隴西成紀」，法琳是這麼說的：「琳聞拓跋達闍，唐言李氏，陛下之李，斯即其苗，非柱下、隴西之流也。」此處所謂的「柱下」，是指老子李耳；而「成紀」則是漢將李廣。法琳之說，已經是公然揭露李世民自冒漢家貴胄身份，以高聲價了。

追尊兩祖並為皇帝，乃是為了昭告世人：一向被封為太祖的李虎（也就是開國祖李淵的祖父）也有了可傳之於經傳的父輩和祖輩——李虎之父，就在這一追尊之下，確認是李天賜無疑；當李熙、李天賜的父子地位一旦納入了李唐皇室的宗譜，李熙又可推考為涼後主李歆嫡系之孫，而眾所周知的，李歆原本就是涼武昭王李暠的次子；這樣一來，李唐由原本「隴西狄道」之郡望就可以一變而為「隴西成紀」——因為相傳那李暠恰是龍城飛將李廣的十六世孫。

不但要追尊先祖為皇帝，就在三個月之後，開元十一年十一月，官居禮儀使的張說等人上奏：行之有年的「三祖並配之禮」也應該修改。

高祖武德年間以降，皇家祭祀之地就有一個原則不易而逐時變通的規矩：如欲祀景皇帝（李淵的祖父李虎）則在圜丘；如欲祀元皇帝（李淵的父親李昞）則在明堂。圜丘，天子於京中祀天之地；明堂，則是天子舉行朝會和一般祭禮之處。太宗即位，則以高祖配圜丘，到了高宗時代的永徽年間，又以太宗奉祀於明堂。日月代遷，高宗升遐之後，武后垂拱年間又改了常例，而將高宗奉祀於圜丘，於是稱之為「三祖並配」。

如此，本無失禮不敬之處，可是到了這個時候，禮儀使張說所提出的解釋，卻出於皇帝的意旨，以為：三祖並配，略無等差，為了嚴肅儀注，應該重新更張。於是一舉而提高了高祖李淵的地位，使之配祀昊天上帝。

這仍是出於皇帝對於「致一敬字」的別裁專解——開元天子刻意慎重其事，相較於先前高宗和武氏兩度封禪，這一次更不是尋常的祈福，他要藉由祀天的大典再一次強調：天下唯李氏獨尊的門第。

本年（開元十三年）八月，張說再度上疏議封禪儀，請以皇帝的父親睿宗配皇帝祇，也就是讓睿宗享有僅次於天神的地神之位，如此一來，皇帝祭天、祭祖都為一事，所以在封禪之禮中最重要的文獻「玉牒文」中，皇帝是這麼寫的：

有唐嗣天子臣某，敢昭告於昊天上帝：天啟李氏，運興土德。高祖、太宗，受命立極，高宗升中（讀去聲），六合殷盛。中宗紹復，繼體不定。上帝眷祐，錫臣忠武。底綏內艱，推戴聖父。恭承大寶，十有三年。敬若天意，四海晏然。封祀岱岳，謝成於天。子孫百祿，蒼生受福。

這篇文字四言立體，每四句或六句換韻，用的是《詩經》的「頌」體，以示莊重。文內有「升中」二字，升者，上也；中者，成也。「升中」就是祭天的別稱。特別拈出高宗祭天的一節，主要還是因為其後有「中宗紹復，繼體不定」的一段插曲。所指不外為武氏當國——她一度篡改了國號，也曾經在嵩山祭過天；史冊斑斕，不容粉飾塗銷，只好在這篇玉牒文裡輕描淡寫，避言皇統中斷，也不寫宮廷鬩爭，逕以「底綏內艱」（終於度過了一段內廷艱困時期而歸於平靜）四字一筆帶過。而先以「高宗升中」領文，反面文章即是抹去武氏也曾經即位祭天的事實。

較之於高宗封禪之事，開元天子封禪別具用心，規模也大得多。皇帝於開元十三年十月辛酉日自東都洛陽啟行，沿途設置、安頓的處所，縱令僅只稍作停佇、略事遊觀，也大有一番驚人的盛況；所謂：「數十里中，人畜被野，有司輦載供具之物，數百里不絕。」

十一月丙戌之日，君臣一行來到泰山下，儀衛環列於山腳，斧鉞昭灼，金銀閃爍，又是數百里不見首尾。這一趟，皇帝別出心裁，不用法駕登山，而是騎騾，騎的還是一頭蘇頲從益州大都督府長史任內攜回的名種白騾。此物通體毛色銀亮雪白，無一雜毫，地方上盛稱之為神物。蘇頲供此物於內苑，賀知章意外而得知，遂上奏皇帝，以為此物可以供封禪之用，何不敕命蘇頲將此畜逕由江行轉運河北上，載往東都洛陽，以預聖朝大事？更何況，白騾應役，還有典實可以為依憑。

那是在春秋末季，趙簡子當國，有兩匹極受寵愛的白騾，趙簡子日夕賞玩，呵護備至，珍愛如子。忽一夜，門禁來報：有一居住在廣門的屬吏，名喚陽城胥渠，得了重病，醫生囑咐：非得白騾之肝服之，不能救轉。當時還有趙簡子的家臣董安于在側，聞言怒道：「此計吾主心愛之物，欲置吾主於不忍、不義之地，吾且殺之！」

趙簡子卻說：「殺人以活畜，不亦不仁乎？殺畜以活人，不亦仁乎？」於是立刻召命廚下庖丁，當即殺了兩頭白騾，取下鮮肝，送至陽城胥渠之處。過不了多久，趙簡子興兵攻打北翟，參與這一場戰役的，有廣門一地徵來的兵卒，「左七百人，右七百人，皆先登而獲甲首」。

從此，白騾成為一種人君愛士、人臣報恩；上下相結以義、相重以情的典範。賀知章深明此義，給了皇帝一個展現襟期風範的題目，龍心大悅，也不問登陟之路是夷是險，當下應允騎白騾登山。

這時，絕大多數的官員都只能留在山腳下遙相陪從。能夠追隨左右登山的，為宰相及祠官，以及禮儀官所指定的二省僚屬而已。一路之上，皇帝的神情十分安詳愉悅，彷彿全無顛躓之苦，只是隔不多時，便向左右大臣垂詢著上山之後每一行一動的次第。

此行較諸前代歷次封禪，可謂無比慎重，典禮進行的細節早在幾個月之前，就由禮儀使張說呈請皇帝過目了，可是皇帝似乎一直記掛著某樁旁人無從猜測的心事。他卻也不直說，總以旁敲側擊之態，像是要讓一宗他想要獲得的答覆，藉由其他的疑問而引出。直到行腳接近峰頂，登峰壇已遙遙在望，賀知章知道皇帝尚有疑慮未消，遂趨前緊隨，低聲奏道：「啟奏陛下，祀天儀注容有未備，天意便是主張。」

賀知章猜測皇帝對於這登峰造極、親天臨下的最後一程，必然心有未愜，甚至一定有自己想要變更的設施，才大膽如此上奏，話裡的「天意」，就是暗示皇帝：你若對於禮儀使所訂的儀注有甚麼疑惑難行之處，就聽憑一心，自行其是罷了。

這兩句話果然說中皇帝的心事，當即反問：「前代玉牒之文，何故皆秘藏之，使後世不能得見？」

這話也還是迂迴，但是賀知章一聽就明白：皇帝並不真想知道密封玉牒之文的原因，會這麼問，只說明皇帝想要向全天下公開他的玉牒之文。這看來是一樁小事，不過，沒有人知道：祭天之文一旦公諸於世，是不是還能夠獲得天的允諾和庇佑。

此際，千山微茫，煙靄四合，八方各有黯淡而低矮的峰稜在望，宰相等大員遲遲其行，尚在數武之遙，天地間看似僅有皇帝和賀知章這一對君臣，賀知章沒有細密思索而答覆的時間，也沒有推諉於他人代答的地步，只能臨機隨興，放眼望著縹緲無涯的雲氣，應聲說道：「天地精神，至此極而獨會。前代帝王，或密求神仙，非可言之於人，故不欲人見。」

皇帝聞言，笑了，他伸出手來，捉住賀知章的臂膀，道：「卿家侍從登極，私心亦有所禱乎？」

賀知章不意皇帝有此一問，只能亟力搖頭否認；而皇帝微笑的神情卻像是不信，深深望他一眼，將就著手臂上這一捉拿，順勢從白騾背上一躍而下。朗聲向著環身如拜的群山道：「私心，人之所獨，唯神明鑒之；然天子登岱，直為蒼生祈福耳，豈容私心入藏於密？朕意不從禮官，玉牒之文，即此宣告萬民！」

皇帝沒有依照千古以來歷代帝王封禪的老規矩，而直接公佈了他對昊天上帝的請求，然而，「子孫百祿，蒼生受福」只是文中最末八字，而此前的十八句卻都是對天下官民黎庶再度強調李唐一脈正統之綿延。換言之：在最明顯和重大的意義上，公開這樣一部玉牒之文，直似宣告：這不是祭天，卻像是藉由祭天之禮，向諸天萬民展示自家的門第！皇帝則頗為不秘藏玉牒之文而得意，他認為：日後必將因此舉而於史官之筆下，留一大公無私的注解。

他依舊按照禮儀使所奏，謹慎而從容地將祭祀上帝之文置於玉冊之中，將配祀皇帝之文置於金冊之中；也還是按照儀制，將函冊纏了金繩、封上金泥、印以玉璽，並皆專車攜回，只不再封藏於刻石之下。此外，當年高宗皇帝封禪，正月初二無事，是到了初三日，才到社首山降禪方壇上祭皇帝祇。這一趟，則增加了群臣在山腳下封祀壇祭五帝百神的一節，並省略了高宗時由皇后率領宦者、宮人舉行亞獻的一節——開元天子的想法很實際：凡是與武后相近相關之事，皆宜省黜。此外，援例大赦天下，另封泰山山神為天齊王，禮秩加三公一等。

此番空前盛大的封禪仍有令人失望之處。故事：高宗封岱、武后封嵩，禮成之後，皆有恩典。一般說來，大赦天下是免不了的。高宗乾封那一次，文武官三品以上的，賜爵一等；四品以下的，進一階。這是空前的升賞，也大開日後浮泛晉階之例。武后時稍加克制，卻能推賞於黎庶，免民一歲租稅，普賜百姓酒食，為時九天，兆眾騰歡。

可是開元十三年的這一次封禪，卻在張說有意主持之下，僅僅加封了親自登岱頂隨祭的官員——而且大多數是中書、門下兩省之官——其加階超入五品，卻沒有普及於他部群僚。更嚴重的，是扈從聖駕東行的士卒們，僅僅加勳而沒有賞物，這就伏下了更深刻的怨憾。這一切，都有微妙的徵應——就在皇帝登岱而返，跨下白騾之後，回頭誇獎了兩句：「這白騾真是天下神物，朕乘之往返三千丈，竟不知登降之倦。」

就在說完這話的時候，白騾應聲倒地，四蹄僵直，無疾而殪。一趟山路，走死一頭貴重的騾，朝臣明知這不是甚麼值得稱慶之事，仍搶忙上前奏吉，道：「尤物役於天子，事畢登仙，宜有封贈，以應禎祥。」

皇帝遂為那死騾頒了一個謚號，叫「白騾將軍」；也就在隨口頒佈了這一道封騾的敕命之後，皇帝面帶詭譎的微笑，對賀知章說：「『致一敬字』，頗可為用。」

世事有不可以逆料者。中書令張說身居相位，持天下衡人之柄，也是在這個「致一敬字」的大典上，趁機擴充權勢和利益的要角。他早就掌握了皇帝的心思：封禪之後，不欲循前代兩度舊例那樣大事推恩，換句話說：封禪之後的封賞將止限於從駕登頂之臣。所以簡選隨員上山，就直是提供了升官的機會——加階超入五品，更拉大了原本高位清要之官與一般僚吏之間的差距。中外多有不滿，群情一片譁然，都說張說原本貪婪好賄，這一次顯然是收了好處。

這件事伏下了長遠的影響。第二年年初，張說的新舊政敵——包括御史中丞宇文融、左羽林大將軍、以及高祖李淵的堂弟長平王李叔良之曾孫李林甫等——結成一個集團，以「引術士占星，徇私僭侈，受納賄賂」為名義，奏彈張說之罪。從皇帝的處置來看，這恐怕也或多或少出於「聖意」，因為欽命至御史臺鞫審此案的領銜人，為左丞相、門下侍中源乾曜，他是在兩年前極力反對舉行封禪的大臣之一，與張說扞格不能相容。專敕由他主審此案，必有不可逆料之天威寓焉。

皇帝並不想對個別大臣的操守作過份的勾求，他不但知道：張說所「引」的就是司馬承禎，也知道司馬承禎根本拒絕了張說的邀請。然而天子雄猜所在，就是要折辱一下這個已經睥睨群臣太久的宰相。他派遣近侍高力士到御史臺察看暫被囚繫的張說，高力士的回報很令皇帝動容：「宰相蓬頭垢臉，睡一草席，進食以瓦器，神情惶懼，唯待罪，別無所念。」

「連張說也能知『敬』字矣！」皇帝開懷大笑起來。

11 與君論心握君手

由益州貢入宮苑的白騾也是由長江水道出峽，路過江陵時曾稍事停佇。由於是「入貢聖人之家」，地方官吏曾以俗禮迎迓，這不是常例，可是吏民皆慎重其儀，此事還與巫風淫祠有關，因為誰都不想得罪鬼神。楚人信鬼，古史有載，所謂：「信巫鬼，重淫祀」、「率敬鬼，尤重祠祀之事」，中原無可比肩者。白騾路過，百姓咸稱：「若不稍留此騾，稻麥將失時之雨！」

原來是地方耆老聲稱：古傳漢武帝元封四年，北邊有修彌國人謁獻白騾一頭。此騾身高一丈，通體精白似雪，唯額上一圓赤斑，細察之，形狀有如日月迴旋之象。漢武帝十分賞愛，竟以金玉之器盛鮮美牧草飼養。東方朔聞知此事，隨即上奏，以為：騾本不在六畜之列，斯為下賤，不應深愛；更何況獻之者乃是戎狄，天朝大國卻視之如珍寶、愛之如聖賢，這不是足以孚天下人心所望的恩寵。漢武帝聽其言，以為有理，遂將這白騾野放了。

不料時過未幾，便有傳說，就在那野放白騾之地，忽然有一赤蛇，從空中飛降而下，身形由天屬地，直向騾額頭的紅斑嚙去。那騾似也不驚不懼，便牽引著蛇在原野間撲跳，所過之處，乃有一團團圍繞噴薄的雲霧，雲霧片刻而散，這蛇竟漸漸化作一條赤龍，騎著白騾便騰霄而去。此後三年，當地大旱無雨。

耆老此說有典實可依，人人寧可信其有。於是江陵官民迎來了進貢白騾，高車紅帔，在城中通衢大道上繞行了一周。這一場極其熱鬧的迎迓，也融合了當地「賽烏鬼」的盛典；車列前後綿延百丈，每車之上具陳酒肉——酒是當年新釀，肉卻是烏鴉最賞愛的腐肉。

荊州舊俗：每於春末麥信風吹拂之際，人們便在稻麥田壟間布置筵桌，滿設新酒腐肉，守候群鴉之來，一伺成千上萬的「烏鬼」逐漸齊集，眾人迅即呼擁以出，各持刀兵鑼鼓，圍撲鳴擊，孩童們則前後群聚，手持「撥穀笛」；笛聲仿撥穀鳥，而尤為尖厲。賽會的目的雖不在殺戮，倒是這番驚嚇威懾，可以讓「烏鬼」數月不敢復來；農家也就度過了下一輪耕稼之期。

李白與吳指南則恰逢其會，不但看到了白騾，也見識了烏鬼。未料吳指南睹此而不愜，當天便忽然發了顛倒夢想——眼中怪境奇遇，也還是從李白的詩而來。

從抵達江陵的第一天起，吳指南就毫不掩飾地煩躁、鬱悶著。無論如何盤桓，白晝間，他只是到處即臥，臥處即睡；昏暮時欠伸便醒，接著就遍地找酒喝。飲過子夜，神智已倦，思語不能自主，有時佇眼癡望，有時悵然吟歌，所唱的都是兒少之時，在綿州鄉間跟從南詔諸蠻的族人們所學來的村曲俚謠，其聲也慼，其辭也悲。說他憂悶，問也問不出可說的心事；說他耽酒，好像又別有傷心喪志的懷抱，而不只是杯中陳醪而已。

李白原本並不在意，直以為吳指南急於趕路，兼復思鄉。想想，這倒也容易消磨，便在行旅之間，隨手指劃，說些個古楚渚宮中的舊聞，勉為應對，一逕說到吳指南昏盹欲眠而作罷。李白滿心所罣懷的，還是厲以常的囑咐：道途間已經傳揚了許久，說是上清派茅山宗第十二代天師司馬承禎即將取道江陵，溯沅、湘之水，往赴衡山。其間，當至天梁觀與厲以常一晤，卻也說不準程期。李白也只能日夕遊衍，時而作詩。

在這一段散漫無聊的時日裡，他有兩首風味獨特的詩。第一首，是在見識了「賽烏鬼」之後，當場以民樂改寫而成的〈荊州歌〉：

白帝城邊足風波，瞿塘五月誰敢過？荊州麥熟繭成蛾，繰絲憶君頭緒多，撥穀飛鳴奈妾何！

此作只五句，與一般古、近體之常例皆不相同，為古題樂府雜曲歌辭，出於荊州樂。荊州樂屬清商曲，是江陵地方之謠——故《樂府詩集》繫於梁簡文帝〈荊州歌〉之後，梁簡文帝詩殘句：「紀城南里望朝雲，雉飛麥熟妾思君」，蓋為李白詩作所本。

此詩結句點題，不外怨婦春思四字；春思為詩文舊例，故不必寫於春令。「撥穀」，即是布穀、勃姑，亦稱鳲鳩，有鳴於春種者，有鳴於盛夏者。由於李白抵達江陵時已是深秋孟冬之間，故「瞿塘五月」、「撥穀飛鳴」的話，乃為虛狀五月時序風景，以陪襯〈荊州歌〉本題所描寫的情事——也就是「妾思君」。

通篇五句詩，卻出現了蜀中和荊州千里之隔的兩處，而其間並無涉於行旅，這是很少見的。詩句起作「白帝城」、「瞿塘」，在地理上便和時序一樣，也是虛寫，純為帶韻起興，以便勾起春日將盡的慣常感觸。「絲」諧「思」，示以良人遠行無蹤，久而久之、自然而然「思」就成了「憶」，由此，藉婦人百般寂寥、荒廢農桑之事，來形容兩地別離之苦。第三、四句狀似時令昭然，卻也是虛寫，並不能當成眼前農桑實務，更或恐是從「賽烏鬼」時鄉野之民歌詠、舞蹈之轉擬而得之。

質言之：〈荊州歌〉不應被看作描述地理、時節、風土的作品，在更幽微的層面上，李白借取了他初來乍到之地的民歌曲式，表現的則是梁簡文帝宮體之作的主題。所思之「君」是詩人自己，而假擬的「妾」，則深刻埋藏。

「『妾』是何人？」吳指南終於像是來了精神，追問道。

「必有其人。」

「彼日在峽中，汝道：有一鳥吟詩，說的也是婦人與汝不得相見。」

「是『佳人與我違』！」李白不覺笑了，道：「汝若不明白，某更作一首。」

這第二首，便是〈江上憶巴東故人〉：

漢水波浪（浪字平讀）遠，巫山雲雨飛。東風吹客夢，西落此中時。覺後思白帝，佳人與我違。瞿塘饒賈客，音信莫令（令字平讀）稀。

恰如〈荊州歌〉虛擬「妾思君」的情境、而不明言「妾是何人、君又是何人」一般，李白江上所憶的「故人」，也不便直指直呼。這「故人」究竟是誰？便十分耐人尋味了。

後世解〈江上憶巴東故人〉詩者，往往以為「故人」就是尋常舊友，甚至還有誤會其人為「瞿塘饒賈客」，甚至將此五字解為「出身瞿塘、家資豐饒之賈客」者，而當面錯過了頭聯「巫山雲雨」的典故——此處破題即暗示：詩題所憶的故人原本為一女子。較諸〈荊州歌〉，〈江上憶巴東故人〉語意更清楚，也因之而更不能明言相思的對象。

在作法上，李白刻意調度，將五言律體中原應出之以對仗句型的頷、頸兩聯寫成散句，卻將頭聯作成對偶，用這翻轉的手段，寫夢醒驚覺身在異地而情境虛空，是寓大巧於大拙的筆法。全詩樞紐在於尾聯出句：「瞿塘饒賈客」——李白自己是以行商的身份出蜀，兼帶著為人交遞簡箚，疏通音信，所以「瞿塘饒賈客」當然還是圍繞著「商牒」、「商遞」立意。那麼，這兩句詩中的不言之意竟是：身為投書者，卻收不到內心思慕之人所投之書，於是才轉而對所思所慕者親切叮嚀：瞿塘地方日夜往來的行商既如此頻繁，應該不要斷了音信才是。

便在逆旅之中，吳指南逞酒任性，吵鬧糾纏，非要李白把那「佳人」是誰給說明瞭不可。李白只不依，推說詩中無人，毋須顛倒妄想。一陣祟亂之下，那吳指南像是倦了、也像是惱了，不發一言，合身臥倒，呼呼吐息，直似一頭喘吁吁的牡驢，嘖嘶猶不能解忿，繼之以吼嘯，接著又一骨碌坐起身，亢聲言道：「汝道與某為知交，卻凡事不與某同，漫天情義只恁一嘴說得！」

李白滿不在乎，依然玩笑道：「情義若不說得，如何便知其有？」

吳指南被他一激，更動了怒意，虎瞪著兩眼，道：「汝好生來去，真個自如！彼年去投那趙黑子讀書，便不回昌明；西走峨眉玩耍，亦不同某商量，更無一聲呼喚；某伴汝出峽辦事，汝今日要見古人、明日要見神仙……」說到這裡，吳指南眼圈鼻頭都泛了紅暈。

李白搶忙安撫道：「汝不愜意居停於此，吾等天明就道，逕赴九江也可──」

吳指南一拂大袖，背轉了身，居然哽咽起來：「汝早來寫詩，晚去作文，那些字句東藏一事、西指一事，好大衣冠模樣，好大學問造化；便只某昏懦小人，不知不曉？汝詩文儘教得意，其中有些甚麼機關，亦不同某說。汝顧某畢竟是何人？一奴僕耶？一狗馬耶？卻總然不是朋友。」

一口氣說罷，吳指南仰頭向壁，自發了半晌癡，隨手扯過榻旁的罩袍服被，矇頭睡去。星夜過半，忽然驚起，似已不計前事，只把方才睡穩的李白搖醒了，道：「嗚呼呼呀！汝大沉甸，壓某直欲死！」

在那個幻念之中，吳指南化身成一頭白騾，索縛在舟，沿江而下，來到漢水之濱，忽然間成了李白的坐騎，一反於晝間醒時情態，夢境中的李白卻奮力驅之西行，吳指南則鬧起了驢脾氣，執意不肯回頭。於是鞭楚如雨，催趲他逆流泅泳，直向三峽而去……醒來時，吳指南一身熱汗，浹背淋漓，還緊緊捉握著李白的手，道：

「汝終須不與某為伍！」

「此言甚矣！」李白被他攪擾得也煩躁起來，甩脫手臂，道：「寧不知手足骨肉，分離即死耶？」

吳指南鬆了手，翻身復睡，口中卻忍不住喃喃道：「臨行時趙黑子同汝說了許多呆話，某全不曉其義，便只記得『身外無家』四字——汝並家且不要，則情義付之何用？」

對於吳指南的疑惑與抱怨，李白固有確鑿不移之答，然而他更知道，哽咽在喉的「某當以身繫天下」之語，吳指南不會懂得。李白沉默了許久，直到滿室唯餘鼾雷陣陣，才低聲道：「龍吟曾未聽，幽抱獨長掩」。

12 未若茲鵬之逍遙

李白和吳指南畢竟在江陵待了下來，經冬而及春。

其間，那頭披紅掛綵的白騾以專駕載往東都，茫茫然隨封禪鹵簿而行，疲死於岱頂往返之途，也因而受封成將軍。風聞到此，百姓爭傳：古往今來，這唯一得授將軍的牲口在荊州城尚留有一副巡街遊城的銜轡；當地耆老們紛紛議論：神物受命於天，千載徵祥，應予供奉保存，於是相商將那銜轡置於城外「擲甲驛」，以鎮驛中不可勝數之孤魂野鬼。

江陵古城天下少有，是歷代累築而成，多修葺而少殘毀，正因兵家所爭，乃在控扼大江咽喉，每有戰火波及，盤據者更戮力完固之，是以牆垣寬厚如室宇，聳峙入雲霄。西晉永和年間，桓溫治荊州，合千餘年舊城之址與漢末關羽所構新城為一，州治益加恢闊。城外西北近郭一山，叫「擲甲山」，相傳為關羽罷戰之後，卸甲休憩的所在，山前一驛，也就隨山命名，名曰「擲甲驛」。

由於荊州自古為四戰之地，飄零於道途間的無主冤鬼之說，更無時無之。偏偏開元元年，又發生了太平公主、竇懷貞之變；所謂「內艱」，一旦底定，竇懷貞死於溝壑、薛稷死於萬年縣獄中、太平公主死於家、盧藏用流瀧州、崔湜流竇州——就在崔湜道經荊州城外擲甲驛時，天命逐至，責以與宮人元氏「同謀進毒，大逆不道」的叛弒之罪，追賜一死。

據說在拜領敕書之後，崔湜好整以暇，向壁題詩一首，八尺白綾，綰環投頸，毫不猶豫。在生命的最後一剎那，他面對京師大吼了聲：「欲加之罪，一命還君！」語過留聲，天雷震震。是後，十二年來，每年春秋各有一日，擲甲山必有滂沱大雨，自午及暮不歇，地方父老都以此為冤證，然而揆諸國法上意，卻也無可如何。

是日，李白與吳指南隨興遛馬，閒步入擲甲山，不過二、三里，天色忽地一陰，四野沉黑如暮，大雨驟至，似注似傾，終午至夕。擲甲山上林相稀疏，李白一行兩人一馬不得屏避，只得奔下坡來，到驛亭暫歇。

荊楚膏腴之區，士民繁庶，驛亭規模與蜀中大是不同。那是在整整四十年前的則天后光宅元年，黎國公李傑受命出任荊州刺史，初到任即從幕府之議，將鄰城各驛四周圈劃坊市，遷徙城居賤商，並且許以營生。沒有人能夠逆料，這居然是招徠黎庶行旅的一籌奇計。

李傑在任上止一年，三年之後就牽連進武后誅除宗室的一項大陰謀，因而喪命。但是由他所推動的「驛坊」，卻令江陵地方的民生之計活絡了起來。由於驛坊不在城區，路人往來，沒有宵禁，所事不拘旦暮，驛路上往來的行旅，過此無論早晚，都能覓得水火接濟。久而久之，慣習成俗，許多人便在進城之前，先就驛坊佇留，這樣無異於擴大了城區，也頻繁了商事；擲甲驛也不例外。

李白過驛，原本只為避雨，可是觸目所及，偶見側鄰一坊，不覺驚得倒退了兩步。他扯了扯吳指南的衣袖：「此處、此處有佳釀——某卻來過的！」

那是半畝小園，迎路無門且無牆，園中栽植了各色花木，枝葉扶疏，甚是可觀。直教李白目瞪口呆的，是花木深處那泥牆木柱的屋宇，寬二架，深三間，一切施設，無不與數年前露寒驛上火集極為相似，唯獨庭前少了那黃竹藍布的八尺挑招。

「是、神——品——」李白滿面訝然，仔細尋思，終於想起來，道：「是『神品玉浮梁』！恰恰少了那『神品玉浮梁』！」

當下先將馬交驛丁，周身驗看一過，證非官畜，才許交銀寄槽，這廂兩人渾以為間壁有酒可飲，正急著前去尋訪，未料四下人聲嘈囂，無端鬨鬧起來。兩人再一打量諦聽，但見泥濘不堪的大路之上，突然間惶急奔來了無數男女，大凡三五之數，成一小群，共肩一卷氈，有的是草薦、有的是錦茵，皆極厚重。這些扛氈之人來到驛前，爭著將氈鋪伸了，隨即齊齊整整分列行伍於兩側，並皆撐開了隨身攜行的雨具，無非黃赤頂蓋，十分耀眼，只不過看似人人都不在意大雨侵身，卻都像是在遮擋著泥濘地上的氈鋪。

再不多時，滂沱大雨之中，竟然從四面八方踅來許多道士，有的冠頂二儀，衣被四象，有的霓裳霞袖，織錦披羅，也有戴平冠的，通身上下二十四條裙帔，也有戴飛雲冠的，絳帔三十六條，一眼望不盡的高華秀麗，魚貫成行，看得吳指南幾乎忘了要去找酒。道士們先後入驛，路旁擎傘之人始竊竊私議：「道君」若何、「天師」若何、「司馬真人」又若何——顯然，他們口中的真人尚未現身，卻也不知何時會到。

「稀有鳥至矣！」李白抬肘撞了撞吳指南的腰，道：「此師當世無兩，會當一見，某且回逆旅取詩文稿草，再去天梁觀候他。」

吳指南臉一沉，道：「汝自去！」

「酒，滿天下物，何日不可飲？」

「道人亦滿天下物，何日不可見？」吳指南說著，大踏步逕往間壁小園走了去；他確乎是賭著一口氣，非要喝上不可——然而，隔壁並非酒肆。

那是硬生生將驛所西側臨街廂房截取其半，端端整整隔出來的一爿小園，向園便是一門，吳指南侵雨奔去，拉開門、搶身而入，發覺竟是一間空屋。

這正是十二有餘年前崔湜服罪之地。

因為驛丁、旅者屢屢傳聞：此室入夜即有祟亂不安之事，便索性將這屋拆了，改築成花樹小園，意欲止祟。不料甫拆未半，崔家在中朝尚有掌權執柄者，又馳令而來，必欲「全此一死地」。正由於截取其半，成了園子，所餘室宇便顯得過於寬而淺，不像是供人居止之處。

此室北面壁間橫出一架，架上陳設了一副擦拭得鋥光瓦亮的騾馬銜轡——不消說，這是數月之前，道經江陵，巡遊街巷的那匹益州貢騾所披掛者，把來當成祥瑞，每月朔望之期，奉以清供，用意還就是多一份禳謝不安魂魄的天威。大約也將就著傳言崔湜的魂魄不安，此園、此室便整治得翠微紅映，木密蔭深，榻席潔淨，几案古雅，几上長年置一香爐，其中燃薰沉澹，煙在有無之間。

吳指南見屋外驟雨略無緩轉之勢，反手闔了屋門，嗅著爐中香氣異常甘美，索性爬上榻席，曲肱臥倒，細細聞著香，驀地一陣昏倦上頭，瞌睡了起來。也不知過了幾時幾刻，天光乍然欺入，門又給拉開了。吳指南雙眼微睜，看是進來了三個人。

當先一個，是儀容俊美的華服官人，通身緋袍，四十上下年紀，頷下五綹疏髯，飄爾如絮。緊跟在後的，則是一年輕道者，頭頂紫冠，身穿青袍，也出落得志意昂揚。這兩人一進門，各把雙眼直盯著吳指南凝看，身形則自然而然退向兩側，迎進了第三人。那是個上了年紀的老者，頂上餘髮不多，但是束紮嚴謹，盤髻光鮮，也穿了一身暗碧似青的衫服，由於腰間無帶，看來不是官人，但那長衫貼裹著老者瘦削的身形，也與尋常僧道之人的寬大袍服很不相近。老者進門抬臉，目光如炬，朝吳指南點點頭，似不以榻上有一陌生之人而訝異。

吳指南反倒慌了，想匍匐而退，轉見一榻連壁，要退也無地步，卻聽那華服官人道：「真君所稱不速之客，果是此子？」

老者向前移了兩步，細細打量著吳指南，接道：「不謬；亦不妨事。」

便在這時，吳指南也察覺老者渾身上下竟然沒有一點經雨而濕的痕跡，湊近前來的身軀泛著和薰爐蒸煙一般的香味，還冒著暖烘烘的熱氣。

年輕的道者則皺眉憂心地說：「北起隨州、西起襄陽，還有江陵本地的道侶，俱已至驛亭候駕久矣。少時大雨一停，眾人不免鼇出相迓，真君若在此盤桓，十目所視，或有造作蜚語，恐不便宜。」

老者微微一笑，似乎全不在意年輕道者的顧忌，逕自轉向那官人道：「『彼雨無多有，此山歸去來』，似乎正是令兄臨行前所吟之句罷？」

官人神色黯然地應道：「是。」

老者抬頭環視著頂上杈枒交錯的樑柱，又微微挪步轉身，像是在覷看著方位，好半晌才指著門旁壁角，道：「此向西北，一去一千七百又三十里，正是京師所在。」老者隨即指指自己的腳下，又道：「然則，此地也便是令兄辭聖之地了。」

官人的臉垂得更深，像是低聲答應了一個字：「諾。」

「還能記憶令兄臨行所吟字句否？」

官人仍只點了點頭，眼眶之中竟然泛著些許淚光。

「時不可失，吟來！」

「知秋緣樹濕，扶路待雲開。彼雨無多有，此山歸去來。猿聽簷下淚，句琢燭邊灰。野驛餘蕭索，登臨數此回。」

就在官人閉目吟誦著這首詩的同時，老者朝先前凝眸而視的樑柱之間一袖揮出，袖口距柱頭還有數尺之遙，其間卻現出了五色雲朵，霞光連環互生，瞬起瞬滅。吳指南看得癡了，口中不覺咿咿唔唔作些怪響。然而前後未及片刻，誦詩之聲歸於岑寂，繞柱之雲也付之消散。只屋外一路自遠而近鳴雷不已，雷聲從西北方咆哮而來，復向西北方吼吒而去，過不多時，也沉靜下來。

老者隨即朝門口踱了兩步，探臉睨了睨天色，對那官人道：「這雨，會須才要停了；令兄魂兮安矣！想這一十二年漂泊無著，畢竟只為生前一念之不能釋懷，其艱苦如此。我輩鑒之，可不慎乎？唯獨——」

說到這裡，他頓了頓，轉臉看一眼吳指南，嘆了口氣，道：「天數奇絕，真有不可逆料者。孰料汝子竟來一窺玄機，福禍即此隨身矣！」

「嗚呼呼呀！」吳指南一派天真，忍不住手舞足蹈地喊道：「老道這神通真是惹眼，某見識了。」

年輕的紫冠道士此時上前一步，朝老者一揖，道：「貧道浮學無根，術業淺薄，恰欲於真君駕前請教——似此不測之人，由不測之緣，來此不測之地，相與不測之事；果可避之乎？果不可避之乎？可避而不避，即入因緣，竟亦歸於自然而然否？」

「大哉問！」老者笑了，道：「胡紫陽曾告某：『三千及門弟子，唯丹丘子形神蕭散，不及於學。』然自某觀之，丹丘子慧覺過人，何妨不學？」

這年輕道士，正是在大匡山上與李白曾有一面之緣的丹丘子；老者則是李白亟欲一見的上清派道長司馬承禎；而那華服官人，則是當朝秘書監崔滌。

將近十三年前，太平公主及竇懷貞等人被控以「依上皇之勢，擅權用事」，並有七月四日作亂之謀，而傾黨遭到誅除。事發之前，皇帝召見了當時的中書令崔湜——此人曾經將妻妾上獻於原本還是世子的李隆基，以此而成為滿朝卿吏之笑柄；而崔湜本人非但毫不以為意，也仗著自己的秀色與高才而成為太平公主的面首之一——他正是崔滌的哥哥。

起初，崔湜任兵部侍郎，他的父親崔挹任禮部侍郎。父子同時官任尚書省的副職，是自有唐以來，所未曾有者。而崔湜「先據要路以制人，豈能默默受制於人」的權術與野心更不止於獻妻進妾而已。上官昭容掌權時，崔湜為其面首；太平公主勢燄盛時，他也毫不猶豫地以色事之。張鷟的《朝野僉載》如此記載：「有馮子都、董偃之寵。妻美，與二女並進儲闈，為中書侍郎平章事。或有人牓之曰：『託庸才於主第，進豔婦於春宮』。」可謂謔矣。

皇帝召見崔湜，實則別有用心。儘管在接見時動之以恩義，託之以腹心，洩漏了對於太平公主的諸多不滿；不過，這顯然只是誘敵之術。崔湜歸家，與崔滌商議依違之計。崔滌苦口懇勸：「主上有問，勿有所隱。」

可是，崔湜卻基於與太平公主的情誼而辜負了這告誡，日後果然以「私侍太平公主」而得罪——皇帝發禁衛軍「平亂」之後，把崔湜流放於竇州。也就在崔湜道經荊州、停留於擲甲驛的當天，接獲皇帝新頒佈的敕令，宣稱宮人元氏在受審時供出他案，元氏曾與崔湜同謀進毒以期殺害皇帝，崔湜當即賜死，縊於此所。

向日在宮中，十目所視、千夫可指，元氏與崔湜根本沒有彼此接近的機會，所以說崔湜進毒弒上之事，越是追究細節，就越令人起疑。當震驚和憤怒漸漸平息下來，皇帝忽然發現：這一指控明顯出於攀誣，而朝中法司希旨逆意而辦案，則是不爭的事實；因而，對於太平公主之亂的查察和鞫審，已然像是一匹脫韁的野馬，朝向無人能預知的方向恣肆而去。

皇帝再也沒有向人說起崔湜，可是卻時不時地派遣高力士：「喚崔九入宮。」

崔九乃從大排行論稱，崔滌是也。他平居喜交遊、好議論、有辯智，隨時能引人噱笑。皇帝最忌人張揚自喜，原本不喜歡崔滌這樣的個性。可是崔滌的長相與崔湜極相似，一旦見到了崔九，在俯仰接談之間的一些片刻，皇帝會誤以為面前這人竟是崔湜——崔湜渾若未死，就讓皇帝不時覺得好過一些。

以此而一再相召，久而久之，皇帝在新人身上所見者，便不只是舊人的面目，他漸漸為崔滌開朗坦易的性情所吸引，原先對崔湜的愧疚和思念，也就轉變成對崔滌的賞識；不但經常隨手賞賜些天家恩禮，不多時還給升了官，成為秘書監，君臣過從密邇。崔滌隨時可以出入禁中，與諸王侍宴的時候不讓席，有時他的座次還排在皇兄寧王李憲之上，日後更御賜一名，曰：「澄。」

東封泰山的時候，皇帝欽點崔滌隨行，封禪禮成，加金紫光祿大夫。聖駕於封禪之後並不在魯地停留，隨即回鑾東都，崔滌則立刻請命下江陵，表面上的名義，是陪同司馬承禎赴衡山，這也另有緣故——早在封禪禮儀使張說所訂的儀注中已經明白議定：封禪次年春正之日，應由太常少卿赴南嶽致祭，整個封禪大典便有了延續、擴充的意義。

司馬承禎能夠先行往衡山勘查風土，這是很難得的事，皇帝也就一口答應了。然而崔滌卻另有計議。原來過往十餘年間，崔滌四處打聽天下有道之士的術業能為，目的就是要讓負屈而死的哥哥得以超薦。他聽人說司馬承禎「服真五牙法」、「太清行氣符」能打通陰陽兩界，且此師行事厭惡繁文縟節，痛恨招搖排場，對於一個畢竟還是問罪未及赦免的亡靈來說，施以簡約平易的手段，更屬難能可貴。然而，要搬動這樣一位天下知名的道長，來開脫一個身負叛弒汙名的罪臣，畢竟不好啟齒。

此事遷延多年，忽然在開元十三年大暑之日，竟莫名其妙地成就了。原來是那胡紫陽的門生丹丘子傾萬貫家資、在嵩陽修築的道院終於落成，廣邀海內高賢，大集天下術士。司馬承禎身為一代宗師，也在受邀赴筵並尊禮壇講之列，所講即是「五門見道妙義」。

司馬承禎欣然應邀開講，還在大暑日親筆覆信，告訴丹丘子：秘書監崔滌刻在東京，去嵩陽不遠，可以延為上賓。司馬承禎向不結交公卿，此舉殊不尋常。丹丘子便向交遞書信的道童隨口問了一聲：「真君忽欲見公卿，殊費解！」

不料那道童當下從袖中另取一紙奉上，道：「師云若有此問，所答在焉。」丹丘子攤開這第二張信箋，但見端端嚴嚴寫了八字：「一死一生，乃見交情。」

這話說了也直似未說，丹丘子依言赴洛陽延請，崔滌聞知此議出於司馬承禎的八字真言，並不明瞭其中另有道術之士深密的玄機寓焉，登時擊掌歡踴，開顏喜笑道：「神人知某，何可求而得焉？」崔滌與丹丘子、司馬承禎之訂交自此而始。

一年有餘的光陰過去，皇帝再於開元十五年召見司馬承禎，「令於王屋山自選形勝之地，置壇室以居」，因而創建了陽臺觀。這一恩寵，實則出自崔滌的進言——只不過到了開元十五年的時候，崔滌也已經過世了。至於崔滌於開元十三年在嵩陽初會司馬承禎時，以為那「一死」指的是兄長崔湜，「一生」所指，也就是崔滌本人，崔滌以是而慨服其術算之神。殊不知司馬承禎這八個字實則另有所料於日後——那「一死」，實言崔滌；「一生」，說的卻是生受陽臺觀封賞的道人自己。

開元十四年春，司馬承禎、丹丘子和崔滌聯袂來到擲甲驛前，暴雨未歇，司馬承禎指門而道：「但不知——某等為不速之客耶？抑或室中之人為不速之客耶？」

「然則……」崔滌有些遲疑，他知道間壁驛亭中都是遠近聞名而來迎迓的黃冠羽客，這些人只道司馬承禎是來南遊衡山的，那麼暗中超薦之事，萬一洩漏形跡，上達天聽，以皇帝之雄猜猶疑，少不得要治罪。

「不妨，此大鵬之使介而已。」司馬承禎笑著轉向丹丘子道：「汝此行不虛，或可與故人重逢了！」

崔滌並未料想到，千里迢迢追隨司馬承禎來此超渡，不過就是一拂袖間之事——究其實而言之，他連吳指南駭詫不能自信的五色祥雲都未曾看見——忽然有些許的失望之感。然而，他又覺得司馬承禎如此草率為之，或恐還有不足為外人道的底細，遂舉步上前，施一長揖全禮，低聲追問道：「即此便是了麼？」

司馬承禎淡淡答道：「『天地四時，猶有消息』，君宜同其情慨耳。」

「天地四時，猶有消息」只有八個字，出自《世說新語．政事第三》，卻另有長遠的故事，故事中的主角嵇紹則是司馬承禎奉以為「知出處大節而不移」的完人——多年之後，李白能夠得到仕途發展上的許多暗助之力，實則種機於他在江陵與司馬承禎的一次傾談。所談者，恰是嵇紹，以及嵇紹的父親嵇康。

嵇康官至中散大夫，本由父親嵇昭事曹魏為侍御史而成為士族。嵇昭並妻皆早逝，嵇康成長之後，娶了宗室之女長樂亭主，這固然是保障士族門第的慣例，但是，仕宦生涯顯然與嵇康所耽所習的老、莊之學，有著極大的差異。

世人熟知嵇康隱於河內山陽，幾無半點官聲。生前著作又多次不可扼抑地表達了厭棄仕途的強烈情感，在與一同列名為「竹林七賢」的山濤的絕交信中，甚至公開以極盡揶揄的修辭，自嘲「七不堪」，不能為吏。包括：貪眠不起、閒遊不羈、衣履不潔、不喜文書、不喜弔喪、不近俗人、心不耐煩等，凡七不字，都是曲筆反寫他對積極進取以邀功名、掌權柄的輕鄙。尤其是在「七不堪」之後的「二不可」，更坦言自己的性情不合時宜：「每非湯武而薄周孔，在人間不止，此事會顯世教所不容」、「剛腸疾惡，輕肆直言，遇事便發。」

更強烈的議論是在這一段反諷之後的結語：「統此九患，不有外難，當有內病，寧可久處人間邪！又聞道士遺言，餌朮黃精，令人久壽，意甚信之；遊山澤，觀鳥魚，心甚樂之。一行作吏，此事便廢，安能舍其所樂，而從其所懼哉！」此言，實關乎千古百代以來士君子出處知道的關節，也正是大鵬見稀有鳥之後的一段激辯，暫伏草蛇灰線於此。

竹林七賢決不是詩酒風流、灑然世外而已。「避徵不仕」往往意味著士族脫卸門第中人所應該承擔的責任，也意味著士人自有疏離皇室或心懷異志的詭謀，這是極其危險的抉擇。

是以〈與山巨源絕交書〉並非嵇康與山濤交誼之斷絕而已，它甚至該被視為嵇康對山濤的保護。

此後，乃有呂巽、呂安兄弟鬩牆而導致的一連串殺戮。干寶《晉紀》云：「呂安與康相善，安兄巽。康有隱遁之志，不能披褐懷玉寶，矜才而上人。安妻美，巽使婦人醉而幸之。醜惡發露，巽病之，反告安謗己。」

這是一段原本呂氏兄弟都亟欲隱藏的家庭醜穢——呂氏兄弟原本與嵇康是多年故交，呂巽貪戀呂安之妻美，藉酒而汙之。呂安在嵇康以保全門第名譽的勸說之下，不再追究。豈料呂巽深自惴惴，反而誣控呂安毀謗（一說是不孝之罪）。呂安因此被判流徙發邊，不得已而寫信向嵇康求援。嵇康基於義憤，寫下了另一篇著名的絕交書——〈與呂長悌絕交書〉——非徒與呂巽決裂，並挺身為呂安證冤，遂也猶如當年司馬遷為李陵辯解而獲罪故事，受連坐而下獄了。

然而，若僅止於家道穢聞之辯，焉得問罪如此？事實上，此案波興瀾起，另有內外兩因。揆其內因，是當呂安問了流徙邊郡之刑後，那一封向嵇康寄發的書信之中，有這樣的句子：

顧影中原，憤氣雲踴。哀物悼世，激情風厲。龍睇大野，虎嘯六合。猛志紛紜，雄心四據。思躡雲梯，橫奮八極。披艱掃穢，蕩海夷嶽。蹴崑崙使西倒，蹋太山令東覆。平滌九區，恢維宇宙。斯亦吾之鄙願也……豈能與吾同大丈夫之憂樂哉？

這幾句憤激之語已經不只是惱恨兄長反噬誣陷而已，甚至明顯透露出對政權和皇室的顛覆之心，晉太祖司馬昭將之「追收下獄」，實出於疑懼叛逆。接著，便是連綿而來的外因了。

正當其時，呂巽的故友，也是正有寵於司馬昭的司隸校尉鍾會，當廷大發議論，認為收信人嵇康亦必須予以收押究罪：「今皇道開明，四海風靡，邊鄙無詭隨之民，街巷無異口之議。而康上不臣天子，下不事王侯，輕時傲世，不為物用，無益於今，有敗於俗。昔太公誅華士，孔子戮少正卯，以其負才、亂群、惑眾也。今不誅康，無以清潔王道。」

終於，嵇康被錄為死囚。時有太學生三千人上書，請以為師，這樣反而壞了事。皇帝對於士論之騰起更加畏懼，非但不許所請，還很快地將嵇康處死，以免喧囂連綿，抗議迭宕。臨刑之前，親族都來話別，嵇康顏色不變，問其兄嵇喜：「來時攜琴否？」

嵇喜道：「已攜來。」

嵇康取過琴，稍事調弄，彈奏了那首知名的曲子——〈太平引〉；曲成，歎道：「〈太平引〉於今絕也！」一說〈太平引〉為〈廣陵散〉。

〈廣陵散〉絕後二十年，山濤舉薦了嵇康之子嵇紹出任秘書丞，嵇紹十分猶豫，以為其父獲罪，為人子者不應再仕，但是山濤卻說：「為君思之久矣！天地四時，猶有消息，而況人乎？」

嵇紹遵山濤之囑而出仕，任御史中丞、侍中，一度還被罷為庶人。日後，在一場皇室骨肉輾轉相殘的八王之亂中，嵇紹應徵復出，參與蕩陰一役，身當矢石，所部大敗，為了護衛晉惠帝，為叛軍亂箭橫刀所殺，鮮血濺滿了皇帝的衣袍。戰陣之中，僥倖未死而被俘的晉惠帝被押往鄴城。當左右從人欲為皇帝更換血衣的時候，皇帝說：「此嵇侍中之血，勿洗去！」

就司馬氏政權之酷虐而言，嵇紹豈能為利祿所驅而就任？尤其是嵇康承襲父親的士族地位，道盡了「七不堪、二不可」，底蘊亦不乏自認是前朝曹魏故臣的心意；這種心意，寄託於出世之說，原本是藉遁之辭，順理成章。可是，山濤的勸慰之語，也並不是出自趨炎附勢的居心。在山濤看來，進退之間，並不應該以個人賦性或懷抱為依歸；作為士人，只有以天下為擔當。至於食誰家之俸祿，更不須營營於思念之中。

「然則，真君之言，是以嵇侍中之血責成崔九麼？」崔滌固然知道山濤、嵇紹的典實，卻全然並不能體會司馬承禎的用心，只得虛虛一問。這一問，顯然也透露著不情願的意思；至少，若以嵇康蒙冤屈死、可是嵇紹仍殉帝以忠而言，崔滌仍心有不愜；他對於當年崔湜遭到宮人元氏攀誣的陰謀之主仍未釋懷，原以為司馬承禎慨然而來，還真能透過甚麼貫通陰陽的手段，以求問於陰靈。但是，他萬萬沒有想到會得著這樣一番結語——

司馬承禎道：「汝有大力則可以與大事；無此大懷，則並大力也無！」

13 應見魏夫人

司馬承禎是來見李白的。

他並不認識李白，也不曾聽說過李白的姓名家世，更不知道李白的性情、人品或者教養，他甚至不能預期，即將見到的人是道者？還是俗人？是官吏？還是黎庶？之所以輾轉因循諸般機緣而來到江陵，全因一卦。

開元十三年，丹丘子以嵩陽新修道院落成來邀請壇講，宣示「五門見道妙義」。司馬承禎親筆書笥應允之前，於靜坐中魂軀相離，若得一夢——對於一個積數十年修為的道者來說，無端而得夢，是極不尋常之事。而這夢，更絕異於他者。

夢中司馬承禎似不在焉，僅一身形不過數寸的鷃雀，口中啣一絲線，振翅欲飛，而飛不得，原來是絲線彼端繫縛著一頭大鵬，大鵬足爪沉陷於泥淖，欲自拔而不得，復不能借鷃雀之力而出，以此困頓委靡，神喪氣沮。

這幻境雖只一瞬，但是驚得司馬承禎一身冷汗。他自視三屍不祟，神魂不入於顛倒非常，卻忽然受到夢的驚擾，感到十分訝異，遂將銅錢來卜，當下得了一個「需」卦。

需者，須也；若逕以字義解釋，則這個卦的大旨，就是「等待」。然而司馬承禎的這一卦，所問者並不是當下該不該答應丹丘子的邀請，而是此年與來年之間封禪禮成之後的衡山之行，推看光陰，或恐就在來年二月。而這「需」，正是二月之卦。

從卦的構成來看，「需」是乾下、坎上，也就是一連三個陽爻之後，復演得一陰爻、一陽爻，再一陰爻。坎為水，也可以解釋成雨。乾為天，而天字的小篆之形，恰又與需字下面的「而」字近似。則拆合字形以論，水在天上，不謬。

此卦彖辭說：「需，須也。險在前也，剛健而不陷，其義不困窮矣。」上有阻雨之險，下為乾陽剛健之志，也就出現了龍困於淺灘的意象。這個解釋令司馬承禎相當驚奇，因為無論是封禪、登南嶽，都與困龍阻水之象迢遞無涉，但是根據一個荒唐無稽、且本不該有之夢而卜，兩相勘驗之下，無論是直觀或解義，卻又若合符節。

也就在這一刻，這功參玄府、無入而不能自得的老道士才忽然悟到：「唉呀！是了！這一卦，並非為某衡山之行而卜，卻是為了夢中那困處於泥淖之中的大鵬而卜的！」

從大處著眼，需：「有孚，光亨，貞吉，利涉大川。」除了示意求卜者等待時機，勉以誠信，故能光明而亨通，守靜而吉，即使前途蒼茫如涉江河，也能平安渡過重重險厄。不過，「光亨」一詞，他卦無所見，不免穿鑿。

司馬承禎論《易》，向有自出之機杼。在「有孚光亨」四字句讀上，他是這麼斷的：「有孚光，亨」。「孚」字不只解作「信」，也解作「虛其內而實其外」，「孚」字與「光」連讀成一詞，除了指稱「以誠取信」之外，還有「浮觥」的意思。以單字論，浮作罰解，觥即酒杯，「浮觥」就是「罰酒」。雖然罰酒不是甚麼好事，卻也不是真正的厄運，它帶有一種由於得著警告而善自惕厲的美意。

循序進入這卦的每一爻，可以發現前三爻的「初九，需於郊」，「九二，需於沙」，「九三，需於泥」，只是在不同的地方等待，原本在郊外荒野處等待，稍後在水邊沙灘處等待，之後雖然更進一步而陷溺於泥淖，卻基於其人剛健誠信的本質，而能夠趨吉避凶、遠離危險，維持著「无咎」、「終吉」的局面。

再向上進入「坎卦」，兩陰夾一陽。在六四之處，有「需於血，出自穴」之解，一說是將要招致血光之災；一說則是基於「血」、「洫」同根，將要輾轉於溝洫。原本剛健的精神也許經過幾番折磨、幾番挫辱，而逐漸軟弱、示怯了。也可以自其大面而言之；此人生涯的後半段，不復如先前那樣高視闊步、意氣昂揚。然而，不論「血」字指身心之傷，或是溝壑之遇，總之使得這人在性情上有了極大的轉變。九四象曰：「需於血，順以聽也。」這個聽字，只能解釋成「聽任」之聽、「聽天由命」之聽。

爾後，進入了這一卦的九五之處：「九五，需於酒食，貞吉。象曰：酒食貞吉，以中正也。」

這個人，歷經多少寒暑，終其一生似乎都在等待。

也許是源自於內在的剛強，無論他承受了多麼強大的羞辱，遭遇到多麼強橫的牽絆，似乎也從不吐露，但是這種種無時或已的阻逆，並沒有讓他將等待的韌性轉化為追求的力量。他似乎寧可株守於每一次小小的傷痛或磨難之間，就像夢中那一頭在泥淖中不斷拔足而起的大鵬，竟然全無振翼高翔的意思，徒然仰視著遙迢無際的穹蒼而已。

等待，意味著蹉跎——這也是大鵬令司馬承禎最不解而又著迷之處：酒食。那麼，險阻之於斯人也，究竟是飽足酒食之後，必將奮力一戰而克的敵壘呢？還是耽溺於酒食以至於終不能奮力一戰，遂使酒食成為斯人自鑄之敵壘呢？

純就卦象原文來看，酒食不是壞事，既曰「貞吉」，則酒食當然是養精蓄銳之物。所謂：「酒食，宴樂之具。言安以待之。九五陽剛中正，需於尊位。位，故有此象，占者如是而貞固，則得吉也。」

解到此處，司馬承禎停了下來。他暫且不理會最後的一爻上六——經上所解，他無須寓目便能了然：「上六，入於穴，有不速之客三人來，敬之終吉。」這時他所在意的是第五爻，也就是「九五」。「九五」，無論如何不能迴避的聯想是天下之主、萬民之父，皇帝。「需於尊位」的意思再明白不過，是指在高貴、尊榮的地位上等待。至於究竟有多麼高貴？多麼尊榮？卦象上沒有顯示，可是恰由於此乃「九五」地步，或即是說：將要由天子來定奪其功名爵祿了？

如果暫且不理會最後一爻上六，在這一卦的前面五爻上，司馬承禎已經看到了一個模糊的輪廓——他將要去尋訪一個人。

這個人有著強大的意志，活潑的心思，可能還具備著摶扶搖而上雲霄的力量。經過漫長的蓄積、等待，他將從遙遠的地方來，暫棲於一水之濱。他在淺灘也似的人生行旅中困處，身邊確乎有試著助其一臂之力的草芥之人，不過，這些人也就猶如鶡雀一般，人微力薄，無足為憑。而這個等待著的人，似乎也不知道他所等待的是機運？是援手？還是更多無休無止的創傷？他只是不時地翻看著自己深陷於泥淖的足爪；這樣時左時右輪番的審視，大鵬像是已經滿意了，覺得自己並未受到全然的羈絆。只不過，在飲啄酒食之餘，他忘記了自己還有一對覆天蓋地的翅膀。他會須要見到九五至尊，才能施展巨力，磅礴有為。可是，該由誰、用甚麼法子，來點悟這個人，讓他明白，不能只是審視足爪無恙，慶幸不困於泥淖，便自覺刃發於硎，才高於天，甚至因而誤以為青春無論如何揮霍、蹉跎，也取之不盡、用之不竭。

也就在這樣一幅意象逐漸清晰起來的時候，司馬承禎想到了厲以常。

厲以常在江陵，水濱之城，有著楚王渚宮的江山勝跡，以及當年崔湜負屈自縊的驛亭——而在江陵天梁觀中北壁之上，的確畫了一幅大鵬。

老道士此時深瞑雙目，假想自己是那大鵬，來到最後一爻的上六，也就是需卦外卦困於水的最後階段。那時，或許江水氾濫，或許暴雨傾天，應該是在來年二月，這大鵬將會在一處地穴之中，見到三個不速之客。而這三個人，或許將為大鵬帶來生涯的轉機。

司馬承禎知道自己無疑是其中之一。而此夢、此卦由丹丘子嵩陽之約而起，他將是第二人。至於其三——連丹丘子都驚疑不解：一個舉世推重的道士，向不交際公卿，忽而指名相邀，所欲請見的人，居然一無學行、二無操範，甚至在年少之時，還曾經與日後涉嫌篡弒的兄長一同以色事公主，本來就不是甚麼風標獨樹的大臣。

也就在擲甲驛前的一場大雨之中，三人行將引門而入之際，司馬承禎像是看穿了丹丘子的心事一般，拍拍崔滌的肩膊，又撂下了一句讓丹丘子翫味良久，讓崔滌如墜五里霧中的話：

「非此君，斯人恐不得親魏夫人之大道。」

「此君」所指，自是崔滌；「魏夫人」，則非道教上清派的始祖魏華存莫屬，其人其事，家喻戶曉，丹丘子身為道門之徒，自然瞭若指掌；那麼——「斯人」又是指誰？

魏夫人名華存，字賢安，山東任城人，東晉司徒魏舒的女兒。據《南嶽志》所引《南嶽魏夫人傳內傳》云：此女幼時便熟讀「莊老之書」，「篤意求神仙之術」，發誓不嫁。不過到了二十四歲上，還是奉親命遣嫁南陽劉文，誕二子，長名璞，次名瑕。即使如此，魏夫人仍常服胡麻散、茯苓丸，吐納氣液，攝生夷靜，且「閑齋別寢，入室百日不出」，專務修道。緣此虔誠致志，感格於天。西晉太康九年孟秋，忽一日，天上降來了四位仙君，授之以《太上寶文》、《八素隱書》、《大洞真經》、《靈書紫文八道》、《神真虎文》、《高仙羽玄》和《黃庭經》等三十一卷真經，此即上清派原始文書。

其中，《黃庭經》草本除了開篇六句之外，皆為「七言韻文」——在當時，「七言」別為一體，若非里巷歌謠，就是識字開蒙之書，尚且不曾被視為詩之一格。以七言韻文，作長篇論述，也是極其罕見的事。

「七言」日後之成為詩之大宗，《黃庭經》更可以視為另一關鍵。魏夫人據其草本，殷勤注述，用意顯然是傳道，可是卻於無意間藉由道教傳播力量，推動了這種形式的詩作。

此須別加解注——

《漢書．藝文志》說〈史籀篇〉是周時史官教學童的書，又著錄「史籀十五篇」。本注：「周宣王太史，作大篆十五篇，建武時亡六篇矣。魏晉以下此書全失。」段玉裁推測：「其書必四言成文，教學童誦之，〈倉頡〉、〈爰歷〉、〈博學〉實仿其體。」

至於〈倉頡篇〉，世傳丞相李斯作；〈爰歷篇〉，世傳中車府令趙高作；〈博學篇〉，世傳太史令胡毋敬作。「皆取史、籀大篆，或頗省改」從此定型為小篆。漢初，閭里書師合〈倉頡〉、〈爰歷〉、〈博學〉三篇，斷六十字以為一章，凡五十五章，統稱〈倉頡篇〉；〈倉頡篇〉流行直到東漢。

而在有漢一代，司馬相如改創其體，更易其制，創用「七言」。相對於之前〈史籀篇〉、〈倉頡篇〉，的四言。漢賦大家（廣義的詩人）司馬相如最重要的改革就是引進了民間歌謠的「七言」，成就了〈凡將篇〉。比起沒有用韻的前代之作，司馬相如更知道國風風人的潛移默化之功，繫乎簡單而有力的記誦，也就是經由民間歌謠所擅場之體，讓蒙童得以更有效率地識字見義。

其後，西漢元帝時代，黃門令史游以〈凡將〉為藍本，另作〈急就篇〉，也大部分使用七言。可見在當時七言大概正是眾口相沿的陽阿薤露之調，如：「急就奇觚與眾異，羅列諸物名姓字，分別部居不雜廁，用日約少誠快意，勉力務之必有喜。」

此外，從東漢的鏡銘上也可以看到許多七字韻語，似亦可覆案昔時「七言」流行的程度。司馬相如和史遊在七言詩發展史上乍看不具任何地位，但是注意並運用民間歌謠形式，推動普及教育，卻不期而然地為七言詩的發展奠定了基礎。

在兩漢書以及其他成書於漢季的史料上，還可以發現一種兩漢人用語的習慣，那就是七字句。「欲不為論念張文」、「關西孔子楊伯起」、「五經無雙許叔重」、「不畏強禦陳仲舉」、「天下楷模李元禮」。這些個品評人物的單句七字用語斷讀幾乎全是「四三」（二二三）。

在殘存漢魏以降的字書之中，「七言」之堆砌羅列大體如此：〈凡將篇〉：「淮南宋蔡舞嗙喻」——見《說文》二上。「鐘磬竽笙筑坎侯」——《藝文類聚》四十四。「黃潤纖美宜製褌」——見《文選．蜀都賦舊注》。其他雜有脫漏之文之例直到唐代都還出現過，文氣亦頗雷同：「烏喙、桔梗、□芫華」、「款冬、貝母、木蘗萎」、「芩草、芍藥、桂漏盧」、「白斂、白芷、□菖蒲」——見《陸羽茶經》下。

不消說，這樣的句式也都來自民間歌謠七字句。在〈凡將〉、〈急就〉等篇問世之後，這個開蒙記誦字句的固定形式，也反證了「七言」在民間的流行地位。像是「劉秀發兵捕不道，卯金修德為天子」這種事關革天之命的話，也順理成章利用「七言」，可見其琅琅上口。

然而天下之大事斷非成於二、三先行豪傑之手；二、三先行豪傑若非他故而留名於青史，亦未必然能獨於無佛處稱尊。接下來一個無心插柳之人也幾乎丟失了他在七言詩史上的重要地位——王逸。

古人解注章句，是推崇作品最直接有效的工夫。屈賦也好、《楚辭》也好，都是透過漢人「章句之學」撏摘浸淫，而成為詩三百篇之外的「別祖」。東漢王逸在劉向整理編纂的基礎上，把《楚辭》推向一個更崇高的位階。而在他那個時代，七字句已經是普天之下、率土之濱最流行的一種有助於記誦的語言形式了。

王逸作楚辭章句，經常使用七字句、句句用韻、再於句尾之處加上一個也字，這當然也是為了方便記誦。連王逸自己寫的〈琴思〉，都為後世學者懷疑為「某篇之注」；可想而知，許多王逸自作的詩句或可能也早就被混進「楚辭章句」之中去了——無論如何，王逸大量運用「七言加一虛字」的動機很明顯：他瞭解、運用這個人們長遠浸潤的記憶形式，統一了注文和原文的文氣，藉以方便學習者朗讀、記誦而流傳。

由此可知，漢唐間數百年，「七言」以其調俗而不被視為詩，卻又以其易記宜誦而成為流行謠諺的載體。在這個漫長的過程之中，此體並非一蹴而成就為近體詩格之一、蔚為大宗，居間《黃庭經》之功大矣。

漫摭其句如此：

上清紫霞虛皇前，太上大道玉晨君。閒居蕊珠作七言，散化五形變萬神。是為黃庭曰內篇，琴心三疊舞胎仙。九氣映明出霄間，神蓋童子生紫煙。是曰玉書可精研，詠之萬過升三天。千災以消百病痊，不憚虎狼之兇殘，亦以卻老年永延。（〈上清章第一〉）

黃庭內人服錦衣，紫華飛裙雲氣羅，丹青綠條翠靈柯。七蕤玉籥閉兩扉，重扇金關密樞機。玄泉幽闕高崔巍，三田之中精氣微。嬌女窈窕翳霄暉，重堂煥煥明八威。天庭地關列斧斤，靈台盤固永不衰。（〈黃庭章第四〉）

諸仙授書於魏夫人時曾吩咐：「此書昔授之北斗壇君、西城總真君、復授之南華生，今以付子，且語以存思指歸行事口訣。」這話中的「指歸」二字，隱隱然像是在北、西、南三個方位之外，另示以東行之宿命。

獨得秘卷之後，魏夫人益發專篤修行。劉文早卒，時當司馬氏天下裂解，不能復合，魏夫人獨見時衰，推知人力無可挽救，遂攜子隨晉室東渡。兩個孩子扶養成立之後，魏夫人隨身僅一婢子，名曰麻姑，就在晉大興年間來到南嶽衡山，在集賢峰下，結草舍而居。

相傳此一期間，西王母曾約魏夫人到朱陵山上共食靈瓜，並賜《玉清隱書》四卷，「時年八十，仍顏如少女」。這一段安靜修真的日子，長達十六年，終於在東晉成帝咸和九年白日升天。傳聞當時她閉目寢息，飲而不食，一連七晝夜，之後才由西王母派遣而來的眾仙迎接飛升，時年八十三歲。

升仙之後，魏夫人還被天帝封為「紫虛元君」領「上真司命南嶽夫人」。與西王母共同治天台山、緱山、王屋山、大霍山和衡山等地之神仙洞府，侍女麻姑也列入仙班，弟子女夷受封為花神，主掌百花開落之事。古來華夏女子修道，向稱始於魏夫人。

又過了三十年後，時在東晉哀帝興寧二年，魏夫人真仙再度下凡，以扶乩降筆之法，親授瑯琊王司徒舍人楊羲《上清經》，命以隸書寫出，此據《真誥》卷十九《真誥敘錄》所載，其事極異，推驗不能復證；時移事往，湮遠難以深疑。楊羲將《上清經》再傳護軍長史許謐、上計椽許翽，無論這部經書的來歷如何，經由扶乩降筆一節，魏夫人便為後世上清派尊為第一代天師。

但是在司馬承禎的話裡，「魏夫人」三字一出，崔滌感覺有一張模模糊糊的臉孔，從無限遙迢的歲月之流中濯浴而出，逐漸清晰了起來；他一面抬手擋著驟雨，一面不敢置信地囁嚅以對：「真君所言，乃某家一向所深諱之事乎？」

「一家之事，亦不免牽連一國之事。」司馬承禎雙眉一皺，念力微聚，居然讓面前看似緊閉著的木門應聲而開；廳中榻上給驀然驚醒的是個野人——吳指南一張困惑萬端的臉迎向乍然欺入的雨聲和天光。

14 鬥雞事萬乘

「魏夫人」之所涉，還有另一人、另一事。當年崔湜將一妻一妾和兩個女兒獻與睿宗之子李隆基，事雖極密，然而微洩於外，不脛而走，舉朝譁然。崔湜固然媚主不倫，可是內情卻非關於男女大欲。

他獻給李隆基的妻子，不但本家姓魏，隨身侍媵，亦號麻姑，而這位魏夫人和崔湜所生的兩個女兒，顯然也有意追隨魏華存故事而命名為璞娘、瑕娘。也就在生養了兩個女兒之後，崔湜之妻便效法「上真司命南嶽夫人」，「閑齋別寢，入室百日不出」，至於崔湜在宮中通款於上官昭容、安樂公主以苟合取容的那些勾當，早已不入夫人心目。

所謂「獻妻妾以媚上」，固然為士論所不齒，不過，揆諸暗藏的事實而言，與其說冤枉了崔湜，不如說李隆基、魏夫人都蒙受真正的不白之冤。實際上，當年年僅二十四歲的李隆基迎迓崔湜之妻所進入的王府，並非臨淄王府，而是其父相王李旦的別邸；而崔湜之妻，當年也已經三十五歲，容顏雖慣看潔淨，然而姿色平庸，骨肉瘠瘁，並不足以色事人。她之所以應召進入王府，是為了道術。而崔湜之妻所襲修的，也是上清一派，只不過自當年魏夫人開宗立派以來，已然歷經十一代天師，其間道義、道法，歷經了一些變化。

景。

上清派經魏夫人首創，楊羲為第二代宗師。以下依經法傳授，九傳至齊、梁之間的陶弘

陶弘景不只學博聞洽，還是齊、梁間高門士族，為諸王侍讀，取決朝儀，多定大計。他是在熟翫典籍，復深通養生服食之餘，才漸漸萌生了歸隱的意思。爾後「脫朝服掛神武門，上表辭祿」，頗獲齊武帝嘉勉，賜帛十疋，燭二十梃，別敕每月給上茯苓五斤，白蜜二斗，以供服餌。

大約就是在齊永明十年前後，陶弘景居句曲山──此地為漢時三茅司命之府，故名茅山。弘景於此山建館隱居，自號華陽隱居。從此修行四十餘年，創茅山宗。也於此間大量整理了當時已經堪稱散軼、錯漏的上清派經卷，以增以刪，夾注夾作，著成《真誥》。

其間，基於他與蕭衍的私誼，當齊、梁易鼎之際，他還為蕭衍推算國運，制定國號為「梁」字，也因為他仍然保有一份「知時運之變，俯察人心，憫塗炭之苦」的胸次，他足不出山，卻能參贊朝政，時稱「山中宰相」。也是在陶弘景的手上，重新建立了晉代《上清經》之源起與譜系，參以史料，證以時人，糅以傳奇，佐以鬼神，將上清派之妙旨、修行、宗派、方術集一大成，上清派遂為所襲。

上清派自原本有一不變之本旨，以為天地之神可以進入人身，人體之神與天地之神交融合和，乃遂其長生不老、飛登上清之極。故不論存思、服氣、咽津、念咒、佩符等法，皆為調和天地之神與人體之神而設施，依《黃庭經》七言之文所述可知：「心神丹元字守靈，肺神皓華字虛成。肝神龍煙字含明，翳鬱導煙主濁清。腎神玄冥字育嬰，脾神常在字魂停。膽

神龍曜字威明，六腑五臟神體精。皆在心內運天經，晝夜存之自長生。」（〈心神章第八〉）

陶弘景在承襲前宗的時候，保留了許多綱目，像是「少思寡欲，息慮無為」、「飲食有節，起居有度」等等，這一方面也是由於九代天師以來，陶弘景是頭一個深研醫術、且精通藥理者。所撰《本草集注》、《補闕肘後百一方》、《藥總訣》，於藥材產地、療效、配方，皆有詳注。

此為道教流衍之百流萬法之中，十分精微的格物之學，若是不能覓及精思耐煩之人，往往不得而傳。可是，縱使有這樣的人物，又常迫於各自的命途際會，師徒未必偶遇得著——即如東巖子潼江趙蕤，終其一生不得過茅山、益深造，也便只能在蜀中綿州一隅之地苦心孤詣、獨學無友而已。不過，陶弘景後半生戮力專攻、用志不紛的煉丹服餌之術，與三代之後的天師司馬承禎之所講求者大異其趣。

司馬承禎確實承襲了天地之神與人體之神合而為一的想法，但是他並不積極地從物理、生機之道營求，也不鑽研服餌用藥的能為。在他看來，人見天賦，即是神仙，「遂我自然、修我虛氣」，便是升仙之階。以「齋戒、安處、存想、坐忘、神解」為「神仙之道，五歸一門」。「五歸一門」還是實踐的手段，更抽象的形容則是「七階說」，包括：敬信、斷緣、收心、簡事、真觀、泰定、得道，便開拓了後世宋儒那些「存天理，去人欲」、「主靜存誠」之說的先河。

此一從陶弘景養生延年的實用基礎上悄悄轉移的追求，有其不得不爾的背景。這要從司馬承禎的師父——也是上清派第十一代天師潘師正——答高宗道術五問說起。

昔在大唐上元三年，高宗病弱，據奏報聞嵩山劉道合能煉九陽丹，遂下詔建太乙觀，召見，劉道合更引薦潘師正，高宗乃召潘師正入東都洛陽便殿，命作佛書。

可是潘師正卻辭以逆反之論，謂：「道有所伸，貴有所屈。」這話的意思是說：欲有所為，將先思以無為。皇帝沒有見識過這樣的拂逆之語，卻只感到驚奇，而無不悅。爾後，又分別在第二年和第三年兩度召見於嵩陽觀與洛陽西宮。幾次會面的交談，具載於司馬承禎參與記述的〈道門經法相承次序〉。

五問五答，非出於一時一地，撮其要旨，是大量運用佛家語來界定道教修練內丹，證成道果的步驟和功法。另一方面，不但整齊勾勒出道教三清、三界的宗譜位階，也轉藉佛教傳法之時常用的俗講和吻合詩韻的偈子，來演示道門「天尊八身」的故事。

潘師正在道教發展上的巨力即在於此：他大展佛門說法之語素、語境，卻讓皇帝在不知不覺間接受了道教的義理，最後導入的結論是：廣學道以修善功，積眾德以行善教，三千功滿，神仙與聖人便化為一體了——也不過這麼幾句話，就連這「三千」、「功滿」竟還是借佛家語。

潘師正的弟子因此流傳一語：「鬥雞以事萬乘，求仙而親聖人。」雞有兩義，其一就是字面上的鬥雞之戲；其二則是指雞林，雞林者，佛寺也——據《佛爾雅》：「雞頭摩寺，謂之雞園……昔有野火燒林，林中有雉，入水漬羽，以救其焚。」應該即是雞林的出處，初唐王勃〈晚秋遊武擔山寺序〉已用之：「雞林俊賞，蕭蕭鷲嶺之居。」眾所周知大唐天子好鬥雞，「雞林」又是佛寺的隱語，則前一句嘲謔僧侶無疑；後一句自然就是稱頌道者的境界在相較之下益顯不凡了。

「鬥雞以事萬乘，求仙而親聖人」這兩句話，可見道者在與僧人爭尊而稍勝一籌之際，那掩藏不住的得色。「鬥雞」，成為上清派道士們的一個隱語；這話另有來歷，《莊子．達生》：「幾矣。雞雖有鳴者，已無變矣，望之似木雞矣，其德全矣；異雞無敢應者，反走矣。」說的是最有氣勢和力量的鬥雞神形木然，不動聲色。

15 道隱不可見

在這一群弟子中，有「龍馬狼驢」之目。「龍」是龍潛，「馬」即司馬承禎，「狼」為郎岌，「驢」則是盧藏用。

慶州龍潛，字於淵，據聞此子天資穎慧，於學無所不窺，追隨潘師正最早，能觀星，擅術數，惜其年壽不永，曾無一文傳於時，很早就過世了。

盧藏用的叔祖盧承慶曾任度支尚書，父盧璥，官至魏州司馬，世為士族，又是進士出身，以文章名家；其學辟穀、練氣之術，極為時人所重。中宗神龍中，盧藏用任禮部侍郎，兼昭文館學士，數度隱居於長安近郊的終南山，人譏為「隨駕隱士」。此公最為後世所周知樂道者，是他曾經指著終南山，對司馬承禎說：「此中大有佳處。」而司馬承禎則答以：「以愚觀之，此乃仕宦之捷徑耳。」用這一段對話作為盧藏用的諡注，似乎有些冤枉。盧藏用工書法，書體酷肖右軍，與陳子昂、趙貞固交遊極密，情誼佳好；而陳、趙年壽不永，都早早地過世了，盧藏用為此二友撫孤以至於長，可見風義。

至於狼，在龍馬狼驢四子之中，年齒最長，他也是崔湜夫人的傳道師郎岌。

此人原籍定州，年幼時尚未修習道法，已擅占氣候，名動兩京，潘師正眾徒之中，他是唯一受訪顧而得以相與接談的。一談之下，潘師正驚為天人，向不以弟子視之。

郎岌弱冠之年，便常應達官貴人的禮聘，為土木風鑑之資。可是，一方面由於天賦異稟，他一向視研讀道經、修煉丹藥等為餘事，不甚措意，是以積學不能厚，言事便不能深。也由於少年得意，性情排奡不羈，落落寡合，常直言忤人，所以交遊雖廣，也頗惹忌憚。

傳聞：郎岌曾在東西兩京之地到處遊觀多年，身後時時有一班衣冠人物追隨，聽其指顧，隨口談吐些個災祥休咎的言語，當下以為說笑無稽，可是日後往往徵應不謬。這是他被崔湜看上，迎入府邸，奉為上賓的根柢。

崔湜密邀郎岌入府，還有一個原因，就是他有個一向潛心習道的妻子魏氏。崔湜的盤算是，倘能市之以恩，賂之以惠，有朝一日若得盡收郎岌之術，成其內眷私學，則自己在風雲詭譎的官場之上，容或還能由於透達的識鑒，持續他「先據要路以制人」的勢力。

令崔湜大喜過望的是，老郎岌居然一口答應，入府不數日便設施典儀，行授業之禮。郎岌受拜之際，看著九炷香煙，忽然嘆了一口氣，對新收的女弟子道：「年外或將有不可測之大故，吾等且勉乎哉？」這話令崔湜若有所悟：原來郎岌之所以答應入府，並非圖報於崔湜的籠絡，而是為了能及時得人傳授了自己的道法。

至於那「大故」為何，郎岌不說，誰也沒敢問下去。這是中宗景龍三年初的事，正當時，宗楚客拜為中書令，蕭至忠為侍中，崔湜也由於私侍上官昭容的緣故而得以為同平章事，實際上掌握了相權，然而為期不長——崔湜的父親崔挹任國子監司業，私收選人賄賂，而崔湜不知，反而把給了錢的選人給汰除了。那人不服，前來理訴，道：「公所親受某賂，奈何不與官？」崔湜怒道：「所親為誰？當擒取杖殺之！」那人冷笑道：「公勿杖殺！殺則來日便要戴孝也。」為了這樁醜聞，崔湜被外放到襄州為刺史，行前郎岌笑著對崔湜說：「春榮到襄，秋實返秦，安之。」半年不到，中宗行郊祀禮，果爾放還。

不過，這還談不上甚麼「不可測之大故」，論及彼一「大故」，仍須從前事索尋。先此，武后久視元年春天，成州有身長三丈、面色如金之人，夜半現跡，有人說那就是佛；佛還留下了話語，謂「天子萬年，將有恩赦！」於是改元「大足」。

當時郎岌便與崔湜說：「深恩不可測，大獄或將興。」中宗皇帝當時復為皇太子，皇太孫李重潤則受封邵王，果然在這一年，邵王和他的妹妹永泰郡主、妹婿魏王武延基由於議論張易之、張昌宗兄弟與武則天的宮闈穢事而遭賜死。

這樁慘案，留下了一個伏筆，直到中宗繼位，雖然追封李重潤為懿德太子，仍心有不愜；而李重潤的生母韋后，更對中宗的庶長子李重福常懷嫉恨，以為當年賜死之事，乃是李重福與張易之兄弟聯手構陷所致。中宗遂先貶李重福為濮州員外刺史，再徙之於蜀中合州、復遷往湖湘之均州。非僅奔波於萬里程途之間，在地且不能兼領權柄，直似流人而已。

景龍三年，中宗祀於京師南郊。崔湜當時更由於攀附上安樂公主的緣故，奉召入陪大禮，風聞將有大赦，可是郎岌卻力持反議，笑吟：「帝氣三千界，悲風下邵陵。」此處的邵陵，所指乃為邵王陵寢，語意明顯：基於皇帝對李重潤的悽惻追思，李重福斷無逢恩被赦的機會。

流人遇赦而放還的事所在多有，偏偏李重福總不能沐此天恩；他鬱懷慘悄，陳情上表：「陛下焚柴展禮，郊祀上玄。蒼生並得赦除，赤子偏加擯棄。皇天平分之道，固若此乎？」其悲憤可知。然而，縱使有這樣一封書信，也沒能得到回覆；日後——也就是在中宗駕崩之後，相王李旦即位之初——李重福終於發動了一場兵變，而這一場迅速被撲滅的兵變所牽連動搖者，將應於多年之後洛陽的天津橋畔，是時李白在焉。

然而，就在中宗行郊祀禮的當天，郎岌在京中遙望南郊氣象，反而流露出哀悽的神色，同崔湜道：「昔言『不可測之大故』，今可測矣，崔郎宜早訂計。」

崔湜一向服其神算，聽這語氣，更不像平常那般坦易從容，遂跟著慌張起來。郎岌推算了整整七晝夜，才道：「太陰、歲星犯紫微，大喪數定；非有巨力，吾等亦將不免，噍類無遺矣！」

帝星有故，大寶易主，這是常例。不過，郎岌卻推看出更多的細故和變化。首先，帝星之災，居然變自中宮，也就是顯然指向了韋氏與安樂公主；其次是二度履儲君之位的相王，其家也有異狀。那是在長安城東、隆慶池北，相王的五個兒子——分別是壽春王李成器、臨淄王李隆基、衡陽王李成義、巴陵王李隆範和彭城王李隆業——列第於此，廣宇連棟的宅邸，朱甍碧瓦之上，鬱鬱然繚繞著帝王之氣，連日更盛。僅此二象，便教崔湜更加不安了。崔湜向所倚附，不外韋后與安樂公主之黨，兼以旁通上官昭容，私侍太平公主；若說太陰、歲星所指確為外戚，則不免涉嫌篡逆，如此一來，崔湜的麻煩可就大了。郎岌也顧慮及此，遂議：「並從二象，而定於一策之間，唯入相王府耳！」

相王李旦性懦而多懼，敬鬼畏神，疑風惑影，常到處尋訪術士以求前知，總想逆料天命，趨吉避凶。尤其是從母親武后那裡承襲一事，常著迷於字卜，無可自拔。所謂「字卜」，遇事隨機見字，便以該字為該事徵兆，幾乎無處不可行之。非密邇之人，不知相王積習如此，還當他一意著迷於文字訓詁之學。

郎岌所定之策，是先與相王家人私語：崔湜之妻早歲即得異人傳授秘法，能占氣候，且擅以經卷字句為卜，恰是以此術觀得隆慶池北的五王宅第森森然有帝氣，堪信仍有可以深入參詳的機宜，何不召之過府，詳詢底蘊？

此番夤緣布畫，還有另一籌在其中——郎岌得以老僕之身，隨侍在側，暗中指點。這樣預著地步，一方面可以親近相王，一方面還可以讓崔湜本人避於嫌疑之地，以免招韋氏一黨耳目。

這時節，正逢臨淄王李隆基罷潞州別駕之職，返回京師，到處結交豪傑、陰聚才勇。一旦聞知隆慶池北帝氣之說，自然也平添了十分興味，隨即擇日將魏氏、麻姑、璞娘、瑕娘併郎岌等一行主僕十多人都輾轉迎去，先在臨淄王府盤桓竟日，所圖無它，就是仔細觀瞻王府地理。一時鬨傳崔湜獻妻，臨淄王與崔湜則從未為這穢聞做過隻字片語的辯解。試想：有這樣繪聲繪影的閒話，以為遮掩，豈不比甚麼託辭都來得有效，且不落痕跡。

在臨淄王府，李隆基摒去閒雜人等，僅萬騎軍果毅葛福順、李仙鳧隨同侍衛，引魏氏、郎岌周遊王府。隨行的，只有當時正在王府作客的西城、崇昌兩位縣主——她們都是李隆基的妹妹，從小就研讀道經、訪習道術，執意相從，李隆基也不能峻拒。

那魏氏每看一處亭臺樓宇、或是園林池沼，便回頭同那俯首低腰、神情極為虔敬的郎岌肅容相商，聲語甚低，旁人但聞窸窣，不能辨解其義；偶然聽得零碎字句，不外「北斗」、「紫微」、「太白」、「入犯」等不成片段的話，之後，郎岌才以十分簡潔的詞彙慎重稟報：「林木佳祥」、「土石安頓」、「觚稜渾穆」，李隆基也只能唯唯而已。直到遍行一周之後，郎岌又同魏氏一陣耳語，忽然討了手版筆墨、鋪紙疾書十二字：「庚子日晡時出玄武見流星吉」。

李隆基反覆讀了幾過，實在不能解悟，只好退了兩步，十分虔敬地向魏氏一頷首，道：「此紙竟何用？尚請仙使明示。」

郎岌道：「用則有徵，王明智過人，必有見解，不煩費辭，漏洩天機。」

就在這個時候，一旁的崇昌縣主笑了，上前拉住魏氏的手，道：「此即通人所謂『道隱不見』，是麼？若云隱而不見，畢竟還是留了字句呀？」

魏氏隨郎岌實學術數，不過百餘日，還難以自出機杼而成主張，聽這伶牙俐齒的華服麗人一問，不免有些膽怯，苦苦一笑，竟不能答。崇昌縣主也不免狐疑起來，她的確未曾料到，一個可以望氣談天、洞觀休咎、號稱仙使的道者，連句尋常的玩笑話都應對不了，而縣主所握著的那隻手，竟然透著幾許冰涼，還在顫抖著。

郎岌何等精明老練之人，登時亢聲接道：「仙使所見，老奴所書，天機若不許於王道，則懲奴身。」

這還是大唐中宗景龍四年春天的事，魏氏隨即入相王府，雖說是同李旦切磋諸本道經文字，時而就眼前字句，作時事之卜；實則追隨郎岌持咒、誦訣、解經、養氣——大約除了煉丹服餌之外，但凡郎岌所能事者，皆修治無遺了。其間，郎岌隨時會流露出有一種急切促迫之感，像是身後有人追拏，不得不倉皇趕路；又像是天地變態，傾刻間便要有翻天覆地的災禍臨頭。

同年四月初，郎岌忽然分別向相王和魏氏請辭，相同的話說了三句，不同的叮嚀也各有數言。那堂而皇之的三句告別之語是：「某身解之期已近，不能久留，請從此去矣。」對相王的留別之言，辭簡意賅，不外就是對這庸懦之人最深重的勉勵和期許。郎岌是這麼說的：「大命由天，不可與奪，王其承之。」

至於魏氏，郎岌竟然長跪三叩而辭，所叮囑則是：「某一身所事，盡付仙使，此遇不枉矣！」

言下之意，倒像是坦承當初他之所以慨然應崔湜之召，竟是為了能將一身修為，傳授於魏氏。魏氏此時也大約明白，這老道忽而如此禮敬，對她必有非凡的期許，卻仍不敢自信，只能又怯又急地問道：「師一去而諸法空；妾為崔氏婦，豈能淹留貴盛之家，不謀歸計乎？」

「崔郎去道日遠，不復返焉。」郎岌接著肅然沉聲而道：「某去後，仙使即拜啟相王裁處，決以修真為志，從此一絕塵女冠矣；而崔郎必不為阻——此後三載為期，可見道心在天否！」

不到半日，京師中鬨傳：多年來到處指點輿地氣候的那個瘋癲道人，在失蹤將近一年之後，忽然出現於東都洛陽，披頭散髮，妄語譫言，逢人便以當地流行最廣的民食為喻，隨口唱說：「韋后娘娘烙的餅，宗楚客給捲大蔥。李家皇帝吃一口，萬年縣裡見飛龍！」

韋后立刻上奏，請旨擒求杖殺，以止訛謠。皇帝也毫不遲疑地批准所請。說是這郎岌很快地解拏到西京來，押入法司鞫審，郎岌服罪之辭也很詭異，直道：「漏洩天機，杖殺合宜！」當即發付杖責，結結實實往老道士的背脊上打了幾十棍，越打、杖聲越是清脆，眾人俯首細看，地上攤著一張似皮非皮的人形氈子，底下的石磚倒是崩了幾角。

到了七月七日，皇帝在神龍殿慌慌急急吃了一塊熱煎餅，吞不下、吐不出，噎了片刻，先是滿面紫紅，不多時由紫轉黑，已經暈厥過去。待太常寺的兩位太醫署令都趕到時，已經龍御上賓了。這一刻，宮中的傳言也到處流竄，都說：不數月前那只剩一張皮的老道士所唱的雜謠，畢竟是有底細的。未幾，韋氏擁立年僅十六歲的溫王李重茂即位，年號唐隆，是為少帝。

十八天之後，日逢庚子，李隆基直過日午，才想起數月之前有那十二字真言之兆，尋出一看，的確是「庚子日晡時出玄武見流星吉」，於是隨手招了身邊一客，乃是前朝邑縣尉劉幽求，步行出皇城之北，抬頭見是玄武門，不免暗喜，兩人一入禁苑，便直叩宮苑總監鍾紹京的廨舍。

此與禁城之地理有關。蓋禁城在皇城之北，寬二十七里，深三十里，東抵灞上，西連舊長安城，北按渭水，南接京垣，腹地可以聚數千兵馬。單發一旅於此，斬關入皇城，逕收奇襲之效，則銳不可當而功莫大焉。

原本，鍾紹京參與李隆基誅除諸韋之謀頗深，臨事卻猶豫了。倒是他的妻子，先在內室中大義凜然地教訓了幾句，說：「忘身徇國，神必助之。早前既然與謀，便已同舟繫命；而今翻悔而不行，有禍豈能免？」

鍾紹京這才趨出拜謁臨淄王，三人一面商議動靜、一面招聚人馬，自晡時以入夜，待先前策應的羽林軍萬騎營葛福順、陳玄禮和李仙鳧等三名果毅，以及所部皆陸續潛至之時，夜方二鼓，忽然間，流星驟落似雪。

劉幽求望著那漫天飛撲而下的星芒，喊道：「天意如此，機不可失！」

此夕「唐隆之變」，事發直似屠殺。羽林軍之中覷勢而動、隨即投歸李隆基節度的郎將官越來越多，各路人馬紛紛以果毅所部為區處，大閉宮門及京城之門，四出搜捕韋氏親黨。先斬太子少保、同中書門下三品韋溫於東市之北，復斬中書令宗楚客於通化門——當時宗楚客還易裝改容，孝服滿身，騎一口青驢；看門的一眼認出，打撥了布帽，併其弟宗晉卿一同捆了，梟首於門下。

依照李隆基的謀議，誅殺韋氏併大臣的同時，也是亟須安定人心的時候，遂請相王李旦奉少帝登上承天門，慰諭百姓。承天門位於太極宮南，向例皇帝在此露面，必屬慶典隆儀，百姓自然安心。可是在此刻，李旦卻一反平常，堅執己見，要在太極宮西邊的掖庭宮外安福門露面。

安福門朝西向開，隔馳道與輔興坊相對，就在彼處，有太宗時的殿中監、宗正卿、光祿大夫竇誕的宅子。竇誕雖然於死後封贈工部尚書、荊州刺史，在世時爵位尊顯，又是皇親，然而在功業方面，實無所樹立；倒是竇誕所擁居的一座廣大宅園，近百年來多有術士指為京中福地，是古龍首原之「眼目」，與掖庭宮一馳道相對，氣象非凡，形勢佳好。

數十年前，竇誕子孫已經在宅第兩端各修建了一座道觀，有若犄角相對，而李旦此番登臨安福門，用意根本不在奉少帝以安民心——魏氏早就卜得通透：少帝的御座坐不過一個月——李旦念茲在茲的，卻是將那兩處道觀收歸己有，讓兩個潛心求仙的女兒居停。

變後未幾，相王李旦果然在李隆基和北門羽林的擁戴之下即位，年號景雲，史稱大唐睿宗皇帝。在他兩個慕道的女兒之中，西城縣主改封西城公主，第二年又改封金仙公主；崇昌縣主則初改隆昌公主，繼改玉真公主——兩座對峙森嚴的道觀日後皆歸公主所有，並且展開了龐大的整建工程。崔湜的夫人魏氏則始終與玉真公主相左右，兩人如師如友，相共一生。

相王登基之後，魏氏與崔、魏兩家再無一絲半縷的牽繫，她的名字也改了，叫「未隱」。當初郎岌所謂的「此後三載為期，可見道心在天否」之語也應驗得分寸不失；三年之後，睿宗遂其懦性、飾以道體，讓大寶於李隆基，崔湜則因阿附太平公主而受到牽連，法司入之以「圖謀弒上」之罪，賜死於荊州擲甲驛。

16 願作陽臺一段雲

來自鄰州近縣數十百名道術之士在擲甲驛廳堂之上避雨逾時，苦候傳聞中司馬承禎的雲駕。可那雨偏就不肯停，越下雲朵越密、天色越黑，直到申時已過，水聲益發滂沛，才有一乖覺的道人驚聲一呼：「飄風不終朝，驟雨不終日；此雨大可怪！」

說著，這道士隨即搡開眾人、推擠而行，當他奔出亭簷，置身於如注的暴雨之中，猛抬頭，空中、身上、地面的雨水登時化為烏有——雨，早在不知何時就停了，天開雲霽，晴朗如洗，先前在驛中所聞、所見，都為一幻。

此時在場的都是術士，當下一片囉噪，人人恍然大悟：原來就在片刻之前，左近之處，必有得道高人，依隨著天雨實況，持誦了某通款氣候之訣，追隨此一成象，興布奇幻，為的就是將這些道術之士困留於驛亭之中。

「司馬道君來過了。」跟著步出驛亭的另一個道士嘆息道。

「無怪乎語云：『老子，其猶龍邪？』信然！」這當先搶出的道人也跟著苦笑：「傳言果不我欺，看來道君此行的確不欲人知。」

所謂「傳言」，正是丹丘子無意間洩漏的。客年封禪大典前後，他便於有意無意之間，向諸方往來的道者透露：司馬承禎即將有衡山之行，緣故甚秘，聞知者莫不私臆揣測，由於這一趟數千里行腳不能說不勞頓，是以紛說與祀天相關，必有皇命寓焉。

這麼猜，不算離譜。封禪之後，皇帝對於當時在泰山頂上與賀知章的那兩問兩答回味不盡，很快宣召入內廷，見面未及行禮，便拉起賀知章的手，道：「昔在岱嶽，卿言：前代帝王，密求神仙，故不欲人見。是否？」

「是。」

「彼所密求者何？」皇帝神情肅穆，睛光凝結，像是要把賀知章拆開了。

賀知章道：「長生。」

皇帝像是早就知道了，間不容髮地追問道：「長生可求否？」

賀知章不能答，亦不敢隱，遂繞了個彎子，奏道：「佛亦滅度，古之王天下無過百年者。」

「汝學道，道者言長生，而汝復云長生不可求耶？」皇帝的嘴角微微一揚，嚴厲的目光之中透露出一絲狡黠，賀知章並不明白皇帝真正的用意；他是真想知道長生如何求得呢？還是根本不信長生果能求得？或者，只是要陷道者之說於矛盾之論呢？

皇帝顯然並無意於為難賀知章，隨即話鋒一轉，道：「朕聞天台山司馬承禎有服氣、養氣之法。可是昔年先皇召之，這道人僅以『無為』答奏；朕問他治國之道，他也只說『致一敬字』。朕心本好道義，然道義似亦不應止於此矣！」

此言一出，賀知章放了心，看來皇帝還是想明白：道者一向在追求的長生究竟虛實如何而已。他隨即近前奏道：「上清一派，宗法俱足，術業完明，當此封禪禮畢，黎庶萬民翹首山川，崇瞻天意之際，聖人何不詔司馬承禎陛見，敕以五嶽山川之命，遣之勘查風水，以廣道術之望；至於長生之說或虛或實，長生之術或有或無，道君面奏聖人，亦不能欺誑。」賀知章所說的，正是藉由原先禮儀使張說「廣封五嶽」的計議，再一次把司馬承禎宣召到內殿，這就有了當面盤問私心祝願的機會。

此事，《太平廣記》有載，注出於《大唐新語》，只是文辭簡約，原委不能詳盡：

玄宗有天下，深好道術，累徵承禎到京，留於內殿，頗加禮敬，問以延年度世之事。承禎隱而微言；玄宗亦傳而秘之，故人莫得知也。由是玄宗理國四十餘年，雖祿山犯闕，鑾輿幸蜀，及為上皇，回，又七年，方始晏駕；誠由天數，豈非道力之助延長耶！

這一次皇帝登封泰嶽而返回東京，隨即藉此情由，再一次召見司馬承禎，果然將就著賀知章所建言，從五嶽的話題啟問，道：「五嶽，何神主之？」

司馬承禎答道：「嶽，乃群山之大者，能出雲雨，潛儲神仙。在神仙一界，也必須推舉有聲望者為之主，是為山林之神，當此仙官。」

皇帝當下裁示：五嶽封神，山頂列置仙官廟，由司馬承禎督辦；這是亙古所未有之舉，是以日後言及五嶽仙官立祠，都盛稱司馬承禎為首功。只是這一場皇帝和道君的面商，還有下文，則牽連到上清派日後數十年在大唐宮廷立足的根基，以及李白得以兩度進入長安、終於得接天顏的底蘊。

接著，皇帝順藤摸瓜，道：「人世朝官、外官皆有任期，仙官亦有諸？」

「失其道，則削其官。」

「如何失道？」

「風雨失時，土石失位，林木失養，鳥獸失群，仙官當其責。不過——」

話說了一半，司馬承禎忽然想起：仙官落職，確有一則典實，是上清派弘揚道義之時，經常向庶民宣講的，司馬承禎轉念及此，想起這故事與皇帝所關心的辟穀修仙、長生不老之事還頗有些瓜葛，隨即上奏：「聖人容末道一敘故事。」

昊天上帝所從來久矣，不知何年月日，偶窺紅塵，看到處煙埃瀰漫，霾霧蕭騰，仔細觀聆，才明白究竟，乃是下界干戈動盪，殺伐連綿，不外就是為了飲食繁衍二事，堪覺其情可憫，然而天道至公，實無可倚側而相幫。便這麼焦急著，昊天上帝忽發一念，慼及天下萬民食者眾，而耕者寡，方才紛擾不休，如果不能令下民廣耕稼而豐收穫，則反其道而思之，要是能使之減食，而又不覺飢餓，則紛爭應稍戢止。

天帝得計，便令當值待詔大臣草擬文書，將此旨放貼於南天門，以令下民：「三日一食而足」。當日值司待詔的，是太白金星。這仙官一向才高思敏，運筆成風，斯須而就，不假點篡。星君接旨之後，一看是椿微不足道的小差使，便掉以輕心，過目即忘，當下還邀了些經常往來的仙官神將們飲酒、走棋，全然不記得還要撰寫帝旨了。

載酒載棋之際，興許是酣醉睏倦所致，太白星君隨手一拂，拂落了棋枰上的一枚白子。這棋子從天而落，形體且落且變，墮一寸便大一尺，砸到了大唐安州之地，在安陸西北三十里外，竟成為一座方圓數十里的小山丘，久後當地人稱之為白兆山，是乃太白金星之兆。

此山訇隆一聲震地而成，倒把棋枰之畔的星君給驚醒了，這一驚非同小可，全明白過來：他還有一紙公文未曾撰貼。於是倉皇奔至南天門前，振筆疾書，咨告下民：「一日三食而足」。如此一來，誤卯事小，顛倒天帝之意事大，雖然帝意猶寵眷不衰，可是天條既違，例無寬貸。即使拖延了些時日，下界已經不知又過了幾千年，太白星君還是因為這一按而落了職，逐出仙界，投胎到人間——而依照道者推算，其貶入凡塵、成為肉身的時日，似乎去開元天子之登基之前未幾。

這一則故事，實則還沒有說完，皇帝卻似乎等不及了，也毫不措意於故事中「三日一食」與「一日三食」的隱喻——實則，此事也與人間道教上清派一向所標榜、宣揚的辟穀之術有著相當深密的關係，朝向一個偉大慈悲的懷抱看去，若真能使人人「三日一食而足」，豈不為蒼生留下了加倍的有餘地步？可是皇帝只伸了伸腰，直把話題兜回他想要探究的事上，道：「神仙失職，仍復不老不死乎？」

「以無盡之餘年，承莫大之哀憫，毋寧老死哉？聖人其諒察之！」

這幾句話說得不卑不亢、有度有節，看似周轉一理，實則兼之以廣大矜恤的情懷，四兩撥千金，讓皇帝不能不動容，此刻若是再追問些怎麼養天年、致長生的話，似乎都有失身份了。

不過，司馬承禎當然窺出了皇帝的心思，接著肅容整襟，一拜及地，道：「末道謹奉聖人養氣治生一法，保此仙軀，以理萬民，庶幾風雨有恆，土石盤固，林木生發，鳥獸孳繁；仙官亦得守常稱職，遂能不墮聖命。」

這是上清派自魏夫人開宗四百年以來，經由十位天師代代相沿的一宗密術，堪稱是合辟穀與服氣於一脈的功法。此術初源於先秦，帛書〈去穀食氣篇〉即載錄著：斷食須以吹呴食氣之法併行，以充健肢體。三國後期，饑饉連年而道教大興，修習辟穀初不為長生，而在養命，也就是在極困乏的環境中，勉續一時鼻息，苟延性命而已。有許多深懷不忍人之心的道者，行走四方，推廣此術，於是士人階級，下及庶民、野人，有了越來越多的修習者。到了這一時期，辟穀之道較諸兩漢方士斷穀、含棗之類的傳說所記載的就更為實用而精深了。

曹魏父子累世召集大批門客，像是甘始、左慈、封君達、魯女生之徒，曹植的密友郗儉更有絕食百日而行止如常的本事，〈辯道論〉謂：「余（按：即曹植）嘗試儉，絕穀百日，躬與之寢處，行步起居自若也。夫人不食七日則死，而儉乃如是。然不必益壽，可以療疾，而不憚饑饉焉！」

這些門客，本來都是修道煉氣之士，曹操特別倚重他們的目的，原本就有在軍中廣泛傳衍，以大量減省軍糧的用意。可是道者多視此技為獨傳之秘，不肯輕易授人，一旦臨命，便想出各種遁辭拒絕，推說士卒們緣法不足、才質拙劣，是以始終未能遍教普行。

稍晚時東吳道士石秦，一名石春，以行醫為業，號稱觀氣而診，行氣而療，能三月不食，吳景帝孫休不信有此術，「乃召取鏁閉，令人備守之。春但求三二升水，如此一年餘，春顏色更鮮悅，氣力如故。」

兩晉而後，此道益盛，關於辟穀服氣之高士的傳說，也就逐時而與道教上清派綰結成一氣。《南史．隱逸傳》載，南嶽道士鄧郁：「隱居衡山極峻之嶺，立小板屋兩間，足不下山，斷穀三十餘載，唯以澗水服雲母屑，日夜誦大洞經。」上清派第九代天師、也是茅山宗的開闢者陶弘景，就更是此道中的頂尖之人。《八素隱書》上記載：「人眼方，壽千年。」陶弘景道行如何高妙，冗言亦不易盡數，只說此君到了晚年，右眼即修持變貌，每於子、卯、午、酉諸時呈四角之形。這兩段記載裡的《大洞經》和陶弘景無疑都指向當時正處於崛起之勢的上清派。

一說陶弘景原本有天授神符，卻乏藥料，梁武帝遂發私財，供給黃金、朱砂、朴青、雄黃，以謀煉取飛丹，日久果然成就，丹色淨如霜雪。武帝服了飛丹之後，感覺身輕似絮，骨堅若鋼，行走如飛。這套方子，不只是丹藥，還有相互應和的吐納修行，便由陶弘景的弟子王遠知、以及再傳弟子潘師正輾轉相授，傳於司馬承禎。

而司馬承禎傾心以傳之於開元天子，還有一番叮囑。「辟穀服氣，聊助足食，旨在不多掠奪於生，用意不外是慈、儉。至於益壽者，餘事而已。」

皇帝一聽到慈儉二字，登時應道：「此我祖老氏之言，朕熟知之：一曰慈、二曰儉，三曰——呵呵！朕踐天子之位，這『三曰不敢為天下先』，卻是不能奉教了！」這話說來，頗似先前那一次接見司馬承禎之時，一面口呼「道兄」、一面慨然自雄地說：「恨我學仙也晚，只能隨命為天子」，是同樣的心態——在皇帝慕道羨仙的言詞之中，畢竟難以掩藏其志得意滿，正是要藉著「不敢不為天下先」的這個身份和自覺，來表現出他要比神仙更值得自負罷？

然而司馬承禎口授的辟穀服氣之法竟然有奇效，就在司馬承禎、丹丘子和崔滌來到江陵的這一段期間，皇帝的身體也感應到併同丹藥與吐納所帶來的變化，有如傳說中的梁武帝一般，非徒步履輕盈，肢體矯捷，而且日日不及拂曉，便悠然醒轉了來，耳目通明，視聽透徹，通體脈血亢湧，氣動勃發，心念疾轉如電光；誦文記事，經心不忘。好幾次，皇帝起意要立刻召見司馬承禎——敕以封賞，顯以名爵，還要給他一處洞天福地。

此際，司馬承禎一行三人隨吳指南來到天梁觀前，東北方天際忽然連作兩雷，電光雷響，一時俱至。翩翩就在此刻，崔滌但覺胸口一悶，一條右臂猛可間酸麻無比，隨即肩膊一陣劇痛，幾乎打了個踉蹌。一旁的丹丘子也察覺天現異象，非尋常可見，不覺看了老道君一眼。司馬承禎心緒微動，掐指撚訣一算，低聲道：「聖人眷顧某等了！」

崔滌大惑不解，忙問：「何以見此？」

「仍由易卦得知；這是個『豐』卦之象。經上有解：『雷電皆至，豐』；此乃日在中天而受蔽翳之象。不過——」司馬承禎接著深深看一眼崔滌道：「烏雲蔽天，日色幽暗如夜，吾等反而得以仰視深遠，直見北斗。」

「嗚呼呼呀！」吳指南放聲道：「白晝晴天，哪裡見得甚麼北斗？」

丹丘子揮袖搡開吳指南，搶前一步，追問道：「敢問道君，見北斗復如何？」

「此卦六五有辭，曰：『來章，有慶譽，吉』。說的是廣致天下光明，則能藉由名聲之顯揚，以成就某功某業，然而這與雷電齊作的天象之間，看似並無可解之理，除非——」

崔滌原本是一聽功業二字，便不免平添罣礙的骨性，這時也顧不得心口幽塞，只摀著右肩忍著疼，憂忡問道：「除非如何？」

「除非這『章』，不作『光明』看，而須作『章句』、『章黼』之章看；然則，雷電之作、北斗之觀，便另有解。」司馬承禎抬眼看了看面前天梁觀正緩緩開啟的大門，道：「某等此來所見者，其泥中之大鵬乎？質雖柔暗，卻應能仗其文采，而致天下之大光明。」

原來這「章」字，指的是黑底白紋、斑駁相間的裝飾圖案。也可以引申為詩歌、樂曲和文字的段落。司馬承禎所說：「質雖柔暗」，並不是虛妄猜測的形容，而是將「章」字的「黑底」本義，形容成遮蔽日頭的烏雲，如此一來，那遮蔽，不但不是狹義的障礙，反而藉由這遮蔽，收斂了過於耀眼的日光，令人更能像是在夜間無燈無火之處觀星一般，得以透見北斗，甚至其他更小的星辰。

就在這一刻，天梁觀的門大開了，厲以常肅立於當央，朗聲道：「恭候道君雲駕久矣，算來此正其時。」

司馬承禎看見他身邊還站著個身長不足七尺的白衣少年，此人劍眉星目，風秀神清，佇立在晚風之中，像是正在專注地仰望著片刻之前遠方雷電潛蹤之處。

「李十二！」丹丘子大叫了一聲，滿臉驚訝和喜悅，連喊聲都沙啞了，卻仍大笑問道：「李十二！可有佳句也無？」

「風雷四塞君不見，願作陽臺一段雲。」李白將就眼前聲聞情狀隨口占得兩句，笑著上前執手。

吳指南那一張黧黑油亮的臉上登時浮起了無邊無際的惶惑，不覺脫口問道：「汝豈便連這天涯海角之人俱識得？」

「果然！」司馬承禎也隨即略一側身，像是讓過了李白的長揖之禮，依樣趨前執起手來，與李白彷彿也是多年未見的忘年友，道：「英年一鵬，奮翮出塵，仙風道骨，可與神遊八極者，正是此人。」

吳指南和崔滌相互望了一眼，一個高居金紫光祿大夫，一個則是近乎野人的庶民，然而就在這一瞬間，他們同樣地、徹頭徹尾地感覺到自己是寥落離群的陌生人。

17 君今還入楚山裏

崔滌與吳指南另有一相同之處，他們都在開元十四年亡故了。此番江陵之會，繼之以衡山之行，而後又過訪安陸，一路奔波，堪說是馬不停蹄。途中，崔滌便感覺體氣虛弱，心血起伏，待回到洛陽遵化里故宅，終於累倒。這間歇心悶的毛病，原本只是偶發，旅次之中兼旬一犯，及返家宅，竟三數日一眩暈，天地顛倒，四方旋轉，唯蜷縮於地，但覺身在滾滾洪流之中，隨波濤翻起滾落，無際無涯。

據家傳舊聞，崔滌的祖父崔仁師於高宗永徽初葉一病而逝之前，也是這麼個癥狀。他自知大漸之期不遠，不免要操煩許多未了之事，可是這人平生坦易詼諧，凡事總要表現些灑落出群的風標，再三尋思，想到個主意。先是將遵化里府中輿伕、馬僕、庖丁諸色人等聚集了來，打開正堂前榭四面軒門，終朝連夜作飲宴之會，往來送迎不歇，陪侍的是府中私蓄的一班樂工、歌妓，分班輪值，箏笛笙笳具備，務使歌吹不歇。崔滌則高踞上席，興來則飲，飢來則食，隨念所及，或書箚、或賦詩，總之是盡其所歡而一一面見了舊友，也交代了後事。

這一番連綿豪宴，有說長達數月之久者。許多當時遊身於東都的寒士也輾轉夤緣赴會，有的只是來一睹盛況，有的則試圖親接風雅，也有的不過是想蹭幾頓飯食。多年之後杜甫詩〈江南逢李龜年〉之句如此：「岐王宅裡尋常見，崔九堂前幾度聞。正是江南好風景，落花時節又逢君。」詩中盛稱幾度所聞之妙樂者即此。來遊東都，觀國之光的杜甫這一年只有十六歲。

至於崔滌生前在歌樂喧填之中所作的詩，有此：

琴心偶感識長卿，緩節清商近有情。脫略鷫裘呼濁酒，消淹蠶篆作幽鳴。
蕭牆看冷雙紅豆，病雨聽深一紫荊。滴落風流誰拾得，曉開新碧漫臯蘅。

留在崔九堂中的這一頁殘稿與其餘三十多首五七言之作，皆為近體律絕，首首依律而成，看來嚴謹而少局面，也沒有古風、歌行之屬的長篇，不知是否崔滌作詩慣常如此，或也是由於病中神思逸想不能恢闊開張之故。這是他僅存的遺篇，皆無題目，應該是寄贈而抄錄的稿本。這一首旁注四個行草小字：「付安陸行」。

「行」字，可以解釋為行走、旅行，也可以解釋為歌行。不過，這明明是一首七律，不應歸於「行」。將崔滌其他多首詩作的注記比合而觀，也沒有任何一詩具載詩歌體例。於是也有人推測，這個「行」字，可能是個「許」字，「付安陸許」的意思，就是交付於安陸許家的某一人。

安陸，是李白託身之地；許家，則是李白就婚之門。司馬承禎在一年多前於江陵城擲甲驛前的滂沱大雨之中所謂：「非此君，斯人恐不得親魏夫人之大道。」一語之讖，恰恰應在這裡。說得明白了，正是：「設若沒有崔滌，李白恐怕就錯失了親近上清派道術的機會。」李白之所以能夠成為上清派之門的一員，恰與「安陸」許家的一段因緣有關。

崔滌的這一首詩，開篇用的是司馬相如琴挑卓文君的典實。不煩贅言：這就是藉由一個通俗的故事，來借喻接受這一首詩的人所面對的人生實況。

詩眼在於頸聯的「蕭牆看冷雙紅豆，病雨聽深一紫荊」。其中由蕭牆、病雨二詞領句，所指皆為崔滌本人。蕭牆，是面對國君宮門的短牆，一名塞門，又名屏。當臣下來到屏前，受到短牆之阻隔，便須警省：即將面對國君，心情必須肅穆，因此蕭字從肅。崔滌近年來為皇帝新寵，時時召入宮禁見駕，或恐就是在宮禁之中、御苑之內、蕭牆之前，曾經目睹紅豆發枝而起興，隨即由這一回憶中的物象，喚起了對遠方安陸故友的思念。

紅豆為男女互贈留情、以表相思之物，毋須甚解；出此「看冷雙紅豆」之言，則用心可知，也許對於接受這一首詩的人，崔滌有一番警惕或勸慰的意思。換言之：崔滌或許知道對方用情已冷，也或許是不希望對方用情漸冷，才以一種肅穆的感懷，勉此遠人。

關鍵還在紫荊，此樹中原遍產，屬種繁多，唯其中一種，號曰「籮筐樹」，唐時產地僅蜀中與安州——蜀中，既是司馬相如的故鄉，也是李白成長的家園；而安州，則是李白娶妻而隨居十年之地。此一特種紫荊，天下僅兩處繁生，不可謂不難得，看來崔滌是藉著這樹，來隱喻著分別出身於蜀中、安州兩地的一對佳人，應該彼此相愛相惜。

崔滌寫過這一首詩之後不知又撐過了幾日，終有一天午後，倒臥在堂榭席間。他生前有令：「一俟不起，便教管弦昂揚，不舍晝夜，勿使須臾停歇，以祝仙遊之壯。」

然而這首「付安陸許」之詩究竟命意如何？卻與崔、許二家三代以來的私交略有淵源。

許圉師，祖貫高陽，而後落籍安陸。為追隨李淵逐鹿天下的開國功臣許紹之子。此子進士出身，累遷黃門侍郎、同中書門下三品，兼修國史，四遷為左相。到了高宗龍朔二年冬十月，突遭巨變，其子許自然於射獵時誤殺一人，許圉師憂憐其子不免於刑，遂隱案不奏，卻被當朝的許敬宗揭露，以為：「人臣如此，罪不容誅。」隨即父子皆下獄，到第二年春天，許圉師貶官虔州刺史、復調相州刺史。

許圉師在相州時，仍一本寬省刑罰的用心施政，據說：有官吏犯贓事發，許圉師也不推究，僅賜〈清白詩〉責勉之，有句如此：「悲夭看灑十方淚，夜雨來施萬戶春。」還果然感動了那官犯，改節從善而為廉士。這個因許圉師一念寬慈而受惠的官犯，就是崔湜、崔滌之父崔挹的從弟崔捷。受此恩德，崔家和許家從此時相往來；從日後墓誌碑撰可知，高宗末葉——即使是許圉師過世之後多年——崔捷之家與許自然之弟許自牧和許自遂兩家，還分別在調露元年和永淳元年締結過婚姻。

此外，即是許家和安陸另一顯宦郝氏的綿密關係與來往。

許圉師的外甥——也是許紹的外孫——郝處俊少孤而好學，年未弱冠，即以精研《漢書》而知名，儼然成一家學。郝處俊非徒知書，亦能征善戰，曾追隨英國忠武公徐世勣征遼而有功，以此而大開仕途，遷中書令、拜檢校兵部侍郎、兼太子賓客。不過，就在李白來到安州的整整五十年前，郝處俊以直言極諫之故，伏下了此族一禍。

高宗上元三年，皇帝以風疹之疾為口實，揚言退位，要讓天后攝理國政。讓國茲事體大，不能不與宰輔相商。郝處俊對奏時言辭亢直而堅決，他是這麼說的：「臣下嘗讀禮經云：『天子理陽道，后理陰德』；然則帝之與后，猶日之與月，陽之與陰，各有所主守。陛下今欲違反此道，臣恐上則謫見於天，下則取怪於人。即使取鑑於舊史，昔年魏文帝生前有令，崩後尚不許皇后臨朝，今陛下奈何遂欲躬自傳位於天后？況天下者，高祖、太宗二聖之天下，非陛下之天下也。陛下正合謹守宗廟，傳之子孫，誠不可持國與人，有私於后族。伏乞特垂詳納。」

這一番議論立刻得到中書侍郎李義琰的支持，皇帝遂罷遜位之念——當然，郝處俊也就因此而觸怒了武氏。然而，《新唐書．郝處俊傳》：「武后雖忌之，以其操履無玷，不能害。」

五年之後，郝處俊薨，年七十五，追贈開府儀同三司、荊州大都督，典儀隆重，封賞無匹。可是郝處俊知機而先見，早就託侍中裴炎上奏，轉達了婉謝恩賜靈輿、官供葬事，這當然是為了持盈保泰，不予后黨以構陷之辭。

殊不料郝處俊的孫子郝象賢在七年之後的垂拱四年，仍舊為家奴攀誣造反而入罪，臨刑之時，郝象賢「極口罵太后，發揚宮中隱慝」，人還沒來得及被送上法場，便教金吾兵亂棍打死在路上，「令斬訖，仍支解其體，發其父母墳墓，焚爇屍體，處俊亦坐斫棺毀柩。」此後法官每欲處大辟之刑，都會用木丸塞人犯之口，此其始也。

先是，郝處俊之子郝南容曾任頓丘縣令，當時郝象賢尚未成年，暴戾乖張，癡頑不馴，一幫常與他往來的朋友都稱他「寵之」。他自己不親書卷、拙於字句，並不知道「寵之」二字，聲韻一旦調轉，便另寓暗諷，成了「癡種」。郝象賢不但不覺有異，每每還在父親面前自以「寵之」為號。郝南容無奈，只好誘著他說：「汝朋友極賢，吾為汝設饌，可延之皆來。」

翌日，郝象賢果然邀來了十多人，郝南容一一與之飲，而後才懇切地勸道：「諺云：『三公後，出死狗』；小兒的確愚昧，煩勞諸君為起字號，然而，有損於南容之身尚可，豈可波及侍中乎？」意思就是說：「癡種」之詬，殃及前代先祖，連郝處俊也一併罵上了，是不是請讓一步田地？說著，一陣涕泣，眾少年遂羞慚無地而退。只此可見從郝處俊以下，門第之式微如斯。

郝家的門第仍夠撐持，香火得以綿延，還得感謝崔家。這又有一段不大為人所知的舊事在焉。大唐太宗貞觀十六年，刑部以《賊盜律》中之謀逆罪，兄弟連坐僅沒官而已，有以為太輕者，請改從死；奏請八座詳議。當時世論紛紛，有從重、從輕兩派。右僕射高士廉、吏部尚書侯君集、兵部尚書李勣等議請從重；民部尚書唐儉、禮部尚書江夏王道宗、工部尚書杜楚客等議請依舊不改。

從重之論，甚囂塵上，以為兩漢、魏、晉謀反皆夷三族，連坐兄弟致死並不為過。崔仁師獨撰一長文反駁這個看法，強調：「三代之盛，泣辜解網，父子兄弟，罪不相及」而後世變亂法紀、獄訟滋繁之始，首自「韓、李、申、商，爭持急刻；秦用其法，遂至土崩。」即使像漢高帝、漢文帝之心存寬厚，仍多涼德，「遂使新垣族滅，信、越葅醢，見譏良史，謂之過刑。」

崔仁師懇懇以諫，諄諄而談，就是希望能夠讓大唐刑律維持在一種「斷獄數簡，刑清化洽」的寬仁氣氛之中。這一篇文字竟然力排眾議，感動了太宗皇帝，也就打消了謀反連坐誅殺兄弟之刑——此舉，無意讓日後崔滌能在崔湜被誣弒君的大獄之中逃一死地。而郝象賢之大逆一案，無瓜葛及於郝氏族人，也可以說是崔仁師一念之仁所庇蔭。

原本郝氏與許氏也有聯姻之議，卻由於郝象賢遭誣謀反的牽連而緩了下來，日久未遂，又遷延了一代。許圉師的另一個小兒子許自正，有女「若君」，另字曰「宛」，與郝南容之兄郝北叟的孫子郝知禮年貌相當，自幼指婚。而在這一時期，武氏之族已經誅除殆盡，前朝血跡，盡已化碧，郝、許兩族正計議著經由娶嫁大事，重煥門第之光，那是開元六年間的事。

唐人婚俗，男家於迎娶前一到三個月，將婚期通知女家，謂之「送日」；同時奉以綵帛、衣物，謂之「贈妝」。即此，雙方共約一名父母、子女、兄弟、姊妹齊全之「全福婦」，於當下為新嫁娘裁衣，謂之「納采」。此後，方能問名，由媒妁到女家取回了紅箋墨書的庚帖，以卜合八字，之後才能「納幣」、「請期」，以致於「親迎」。

就在「納采」的時候，那「全福婦」一剪而下，原本應該迎刃而開的綵帛卻不知何故而偏滑了，再剪、三剪，換了幾把剪刀，綵帛依然故我，完好如初。這已經是椿奇怪而惹人憂疑不安的事了。孰料問名之日一到，男家卻報了喪來，說是郝知禮三日前出門，但見空中有火六、七團，其大者如瓠瓜、小者如杯盞，上下簇擁，使之不得前行、也不得後退，避之再三，忽有一小火，直鑽心口，燒得他痛徹呼號，旁人更救不得，片刻間心焦肺爛，匍匐在地，已經沒了氣息。

士族之間的累世婚姻原本有其慣例，但是出了這樣一宗看似除了天意之外並無他解的怪事，郝、許兩家之間便只能緘默以對。合婚事宜尚未完備，但是新嫁娘的身份卻十分尷尬，一拖三年，轉瞬即逝。

直到開元九年，崔湜之弟、崔滌之兄崔液的一個正在京師守選的兒子崔詠，遊歷至安州，循禮到各世交望族之家拜訪。眾人看崔詠與許家閨女年貌相當，頗堪匹配。然而前一次約婚未遂，畢竟是迫於無奈，為了求一個名正言順，崔氏還央請郝知禮的舅家出面為媒，以杜悠悠之口——這一次，問名、合過八字之後，崔家將卜婚的吉兆製成口采，隨采購置吉徵嘉禮，是為「納吉」。卻怎麼也沒想到，就在「雁奠」之際，又出了災殃。

士人婚姻，謹守儀注，禮經所載，尺寸不失。「雁奠」，傳習千年，以雁為禮，乃是取雁之「陰陽往來，夫婦相隨」之義。其禮，以活雁為贄致獻。主人許自正立身東廊之下，面西而立；崔詠則南立向北，手捧一頭已經用五彩絲繩綑綁了足翅的大雁，恭恭敬敬地捧上許家正廳的壇坫，於禮，原本簡約隆重，不過就是「再拜，稽首而退」。

誰也不曾料到，原本綑綁停當的這頭大雁，就在崔詠乍一鬆手、放上壇坫的剎那，猛力一掙，絲繩寸斷，束縛盡脫，回頭還啄傷了崔詠的一隻眼睛，隨即在廳堂中酸嘶哀鳴了一陣，撲騰上下，繞著廳前的一株籮筐樹頂翻飛數匝，接著便朝天光晴朗之處振翼而去，轉瞬間消失了蹤跡。崔詠非但登時傷了一目，且受了極大的驚嚇，心膽俱裂，倉皇奔出，隨即一病而癱廢。

接連兩度合婚之議，皆因不可名狀、亦不可告人的災異而中止，不只令郝氏、崔氏極為沮喪，許家也十分難堪，這姑娘的婚事也就沒有人再提議了。

直到五年以後的開元十四年春天，與李白相會而別，離開江陵之後，司馬承禎、崔滌和丹丘子乃遂衡山之行，未幾，三人聯袂赴京，過訪安陸，許、郝兩氏賚緣來拜，求問於道君：這一宗怪象頻生的婚事，究竟有可解之理否？司馬承禎淡然說了一句：「《傳》曰：『齊大非偶』。」

士族姻婭相結，自魏晉以來數百年不絕，入大唐而尤烈，高門大姓，歷代加親，竟是天經地義之事。但是《左傳·桓公六年》春秋初葉的故事，是鄭國世子忽婉拒齊侯嫁女之請，世子忽的話原本是這麼說的：「人各有耦；齊大，非吾耦也。」然而引用此語，卻令許氏愈發不能明白，只得虛前席以究問：「尚請道君再進一解？」

司馬承禎仍舊凝神耽思，還沒來得及答話，倒是崔滌在一旁逕自問道：「天火飛雁之兆，可有稽否？」

「天火同人，另是一卦。」司馬承禎道。

同人卦，是易經的第十三卦，上乾下離，以一陰爻伏處於五陽爻之間。從內外卦相互呼應的地位來看，離卦第二的陰爻與乾卦第二的陽爻遙相呼應，意味著在下位的小人（六二）獲得在上位的君子（九五）之結納，引為同氣；此為同人卦的本旨——在下者謙沖柔順，在上者寬和廣接，這是提醒那些欲與人結盟黨者，不能夠只在同儕之中覓取道侶，所以六二的象辭說：「同人於宗，吝道也。」質言之：「同人」的微妙之義，正是與「不同之人」結其盟約、訂其交誼。

同人卦的前一卦為否卦，是《易》的第十二卦，以時局世變言之，由泰而否，本以造化成一循環，否卦之後，氣象為之一變，到處有「小人道長，君子道衰」之況。

同人卦所揭示的，則是那些家道逐漸衰落、零替的「君子」，會須與正在向上奮發的「小人」摒絕隔閡，棄捐嫌猜，重相容融，經書詞句簡約，不過就是以六二與九五陰陽交流為喻，可是這一層經解聽在許自正耳中，卻別有體會；試想：一陰一陽，說的不也是男女合婚之道嗎？

而所謂「齊大非偶」之「齊」，怎麼看都不像是原本的「齊國」、「齊侯」之「齊」，而成了「齊一」、「齊等」之「齊」。如此說來，天火示儆，就是要許氏莫再執迷於安陸貴盛之家（如郝、崔族裔）中擇婿。那麼，許宛終身之所託——許自正幾乎不敢想下去——竟然要應在這「同人卦」開宗明義的第一句上：「同人於野，亨；利涉大川，利君子貞。」

城外謂之郊，郊外謂之野。這難道不是說：許宛的親事還在極其遙迢荒遠之處嗎？更何況著一「野」字，還有相對於「國人」的「野人」之義；若說因緣天定，而天意所屬，竟要讓此女下嫁一個連尋常庶民身份都沒有的野人嗎？

「天火之餘——」許自正惶悚不安，卻仍忍不住焦急，追問下去：「尚有飛雁未解。」

「雁，知時鳥也。是以鄭康成〈婚禮謁文贊〉有云：『雁候陰陽，待時乃舉，冬南夏北，貴其有所。』」司馬承禎一雙老眼望向廳堂前方的那株紫荊樹，瞳仁微微現了方稜，道：「飛雁在天，不受繒繳，普天下禽獸，唯此物能觀天知時。時不至，不行；時既至，不凝。既以天下為貴，乃能不滯於一處。奇哉！奇哉人也！」

說到最後一句，許自正更糊塗了，老道君口中喃喃所說的，真是「奇哉人也」四字嗎？那麼，這「奇哉」之人會是同人卦上所顯示的野人嗎？是甚麼樣的一個人，能夠像大雁一樣，依天時而行、過處為家呢？有這樣一個以天下四方為居處的人，又怎麼能夠託之以婚姻呢？

「繞樹三匝而去，堪知此樹端的便是彼鄉！」丹丘子在下席，忽然於此時大笑出聲，也顧不得禮儀了，只見他膝行而前，欺近司馬承禎，低聲道：「道君所奇之人，只今合在楚山裡。」

經丹丘子一提醒，崔滌也恍兮惚兮、若有所悟，遂轉臉向許自正道：「道君所解者，是道；某所事者，術也，請容陳一術。」

「何術？」

「為令嬡執柯作伐。」

這是注記著「付安陸許」四字之詩作的來歷。後人因之推斷：「蕭牆看冷雙紅豆，病雨聽深一紫荊」這一聯的出、落兩句，各有所指；出句所況者，乃是許宛那姑娘——證之首句用司馬相如的典故，則以「若君」為「彷如卓文君」亦頗合旨；而落句，則是以紫荊為喻，實則指樹為人，暗示自己身在病中，所殷殷寄望於身後者，不外是作成綿州、安州兩地紫荊之樹合抱交拱罷了。

18 空餘秋草洞庭間

崔滌之死，時當隆冬。他與司馬承禎、丹丘子在孟春時節與李白一晤而別於江陵，還沒來得及撞上這一樁婚媒因緣。匆匆握別之際，崔滌若有心、似無心地問了李白一句：「此地一別，卻不知日後何處相逢了？」

李白的答覆很妙：「某家昌明故里，閭門外有紫荊一，可十圍，華蓋濃深，以蔭公侯車駕。」

此番李白之所以汲汲登程，則是為了吳指南的兩句半癲半醉之語話：「汝同某過洞庭去罷？某好至彼處死去，汝便了無罣礙！」

此前一日，司馬承禎在天梁觀升壇講「服氣精義論」。這一套道法都為九論，以養生持體為宗旨，分兩日成一通說。前一夜掌燈燃燭，講慎忌論和五臟論；次日自晨至午講療病論及病候論；午後至暮講五牙論、服氣論、導引論；入夜之後，再講符水論與服藥論。來聽講的，俱是前一日在擲甲驛苦候多時、來自臨州近縣的道士、女冠。

李白早年在大匡山隨趙蕤讀書，趙蕤就曾授以「舍淮南而就句曲」的大判斷。句曲者，句曲山也，亦即齊、梁時陶弘景隱居的茅山。陶弘景號華陽隱居之所隱，正是此地。隱伏句曲四十年，除了《真誥》一書之外，所撰《效驗方》、《補闕肘後百一方》、《陶氏本草》、《藥總訣》等，皆是趙蕤一向所稱道的「實學」。司馬承禎為陶弘景嫡裔三傳弟子，「服氣經義論」則恰為發揚陶氏之學的一部集成之說。

久聞其名，未詳其情，李白自然俯首下心，專志聆教，司馬承禎對這「仙風道骨」的少年青眼有加，不只令其踞列前席，還吩咐厲以常為添几硯紙墨，並松油短檠佐書，堪說格外禮遇了。

司馬承禎以五臟論開講，指劃囊軀，譬喻五行，雜以星辰運行、周天環動的道理，數以百計的道者聽得津津有味，不時雜以讚許嗟歎之聲，唯獨吳指南聽講不過片刻，就不再能辨識字句了，但覺腹中空洞，飢餒難當，霍地自站起身，甩開大步，穿越人叢，朝大殿之外揚長而去。

由於水運利便，近年來的江陵已經逐漸追步長安、洛陽，形形色色的行市熱絡，交易蓬勃，商店侵街的情形也時有所見。在鄰近水陸碼頭之地，出現了許多為迎迓不時往來的旅客而開張的酒食舖子。相較起來，京師尚有朝開晚閉的宵禁，江陵在地的律令反而寬弛得多，居宅、商家、逆旅、酒樓更無坊牆的囿限，隨處可見。

吳指南信步遊蕩，東家食罷西家飲，醉飽之餘，高歌迤行，漫無南北。走得口乾唇燥，復見有炊煙爐火之處，便一頭搶入，解下腰間錢囊，聽任主東估值，呼酒不歇。

如此行醉，沉酣至再，直落得夜色由暗而明，天色復由明而暗，到了次日昏暮時分，迷離茫昧間，他只覺此廓此垣熟悉得無以復加，眼中所見之人、耳邊所聞之語，竟與他所出身的昌明縣城並無二致。就這麼一面趔趔趄趄地走，吳指南一面環顧周身越發不清不明的光景，一面疑道：「嗚呼呼呀！某卻如此一路回家了麼？」

「可不？」忽地一人在身後應道。

回頭一眼接著，倒教他通身上下的酒氣猛可間散去五分。但見身後站著個蒼髮盈尺、散亂披覆的漢子，身上條縷襤衫，百孔千瘡，肩頭站著一隻鸚鵡。他影影綽綽記得這人，彷彿見過的——

「汝是那天上的、不不，是那墮水的——」吳指南無論如何再也想不起來了。

此人正是文曲星張夜叉。

張夜叉也不遑同吳指南寒暄，只一勁拽起他的衣袖疾行，邊走邊叨唸著：要尋覓一處火家，沽得上好「水邊賣」來共飲。「水邊賣」又名「芙蓉酪」，也叫「容城春」，是當地古傳五百年的佳釀，自三國時代荊州南郡容城鎮漁市販者手中初創而得名。

此酒當得楚地一寶，由來也十分意外。原本酒之另名為春，多以產地相號，如劍南春、羅浮春者皆是。釀造容城春亦然，凡溢產穀米，即取以為釀，耕家自飲有餘，添為買賣。久而久之，釀者自有體會：但凡碾磨愈精而細者，其出釀愈香而存愈久，然量亦愈稀，價亦愈昂。耕漁之徒，逐漸以此圖利，江陵之人遂多販之於行商估客。

《容城爨錄．水邊賣》有載：「漁市一愚婦，見灶上一鐺，中有濁漿，誤作稀粥，乃添薪火沸煮，移時而不記，復令自沸自涼，如是者三。無何，忽憶鐺中有粥，舉以食，瞿然醉矣。審其餘瀝，清澈如水，蓋容城春也。酒用餾法存聖甚秘，始此。」

張夜叉此時神情愉悅，與大半年前在江船之中倨傲輕慢的樣貌，迥不相侔。他極口稱道那「水邊賣」的滋味天下無雙；其佳處還有來歷，端在釀造之時，以芙蓉葉為麴池鋪墊，盡得國色天香之美云云。這話說得吳指南舌底生津，又醒了一、二分，筋力氣血登時暢旺起來，歡歡喜喜與這萍水相逢的丐者痛飲。直到戌時前後，肩頭的鸚鵡突然撲打著翅翼，高聲喊了兩句：「空餘秋草洞庭間，空餘秋草洞庭間。」

就在這一刻，張夜叉臉色忽地沉了下來，凝眸直視吳指南，擎杯道：「芙蓉葉，盡化為糟泥，形軀泯滅，而於酒瀝之中留得些許箇淡餘香——此物，便是汝子了！」

醉意可是被張夜叉的神色驚得十分全消，可他話裡的玄機，吳指南卻怎麼也參不透，只隨手朝那鸚鵡指劃，漫口問道：「這鳥說些甚話？腔字好似李十二呀。」

「信然！」張夜叉微微一頷首，道：「李郎日後當有此句。」

「他尚未作得？」

「汝尚未死，彼豈能作？」

吳指南若有所悟，吁聲囁語著：「空餘秋草——？」

張夜叉灑然一笑，道：「洞庭間。」

吳指南當夜趁著一天的爛星明月，奔回天梁觀，正逢司馬承禎講服藥論將罷，吳指南旁若無人，大步闖入，逕至李白席前，朗聲道：「汝同某過洞庭去罷？某好至彼處死去，汝便了無罣礙！」

李白既羞且窘，簡直無地自容，搶忙向壇坫之上的司馬承禎匆匆施了一禮，拽住吳指南的衣袂，箭步奔出殿門，仍極力按耐，咬牙切齒低聲道：「汝隨某遊山玩水，訪道求仙，一行無羈無絆，身作載酒之船，浮沉煙波而已。有甚麼罣礙？鬧甚麼生死？」

「某受汝父之託，為汝兄汝弟接濟錢財，但此事不了，便合得一死。」

吳指南的憂忡焦急固有其義正辭嚴之理。自從離開綿州，李白一意漫遊，涉納溪、下渝州、經巫山、過荊門、到江陵，秋去春來，似乎從無一時片刻著意於完遂李客所交代的事。道途之間，吳指南一旦略微清醒些，總忍不住要探問：何若直放九江，再返櫂上三峽，且將錢財與李氏兄弟交割分明，也免得牽掛？然而李白總是亂以他語，或說：李尋、李常向不缺錢，何必為他們的不急之需而辜負大好山川？或說：沿途未見與李客往來交兌契券的櫃坊，也就不能持「便換」提取通寶。

可是吳指南「合得一死」四字出口，李白卻愣住了，彷彿不能置信，當下虎起一雙圓眼，注視著吳指南，仔細打量他的臉，似乎將吳指南看得陌生起來；而吳指南被他這麼凝神看著，不由得一凜：李白的臉，竟然也在這一瞬間變得不可捉摸、甚至不可辨識。兩人就這麼對望了不知多久，李白忽然縱聲長笑，笑罷大袖一拂，道：「那麼——明日同道君辭行便走。」

「去洞庭？」

「去洞庭。」

「洞庭——」吳指南怯生生地又問了一句：「究竟是何地？」

「撫以湘兮扣以沅，回按夫夷兮挾以赧，澧水來伏兮廣波瀾，並為我作雲夢之觀。」啟口四句，原無作篇之意，不過是把他從古書古文上讀來的洞庭之地，略加指點，說的是自南而北注積成湖的四條河流，分別為湘江、沅江、澧水與資江；資江復有二源——在南為赧水，在西為夫夷水——是以為辭。

李白吟著吟著，興致來了，便忍不住以較為誇張的聲調縱聲唱了起來：「古之有大澤兮，乃在楚宮之東南。八百里展臂乎扶桑兮，一掬朝日於沉酣。帝之二女處兮，是常遊於江源。旦暮而發雲雨兮，以營蒼生之精魂。咸池之樂，張於洞庭之野。其聲震震兮，凡耳不能假。姑且酌之滿腹兮，毋乃以此湖為三雅。」

這是他出蜀之後的第一篇賦，〈雲夢賦〉。此賦從「撫以湘」到「三雅」，是開篇第一章。這一章脫口而成，文不加點，可謂神授。而當時他並未親即湖山之觀，是以縱橫時空，所描寫的對象，純屬想像中的大澤。其中（堪說是相當節制地）只用了兩個典故。其一是「帝之二女」，這個詞就是「天帝有兩個女兒」，此二女被封為江神，也就是《列仙傳》上所說的「江妃」二女也。證之以《離騷．九歌》聲稱「湘夫人」者便是。

可是後人附會多端，必欲將「湘夫人」歸宗為帝堯之女，是極大的誤會。這個誤會，顯然也與秦始皇身邊的博士有關。據聞：始皇浮江至湘山，逢大風，於是問博士，湘君何神？博士曰：「聞之堯二女舜妃也，死而葬此。」後來劉向作《列女傳》，承襲了這個說法，並且說：「二女死於江湘之間，俗謂為『湘君』。」漢代的經學大家鄭眾也以訛傳訛，舉證舜妃為湘君。此後「帝之二女」就變成了「帝堯之二女」；「湘夫人」也就成了「湘君」。甚至還增添了「舜陟方而死，二妃從之，俱溺死而湘江，遂號為湘夫人。」的枝葉。

李白在此處用「帝之二女」，主要的用意是點明地理，不涉於神話枝蔓之說，同時也經由這兩個帝女之登場，鋪墊稍後「咸池之樂，張於洞庭之野」的文句，因為下令在洞庭的曠野中演奏〈咸池〉樂章的，正是「天帝」，也可以說是昊天上帝——而決計不會是帝堯——此語，出於《莊子．天運》。

另一個典故「三雅」則切切與吳指南這酒鬼有關。曹丕《典論》云：「劉表有酒爵三，大曰伯雅，次曰仲雅，小曰季雅。伯雅容七升，仲雅六升，季雅五升。」從此文問世以後，人們便常以「三雅」泛指酒器，而且是豪飲、劇飲、狂飲之人所用的、容量極大的酒器。「姑且酌之滿腹兮，毋乃以此湖為三雅」就是將東、南、西三洞庭比擬成當年劉表的三種酒器，那豈不喝得太痛快了？

吳指南聽李白解說時，不由得笑了起來：「如此喝死亦值！」

後人可以如此設想：〈雲夢賦〉首章之文，已經預先埋設了「飲湖而醉，釃酒臨江」的壯闊之情，即使不免附會穿鑿，也可以說成是為吳指南一奠神魂的草蛇灰線。這開篇第一章，就寫在天梁觀南院的塞門內側，字如拳大，墨瀋光鮮，根骨勁挺，筆趣酣暢。題壁當時，為李白捧硯的是厲以常。書畢之際，詩人與厲以常口頭相約：洞庭罷遊歸來，必有續章完篇，將會回到天梁觀來寫就。

即將登程的時候，崔滌朝李白一頷首，問道：「此地一別，卻不知日後何處相逢了？」

李白笑道：「某家昌明故里，閭門外有紫荊一，可十圍，華蓋濃深，以蔭公侯車駕。」

吳指南先一步催趲著新雇的騾車，揚長而去，但見他捧著一壺容城春，信口哼唱的，還是那些傳唱於綿州的俚曲雜謠，歌聲越發遠了，李白也不得不攀鞍跨馬，朝眾人拱手，道：「握別、揖別而揮別，終須一別，自此去了。」

「十二郎緩緩其行。」司馬承禎一面說，一面衝丹丘子點點頭，使了個眼色。

丹丘子隨即拔步趨前，為李白一帶韁索，順手將一柄油紅晶亮的傘順手給插在李白鞍韉之旁的囊鞘裡，低聲囑咐了幾句：「雲夢大澤，雨霧繁滋，十二郎珍重。此天台山玉霄峰白雲宮中之物，向不外傳；只今道君所貺，必有其用。某奉道君、崔監於此略事盤桓，亦將南訪，後會有期了。」

司馬承禎注視著李白的背影，神情不像是送行，到像是滿心滿眼在迎迓著甚麼似地，沉聲對一旁的丹丘子道：「卻不知這華蓋之下，究竟是誰家公侯了。」

李白的背影，即此直下復州，再渡江到嶽州，走進了〈雲夢賦〉的第二章——

鄉人告予兮，此水古渺茫。洞庭之山惝怳兮，西望裁彼楚江。憑飆風而臨高，極雲海之蒼蒼，何餘心之縹緲？寄相思而飄揚。大澤何以為名？禹書狀其漭泱。歷十萬載而成泥沼兮，又八千紀而漫汪洋。陂陀縱橫而卑濕兮，若有雜處之陰陽。魚龍交陳而出入兮，寧無啼笑之虎狼？然而高士安在？霸王何方？楚君田獵九百里，猶不得翻覆滄浪。雲夢之水看無際兮，唯子虛、上林之荒唐。江淵渟以待風起兮，子何為而徬徨？

欲詳洞庭，須先解李白稱之為雲夢的故實。

在李白那個時代，雲夢、洞庭名異而指同，只是一個約略的統稱。直到數百年後的北宋元豐年間，有郭思其人，能知古代漢沔間地理，才下了一個定論，認為：「亦謂江南為夢，江北為雲。」這是根據《左傳》的記載而推斷出來的。《左傳．定公四年》：「吳人入郢……楚子涉睢，濟江，入於雲中。王寢，盜攻之，以戈擊王……王奔鄖。」

根據這一段文字，可知當時楚子從郢西出走，涉過睢水，則車駕啟程之地，應該就在江南。而後「濟江，入於雲中……奔鄖」，鄖就是大唐宰相許圉師、郝處俊等人寓家之所，唐時為安陸——無疑「雲」也在江北。此外，據《爾雅注疏》引《左傳．昭公三年》，有：「鄭伯如楚，子產相，楚子享之。既享，子產乃具田，備王以田江南之夢。」更明白指出：夢，是在江南。這個字極可能是同音通假而來，在古代楚國方言裡，借之以表「湖澤」之意，本字寫作「漭」。而李白所作「楚君田獵九百里」便不是一句空話，其典出於《左傳》，以此語點染壯懷天下之志，才能與下文中的「子何為而徬徨」呼應。

〈雲夢賦〉的第二章，可以看成是李白在洞庭湖畔遊走時所做的箚記。他走訪了當地父老，從鄉人口中得知洞庭湖的歷史。其中「歷十萬載而成泥沼兮，又八千紀而漫汪洋」堪稱相當貼近此湖水文實況。

僅從前文「咸池之樂，張於洞庭之野」可知：在黃帝那個時代，洞庭山周圍還是土地平曠的原野。到了屈原寫《楚辭．九歌．湘夫人》有「嫋嫋兮秋風，洞庭波兮木葉下」之句，應該已經有了湖泊，然而，可以想見的是，當時尚未浩渺如海，還是許多小湖，零散如陂塘的樣貌。然而就地質而言，古之大雲夢澤是在不斷地沉降之中，有水處蓄積愈深，不患淤積；歲月既久，毗連著的許多小湖泊便逐漸淹漫成一大湖。

春秋戰國時期以降，直到秦始皇二十六年，整整五百年，中原各地氣候濕暖多雨，尤有甚者，西漢時代益加潮熱濕潤，各地江河溪水都充足肥漲。雖然從西漢末葉到隋初的將近六百年，大體上氣候轉為寒旱，不過，「夏霜夏雪」的情況要遠甚於「冬無雪冰」。雖然間有不少荒年，使得東晉前後雲夢澤日漸萎縮，但是連年巨大的長江之水，竟然像是有心滋潤乾渴的大地一般，洶洶湧湧而來，向荊江南岸奔流，進入下沉中的沼澤平原，因此洞庭之湖便煙波浩瀚而成。

於是，到了北魏的酈道元筆下，《水經》的記載就同上古黃帝時期有了很大的不同。他描述澧水：「東至長沙下雋縣西北，東入于江。」；沅水「東至長沙下雋縣西，北入于江。」；湘水「北過下雋縣西……北至巴丘山，入于江。」；資水「東與沅水合于湖中，東北入于江也。」終至於：「湖水廣圓五百餘里，日月若出沒于其中。」

「歷十萬載而成泥沼兮，又八千紀而漫汪洋」殆非虛語，說明了湖澤地區的鄉人一向對於生涯所寄的環境，有一種滄海桑田、變動不拘的認識，歷百千萬年而湖乾涸為沼；又歷萬千百年而沼復淹填為湖。自天地自然的角度來看，洞庭湖豈有一定的尺幅寬仄？這就是它湖中有山、湖外有湖的根柢。

也正因為水景地貌本質上有著驚人的變化，李白賦中以下數句便可以看做是呼應著這環境而點染的生態：「陂陀縱橫而卑濕兮，若有雜處之陰陽。魚龍交陳而出入兮，寧無啼笑之虎狼？」將就著傾斜欹側、顛簸起伏的地勢，道路交錯曲折，無處不蒸騰著令人不安的氤氳之氣，似霧似雲，以煙以波，又如奇妖怪獸雜處於人世之間所施設的障蔽之術——既像是在吸引著愚夫蠢婦前去一探究竟；又像是在儆示著凡夫俗子不可妄加侵擾。所謂「魚龍交陳」、「虎狼啼笑」，一方面顯現了旅者對陌生物類的遐想，一方面也透露出詩人意圖親近那神秘地界的渴望。

李白是全心全意地相信：古雲夢之地，有他企慕的神仙。初臨這書中所形容的、猶如滄海一般橫無際涯的湖泊，盡忘所從所欲而行，只是吳指南不時就要發著譫囈：「儘這大好湖山，畢竟何處死好？」

李白原本不把這醉鬼的言語當真，卻著實覺得他口口聲聲死去活來掃興，這一刻目睹江煙湖靄瀰漫，忽然靈機一動，遙指北面雲氣深濃之處，笑道：「彼處可死。」

「彼是何處？」

「極目不見者，是為南郡。」李白道：「某日前在天梁觀，曾接聞於司馬道君，謂南郡張玉子渡江南來夢澤學道，居此湖之北，精研『務魁』之術，會須便在是處。」

「張玉子是汝朋友？」

「張玉子是神仙。」

「然則『五魁』呢？」吳指南伸出右手，搖晃著五根手指頭，道：「汝不憶某等在鄉時豁酒拳，須是『免魁忌寶』，五字不得猜的。」

「非也，『務魁』是一套功法。」

張震，號玉子，西周末季時的一個庶民。周幽王頗聞其通曉墳典之名，徵之入朝，卻被他拒絕了。張玉子留下幾句千古紛傳的慨嘆：「人居世間，日失一日，去生轉遠，去死轉近，而貪富貴，不知養性，命盡氣絕即死。位為王侯，金玉如山，何益形為灰土乎？獨有神仙度世，可以無窮耳。」

既然不屑進取於當局，則很難維持其既有學養、又圖清靜之身。張玉子遂放棄了國人身份，成為不折不扣的野人，追隨一個據說能夠「巾金巾，入天門；呼長精，吸玄泉；鳴天鼓，養丹田」的術士長桑公子學習諸般法術。這些法術，在長桑子之前，接由口傳心受，不立文字；但是從張玉子開始，以文書載錄的形式為道術留下了不可磨滅的軌跡。晉葛洪著《神仙傳》稱他：「乃造一家之法，著道書百餘篇，其術以務魁為主，而精於五行之意，演其微妙以養性治病，消災散禍。」

關於他涉江南下，居停於雲夢之地習道的載記，即使連《神仙傳》所記也相當簡略，嶽州當地父老口耳相傳之說，則歷千餘年不滅；最主要的原因，是張玉子其人不只是一個道者，他所擁有的力量過於強大，在俗民心目之中，儼然一鬼神矣。

張玉子異能驚人之術，已經到了化真入幻、假幻為真的地步，他的嫡傳弟子甚至記錄：張玉子能夠「俯臨一水，見千里外人事」或者是：「聞臨郡有酒食佳美，片刻持回飲啖。」歸根究柢，仍須從「務魁」說起。

務魁初有一法，要用木器盛水，捧對兩魁之間，施術者吹而噓之，緩緩讓那皿水興發漣漪，漣漪深可寸許，水上也逐漸生出赤光，光暈曄曄繞走，歷一時又三刻而成。其間，北斗不能為閒雲遮掩，否則此術立敗。祝禱之禮既畢，那皿中之水可以「治百病，在內者飲之，在外者浴之，皆使立愈。」這種方術日後仍不斷地演變，到了南朝齊、梁之間，就發展成一種在特定時刻面對魁星持誦咒訣，而能感格天地的禮儀，卻未必能治病了。

魁，是北斗前四星——亦即天樞、天璿、天機、天權——的統稱。務魁，則是「存思北斗」的代稱，這正是道教在展開上清派之後所發動的一樁極為特殊的道法。

「且待一天清月明之夜，汝與某至湖墅灘頭，雇一條夜漁船——」李白道：「容某為汝一敘這『務魁』的玄機。」

「還需趁酒！」吳指南笑了。

「汝自飲得，」李白道：「某於彼時須齋戒事神，不能飲。」

「事神又則甚？」

「雲夢自古為仙家洞府，」李白形容嚴肅地說：「某千里而來，合當交感於山川，拜候天庭故舊諸君。」

原本佛家有末法惡世之說，以為人世間災劫連綿，旱澇饑兵之災無時或已，這都是人心卑下，造作惡業所致。也由於人間怨氣沖霄，邪魔外道充斥，龍天護法莫之能禦——諸如此類關於人與自然之間相互呼應的解釋，在亂世中更普遍深植人心，也就不只是佛家宣教時多所運用，道術之士非但借持此說，也發展出獨到的祈禳儀式。

北斗七星，斗柄所指，可以應天時。此外，北斗也是天帝之鑾輿；太一神乘此車駕，巡迴八表，統有十方，別陰陽、分四季、調五行。連先秦儒家也以之為指喻：「為政以德，譬如北辰，居其所而眾星拱之。」東漢以降，讖緯之學大興，《尚書緯》說：「七星在人為七瑞。北斗居天之中，當昆侖之上，運轉所指，隨二十四氣，正十二辰，建十二月，又州國分野、年命，莫不政之，故為七政。」由此而為北斗之崇拜奠定了基礎。

在道術之士眼中，北斗七星君是共同崇奉的星神。分別是：北斗第一宮之天樞為陽明司命星君，主陽德；第二宮之天璿，為陰精司祿星君，司陰刑；第三宮之天機，為真人祿存星君，司災禍；第四宮之天權，為玄冥延壽星君，主天理、伐無道；第五宮之玉衡，為丹元益算星君，司中央、助四旁、殺有罪；第六宮之開陽，為北極度厄星君，主天倉五穀；第七宮之搖光，為天關上生星君，主刀兵。

北斗星論並不以此為足，到了三國兩晉之後，應須是在隋代以前，《黃帝斗圖》進一步發揚原旨，推陳出新，更賦稱名；將天樞呼為貪狼，將天璿呼為巨門，將天機呼為祿存，將天權呼為文曲，將玉衡呼為廉貞，將開陽呼為武曲，將搖光呼為破軍。顧名而思義，北斗星官又有了更繁複的人事徵應。

道經代代相傳，轉益發揮此旨，不斷強調北斗對萬物生民的支配和影響。《太上玄靈北斗本命長生妙經》的記載相當詳盡，以為：「北斗司生司殺，養物濟人之都會也。凡諸有情之人，既稟天地之氣，陰陽之令，為男為女，可壽可夭，皆出其北斗之政命也。」這恰是數百年來，民間道者串走天下州郡，四處宣揚的結果。北斗崇拜長久流行，也影響到佛門的立論，致有二十八宿攝理行病鬼王祟害之說，也有用紙錢、醪酒、肉脯供養二十八宿，以期禳災的方術。

更有一個廣泛為人採信的說法，以為凡是天上重要的星君謫落凡間，成為肉身，即使不憶前事，也不免時時矯首穹蒼，徬徨瞻望，以一種不能自禁而親近故鄉或家人的情感面對繁星。

就在這一條夜漁船上，吳指南抱著酒囊，仰臉環視燦若織錦的星空，冷不防插嘴道：

「天遙地遠，星子不及豆大，看不出它管得我何事！」

「舉頭得見，本身而已。」李白道：「此即『務魁』之妙諦。」

既然深信自己來自天星，李白會這麼說，並不誇張。他之所以潛心向道，也是基於生小自信為太白星之謫身。這個容或出於父母家人之間的笑談，不料正合於存思北斗的論證。

昔年張玉子精修「務魁」，創錄存思北斗之法，開端便宗法一不易之理，認為每一個人的肉身之質，其微乎其微、不可析分者，都是來自遠古天上群星的灰塵。所以養性治病，消災散禍，要始於抬頭一望，回視這肉身所從來處。而後，無盡觀想，窮極思慮，讓自己全副的元神經由心念召喚，與天星相呼應，爾後，才能透過道術的推動——像是持咒、唸訣、燒符、誦籙等等活動，與星官交通。

這自天而降的感應，有時劇烈無匹，有時隱微難察。據說張玉子作法，「能起飄風發木折屋，作雲雷雨霧。」到了這個地步，從風中隨手摭拾些草芥瓦石，隨念賦形，可以為六畜、可以為百禽，可以為龍虎。原本就是一人，倏乎分而為數十百千，形軀無二。一旦作起法來，大踏步涉江踏浪而不溺，含水於口中，一噀噴出，盡為琳琅珠玉。還有些時候，他能閉氣不息，「舉之不起，推之不動，屈之不曲，嗒然若木石」，如此過了好幾十天，才矍然而起，行坐如常。

「玉子之術，畢竟有絕不可及者。」李白越說越亢奮，竟然在這條兩丈有餘長、不過一尋寬的小舟之上手舞足蹈起來：「說他摶泥成丸，噓氣為馬，與弟子結群而走，一日可行千里。行道之間，口吐五色雲，指飛鳥而墮地；一旦臨淵授符，那符所過之處，寸波不興，魚鱉皆走上岸——」

說到這裡，情節荒誕已極；非徒吳指南，連那舟子都樂了，大笑道：「習得此術，漁家何等稱意哉！」

「汝等不信乎？」李白立身朝北，矯首四魁，隨即雙目一瞑，口中喃喃唸誦起來，絕不類日常說話，亦不像作詩吟哦，他的聲音變得沉濃而厚重，初時尚能辨別唇舌齒牙的鼓動，片刻之後，那唸誦便不再是人聲，而近似鐘磬鼓鼙了。其聲調起伏，有如在迴壁淵潭之間緩緩吹起一陣夾雜著林葉喧呶的風；這風，鼓動著四面八方山石樹木上的每一個孔竅，又復曲折繚繞，甕甕震響。無論是聽在吳指南或舟子的耳中，字句都不明白，彷彿是一種來自鬼神的呼吼。

吳指南一轉念，猛然想到了趙蕤，不禁脫口喊道：「你同那趙黑子果然學了些怪道！」

這邊喊聲未落，四面湖水忽地響應起來——繞舟方圓數十丈外，忽然八面生波，空隆作吼；在星光和月光的映照之下，只見泛起一圈高可半尺的白浪。這浪不前不後、不進不退，只原處汩湧浮突，有如沸煮之勢。遠處君山之上原本密林蓊鬱，在夜色之中，猶如老蜃盤曲。此時像是應那湖水翻騰，居然飛出一大片禽鳥，為數不下百千。群鳥先自繞著七十二螺峰翺翔了一圈，接著便振翮直上，向北斗的第四顆星——也就是被稱為天權或文曲的那顆星——高舉而去。

李白在這時睜開了眼，仍目不轉睛地凝視著那中天之斗，隨即抬手指著飛鳥消跡之處：「今夜來值者，竟是張夜叉！」

「就是他，客年呼我短命畜生——」吳指南舉起酒囊來，傾口而入，亢聲道：「今番又道，某會須死在洞庭。」

李白再也聽不得這廝使酒胡言，大袖一拂，甩了吳指南頭臉一記，道：「汝乃不知張玉子垂訓之言：『人居世間，日失一日，去生轉遠，去死轉近』乎？死乃日常，生者時刻不離死事，生一時即是死一時，夫復何言？」

「死卻不怕，但恐死前都不曉事。」吳指南說著，呵呵一笑，又往嘴裡倒了一注酒。

「何事不曉？」

「事事不曉。」吳指南轉臉看著李白——這人與他相識二十年，二十年間，他們從未像此番行旅一般日夕相隨相親；然而，吳指南卻覺得李白離他愈發遙遠，他不但不再認識這眼中之人，甚至看不見他了。

不但看不見李白，片刻之間，他甚麼也看不見了。耳邊槳楫之聲碌碌，舟子似是將船蕩入湖心了。一邊蕩著，一邊還唱著：「學陶朱，浮五湖；喚留侯，戲滄州——此身在不在？江河萬古流。」

吳指南隨即聽見，李白也隨著那舟子唱了起來。

19 流浪將何之

唯有吳指南自己知道，每不過一二日，便忽然間雙眼一黑，片刻不能見物。彼時耳力卻不期而然倍增，無論是鳥叫蟲鳴、人語物動，也無分東西南北、遠近高低，聽來竟歷歷分明。尤其是醒醉已深，神困體乏，只道驀然間遁入一夢，不見形色，但聞聲響，還頗似孩提之童的捉瞎遊戲。

天地晦暗，萬物失蹤，他倒不覺得有甚麼苦惱；只這盲症一發，吳指南就會想起天數不欺，大限已屆，那許多令他百思不解之事，就顯得促迫了起來。其中最令他迷惑的，便是李白。

李白四歲舉家徙居昌明，兩人同里為鄰，生小相伴，但是各自的境遇卻迴然不同。吳指南是匠作之家的幼子，長兄三人，各名指東、指西、指北，皆屬白丁之身，先後在二十歲上應府兵徵點，充任衛士；不料卻於開元四年十月間，三人先後在慶州清剛嶺和黑山呼延谷的兩場戰役之中，力戰殉身。這悲慘的死難臨門，卻保全了吳指南免於丁夫之役。從此混跡鄉里，無所用心。

至於李白一家，則全然不同。李客天下行商，頗識時務，所育三子一女，或承傳家業，或操習婦功——而獨令李白讀書。先是，李尋、李常都在十四歲的時候出門遠遊，分別門戶；閨女月圓也在十五歲上遣嫁同邑之子。

但是對於李白，李客卻始終聽之、任之，容他鎮日裡呼朋引伴，率性使酒；縱使在結客嬉鬧之餘，逞其耳聰目明，雕章琢句，擬賦作詩，看來也只是少年遊戲而已。

畢竟任人皆知的，商家子弟，於律不許入士流，少年李白的前程，就十分模糊了。李客既然不使這兒郎自立，鄰里都看不過去，或問其故，他卻說得十分簡淡：「彼雖小兒，毋乃是天星種落，容徐圖之。」

「種落」二字，原本是晉、唐之間俗語，多用以形容夷狄部族。經常往來西域之人都明白，這不是帶有分毫敬意的語詞——即使李白自己日後也在〈出自薊北門行〉中寫道：「單于一平蕩，種落自奔亡。收功報天子，行歌歸咸陽。」——不過，仔細玩味語氣，也可見李客雖然半帶著低貶玩笑之意，對於太白星下凡的徵應，倒是極端看重的。

是以李白的〈雲夢賦〉第三章，立刻轉入了與天機地景相互契合的描述。這是緊接著前文的「子何為而徬徨」而來。「徬徨」二字，自古有之，《詩經．黍離》《莊子．大宗師》，或云徘徊不忍，或雲盤桓周旋，各有著意。李白並非空洞地學舌追步於陳詞套語，而有他真實、強大的矛盾之感。

他相信了太白星謫讉的神話，當然會時時對蒼天、星辰，以及無際無涯的浩瀚宇宙，產生難以遏抑的渴求。但是相對於另一個自己，這番渴求卻成了羈縻和阻礙。而這另一個李白，正是滿懷家國之志，寄望一展身手，作帝王師，為棟樑材，逞心於時局，得意於天下。換言之：學神仙之道，如有所歸；成將相之功，如有所寄。依違兩難，實無從取捨。於是，他想起當年在露寒驛所接聞於狂客的那句話：「蹭蹬了！」

這蹭蹬，不只是出處大道的抉擇，還有少年的迷情頓挫。〈雲夢賦〉第三章乃得如此：

予既蹭蹬於中路兮，豈致捷徑以窘步？夫唯雲漢之前瞻兮，乃憂江山而後顧。謫身迷茲煙波兮，共徜徉之朝暮。豈獨耽彼洞府兮，忘匣鳴以延佇。是有不得已者乎，是有難為情處。晨吾緤馬於江濱兮，猶見顧菟在腹。夜光之德崇兮，遍照隅隈無數。啟明既出而已晦兮，何其情之不固？長庚將落而回眸兮，焉能忍此終古。

這一章的筆法忽然收束就範，完全仿效在屈原〈離騷〉，這是有意的——詩人要讓讀者明白他置身雲夢，一如行吟澤畔的屈子，不只地理相仿，心境亦同，故聲腔也要極盡相類之能事。其中。「豈致捷徑以窘步」就是翻改〈離騷〉的「夫唯捷徑以窘步」，原文說的是桀、紂之輩耽溺狂恣、貪圖捷徑，而導致步履困窘，李白則藉著反詰的語氣，顯示了歸法於騷體的格局。

「晨吾緤馬於江濱兮，猶見顧菟在腹」，仍舊脫胎於〈離騷〉的「朝吾將濟於白水兮，登閬風而緤馬」和〈天問〉的「厥利維何？而顧菟在腹」兩句。緤馬，即是繫馬。顧菟，指月中之兔，顧菟在月的腹中，也就把來借指月亮。

原本，屈原的問題是「厥利維何？而顧菟在腹」，所追問的是「天上之月究竟有甚麼好，得以盈而後虧、還能夠復虧為盈？」李白則通過了「月」這個意象，帶出後面的「夜光之德崇兮，遍照隅隈無數」；在這裡，李白又推進一層，將〈天問〉的原文：「隅隈多有，誰知其數」改頭換面，反而形成了頌揚月光的語勢——是的，李白真正要引出的，還是月！

從整段的大旨上說，李白的踟躕，來自於兩個世界。一個是他所從來的天星，一個是他一心嚮往的人世。原本準備大肆遊歷的詩人一旦來到神仙之地，不意卻為自己施弄的「務魁」手段勾起了返回仙界的出塵之想，這就顯現了「雲漢」和「江山」的對立。

他諄諄警告自己：不要只是為了洞府之美，而忘了匣鳴之志——「匣鳴」語出晉王嘉《拾遺記．卷一》：「顓頊，高陽氏有畫影劍、騰空劍。若四方有兵，此劍飛赴，指其方，則克。未用時，在匣中，常如龍虎吟。」意思當然是要趁著青春少壯，建立一番不世出的功業。

然而就在「不得已」、「難為情」兩句以下，詩人終於點出了「踟躕」的底蘊：太白星與月，何其不幸地參差錯過，而不能長相依伴、永結好合。

太白星，就是金星。晨起東方天際所出現的第一顆明星，又被稱作「啟明」。當啟明星升起之時，月多已西沉；而當太白星運行半周天，到了黃昏時分，也是徘徊在西方天際的最後一顆明星，此時又稱「長庚」。長庚既落，月才從遙迢的東方升起。是以絕大部分的時候，這兩顆星是不能相會的。縱使金星偶有伴月之時，畢竟極為罕見，故稱奇觀。

這一章末四句所道，便是李白留連洞庭湖山之餘，一念不息，繚繞遐想的情境。向所未有的，他明白拈出了「月」字，作為對應於「太白星」的象徵。他一句接一句地吟，吟後略一回味記誦，全然不須構思，便接著吟出下一句，同時還沒忘了向吳指南逐字解說那些名物典實的意思，只是越吟聲音越沙啞，吟到「焉能忍此終古」時，幾乎瘖啞失聲。吳指南竟不待他解說，岔口搶道：

「說的，是汝師娘否？」

李白還來不及答話，原先那一陣向文曲星扶搖而去的鳥群又飛了回來，有些鳴噪不休，也有的翻撲失序，都像是受到了極大的驚擾，盤旋於七十二峰四周，儘不肯歸林入巢，緊緊追隨於後、彷彿就是從那北斗之中牽引而來的，卻是一大片密壓壓、烏洞洞的濃雲，黑風東下，撲面當頭便是一陣暴雨，直落猶未已，更兼被風頭帶得橫裡掃打。

舟子一時慌了手腳，恨道：「看某家這大好漭塘，向未落此等惡雨，俱是汝持咒驚天，平白惹事！」

這氣急敗壞的舟子所言，確也不謬——道經《上清句曲真錄衍釋》有謂：「天應道說，以雨以雪；至不則時，有印有訣。」李白赫然明白了：他的呼求已經上達天聽，他也得到了來自天界的反應。道門闡釋，忒重無言獨化而傳，「感於此而達於彼」。由於天為兆民共仰、共事、共戴之天，天便不能向任何一人明白答覆，以免淆亂眾聽群視；所以往往僅於某時某地，顯示不大尋常的天象，聊表一諾而已，此即所謂「感格」。

在雨中，李白開懷大笑，他知道：上天正在俯視著他的行止，瞰察著他的動靜，也一定明白了他進退兩不安的踟躕。他還記得：前一場大雨，出於莫可究竟的天意，竟將司馬承禎引來了他的面前，這一場雨，上天應該也會有他的安排罷？

他從隨身包袱之中抽出了丹丘子所轉交的那柄傘，招呼那正在捧接雨水洗臉的吳指南到傘下一避，吳指南戲水得趣，也不理他。未料那一逕咕咕噥噥抱怨著的舟子忽然間驚叫出聲，指著李白、卻又畏怯地趕緊縮回手，顫抖著說道：「汝竟是李、李、李家十二郎哉？」

「某，一介東西南北之人，知名者卻不少。」李白撐穩了傘，取過吳指南手中酒囊來，滿飲一口，道：「舟子啊舟子，其誰知李白者，不亦神仙乎？」

20 一朝飛騰為方丈蓬萊之人耳

舟子滿眼驚恐畏忌，卻又不得不陪笑稱訣，全不似先前引吭放歌時的一派逍遙了，他戰戰兢兢說起了三天前來湖中打夜漁的一段奇遇。

說是夜半時分，小舟行過君山西側，彼處正是鄉人盛稱古來雲夢「湖中之湖」的所在，八百里湖山，唯有此地產銀魚，小可盈寸，眼見黑點，一年冬、夏所產較多，然春秋所出較肥。暮春時節，這銀魚無鱗無刺，質堅而軟，理細而嫩，常嬉遊於近山草灘緩流之處，日隱不見，入夜則身如螢燈，通體燐白點點，舟子夜漁，多喜捕撈此種。然而——

舟子問道：「十二郎可聽人說起過，五十年外涇陽龍戰之事？」

那是在武氏儀鳳年間，嶽州湘陰士子柳毅入京應舉下第，本來是要立即返鄉的，忽動一念，往涇陽去拜望一個遠來寄籍的同鄉，就在行道途中，插手管了一樁閒事——原來是路邊有牧羊婦人啼哭不已，相詢之下，才知道此女與丈夫不能諧好，又每為翁姑所欺，欺陵鄙迫，至以奴婢蓄之。這牧羊女一聽說柳毅是嶽州人，誼稱同鄉，遂相懇託，務必讓柳毅給娘家捎帶一封書信，可是他的娘家又著實詭異，說是「洞庭湖中龍君之邸」。

未料牧羊女果真傳授了他一道密法，據言：洞庭湖水之南，有一株大橘樹，鄉人稱為「社橘」者。牧羊女教柳毅：「去至社橘旁，即解下腰帶，另束以別樣繩索，接著叩樹三發，便有人來接應。汝便跟隨前去，無礙矣。」屆時到地，柳毅果然看見一株參天巨木，正是那社橘，上前換了衣帶，叩樹三發，當真就從水波之間冒出來一名偉丈夫。這偉丈夫問柳毅來意，柳毅直是不答，只說要謁見大王。偉丈夫似乎也不敢妄加攔阻，只得在前方揭湖成路，引導柳毅前行。果然四面八方，滴水不犯，不過幾鼻息的工夫，便來到了洞庭湖的龍宮。

投書報信的勾當倒還容易，洞庭君能否將受困受虐的女兒迎回娘家，則非比尋常。因為親家公不是別人，是也稱得上赫赫出群的涇河龍王。牧羊女則是洞庭龍宮公主，她的夫婿卻也堪稱龍王太子了。洞庭君心疼女兒，可是格於門第高貴，不欲鬧事，也就不敢隨意處置。

洞庭君之不欲聲張，尚有一緣故，原來他的弟弟——錢塘君——也是個惹禍的根苗。此龍粗暴頑劣，卻驍勇無匹；數千歲前，堯遭洪水九年之困，就是因為錢塘龍王一怒所致。近些時這龍王又與諸天神將失和鬥氣，一舉堙塞五山，使得江河漫溢，土石崩流。天帝是看在洞庭君一向誠篤敦厚的份上，才寬減了錢塘君的刑責，將之羈縻在洞庭，算是略示薄懲。

這一番道故的閒話還沒說完，但聽巨響忽發，天坼地裂。宮殿擺簸，雲煙沸湧。登時就有一條千餘尺長的赤龍，電目血舌，朱鱗火鬣而來。好赤龍！頸上懸垂著金鎖，金鎖牽縛著玉柱。只一吼，竟召來千雷萬霆，激繞其身，霰雪雨雹，一時皆下；赤龍隨即張揚指爪，撥開青天，沖飛而去。

待這錢塘君再回來的時候，裝束已為之一變，有如玉樹臨風的一般；看他披紫裳、執青玉，相貌矯健昂揚，神采浮溢。錢塘君對柳毅執禮甚恭，不住地道謝，道：「女侄不幸，為頑童所辱。賴明君子信義昭彰，致達遠冤。不然者，是為涇陵之土矣。饗德懷恩，詞不悉心。」至於描述起這龍君逃脫之後的行跡，其辭氣之壯闊、神情之威武，真堪稱百代無兩：

向者，辰發靈虛，已至涇陽，午戰於彼，未還於此。中間馳至九天以告上帝。帝知其冤而宥其失。前所譴責，因而獲免。然而剛腸激發，不遑辭候，驚擾宮中，復忤賓客。愧惕慚懼，不知所失。

這一下可好，錢塘君不只救回了姪女，還豁免於先前所犯之罪，看來天帝多多少少也懾於此君的雄武。洞庭君於是小心翼翼地問錢塘君：「所殺幾何？」錢塘君報曰：「六十萬。」洞庭君再問：「傷及禾稼乎？」曰：「八百里。」「無情郎安在？」「食之矣。」

為了答報傳書救命之恩，當下錢塘君為姪女向柳毅請婚，柳毅卻以一番義正辭嚴的大道理拒絕了。然而因緣天訂，實無可違拗，日後他兩度聘娶高門之女，兩個妻子卻相繼過世，輾轉波折，最後還是與龍女結成眷屬。

從柳毅其人經歷來說，他的大半生具載於唐代宗至憲宗朝時之傳奇作者李朝威所撰之《柳毅傳》中。不過，其餘緒枝節，彼傳未及述記，詳情則與五十年後這舟子所說的奇遇有闕。

錢塘君生吃了涇陽龍王太子，涇陽君自然耿耿於懷，以為天帝懍於錢塘君暴戾，執法不盡公允，遂藉八百里龍戰傷壞地利之端，奏報追究。天帝略一遲疑，不過是天上片刻，而人間已然歷經了數十春秋。

先是，錢塘君曾經結怨於諸天神將，彼等見錢塘君一怒而報仇屠龍，鏖戰傷及生靈禾稼，可以說是肆虐下民了，居然還問了個減責免刑，當然都心懷悻悻。涇陽君繼之私怨不能得到公報，轉念及此，靈機一動，暗忖：何不乘機藉勢，假神將之手以擒之？

於是，涇陽君想出一條誘敵深入之計來。他先秘發符牒，遍擲於那些曾與錢塘君結怨的神將帳下，約期以天庭網羅斧鉞，共擒來犯之赤龍。再者，涇陽君明知錢塘君易怒，便趁著錢塘君又往洞庭作客、不在錢塘治所的時候，暗自潛往東海之濱，一陣狂雹亂雨，大壞農桑數百里，也淹殺了不少人命，還刻意在沿途叢雲與密林之間，留下了風尾掃蕩的痕跡，遙遙指向涇陽來處。幸虧一時半刻之間，錢塘君宿醉未醒，但是可想而知：一旦他醒來聞知此信，必然引致一場惡鬥。

龍天鏖戰，下民荼毒。君山七十二峰洞府諸仙聞知此事，一片悚慄震怖。試想：若要按諸平素的典儀禱祝於天，是毫無用處的，因為天庭受人間禮祭，原本要按一定的曆日節氣。除非瘟疫、澇旱、兵燹之尤者，人間皇帝親為禱祀，才能引起天視天聽。即使如此，天意仍然要洞明下察，這些災殃禍難究竟該如何歸咎，才能定拯救之計。

如今大戰將起而未起，事端有稽若無稽，凡間皇帝見不及此，豈能出面求天？諸仙養性修真，化外逍遙，又豈能多口干預天人之事？可以想見的則是，此戰一旦爆發，勢必遷延，中原半壁河山，眼看就要土崩魚爛了，而這洞庭，恰在錢塘與涇陽之間，無論兩龍如何往來對峙，恐怕都難免成為焦土。

偏偏在這個時刻，洞庭諸仙正是一片熱鬧。

洞庭湖中洞庭山，初名君山，乃是道者公認的七十二「福地」之一，位居第十一。此地仙跡紛蔚，較諸許多更高、更大、更深、更秀的靈山，還要受到群仙的垂顧，就是因為它崛立於浩渺煙波之中，尋常人足跡難到，不為俗擾。一旦仙家有可議之大事，欲相參謀，多假棲於此。

齊、梁間陶弘景曾經與當世高僧大儒三十六人，乘桴破浪而來，與在地諸仙作四十九日之會，參修、校撰其三教合一的理論。此後，歷代上清派宗師都會在執掌教務之後的某一段時間之中，籌辦這樣規模的一次聚會。經王遠知、潘師正而下，莫不藉此共計天人相關之大事。其宗旨，一向就是八個字：「天定勝人，人定勝天」。

俗論多以「人定勝天」為鼓舞人為努力而改造或戰勝自然，而「天定勝人」卻又是相對而相悖地指稱自然之不可違、不可逆、不可壞——否則人必遭天譴。如此卻是個極大的誤解，因為「定」字並不是「一定」、「必定」的意思，實則「人定」是一個具備特殊意義的語詞，所稱如何，須先回顧原典之上下文。

此語最早出於《呂氏春秋》：「天定則勝人，人定則勝天；故狼眾則食人，人眾則食狼。」由整體斷讀可知，天定、人定、狼眾、人眾等語，都是「勝」和「食」字的主詞，「食」字不煩復解；「勝」字則應該平讀，如「勝任」、「不勝」，是承擔或應許之義。當人群居共治而有志一同，則可以承擔天命；當天不失時序，行健有常，才算是實踐了對生民的應許。

近數百多年來，上清一派的道者非只立論森嚴，法旨精妙，更要緊的是其廣納佛家見解、融合儒家治術、積極貫通「天人合一」之說的理路。其中，最能吸引人景從而致風行的原因，就是利用辟穀養氣的手段，使修行者僅需利用少量的五穀雜糧、多樣的植料藥草，糅以吐納，導以觀想，凝以虛靜，便能夠保命、全生、健體甚至長壽。

一旦能度越尋常人數十春秋的生涯，便直等於證成了神仙道。這，比諸儒家強調的盡性於此世、比諸佛家強調的求報於來生，不只來得平易，也似乎更能讓修練的結果歷歷如在目前——換言之：根本毋須通過死亡之痛苦即能臻及神仙的境界，一旦追隨道者修養本元故我，則「仙人王子喬，聊可與等齊」。

司馬承禎一向有意將這番議論與作為對開元天子略施影響。無奈幾度面聖，皇帝只問神仙，不問修養；即使說到神仙，也只及於長生，而不及於永治。無可如何之下，司馬承禎忽而又接獲詔旨，命赴勘察衡山，以為祭儀之具。

這個老道君左思右想，終不能忘懷淑世濟生的使命，便決意在衡山一行之後，順道前往洞庭，登訪君山，用上清派宗師之名，重召列仙之會；想藉洞庭諸仙群策群力，商訂出一個可以為帝王謀的策略，或者是尋覓出一個可以為帝王師的人才。孰料，就在老道君仍佇留於荊州的暮春時節，出了這兩龍相搏的岔子。

君山群仙正束手無策，不意卻收到江陵城天梁觀一爐篆香燒來的祝文，稍加辨識可知：正是司馬承禎的手筆，語一行：「卜得履，以頌時和，時雨及。」詩一首：「浮波來送謫仙身，不記當年醉月頻，龍戰風雲誰解得？洞庭湖上散遊人。」

眾仙皆明通道家各種墳典經籍，於易經占卜之數諸般奇說正解，更是滾瓜爛熟。一見「卜得履」三字，有些立時會心，相視而笑。因為「履」之為卦，其要旨就在於卦辭所昭示的：「履虎尾，不咥人，亨。」試想，一腳踩上了老虎尾巴，老虎都不反噬，豈不大吉？

也有的仙家皺眉苦臉，不以為然，爭道：「『龍戰風雲誰解得』明明說的是誰也解不得，而洞庭湖上之遊人，為之散逃一空，可見危疑震怖，實難倖免。」

再看那首詩，前兩句說一個頻頻醉酒、前事不復記憶的「謫仙」，諸仙一寓目，便都想起了那個把「三日一食而足」寫成「一日三食而足」的太白星。洞庭浮波送來太白星謫身，不外也就是一個凡人，這與群仙憂心切慮之事，又復何干呢？

只這仙班之中有一名喚畢構的，方於十年前修成辟穀之道，一旡遍接萬有，能通鳥獸之言，忽然聞聽促織小蟲在耳畔私語：「阿隆可以歸矣。」畢構字隆擇，年幼的時候親長皆以

「阿隆」呼之，聽見蟲聲示意，當下解脫皮囊，留一病軀在榻，隨即升天。先此，畢構甫就任戶部尚書，便有人道：「戶部是個凶官衙門」，皇帝惜才，匆忙改調他出任太子詹事，仍不能免於道德圓滿而大去的命數。

由於畢構生前與司馬承禎有相當密切的過從，知道這老道君行事縝密，文字吐屬，多有令人不可度之深意，他仔細看了這寥寥三十八字的祝文，悠然道：「道君末句之意，恐非風雲雷雨驅散遊人也；『誰解得』三字亦非反詰之詞……」

經畢構這麼說，群仙再一揣摩，有的當下翻想出新意——倘若「誰解得」是一正問，則散字便不作驅散、逃散解，而會須看成洞庭湖上有一個「散遊之人」；這個人，還真能排解龍戰風雲。那麼，再對照前兩句，這「散遊之人」豈非謫仙太白星君乎？

就在這一刻，天粱觀的第二爐篆香又焚到了，只三個字：「李十二。」

洞庭湖上夜半大雨之前三日，舟子蕩槳來到君山西側，向草灘處灑一密網，但覺那網尚未經水流沖開，便已經出奇沉重，舟子一拉，那網也乖覺，竟順勢向上一縱，破水凌空，騰起數丈，瞬間便落在船頭，是一身形略顯瘦小、年約六旬的老者。此老雙足落定船首，文風不動，溫聲說道：「有擾有擾。汝在此漁捕，想是有些歲月了？」

舟子點點頭，勉持鎮定，答道：「生小即在漁家，算來也有三十年開外了。」

「是則容某請教，」老者道：「今歲天候若何？」

「三年外秋前大澇，田沉池沼，江湖滿溢。然而客歲則大旱，一冬無雨雪，經春層雲不積，滴水未落。」舟子抬起手，遙遙指著湖面與君山相銜一線劃過。此時雖非白晝，仍依稀可見那已經沉落了好幾尺的水線，水線以上，是禿黃泛灰的山壁，可以想見的，禿壁之處原先浸在水中，是以草木不能叢生，而今湖面退得如此寬闊，則旱象可知了。

「一冬盡無雨雪？」

「春日亦旱。」

「三十年來有諸？」

「未及見。」

這老者正是畢構仙身所化，當下沉吟了起來：祝文窾竅之一，乃在「時雨及」三字。雨不來不可謂之「時」，久旱而來，堪稱及時之雨。此外，若將「時雨及」和「浮波來送謫仙人」連讀，更有「時雨及浮波，來送謫仙人」之意，那麼，雨和謫仙的出現，實相關涉。還有，雨中既有「散遊人」，遊時豈能無傘？故散、傘一音之轉，也作意思。至若玉霄峰道者遍行天下，向以手持紅傘為認記，如此豈司馬承禎的焚香祝文全然可以流轉自解，豈有他故哉？轉念及此，畢構衝那舟子笑道：「不日之內，若逢疾風驟雨，可將紅傘人來此處尋某。」

「紅傘不多見。」

「可見即是。」

「總須有名姓。」

「李十二。」

說完，畢構所化之形忽地碎成繽紛如流星一般的片段，接著又變作不計其數千萬的寸長銀魚，旋起旋落，潑潑剌剌都回到湖水中去了。顯然，這舟子不是唯一領奉仙旨者——一日之內，湖濱四圍的舟子、漁人遍傳開來：仙人訪覓紅傘之客，此人叫做李十二。

舟子為李白道明來歷，垂面低眉，不再言語，連蕩槳之歌也不唱了，直顧著將船搖向君山西側草灘之處。但見疾雨漸歇，月輪復出於東山之巔，李白一抬頭，見峰頂一瘦長老者，背月而立，不時朝這湖上扁舟輕輕揮幾下袍袖。此時眾鳥紛紛，各歸木巢，水面尚餘三五閒鷗，有如追隨著自己反映於波光之間的形影，徐徐翱翔。

吳指南忽然睜開他那茫然無著的雙眼，惶惶四顧，道：「有人？」

李白不及察覺他這伴當忽而失明，只收了傘，笑道：「或許是仙。」

「嗚呼呼呀！仙人也作人語？」吳指南側耳向東，皺起雙眉，百般狐疑地諦聽了一陣，竟然像是一字一句、依聲隨調而轉述著：「『屈平辭賦如懸日月，唯太白可以規橅之。』」

這是一段無論如何不至於出自吳指南之口的修辭，語意所涉，隱隱然是他這些時日所作的〈雲夢賦〉。李白聽著，看一眼山巔老者，一面抬手止住舟子行船，一面興致勃勃地揚聲呼問道：「仙人知某，何不同某言語？」

吳指南頓了頓，耳中傳來一陣比之於微風細浪還要輕悄的話，也就順口學說，道：「不敢高聲語，恐驚天上人。」

李白聞言，不覺大樂，但是一時有些摸不著頭緒，他忽而轉向吳指南、忽而又轉向月下老者，兩般忙亂，急道：「天上果有人耶？」

吳指南仔細再聽了片刻，搖搖頭，道：「那仙不說此事。」

「承仙人附某於屈子之後，可是——」李白復問：「斯人被髮澤畔，憔悴行吟，說是『露才揚己，怨懟沉江』，古來定評是耶、非耶，兩端如此。仙人召李十二分波而來，仰此君山，乃欲以屈子儆我哉？勉我哉？」

月輪微微上舉，山巔之仙在夜風中亦似有飄然之勢。但見他矯首東瞻，過了好半晌，又迴身西顧；天涯兩端湖水，一平如鏡，無何異狀。李白雖然看不見那仙的五官神色，卻似乎可以感受到一陣蒼涼與落寞之情。久久，吳指南才啟齒，依然刻意壓低了聲，道：「錢塘、涇陽二龍釁戰，時往時來，不能或已。此局，唯賴星君作解人。」

接著，吳指南喃喃而語，歷述二龍起釁因果。說時非但聲腔不似本身，有些吞吐不清的字句，居然還帶著些李客訓子的口氣。末了，語音更悄，猶似殷殷叮囑：「汝且齎書一帖，猶似當年，號令天下，無有不服者。」

李白不免困惑了：「某一介凡軀，如何弭戢龍天之戰？」

「汝稱意行文，麾令止爭，無論作何語，都是太白星官的墨跡筆意，神龍受詔，如奉上旨，自然偃息旗鼓。」

仙人所請，原來是要藉他這凡胎之手，冒為前身星官，偽作天帝的詔書，弭龍戰於無形，看來的確是樁功德，但是，李白不免猶豫——

「此非欺天乎？」

「星官謫身下民，戲作天書，偶合龍天際會，既無干於天道；復無悖於人倫，其誰能懲？」

李白越聽越覺悚然，而在這悚然之中，似又夾纏了無比的興味，像是要逾越了自己真實的出身，幹下一樁破格犯禁的大事。然而，他又著實為「太白星謫身」而亢奮起來，登時圓睜雙眼，高挑劍眉，不由自主地解下臂間匕首，一抽復一收、一抽復一收，滿心膨脝鼓盪，直覺著要作些甚麼。匕首出鞘入鞘，清音乍鳴，在幽靜的山間回圜四合，吳指南側耳聽見，嘆了口氣，想說：詩鬼又來纏身耶？——可是說也奇了，喉舌齒牙只不聽使喚，有如被那低聲細語的老仙硬生生給奪了去，他自己想說的話，無論如何說不出口。

李白躍躍欲試了，卻仍忍不住遙指那老者道：「儘教如此，雲夢浩渺無涯，數百里方圓之地，略無商牒可託，所書如何投遞？」

「隻紙片言，燃以五穀莖稭，松柏膏脂，煙燎十丈，灰散洞庭，即畢此功。」吳指南一口氣說到這裡，把雙眼睛眨了眨，似乎略見眼前高處的微光，耳邊原本條縷清晰的萬籟之聲卻隨著視野漸明而退遠了、也沉靜了。

「隻紙片言，竟作何語？」李白高聲又問。

山巔老者一拂大袖，傳來了讓李白聽得歷歷分明的話——這話，並未假借吳指南之口，其聲氣嘹亮，有若鐘磬：「但懷天下之心，無語不能動鬼神。」

21 盡是傷心之樹

〈雲夢賦〉的第四章，就是召龍之語。

這一段文字從前書「啟明既出而已晦兮，何其情之不固？長庚將落而回眸兮，焉能忍此終古。」銜轉而來，所以開章八句還是承接前文，鋪陳著太白星渴望著月亮、卻不能遂其情親的怨悵。雖然這一小節極可能是為了〈雲夢賦〉全篇結構之完整而於日後才補填書寫，但是字裡行間，也隱伏著牽動下文的昂揚情感。值得注意的是，本節的後四句，句法改弦更張，從屈原的情志，轉進一種糅合了司馬相如大賦的格調，雜取散句，以便銜接此下對錢塘龍王的說帖。

> 指穹窿以為證兮，奚惆悵而宛轉。哀隔別其幽煢兮，寧侘傺而偃蹇。於是乎乃揭九天之帷幄而前瞻，發上帝之華輦以遊衍。終日馳騁、曾不下輿兮，誓言吞七澤、收五湖、下東海、決南山而不返。

李白在這裡罕見地透露出內心深埋的一個動機，他之所以「仗劍離鄉，辭親遠遊」，不論是李客囑命往三峽、九江交割資產，還是他徒託空言以謀進取，都未必確鑿。激使他天涯行路，一去不回的，還是那一輪圓時便缺、缺多圓少、而且看來幾乎永世不得親即之月。他信誓旦旦地說：要成為一個一去不回之人。

然而其後，筆鋒一轉，李白以夾駢用散的方式，一方面像是在勗勉著某一個志趣宏大、意興勃發的人物——當然也可以將此人看成李白自己；而在另一方面，這麼措辭，也吻合了君山老仙所請託，是說給還在洞庭湖中半醉半醒、醒時不免作亂釀災的錢塘君。

> 靈氛告余以所占兮，將有不懲之事。毋寧捐所繾綣兮，臨八表而夕惕。夫化行於六合者，出於淵、見於田、飛在天，此龍行之志也。胡為乎雷其威聲，電其怒視，催風則三日折山，殘滅噍類；布雨則萬頃移海，喧嘩兒戲。私抱棖觸而難安兮，豈遺蒼生以怨懟？三千大千，一身如寄。為龍為蛇，不報睚眥。

畢構老仙所稱不假，李白在這這短短的一百一十三字之文中，仍承襲了屈原〈離騷〉的用語，也維持著騷賦一體用韻的慣例，韻在去聲四寘。

靈氛，是古代從事占卜、解釋吉凶的人，李白藉之來代稱君山老仙。所謂「不懲」，語出《詩經．小雅．節南山》：「昊天不平，我王不寧。不懲其心，覆怨其正。」意思是指「不可制止」、「不容阻止」，在李白文中，自然是指向龍戰將要爆發的危機。

在雲夢大澤遊衍、相思，畢竟都是個人的懷抱，一旦驚聞眼前即將發生地變天災，不得不暫時拋開私情，將視野和思緒打開，這也能藉著文意而調整文氣，出之以一連幾個節奏緊湊的短句，既顯得急迫、又顯得澎湃。行文來到「胡為乎」三字以下，就是這一篇「偽天帝詔」的骨幹了：李白以反問的語氣，詰責錢塘君為逞私忿而致公害。但是——堪說相當矛盾地——由於意象綿密的修辭，卻也可能讓受責者不免感覺到自己的威武與偉岸。

在這篇短文的末了，李白再利用四個短句勸勉錢塘君：置身於這渺茫的宇宙之中，無論是多麼高貴或卑賤的物種，都不過是「寄託」在此身之中、成就了生之一切，毋須為小小的意氣之爭而罣懷。

睚眥，一則是指這種由於瞠目看人而結下的微小嫌隙，似乎不足掛齒。另有一個意思，說的是「龍生九子之一」。此子龍身豺首，性情剛烈，且好勇鬥狠，不能禁忍。古來相傳此物出沒世間，一向口銜寶劍，晨昏怒行，像是隨時要尋嫌隙、啟殺伐。於是後世之人便在刀頭劍首之上，鏤刻睚眥的形貌，作為託求庇蔭的象徵。以睚眥寓諷旨，用語在責備與不責備之間，相當微妙。

拂曉過後，李白便沿湖訪尋，終於在滿月後三日，覓到一座幾乎已經荒圮的蘭若，向寺僧購來一張八尺寬、二尺高的硬黃紙。此紙經匠人黃檗、白蠟塗染，料質堅韌，晶瑩透徹，微微泛著些金光，原本多用在墨跡的響拓雙鉤上，許多僧家愛賞其微黃的色澤，可以經久而不受蠹蟲壞蝕的特性，也用來抄寫佛經。

由於紙僅一幅，不容舛謬，李白十分謹慎地備齊墨硯藁草，逐字朗讀，將「靈氛」以迄於「睚眥」的這一段賦文工工整整謄錄在硬黃紙上，才來到湖畔，卷束妥當，擱置在銅盤裡。銅盤底下，便依老仙吩咐，「燃以五穀莖稭，松柏膏脂」，片刻之間，果然煙燎十丈，灰散洞庭。

緊接著的〈雲夢賦〉第五章，鋪陳了與龍告別之語，其言溫婉，其情款洽，但是不免瀰漫著一片憑弔和哀悼的氣氛——這條龍的命意和寄託可以千變萬化，由李白自我的投射，一轉而為錢塘君，再轉而為吳指南。

李白藉由一龍倏忽上下、不拘時空的格調，上承前章「三千大千、一身如寄」之意，卻也透過龍形軀遷化的巨大差異，隱喻生死永隔，鋪陳著突如其來的離別。這個轉折自然是有感於吳指南暴病突發、回天乏術的現實，句法則明顯地從屈原《九歌》末章〈國殤〉而來，開章八句，四句一韻：

威靈怒兮意蹇蹇，神軀墜兮天道損。出不入兮往不反，江海逝兮呴噓遠。
與君遊兮任青空，一朝墮兮黃埃中。聲形違兮何可容？魂魄歸兮為鬼雄。

此中「與君遊兮任青空，一朝墮兮黃埃中」兩句，竟然在數百年後，為蘇軾施以奪胎換骨之法，寫下一篇〈李白謫仙詩〉，且墨書懸壁以示友朋。全文如此：「我居青空裡，君隱黃埃中。聲形不相吊，心事難形容。欲乘明月光，訪君開素懷。天杯飲清露，展翼登蓬萊。佳人持玉尺，度君多少才。玉尺不可盡，君才無時休。對面一笑語，共躡金鼇頭。絳宮樓闕百千仞，霞衣誰與雲煙浮。」

這首詩的機巧在於題目，既可以是蘇軾所撰之詩，題曰〈李白謫仙詩〉五字；也很可以託名為李白所作，題曰〈謫仙〉。這正是坡翁慣弄狡獪之處。

可是蘇軾的這首詩又經後人之手，剪裁其中的幾句，成為散碎不成片段的〈上清寶鼎詩〉：「我居青空裡，君隱黃埃中。佳人持玉尺，度君多少才。玉尺不可盡，君才無時休。」兩詩並皆輾轉被誤會為李白原作；殊不知蘇軾乃是藉著〈雲夢賦〉的句意，延伸並刻畫李白日後周折於窮達之間，冰火在抱，依違兩難，不得不寄情於遊仙的詠歎，實非原初句意。至於〈上清寶鼎詩〉徒然附會了李白與上清派道者的往來背景，然而實實不知所云，無怪乎王琦編《李太白全集》時注之以：「疑其出自乩仙之筆，否則好事者為之歟？」

在李白而言，雲夢之遊還只是一連串奇遇的開始，他隱隱然感覺到，從江陵遇見厲以常、重逢丹丘子、初識司馬承禎和崔滌，以及攜帶著玉霄峰紅傘披歷江湖風雨……這一切看似漫無目的的行腳早已注定。他相信：冥冥中有人在引領他、守候他、迎接他，而促使他一無依傍也全不反顧地向前走去的，正是這信念。

唯獨那還剩一口殘氣未絕的吳指南不這麼想。他躺在寺僧給安頓的幽室之中，四壁無窗，短檠三五——這是當地習尚，如有外來垂死之人，依傍在地家戶，則應予一幽室，封扃門窗，只在室內供給燭火，略事照明。

吳指南神智迷離，通體膚色有如斑鏽之金，卻不讓李白診脈，也不肯服用李白隨身攜行的藥物，只鼓瞪著一雙大眼，直勾勾望著頂上樑架縱橫，時而發些譫言囈語，說甚麼龍君人馬萬千，排山倒海而來；又說甚麼山路蜿蜒，儘是些道士、女冠行伍上下，有如蛇行；再不，便像是避忌隔牆之耳而不斷地低聲囑咐：「門外有虎！」或是：「紫荊樹下那女子，也誦得汝詩。」

偶爾清醒些，他也不讓李白閒著，總是追問：「某將死，汝勿欺瞞，須將實話告我。」

「儘教汝問來。」

「我等出蜀至官渡口，原應取小筏過渡，登北岸赴信陵鎮尋李常去，不道卻一發東來，那是醉了？」

「醉了。」

「汝大欺誑！」吳指南吼了一聲，閉上了眼，道：「汝好生拖磨遮掩，說甚麼聽見鳥語失神，本是一派謊言。汝畢竟存心不與李常發付錢財去——是否？」

李白沉默了。

「是否？」

終於，李白不忍再事隱瞞，道聲：「是。」

「嗚呼呼呀！果不其然，」吳指南一口氣接不上，喘了半晌，才虛弱而近乎哀憐地問道：「然則九江汝兄處，想來汝亦是不去的了？」

李白微微頷首，又搖了搖頭，瞑目低聲道：「不去。」

「汝父許汝兄弟數十萬錢，便如何發落？」

李白像有萬般無奈地苦苦一笑，笑容轉瞬而逝，道：「無非散與天下人。」

「前日那錢塘龍君說得好，某原是鄙野小人，未讀經籍，不通文理；然而鄙野小人卻也知些是非。」吳指南試著撐身而起，撐不住，只能一把揪住李白的衫袖，道：「汝果能作文章，須趁某死前作篇文章來，表一表其中是非如何，也不枉汝這辦大事的才調！」

李白歎道：「箇中因由，恕某不能說！」

吳指南的疑惑尚不止此，他的神智已然不能分辨晝夜，只是閉目昏睡、睜眼發呆，漿粒不能進，等死而已。然而儘管是片刻小憩，也會溷入無邊幻境之中，一旦乍然從夢中醒來，便要呼喊李白，不免還是那幾句：「某將死，汝勿欺瞞，須將實話告我。」

「儘教汝問來。」

「汝之詩，某雖不識字句，然幾番過耳，皆能成誦。」吳指南嘴角一揚，滿是血絲的眼珠鼓凸著，道：「汝自離家以來，作詩每用『月』字——」

「有諸？」

吳指南大口喘息，艱難搜憶，勉強連綴起字句，斷斷續續地道：「『春水月峽來』、『揚帆海月生』……『蝕此瑤臺月』、『月下飛天鏡』、『月光欲到長門殿』……還有『夜懸明鏡青天上』、還有『提月嚬蛾看紫陌』、『只今借月無何事』……縱令汝不寫天上之月，也禁不得要寫歲時之月，『十月三千里』、『三月下瞿塘』者儘是。」

「似如此。」李白道：「不意汝果能誦得。」

不料吳指南隨即亢聲問道：「汝同汝家師娘有情否？」

霎時間，李白滿臉燥熱，一腔翻騰，垂眉低目，不能作答。正忸怩著，寺中那僧卻推門探身，朝屋裡掃視了一眼。

榻上的吳指南看那僧一眼，笑道：「尚未死。」

那僧趕緊縮身出去，不一轉瞬卻又回來了，招手喚了聲：「李郎。」

他確乎是為了吳指南的後事來的。此間風俗，異鄉客途，野死於郊坰之地者，任憑日曝雨侵，歲月既久，骨肉殘枯，大多無人聞問；但是若在生前託庇於宅戶、逆旅或是寺觀的，主家便要施以「儺祭」，也就是驅鬼禳災的禮儀。

此禮由宮中傳出，每年三度，「於季春畢春氣、仲秋禦秋氣、季冬送寒氣。」季冬所行，最為壯觀，必施之於除夕之夜，名為「大儺」。驅鬼的首領號為「方相氏」，頭戴四眼假面，睛眸皆黃金所鑄，上著黑衣，下圍紅裳，外披熊皮一領，右手執戈，左手執盾，神威赫赫，冠絕全陣。

上古黃帝巡行天下，其妻嫘祖亡於道間。黃帝遂以嫫母為次妃，立為「方相氏」，職司祀禮，監護靈柩——有說嫫母因相貌極醜惡，因之可以避邪煞、驅鬼神。而「方相」二字本為「放想」，彷彿想像，具有「畏怕之貌」的引申之意。在方相氏身後，是二十一名「儺工」，三行七列，一樣黑衣紅裳，但不戴假面，只塗飾容顏，多如林禽野獸之貌。由這二十二人先導，誦以咒語，祝以禱歌，既像是安撫亡靈，又像是驅逐惡煞。

「儺工」之後便是「侲子」。這是一千兩百人的大陣仗，每年秋後，由殿中監招募、太常寺教習，挑選近畿各縣十二至十六歲的少年為之，教以行步，授以樂舞，晝夜熟習，為期三數月。「侲子」每二十四人為一伍。他們頂戴赤髮，身裹赤衣，通身上下，一片鮮麗，謂之「赤布袴褶」。人人各執桃弓葦矢或鼓角，隨黃門令之導引而和歌，呼十二神之名，鼓噪炬火，在這樣一片喧填熱鬧之中，將諸般瘴癘疫疾逐出端門。

這一套樂舞原本載諸儒家禮籍，是天子才可以主持的大事。到了唐代，許多見識過這場面的京朝大吏便將之具體而微地引入地方，使得「大儺」樂舞在民間逐漸發展，而有了地方的面貌。其聲色排場，固然不能同宮廷所事者相提並論，但是假面飾容，張弓弄矢，擊鼓吹笛，誦歌踏舞，其情差似。李白身後百有餘年，劉禹錫〈陽山廟觀賽神〉的詩形容得十分生動：「漢家都尉舊征蠻，血食如今配此山，曲蓋幽深蒼檜下，洞簫愁絕翠屏間。荊巫脈脈傳神語，野老娑娑起醉顏。日落風生廟門外，幾人連蹋竹歌還。」盡道其淵源景況。總之，「大儺」行之既久，習俗相生，也就不只是年祈歲禳而已；在許多地方，還融入了喪葬的禮儀。

民間喪葬，各由其家，但是為異鄉飄零而來的孤魂野鬼舉行儺禮，其規模端賴主事者笥囊豐儉如何。也由於死者多屬暫寄一身之客，與居停主人素昧平生，為陌生人行此儺禮，其中安撫亡靈的意思小，驅除惡詛的意思反而大些，遂多草率為之而已。

那僧莽撞而來，就是要同李白相商，如何為吳指南籌畫身後的「儺祭」。〈雲夢賦〉的第五章，於「魂魄歸兮為鬼雄」之後，看似就是依據儺祭的實況而鋪陳的場景。

悲吾子以追昔兮，獨予因茲而放跡。槁蕷蘅乃節離兮，更聞方相之盾擊。瞠彼四瞳曰昭明兮，奮爾一軀曰自適。絳髮赤布其驅儺兮，煙波雲路其枉策。遂指青冥且鳴角兮，麾桃弓而聲豐隆。曾歌冰魄之團圞兮，釋猶疑以見從容。願自申而不得兮，豈貽大人以惡名。固常甘於惸獨兮，南指輪月與列星。

凡八句一節、四句兩節三轉韻，相鄰兩平聲韻可見節奏加快的痕跡。其中有借用屈原〈九章．抽思〉裡的文句——「願自申而不得」和「南指月與列星」，用意相當明顯，是答覆吳指南生前的兩個疑問，兼之以拈出吳指南的名字。

關於吳指南的第一個疑惑：李白為甚麼竟至於乾沒了父親託付給自家兄弟的資財，而寧可「散與天下人」？按諸前事可知，李白早在投奔大明寺讀書避禍的時候，就應該相當明瞭李客與慈元之間，或可能有一層難以對外人明說的關係——李客不只是大明寺常住的「缽底」，應該也是在朝廷明令「檢括」僧、尼、道士、女冠的私財之時，以私人身份，協助慈元私蓄資產的人。

「檢括」的朝命，俱見於當年之開元雜報，即使在蜀中各地，也是家喻戶曉的事。時當開元十年，正月二十三日，皇帝敕書：「天下寺觀田，宜准法據僧尼道士合給數外，一切管收。給貧下欠田丁。其寺觀常住田，聽以僧尼道士女冠退田充。」

這道命令的用意是在限制僧道的私產，責成有司，立以律條，作為準據。如果再參照《唐六典．卷三．戶部郎中員外郎》所載，這「檢括」的細節就更為明朗：「凡道士給田三十畝，女冠二十畝；僧尼亦如之。」兩相比對可以發現，僧、尼若是擁有價值超過三、二十畝可耕田價的財產者，必須將多餘的財物充歸常住，以報繳當局，俾能提供給那些貧苦無依、也沒有常產或耕地的百姓。

李白與慈元同赴峨眉一行，知之稔矣。這僧視錢財為通達三寶的孔道，已經到了錙銖必較的地步。設想其為人與處境，有朝一日，政令宣達，不分天下僧道男女，皆須將超出所值三、二十畝田地的餘貲歸公，慈元必然是要想方設法逋逃的。而在令出即行那個時刻，能夠幫助他藏匿銀兩、甚至廣為聚斂的人，只有常年為大明寺「缽底」的檀越主李客。這也正是李客在慈元一夕暴斃之後，趕緊讓李白攜銀出蜀的底細——倘若不能及時將原本屬於慈元的財物脫手、輸送到他方，則大明寺常住必然能夠依循著慈元生前往來的線索，多方追討，甚至訴請官司，要求李客返還。

李白不能違抗父命，卻也不甘心從其所囑，只能亂以他故，延宕行程。可是，在吳指南的追問之下，如果他揭露真相，固然成全了自己的節行，卻仍不免於「貽大人以惡名」，所以也只能含混地表示，願意將這筆錢財「散與天下人」了。至於與月娘是否有情的一問，更不能明白作答，李白依舊只能假借屈原的文句，延續先前那難言之隱的情愫，迢遞一指而罷。

這份面對將死之人、卻苦於不能吐實的無奈與歉然，大約就是〈雲夢賦〉第五章的主旨。由於前文全用了「願自申而不得」「南指月與列星」兩個句子，所以其下行文，也似乎刻意借用〈九章・抽思〉末段「亂曰」的形式和節奏。

李白成人以來，第一次如此親近的死事，竟是生小及長、長年相伴的友人，偏偏在這生離死別的時候，對方卻顯現出一種向所未見的怨悵與憎嫌之態，遂有收束本章的哀嘆。他反覆陳詞，一再運用隱喻的手法，將埋藏心事和死亡本身綰結為一；也就是將保守秘密視同生命之消滅一般決絕，也一般沉重。他是這麼寫的：

飛霧沉埋，腸紛紜兮。鳴籟蕭森，豈便語君兮。數息寥寥，寧留怨兮。超回蕩蕩，從此遠遯兮。北姑何可宿？南枝胡不依？沅湘之別，浩渺之思。愁予之與俱者，非坐忘奚以為？唯見傷心之樹，猶在天之一涯。

文中的「超回」、「北姑」都是屈原〈九章〉用語。「超」是遠的意思，「回」是思的意思。「北姑」，典語原本是：「低佪夷猶，宿北姑兮」，在唐代已經是近乎不可考辨的一個古地名；正因其不可考，用在此處，更有茫茫無從進退的語意。

「南枝」從古詩〈行行重行行〉的「胡馬依北風，越鳥巢南枝」而來，雖然未必像語詞的出處一般明確地表述思念故鄉之意，卻藉著與不知究竟何如的「北姑」相對，而顯示了死者亡魂無可依傍的淒涼。這一小段最後的兩句點明題旨：李白的一部份生命已經與吳指南相偕而去（「愁予之與俱者」），於天地外物而言，便猶同遺忘，是李白再也不可能向人吐露的秘密。

22 龍虎勢休歇

那僧引李白出室，輕輕掩上屋門，似不忍教吳指南聞聽些許，刻意走遠了些，邁步跨出一大片蔓草，來到廢園角門外，低聲問過：「貴友體色如金，不出一二日的事，李郎可有長短之計？」

「某向未習辦此務，當如何？還請和尚賜示。」

「如此說來，則不歸葬乎？」

此言一出，李白猛地怔住了——吳指南大漸以來的這些時日，他根本沒有想到要回昌明。然而和尚問得直率，歸葬於鄉，是天經地義的事。吳指南一旦客死於途，他這一趟遍遊天下的壯圖，即此尷尬了。

那僧倒是乖覺，登時接道：「若李郎另有前程，不能作歸計，也須暫為藁葬，以待他日，終須棺殮成服，返靈柩於故里的。否則，我佛西來，亦有三宗成法可依——其一曰火葬，積薪焚燎，煙雲化之；其二曰水葬，沉流漂散，江洋渡之；其三曰野葬，棄林飼獸，糞土歸之。」

李白微微應了聲諾，表示聽見了。然而不及片刻，又垂目視地，猛搖頭，囁嚅著說：「某此行過洞庭，旦暮愛其光景，然身行所見，枯骨盈野，腐屍連阡，則野葬實為不葬，某不忍為。至若新死之鬼，其靈密邇，不能遽去，猶徘徊在側之時，便逕以水火淹燃，情何以堪？某亦不忍為。」

那僧沉吟了片刻，道：「此間南去數百里之內，是上古炎人國，彼地之民有一葬法，暫埋肉身，略待水土滋潤，春去秋來，假以時日，數載之內，肌膚筋血盡化，復收拾枯骨而葬，就我朝先殯後葬成禮，殊不違失；不知可行否？只不過李郎行腳辛苦，還須重來一過。」

「天涯來去，重親故人，何苦之有？」

那僧像是早就看出李白不會拒絕，於是不假思索，熟極而流地說下去：「看貴友膚色如金，大異於常人，殯禮不當草率——」說到此處，忽然壓低了聲，改換了十分肅穆的語氣：「李郎能詩文，稽古為見識，應知我佛亦是金身。」

「彼原非金身，乃是病癥，此為木不勝金，肝氣盡竭，而太衝脈絕之狀，奈何不容某診問調治，遂至此。」

那僧搖頭復擺手，搶道：「不然！不然！古來有說，西方有神，其形高一丈六尺，而通體遍現黃金之色。李郎，貴友臨終寖成佛相，是大吉祥兆。依山僧之見，此番殯儀，不應簡陋其事。何妨——為貴友作儭，也不枉一世千金之交。」

「千金之交」令李白難以迴避，既然責以朋友之誼，就不能委屈了死者的尊嚴和證果。吳指南歷歷金身，不能視而不見；也無論那僧是否真有非凡的鑑識，中就是為了吳指南將亡靈平安扶護到佛前，李白也覺得對這個始終令他無可奈何的老友，算是稍減遺憾了。

「應須是緣法注定，合當際會，」那僧看李白眉開目朗地點著頭，遂也露出了愉悅的笑容，精神一振，道：「近日有一荊州之巫，隨行弟子三五過洞庭來，李郎可倩之行驅儺禮。李郎所費無幾，而功德大矣；其間繁瑣，傾山僧微力，可代為籌箸周全，不外開銷些紙錢，大凡是祠禱三日，祈得福祐。」

話說到了這一步，李白只能對那僧深深一揖，道：「和尚誨教高明，某至此仍不知法號，失禮殊甚！」

「山僧號朝美。」這朝美僧顯然無意於攀交，匆匆宣了聲佛號，喜形於色地合什在胸，且行且道：「去去也！」

李白目送朝美一去匆匆，轉瞬間卻又聽見屋內吳指南一聲暴吼，正要推門探視究竟，卻見十丈開外的廢園南側，蓊蔚茂密的齊腰高草之間，出現了一片泛映著夾黃帶黑的光色，緩緩向他移行而來。不消說，是一肥大的野物，由於趾步凝重，堪料身軀龐然，可是礙著蒿萊屏蔽，但見那物的背脊波動，竟有如微風吹拂著一片忽明忽暗的金紗。

是時又傳來了吳指南的吼聲：「李十二！太白！門外有虎！」

這一回李白瞿然而悟，先前吳指南夢中囈語，說甚麼「龍君人馬萬千，排山倒海」、「山路蜿蜒，道士、女冠行伍上下，有如蛇行」未必虛妄。當下與之面面相覷的，果然是一頭身長丈許、赤口尖牙的吊睛白額虎。

那虎微昂其首，像是在仔細嗅聞著風中消息。李白閃念過心，當先所及，竟是司馬相如〈子虛賦〉中形容九百里雲夢大澤時所描述的：「其上則有赤蝯蠷蝚、鵷雛孔鸞、騰遠射干；其下則有白虎玄豹、蟃蜒貙豻、兕象野犀、窮奇獌狿。」

果然有虎！然而卻不是他想像中一身毛色有如皎月的白虎。此際，他尚未想起虎將食人，但覺其紋章華麗，神態端嚴，古衛風詩中所謂「雄狐綏綏」之從容，大約如此；彷彿這鬱鬱青青的茂草之間，藏有無數玄機微物，任那虎環觀上下，流眄八方，此一剎那見此；彼一剎那見彼，觸目無不動心，但亦無所居心——李白彷彿只是那眈眈虎視中的一株朽木，或是一方頑石。

然而，對峙既久，雜念旁出，面對如此獠牙巨物，賞愛其姿容曼美之未愜，恐懼之意也漸漸萌生。李白記得當年從趙蕤學過控蛇之術，其咒語猶刻骨銘心，但是放眼所及，近身之處並無蔭扁草、絲茅子或是沙星草之屬，沒有這些草本作三、四環活結，徒口訣仍不能畢其功；更何況控蛇之技未必能施之於虎，此刻一旦動靜失了節度，說不得便要勾動虎吻了。

說來也不知是否人獸靈通，李白忽而心生畏懼，那虎也像是頓悟了甚麼，緩勢垂下頸項，伏肩落草，好大頭顱卻不偏不倚朝著李白努了努，把雙鈴兒也似的眼眸直往上吊，還低低地吟嘆了一聲。

李白左臂上仍繫著短匕，想來卻毫無用處。這虎若有撲噬之意，則不消彈指之頃，他便要身首異處的。這時，他當然可以回身竄走，推門而入，可是窳屋斗室，戶闥破損，看是無可抵敵，若魯莽奔竄，驚動那虎衝撞上來，一擲跳間，便須是摧枯拉朽，豈不連榻上的吳指南都要遭殃？

想起榻上的吳指南，李白的心神忽然安定了下來——既然「門外有虎」是此子先前昏瞀之所見，居然成真；那麼，「龍君人馬萬千，排山倒海」、「山路蜿蜒，道士、女冠行伍上下，有如蛇行」甚至「紫荊樹下一那女子，也誦得汝詩。」不也是一樣的「前知」之事嗎？倘若吳指南所言有實可徵，必將應之於來日，若然，則此刻一劫，理當渡得。

然而那虎卻沒有這麼些千迴百折的臆想，他眼中有了獵物，氣息新鮮，肌血暢旺，活潑潑地在面前招搖，但只一攫而獲，裂骨析肉，恰可飽飫飢餒。虎頭伏得更低，口涎零落如絲，雙肩則抖擻了一陣。偏在此時，屋內猛地傳來一聲震天惡吼：

「太白！」

這一吼，直吼得樑柱欹搖，粉塵顛撲，室宇上下豁浪浪戛響。吼聲可謂出鬼神之不能料，連那作勢欲躍的虎都為之一驚，驀地撐起前肢，高聳肩膊，坐直了身子，張惶顧看。吳指南還不只一吼，他繼續聲嘶力竭地喊道：

「汝心事只向詩說，便是自絕於天下人！只今非某將死，卻是汝已死了！」

李白也決計不曾想到，吳指南臨去之言，對於詩竟有一種仇讎敵愾之慼。「其言果善哉？」這是在李白心中迴盪不已的一個疑惑。他一時忘了眼前有虎，入神地回想著客秋以迄於今夏，出蜀旅次之間瑣碎紛紜的經歷、見聞、風光、歌吹、容顏，甚至氣味，每及於一人一事，皆有詩句相佐。

無論是歌行或騷賦，那些串結聲腔、勾合韻律的文字，彷彿是他和天道人情之間僅可通竅之孔道。相對而言，剝落了這些詩句，徒餘一片茫然，幾乎無從記憶、無從思索、無從進退行止。吳指南吼得淋漓，問得犀利：他李白似乎並不是立身於天壤之間，反倒只是詩句的附庸，藉由那些與古人接膝而交以古語的詩句，他把自己化身成屈原、宋玉、司馬相如、戴逵、謝安、謝朓……無數在煙雲中交織錯寫的逝者。那麼，吳指南的雷霆之問倒問得既簡陋、又透徹：詩之於汝，究竟是在傾吐呢？還是在隱藏呢？能言之言，雖千古以下而待知音，未必可以會意；不能言之言，雖父兄朋友不堪傳語。詩，果然寂滅如一死？李白真個無辭作答，不覺也吼嘯以應，帶著些悽愴而強詞奪理的況味：

「李白在此！」

那虎，當即跳呼而去。

23 遙指紅樓是妾家

虎跳不復來，李白潛遁出入，又戰戰兢兢過了兩日，才有朝美僧來報，說那荊州之巫已經將經卷旌幡紙錢木馬之屬整治停當，昏暮即至，不過，誰也沒有料到，吳指南根本撐不過此日亭午。他的臨終之言，更令李白困惑：

「不必歸葬。」

李白詫異地問道：「江陵數月遲散，汝直欲作歸計，一日不肯淹留，如今卻……」

「家無父母、無兄弟、無朋友，歸之奈何？」

李白想問他還有甚麼未愜之意、欲辦之事，吳指南只一揮手，遙遙指著廣榻盡頭一几，李白順勢望去，几上也還就是這廢寺之中的尋常筆硯，但聽吳指南勉強呻吟道：

「筆是汝家舊物耶？」

「非是。」

「某意亦然。」

說完這話，吳指南雙眼朝天一瞪，再也不肯瞑目了。

從此日始，李白有將近半年的時光，竟然沒有一句詩作。他再度秉筆書句，已是深冬天氣；他在金陵的妓家。

在旁人看來，或應是天候嚴寒之故，李白捧持版紙的左手不時微微地顫抖，執筆的右手則幾乎完全失去了觸覺——那是一枝徑不過三錢厚薄的細管兔毫筆，心柱為麻絲包束而成，質地堅挺，覆毛軟而薄，而筆腰之肥厚則倍於常制。

李白刻意把這筆往一雙魚紋荷葉杯中酒漿浸了，察其沉墜之勢，不偏不倚，全在垓心。再輕輕向下一抖擻，看筆尖如錐，仍然能夠將酒漿緊緊地收裹嚴實，不使滴漏——的確是一枝精工好筆，捏在指尖，渾如無物。然而，恰也由於渾如無物，他幾乎不覺得能寫出字來，只怔怔地望著毫尖出神。

「李郎當真擅用筆，」身旁那妓忍不住笑了，媚眼一圓，流露出慣家神色，道：「卻也看得出，久久不操弄翰墨了。」

李白沒聽見她的話，他已經醉了，思緒凌亂顛倒地周旋在飄逸著酒香的筆尖、還有無數盤桓在胸、卻始終未及書寫下來的詩句，以及吳指南之間。尤其是吳指南狂譫躁語而死的光景，令他久久不能釋懷。

身為商民下戶，他僅能用為平視士族者，便是長年模擬歷代詩家文宗的語句、聲腔、神氣、性情，而寫下的無數習作。也正是這些詩句，給了他一種朦朧的許諾，有朝一日，天下人都將要和趙蕤、月娘一般，見識他的才具文理，懷抱襟期。

可是，一句「筆是汝家舊物耶？」卻將他打入了另一個陌生的天地。

他忽然感到惶恐，發現舞文弄墨與撥刀使劍，或許同樣是兒時遊戲。原本自以為意氣颯爽，格調高明的辭章，看在那些王公大人眼裡——不，更直率地想：王公大人根本不會把他看在眼裡。

而所謂北溟之鯤、赴海之鵬，種種夸夸自詡，不外也是一個個既遼闊、又幽扃的幻影。幻影就像那一日匍匐於草中的迫命之虎一樣逼真。在生死交關的瞬間，彼虎顛撲上下，施設無限狠戾，發人震怖，裂人肝膽，畢竟也在轉瞬之間望風而去了。那麼，此時反顧，居然還可以自問：那虎，果爾曾在乎？虎若是一幻，則十餘年間，他飛毫濡墨，遣興抒懷，狀物詠史，種種敷陳，又何嘗不是一更深透縹緲之幻？

「李郎捉管如撥燈然，會須是老筆。」那妓一面恭維著，一面換過那筆毫沾濡一過的荷葉杯，登時身後僕婦喊了聲：「換酒，領記科頭。」科頭，即開銷名項；意思是提醒來客：換酒，是要額外添發銀錢的。

李白渾然不以為意，索性拋了紙版，將那妓隨手拈捉的巾絹抖開，鋪展於案邊，提筆即寫，是「日」「照」「香」三字。香字始見初形，先前的「日」字已經漫漶不可復辨，酒漿忽焉浸透了絲帛，當下湮濕一片，字形也就隨之泯滅了。那是他在來到金陵之前登廬山香爐峰的一首口占七絕，信目所及，聊寫山形水勢，默誌於胸許久，卻一直沒有抄錄過。只此時看著那字跡隱沒，在巾絹上留下微微的酒綠影色，他忽然扔下了筆，對那妓說：「不能再作。」

那妓苦苦一笑，似吟、似唱又似百無聊賴間的自言自語：「能詩而不作，休道人情薄。

不作更思君，薄情誰咀嚼？」

李白聞聲一驚，這妓所云，不就是一篇聲調鏗鏘的六朝小詩嗎？他正襟危坐，方才渙散的神氣立時提振起來，煥發於眸：「汝小娘詩才恁好！」

未待那妓答話，身外環立的僕婦們都嚷噪了，紛紛紜紜地說：「吾家七娘子好生詩名，郎君豈不曉？」

這娘子性段，行七，人稱段七娘。僕婦們於是你一言、我一語，生怕遺漏情節，將這段七娘的出身大略勾勒了一番。

此女源出北邊鮮卑後裔，於東魏、北齊年間內遷於洛陽，世代為樂籍戶人。七娘生年十一，即因「色藝精妙」而被薦選入宮，更由於家學淵源，不但善演奏，更能倚聲製字，翻作新腔，多演〈幽州歌〉、〈燕歌行〉及各體〈涼州詞〉，而有「搊彈家」之呼。

不數年前西北用兵，候近寒冬，開元天子召集宮人，為邊軍納絮結棉衣，這原本是一番俚戲，以宮娥紅粉之姿，逗引著穿上征衣的庶卒無限遐思，人人妄想：長安後宮某殿某女，連夜挑燈，密治針黹，箇中情致，隨人自想。不意有一小卒，居然在短袍破裏之中，覓得一紙短箋，上書一律：「沙場征戍客，寒苦若為眠？戰袍經手作，知落阿誰邊？蓄意多添線，含情更著綿。今生已過也，結取後生緣。」嚴以聲律繩之，此作頷聯失黏，格調不算上選，可是情思真切，宛然動人。

小卒平白有此豔遇，自然揚揚自得，屢屢示眾。傳到了軍帥耳中，以為這是宮中婦女極其失檢的行徑，遂於邊報中上奏皇帝。可是皇帝卻有不同的胸次和主張，他把這風聞公諸於內廷，並敕發詩作，遍傳內苑各殿，懸示明令：「有作者勿隱，吾不罪汝。」

這詩的作者正是段七娘。皇帝果不食言，非但沒有加罪，還把段七娘許配了那小卒——只不意一年之後的開元四年，小卒被遣入張知運麾下看押大軍糧草，部曲在慶州之北、靈州之南的青剛嶺遭遇流竄的狄人伏擊，一敗塗地。小卒受到株連，以失職論罪，陣前問斬。而段七娘原本民間一妓，僥倖入宮、賁緣遣嫁、天命無常而守寡，最後還是流落到無邊風月的歡場之中，當是時，她年方十五。其間經歷福禍相倚相伏，的確非常人所能思議。自從在金陵鬻歌樂、賣容色，遠近馳名，皆呼之以「製衣娘子」。

正當僕婦們把這一段纏綿悱惻的情事娓娓談來之時，段七娘已經入內室更衣，粲然敷設新妝，稍後重張燈火，再開餚宴時，但見她纖指慢拈，拂弄古琴。報科頭的又唱了名項，謂之「新製曲子」——不消說，這是段七娘所作，而仍須李白會帳。

曲作三疊，詞中反覆堆疊者不論，是乾乾淨淨的三首絕句。報科頭人挑著織錦繡緞沿楊繞行，示以張貼曲目，分別是〈感遇〉、〈留歎〉和〈閨思〉：

一曲焦桐付爾曹，飄零自寫逐愁牢。情多不作征人婦，月夜寒江洗戰袍。

曾經卻扇悔姮娥，夜雨連朝濕綠羅。瓜字初分輕識恨，別郎幾度直呼婆。

細腰縛向掌中斜，婉轉詩腸伴剪花。咳唾琳瑯笙笛絕，迴廊深處有初芽。

焦桐，古琴之名，一說出於東漢蔡邕，以燒焦的桐木造琴，其音清而厚，詩家因以焦桐二字代稱琴曲。較李白晚生八十年的苦吟詩僧賈島，以及清河公子張祜都有「焦桐」之句──「願傾肺腸事，盡入焦梧桐」（賈島〈投孟郊〉）、「焦桐彈罷絲自絕，漠漠暗魂愁夜月」（張祜〈思歸引〉）。

首疊曲詞才吐，李白已為之傾倒不已，他不曾料到，風月門巷，還有直逼人肺腑的身世之詞。這與他年少時在昌明故里與吳指南等輕薄少年遊冶的見聞大不相同。彼時庸脂俗粉，浪謔調笑，也可終日樂之鬧之而不倦；偶或唱呼土謠村曲，雜糅蠻歌，囀腔高亢入雲，也覺得是縱情之極，美不勝收了。然而撞上了這「搊彈家」，李白但覺在耳目之娛以外，還有從來未曾被撩動的心緒，在霎時間飛揚了起來。

李白初入金陵，闖入此地，原出意料。不過是當日亭午，逆旅門外的通衢之上忽然梆鈴大作，想是有催趲急行的車馬，李白趕緊側身避讓，再一回眸，但見堂皇過市的，是一輛綵牛車。車上珠箔晶簾高高打起，簾內一麗人也朝他凝神望著，似有若干言語將說未說，隨即揚起手中硃砂色的拂塵，朝前一指，端端指上了一起紅樓，便矖然笑了。

也就憑著這一笑，令李白追隨向前。他的步履趕不上輪轂，只好在道旁攀人相問，輾轉來到城西的紅樓，果然巍乎高哉——那是以一段古舊城牆為基址，在城垣之上復疊樑架柱，披甍覆瓦而搭蓋的樓台。樓體極其寬闊，應該是不斷擴建而成。然而樓高不過兩層，只因為搭著原先雄立於樓下的城牆，看來就有吞雲排霧的氣魄。臺閣廊榭之間，便益發顯得壯偉不凡了。而樓門之上，橫匾雕題三個大字——孫楚樓。

慣見之說，以為樓名孫楚，襲自西晉貴盛詩家。孫楚之祖孫資，是曹魏時的驃騎將軍，父孫宏，曾任南陽太守。史稱孫楚「才藻卓絕，爽邁不群」。《世說新語．排調》有一段記載，說他年少時曾對當時位高權重的中正官王濟侃侃而言欲隱之志，本來要說的是：「當枕石漱流」，不意卻說成了「當漱石枕流」。王濟笑謂：「流可枕，石可漱乎？」孫楚應聲答道：「所以枕流，欲洗其耳；所以漱石，欲礪其齒。」王濟遂稱許孫楚為「天材英博，亮拔不群」，曾經擔任過鎮東將軍石苞的參軍，之後還當上了馮翊太守。

孫楚雖有〈登樓賦〉之作，留下了「有都城之百雉，加層樓之五尋；從明王以登遊，聊暇日以娛心。鳴鳩拂羽於桑榆，遊鳥濯翅於素波；牧豎吟嘯於行陌，舟人鼓枻而揚歌。百僚雲集，從坐華台；嘉肴滿俎，旨酒盈杯。談三墳與五典，釋聖哲之所裁。」然細翫其文，可知孫楚所登覽遊觀的，是長安城帝王宮室，與金陵無涉。之所以用「孫楚」之名名此樓，實涉雙關，一方面藉登樓一賦而謠傳孫楚曾經到此，一方面藉樓址西眺荊楚之形勝，聊寄東吳孫權雄視之思。

昔年秦皇身邊有日者占看地理，謂五百年後金陵將有天子氣，固須以今世之王者壓之，始皇才有東遊一行。彼時費勞役數十萬，鑿方山，斷長壟，引水成瀆入長江，是名「秦淮」。秦淮河在後來設置的江寧府上元縣東南，它有兩個源頭，一出於句容縣之華山，一出於溧水縣之東廬山，兩源合流之後，在方山築一壩，號「方山埭」，向北引水轉西流。隋代人工勝鬼斧，天下水運無處不達，此河導入通濟渠水門，又興建了武定、鎮淮、飲虹三橋，而水行則沿著石頭城以達於長江。

號為石頭城的這座城，原本是山，還在金陵城西二里，故老耆舊都說這是「天生石壁，有如城然」，萬古已往，便矗立於清涼寺北，又名覆舟山，長江流勢順此山形自北施施然而來，沿著這覆舟山轉入秦淮河。是在三國東吳時期，吳主孫權沿河立柵，又在江岸必爭之地、清涼寺西築城，重冠以「石頭」之稱。諸葛亮親臨目睹其形勝，也忍不住讚嘆：「鍾阜龍盤，石城虎踞，真帝王之宅。」

然而時移世變，大唐開國百年，孫楚樓徒負孫權雄視西楚之名，卻全無干戈之氣、王霸之思，而成了金陵首屈一指的歌臺妓館。此館江南聞名，全仿長安北里規模而置。其設施有如家宅，集假母數十名，各擁麗姬、童嬛、健樸，分別在樓廓之中、或是緊鄰處居停。也有的自募樂工、駕役，常隨出入，儼然一大家戶；而冶遊之客，也就不惜千金之資，在此權充一朝一夕的當戶之主。

孫楚樓向來客索取歌酒餚筵之價，區分種種名色。日宴一席，取值四鐶，夜宴還要加倍收取。「鍰」是刻意玩弄的古稱，雅呼以先秦時代計重之語，是為了打消俗氣，可是計較起來卻毫釐不爽。一鍰，計金為十二銖，計銀為六兩，如果就銀價交易換算，每一兩銀折合通行的銅錢，大約是三百文至四百文。「一席四鍰」，充其量就得花費九千六百文錢。以當時糧價對比，每斗穀米所值，不過是五到十文錢，則一場宴饌，能夠開銷將近兩百石米糧，夜宴則得花費四百石米糧之價。

倘或再以當時官員收入為衡量，更見豪侈。高祖初定天下，文武官僚給予俸祿，已經較隋制為輕薄，正一品大員每歲七百石米，二品五百石，寖至九品，年祿米只有三十石，也勉可養家餬口了。太宗貞觀年間，中朝頗有抑扼外地官員地位的想法，遂減其祿米，致使外官之居一品者，年祿米也只有五十石、二品乃至三品則僅三十石，以次類推，益知其拮据。

對於孫楚樓的科頭取索，李白渾然不察。他昂藏而來，逢人便探聽：有一支硃砂色的拂塵，來處去處究竟為何？人是隨著指點找上門了，至於樓中有何等消磨銀兩的機巧，他卻一無所知；這三疊之曲，便是其一。

循例，民間妓館取酬，仿諸官訂。一般地方官廳管轄樂妓、飲妓，由官府供給糧米、衣服，月支薪水之資。召妓侍宴，納入科頭名項，另有酬金；即使當日沒有宴會，依照該妓品級高低、名聲大小，也可以請領三、五百文的茶資，酬賞原本沒有十分嚴格的規範。

又由於唐人極重科考，視進士出身為天下得才、國是翻新之大事，故常以及第進士之聚宴為第一等宴飲，放榜後及第的進士群集南院官廳，最重要的活動便是設席召妓，席如流水，終朝連夕，開宴時載酒載樂，雜以輕歌曼舞，計價倍增，這些都併入科頭——而「科頭」二字出於古語，本指不著官帽、頭巾，也就有不虛飾、不增價，本色當行的意思；時日既久，科頭二字便成為歌、樂領班者的職銜，其下所管領的妓女，便呼為科地。無論科頭、科地，能飲、能樂、能歌，所值每每加倍，倘若這妓通識文辭，嫻熟音律，還能自鑄新篇，兼之以度奏新曲，說是一吟三歎之間，已去十戶中人之賦，恐怕也不算益甚之詞。

金陵為南朝舊都，門第中人風雅自賞本不待言，習俗薰染，連妓家也多矜尚文墨。歌姬樂伶出自豪門之家妓者，能夠隨口占吟的比比皆是，當他們因年老色衰而輾轉流離於「門巷人家」之時，也就將一身所學、半生能事，傳授給更多的青樓女子。李白日後〈九月登山〉一詩所盛稱之「齊歌送清觴，起舞亂參差」，以迄於中唐時代劉禹錫〈路傍曲〉的「處處聞管弦，無非送酒聲」，所形容的，恰恰就是這種情態。勸人以酒，必以歌送之；罰人以酒，亦必以歌送之。段七娘另有句狀此：「一曲傾心傾此杯，奉君三疊綺筵開。纖腰為繞遲行跡，幾字宮商竟夕堆。」不但鋪陳了妓家對於來客的眷戀，也透露出留客的手段，總要將一首歌詞用意婉轉堆疊，不使曲終人散。

段七娘自己能度曲作詩，比之於尋常能奏樂、能輕歌、能曼舞者更添聲價，如果專門為一豪客製作新詞，兼以譜唱，則所費更為驚人，何況一詠而三疊之作？她在唱罷之後，回眸深深望了李白一眼，淺笑道：「李郎初臨孫楚樓，大是破費了。」

李白竟像是未曾聽見她的客套話，直反問道：「三疊皆七娘子自製之詞耶？」

段七娘微一頷首。

「〈感遇〉有『自寫逐』三字，〈留歎〉有『卻扇悔』、『幾度直』三字，〈閨思〉有『縛向掌』三字，皆句中三連仄字，汝作能別之以上、去、入聲，唱來格調分明，堪見用律精熟。然——」李白一躊躇，不再說下去，舉杯迎前，算為一祝。

「聲歌慣技，不過是審音協律而已，無甚可觀。」段七娘接過酒，飲了，輕聲道：「李郎仔細，請直言。」

「姮娥之悔，於典語似無著落？」

那是後世嫦娥奔月故事的起源，典出《淮南子》。那是當年趙蕤半帶著玩笑意味教訓李白「不必再讀」的一部書，李白非但沒有聽從教訓，反而加意鑽研，尤其對書中許多詼奇瑰麗的故事，入迷浸深，不能自已。其中最令他心繫神馳的，仍是那月：《淮南子．覽冥訓》有載：「羿請不死藥於西王母，姮娥竊以奔月，悵然有喪，無以續之。」

所謂「悵然有喪，無以續之」，指的是后羿再也不能求得不死之藥，以延年壽。一貫主張無為的《淮南子》原本藉著這個故事所要寄託的諷諭也很單純，就是后羿之愚魯駑鈍——后羿之無知，在於「不死之藥」其實不假外求，而「命自在天」；人一旦汲汲於尋訪不死之藥，反而失落了自己的天命。

然而段七娘的詩句，卻是從姮娥立說。「卻扇」語出古之婚儀，新婦出閣，向例以扇遮面，直待夫妻交拜之後，始去其遮蔽，故「卻扇」俗語，即是完婚之義。段七娘的「曾經卻扇悔姮娥」，語淺意明，藉由姮娥自悔婚嫁失諧的故事，來隱喻自己曾經有過一段值得後悔的因緣。這就是把《淮南子．覽冥訓》所謂的「悵然有喪」從后羿不得永壽的憾恨，轉換成姮娥遇人不淑的追悔。

值得翫味的是這一首詩的末句：「別郎幾度直呼婆」，又翻轉出另一層意思——原來前文所「悔」的，不是實質上的婚姻，而是聲妓墮入風塵的際遇，這個有如姮娥一般美麗聰慧的神仙人物，在幾度露水因緣的消磨、摧殘之下，青春不再，居然有如一媪。這就分別看出第二句「夜雨連朝濕綠羅」和第三句「瓜字初分輕識恨」裡既有貪歡、又復懊惱的矛盾；「瓜」字原是相互顛倒的兩個「八」字，以喻女子二八及笄之年，那樣的年華轉瞬即逝，是以末句急轉直下，須臾之間，已覺老大，見面的人都要呼喚她一聲「婆」了。

由此再引出第三疊。「剪花」固為詩眼，隱喻著橫遭命運或環境摧折的歡場女子，一經剪離原枝，迅即凋萎。彼一不再能長久以色事人的女子，於萬籟無聲的寂寥之中，居然聽見廊下花叢深處，還有嫩芽新發，可以看作一代又一代的年輕聲妓又有如枝頭新綻的容顏，身為過來人，或則徒然自傷、或則寄以同情，總之是無限感慨。

初窺妓家堂奧的李白卻並不明白這一切。

段七娘並未直接答覆李白，她只是回頭向環侍於旁、或立或坐、各持笙笛笳鼓之器的小妓使了個眼色，登時絃管喧填，赫然奏起一陣胡樂。李白曾經在昌明、成都甚至江陵城的街道上幾度聽過，有些還出自流落於中原內地的行吟丐者，可是他從來不知道，胡樂也能夠敷陳如許婀娜、婉約甚至堪稱華麗的風致。段七娘又朝先前那報科頭人使了個眼色，像是制止了他，還怕他不明白，刻意朗聲道：「李郎初臨孫楚樓，小娘們奉歌為禮，就不計科頭了。」

李白還沒聽出話裡的緣故，一身著窄袖薄羅衫、年約十三、四的小妓已經拔起尖聲，行了個高腔，唱道：

「閒——春——」

緊接著，是擊小鼙鼓的姑娘跟唱：「閒春晝懶忘梳妝，愛——向——」

這廂歌聲未落，對面一陣琵琶促弦如天外飛來的驟雨，彈者接唱：「愛向詞中覓繡裳。兩——字——」

接著是一室僕婦群唱：「兩字鴛鴦曾省識，寧教孤枕伴孤凰。」

這一節唱罷，擊鼓者與彈琵琶者仍就著手邊的節奏，齊唱「鴛鴦」二字不歇，似呼似訴、如怨如慕。而唱高腔的小姑娘又展開了新的一節：

「柘——枝——柘枝門巷豈徬徨，佳約風情幾度狂。不——忍——不忍天台長佇立，檀雲慢挽一時香。」

曲中「柘枝」語從水調「柘枝舞」而來。是大唐初葉從西域石國傳來的流行舞蹈。先是，為女子獨舞，伴以鼓奏，後復於長安教坊演習出雙人對舞，謂之「雙柘枝」。「柘枝門巷」則是指妓家行業。

可以從曲詞中看得出來，這是一個「雙和」的演出，自尋常妓筵上送酒歌舞一來一往、一令一答的形式演變而成。段七娘忽然安排「雙和」之唱，自有其用意，她是要藉由〈開春〉、〈柘枝〉之兩相呼應，令群妓唱出真心的攀慕、渴望，點染「姮娥」的落寞。最後那一個「香」的長腔尚未落定，段七娘自己的聲音悠悠然從中浮飛出來，但看她櫻唇凝朱，山眉鬥翠，唱道：

「芳——菲——芳菲一綻只徬徨，顧盼將移入暖房。不——解——不解溫柔纔片刻，燈花剪盡燭脂長。」

這是在「雙和」之外，補襯一結，有如為先前兩首遞進的情事下一按語。唱到「燭脂」兩字，恍若真替那句中的蠟燭垂落了淚滴，泣下沾裳，援袖拂去，隨即破涕而笑，仍然是一派嫵媚風情，道：「聲歌闊闊，最惱人者，不外是因緣；凡入此道，莫不有姮娥之悔。李郎見笑了。」

「兩情相歡，何悔之有？」

「但倩李郎深思妾語，惡因緣固無足論，」段七娘還奉李白一杯，緩緩說道：「好因緣恰是惡因緣。」

24 鳳凰為誰來

李白卻在這樣的因緣裡停佇了漫遊的腳步。是段七娘寥寥數語之邀：「李郎若不逕去，明日過午即來，容妾主東道，奉李郎看一眼惡因緣。」

此言一出，連一旁那些歌姬樂伶以及僕婦都面面相覷，似乎大出眾人意料之外。報科頭人也顰眉擠眼，膝行而前，在她耳邊嘀咕了半晌，段七娘只不答話，聽罷，將面前的古琴一撫，朗聲對眾人說道：「金陵勝景以何者為最？」

金陵，乃是春秋舊名。吳王壽夢合北地晉國之兵，連年與楚為敵，至闔閭、夫差父子當國，此地名冶城，專以製造兵器，至句踐亡吳之後，才在後來的長千里之地，建立了雄立江濱的一座城池，呼為「越城」。一百四十年後，楚威王熊商有進取天下之圖，乃以長江為天塹，於地名石頭——也就是日後的四望山——建立了采邑，設置邑尹，轄屬方圓百里，名之為金陵。

此後城址恢弘，地名多變，至秦始皇改為秣陵縣，漢武帝復改制為丹楊郡。赤壁三分之後，孫吳倚秣陵為新都，重修石頭城，呼為建業。再至司馬睿南渡偏安，即位於此，是為晉元帝建康元年，建業便又改名為建康。此後南朝四姓，都城都沒有再搬遷過。可是到了唐代，此地州縣名號屢有更動，開國之初恢復隋代開皇年間舊制，改郡為州，以安置歸降於唐的地方割據勢力——名江寧、名歸化、名蔣州、名白下。開元天子即位，升江寧為望縣，然而當地父老還是多稱本土為金陵。

段七娘這一問，引來陣陣囉噪。一操琵琶的瞽叟搶著喊了聲「臺城」，當下便教小妓們鬨笑譏嘲：「汝天生無眸子，安能識得勝景？」遂搶道：「不若樂遊池、不若太子湖！」

晉室南來之初，司馬睿曾以大司馬楚公陳敏的府邸為建康宮，蘇峻之亂時，此宮遭兵火焚為灰燼，直到多年以後，元氣漸復，晉成帝令尚書右僕射王彬為大匠作，起造新宮，修繕苑城，興建六門，此宮又名建康宮、顯陽宮，最廣泛的一個稱呼就是「臺城」——此城宮室日月增擴，不數年後，已經具有「內外大小殿宇三千五百間」的規模。後人所謂「六朝金粉」，皆以臺城之壯美為核心。

至於樂遊池，則是在覆舟山西嶺上，於東晉時，原本是種植各種藥材的藥圃。到了劉宋元嘉年間，此地忽然以相對於城池的方位被稱為「北苑」，皇室也在這裡建築了樓觀，之後相繼構造正陽殿、林光殿，號樂遊苑，也曾經一度燬於侯景之亂，是在陳霸先手上重新修葺而煥然一新的。此地原本是東吳宣明太子開闢的遊賞之區，所以樂遊池又名太子湖。到了開元年間，前代興築起來的白水苑、閬風亭、瑤臺等勝跡俱在，馳名遐邇。

不道段七娘聽了這七嘴八舌，只連連搖頭。良久，才輕聲道：「妾意還是芳樂苑。」令李白也大出意表的是，段七娘「芳樂苑」三字才出口，眾妓一片譁然，紛紛擺手抗聲，直道：「莫去、莫去！」

唯獨那瞽叟擊掌而笑，道：「七娘子賞鑒非凡，這芳樂苑畢竟還是在臺城之內。」這話又引得年輕的姑娘嘈吵紛紜，有的說：「地陰氣寒，受之何苦？」有的說：「凋風滿樹，望之傷心。」

李白聽說過臺城之名，卻不明白它與「好因緣是惡因緣」之語有甚麼相干。一時插不上話，只能旁聽笑鬧喧語，百無聊賴之餘，自顧拾起先前拋下的版紙，憑記憶抄錄了原就藁草在心的兩首詩，日後題為〈望廬山瀑布〉。其一為古調：

西登香爐峰，南見瀑布水。掛流三百丈，噴壑數十里。欻如飛電來，隱若白虹起。初驚河漢落，半灑雲天裡。仰觀勢轉雄，壯哉造化功。海風吹不斷，江月照還空。空中亂潨射，左右洗青壁；飛珠散輕霞，流沫沸穹石。而我樂名山，對之心益閑；無論漱瓊液，還得洗塵顏。

其二為近體：

日照香爐生紫煙，遙看瀑布掛前川。飛流直下三千尺，疑是銀河落九天。

段七娘且不理會那些還在爭執著去處孰者為佳的鶯聲燕語，但見她側倚纖軀，將版紙上詩文細細看了一過，於五言古調的末聯「無論漱瓊液，還得洗塵顏」處點了一下，道：「李郎此首，似未盡意。」

李白聞言不覺笑了，道：「何以見得？」

「此作之中，有天地造化，有山水風光；卻無人跡。有魏晉語，有齊梁語，卻無心頭話。」段七娘仍舊凝視著那字紙，眼波流轉，朱唇翕張，蔥指微微拈提撥按，像是正專注地冥思度曲。

這話的確是有其理據的。以當時詩律所尚言之，起手三聯六句，雖然都是平起仄落，不合乎嚴格的黏法，可是每一聯上下句都是相當自然而工穩的對仗；爾後，「飛珠散輕霞，流沫沸穹石」以及「無論漱瓊液，還得洗塵顏」兩聯又參差錯落於其他散句之間，延續了開篇六句整齊方嚴的風格，這就是看似「齊梁語」精雕細琢的巧構。

至於那些並不作對的散句，更刻意點綴出質樸簡易的情味，尤其是居中轉折的「海風吹不斷，江月照還空」把一山頭的瀑布與天涯海角的壯闊想像作成牽連，境局赫然宏大起來；這又顯然是只有魏晉時代的作手才能鋪陳的格調。不過，看來全詩不外就是取景，責之以「無人語」、「無心頭話」，似乎也言之成理。

李白卻不以為然，隨即以毫尖圈出了詩中的「我」字，道：「我樂名山，畢竟算得是人跡；此心閑放，欲說而忘言，可否？」

段七娘也笑了，圓瞪起一雙眼，假意嗔道：「李郎狡獪！」

「七娘子精通律呂，」李白接道：「想必有以教我。」

「若是入樂，『海風吹不斷，江月照還空』須獨樹一節，略事盤桓，以管領後章，其後復重一『空』字恰合度，也即是李郎所寫的『空中亂潈射，左右洗青壁』。」

「七娘子誨我諄諄，某聽來藐藐。」

「這麼說罷，」段七娘從李白手中拈過筆來，圈出了「海風吹不斷，江月照還空」，道：「此前十句，此後八句，李郎再補二句作結，俾奴為李郎合樂而唱——好須是心頭話呀！」

李白看著段七娘盈盈雙瞳，便有了句子，當下取回筆，一邊寫、一邊誦道：「且諧宿所好，永願辭人間。」

這顯然是專為段七娘下的結語，流露出帶有詼諧意味的邀請之意，好像是說：我心頭的這個人，可願意永遠辭別那繁華人間，與我長久廝守在這世外之地呢？

段七娘一語不發，回身就琴，疊膝而坐，以側商調〈伊州曲〉完整地唱罷了這一首〈望廬山瀑布〉。李白聽到中段「海風吹不斷，江月照還空」反覆數匝，已自嘆息，頷首連連，聽到末聯「且諧宿所好，永願辭人間」十字入破，再拔高腔，可是聲字漸渺漸悄，有如雲峰霧林中徐徐遠逝的腳步，他才恍然大悟，慨然說道：「倘非七娘子唱來，某實不知原詩竟未終篇！」

她只淡淡地應道：「倚聲而歌，自是奴家事，無大學問。」

而這樂曲結構卻啟發了李白一個念頭，純以聲字為考量的詩，只能在原有的篇幅、甚至固定的形式上吻合習見、遷就矩範。書之於紙，便總是五、七言句，出落成雙，定式不外律絕，看似分明齊整；就連朝廷科考試帖，也就是六韻、八韻、稱為俳律之作。

然而「入樂合歌」，卻不僅僅有追求聲字抑揚變化的考究，也往往基於歌者抒發情感之所需，而改易了聲調，更進一步的變化，則是開闊了句式。

李白斂襟危坐，一指版紙上的七絕，傾身示禮，正色道：「然則，可否倩七娘子為某再歌此首？」

此時，科頭人正要起身，又為段七娘眼色止住。她左手輕扣了兩下焦尾，右手則在外側第一弦第一徽處撥了一記，使餘音裊裊不絕——這是歌場身段，意思是讓瞽叟、歌姬等人都安靜下來。這樣做，也就意味著並非段七娘個人歌樂，而是使眾人同奏、同唱了。

段七娘先將整首詩唸了一通，令眾人熟悉字句，接著環視周遭，昂聲道：「孫楚樓地盡金陵風流，卻難得迎迓慷慨人。李郎來過，我等也僅足以為李郎留一念想耳！」

瞽叟一聽這話，豎起琵琶，大笑道：「七娘子好做耍子，便來一曲〈伊州曲〉亂詞如何？」

段七娘低頭看了看李白原作，回眸凝思，顰眉道：「亂詞字句零落，若欲合拍，便不僅是疊聲、斷拍、遲調諸手段而已，多少還需增減文字，豈不唐突李郎？」

李白搶忙搖手道：「遮莫以歌樂為要，字句何足介懷？」

段七娘微微一頷首，撫了個角調，看一眼瞽叟，瞽叟目盲，但是知道段七娘所撫者，正是領調之音，立即撥弦以應。段七娘接著喊了二、三歌姬之名，指歸瞽叟節度；又吩咐年紀較輕的兩人，隨自己的聲部從唱。這才轉眼向那報科頭人望了望，一瞑目，報科頭人的右手忽然出現一尺把長的短棍，揚棍擊起几邊一木梆，歌聲豁然四起——

日照香爐生紫煙，日照香爐，遙看遙看。遙看瀑布，紫煙生處。遙看一掛前川。飛流直下三千，三千尺，一掛前川。

遙看瀑布，紫煙生處。生處。疑是銀河，九天銀河，銀河誰渡。飛流直下，前川一掛，銀河誰渡，日照香爐瀑布。看瀑布，三千尺，紫煙生處。直下前川，日照紫煙。疑是銀河，直落九天。銀河九天落，煙紫共誰渡。

這一首詩原本只二十八字，一旦入樂合歌，卻衍成了雙調歌詞，一百一十八字。李白非徒賞其妙喉宛轉，行腔奇絕，更對妓家依聲入調的本事大感震懾。仔細算來，段七娘僅僅於原作之外，增補了「生處」、「二」、「共誰渡」幾字，卻利用銀河的意象，在寫景之餘，平添了七夕佳節牛郎織女幽會的遐想。

李白撫掌大笑，意猶未盡，捧紙捉筆，還想隨興寫些字句，不料段七娘仍只從容地說道：「明日芳樂苑之遊，宜趁早，李郎且回逆旅安歇。」

李白撐身而起，道：「好因緣地？」

「或須是。」段七娘不再作聲，淺淺一笑，即伏身而拜，不起，意思約莫就是送客。眾僕婦跟著拜，一片窸窣琳瑯之聲併起，連那瞽叟也跟著拜了。

「噫！」瞽叟強睜著一雙翳白空洞的眼眸，道：「鳳凰臺。」

鳳凰臺的來歷，與臺城有關。

晉孝武帝太元三年，謝安監督匠作之業，徹底改建臺城，此後兩百餘年，直到南朝徹底覆亡，除了宮內園囿，臺城的規模基址，並無變遷。芳樂苑初建於李白出生之前整整兩百年，時為南朝齊廢帝蕭寶卷永元三年的夏天。彼歲酷暑，蕭寶卷忽發奇想，下詔將臺城之內的閱武堂拆了，改築園林。於是徵求民家，望樹便取，毀撤牆屋以移植的事不勝枚舉，所謂：「朝栽暮拔，道路相繼，花藥雜草，亦復皆然。」然而天候炎熱，新栽者難以成活，數以千計、萬計的樹木花草都當下枯死了。

這時，蕭寶卷再下一令，將苑中的山石遍塗五彩，飾為青蔥，枯立的幹條枝枒上則張掛綵紋花葉。另外，為了襲取涼意，發動萬千役伕，在苑中開鑿水池，「跨池水立紫閣諸樓觀，壁上畫男女私褻之像」，就在臨池構造了連綿數百丈的亭台樓榭之後，閱武堂成了美輪美奐的商坊。

一俟這街廓築成，蕭寶卷又有了新的念頭——既然街巷紛陳，何不以假做真，全盤擺佈出一番市井模樣呢？遂更下詔敕，任令寵妃潘氏為「市令」之官，宮娥、太監則裝束成尋常百姓，彼此串演賣家買主，往來交易營生。蕭寶卷自己則充任潘妃手下的「錄事」小吏，為之驅使，作態奔走，特設一店肆，專賣豬肉，號曰「寶卷豬估鋪」，鎮日為蠅頭小利而錙銖計較，引為歡噱。

當時，宮苑之外真正的民間，便流行起這樣一首短歌：「閱武堂前種楊柳，至尊屠肉，潘妃沽酒，鶴鶩鷺緣白雉頭，三十一大臣走如狗。」所謂「三十一大臣」就是蕭寶卷最得力的三十一名親信。

蕭寶卷又信鬼神，將三國時代的蔣侯神迎入宮中奉祀。蔣侯，本名蔣子文，是道教神名，後世呼之為鍾山土地神。原本是東漢末秣陵尉，追盜至山中，傷額而死，因葬於山。吳孫權時立廟，封蔣侯。南朝宋武帝時加封鍾山王。蕭寶卷更進一步，迎蔣侯神入宮，晝夜祈禱，加位相國，居然還奉之為「靈帝」，車服羽儀，猶如王者。

蕭寶卷之暴虐無端，乖戾常情，無時或已。據說經常夜半招聚宮官捕鼠，追殺達旦，引以為樂。或則於夜半三、四更時，馳馬擂鼓，執明火大杖，驅逐百姓，空其家宅。要不，就橫幡平戟，不問皂白，攔路捌人。有一次兵馬直踏沈公城，遇有孕婦臨盆，來不及躲避，蕭寶卷便下令剖腹視其胎兒男女。日後，這昏君終於因為殺戮無度，而為大臣王珍國、張稷所篡弒，首級獻於宗室蕭衍，蕭衍將蕭寶卷降格為東昏侯，南齊遂亡。

虐人無數，自虐亦尋常。蕭寶卷經常身擔大纛旗，戴金箔帽，下著緊織褲褶，乘馬馳驅，晝夜不息，歸來則滿口鮮血。據傳：他遇刺時，滿身是刀戟創傷，仍勉力攀上坐騎，擔起一竿長七丈五尺的白虎大幢，任意衝撞顛簸。雖然他膂力驚人，可是在控騎之間，不時還是得騰出雙手執韁御轡，而不得不藉齒牙擔咬旗旛，為此折斷了好幾隻牙齒，他也毫不措意，支吾其聲，大喊著：「殺之不盡！殺之不盡！」

梁武帝蕭衍有鑑於宋、齊兩朝骨肉殘戮之禍，遂廢監國之治，提高分鎮諸王的權柄，也厚植了豪門大姓的勢力。另一方面，基於他個人的性格與信仰，大力倡導佛說，即以金陵帝都為中心，在江南各處普設寺院，多少樓臺，無限煙雨；甚至連帝王之尊也曾四度捨身，遁入空門，而傾國庫資財以贖之。不過，這樣求清淨、返慈悲，並不能祈禳安樂和平，他仍舊在侯景之亂中活活餓死在淨居殿裡，臺城再度失陷。其後的陳朝，歷五主、三十二年而終，亡國之君陳叔寶史稱「後主」，在青史上留下的印記，不過是晚唐杜牧的那句「隔江猶唱後庭花」。

自蕭寶卷築芳樂苑以降兩百年間——尤其是在大唐開國之後；此地無論為州、為郡，抑無論名江寧、名歸化、或名昇州、名白下，東昏侯治日所遺留下來的窳政穢聞，乃至於陳叔寶攜張麗華匿跡於胭脂井的迷醉前塵，都是地方父老亟欲拂拭、忘卻者。

然而，也不知是出於官吏的規劃、還是耆老的主張，自高祖定鼎以來，便以舊臺城為基址，在一部份早已幾度燬於兵燹的芳樂苑遺址之上，重新張致了歌樂聲色的行當，居然人人都深信：冶容豔色之陰，恰足以厭鬥兵戰火之陽；箏弦笳鼓之聲，恰足以掩暴政亡國之跡。

而夜以繼日、益發狂放的逸樂，彷彿便是要用以掩蓋那殘存於舊城新柳之上荒誕頹唐的記憶。

早在東晉時，臺城共開五門，南面為大司馬門和南掖門（後改名為閶闔門、端門和天門），而東、西、北面城垣則各有一座掖門。之後各朝屢有擴建，開門益多，至蕭梁時已經開到八座門，可見風土繁盛，交通利便與人物往來之密邇。

閶闔門內太極殿為臺城的正殿，一般用於國之大典。此殿長二十七丈、廣十丈、高八丈，左右十二間，象徵十二月分。正殿兩翼設太極東、西堂，規模最大的蕭梁時期深達十三間，是皇帝議政、筵宴、延見、起居所在。天監七年，梁武帝命衛尉卿丘仲孚在大司馬門外建石闕一對，賜名「神龍」、「仁虎」，雙闕的趺座高七尺，闕身高五丈、長三丈六尺、厚七丈五尺，石闕上鐫刻珍禽異獸，史稱：「窮極壯麗，冠絕古今」。

楊隋滅陳，建康城被履為平夷，綺宮麗殿盡成丘墟，園圃池沼，皆付黍離。但是，臺城的神龍、仁虎二闕，卻留下了殘跡。人們將那兩座二十餘丈見方的石構刨挖拆解，發現只有頂表與樑柱是貨真價實、堅挺不摧的石料，而在精巧鐫刻的石皮之下，多貯朽木敗架、碎礫爛泥，其敗壞空洞，著實不忍發現。然而對於經過亡國浩劫的黎庶而言，此地就有如西城孫楚樓一般，可以利用現成遺址，撙節工料，再造一半石半木、門面宏大的屋宇。當下日者雲集，爭為占卜，指點人眾發掘地下水源，得井眼二十三，個個水質甘冽，都說是鳳凰醴泉。只不過這樣的水土——根據日者傳言——只能經營歌樂，而不能為家宅、衙署、寺觀、宮室之用，否則必敗。

唐末韋莊「江雨霏霏江草齊，六朝如夢鳥空啼。無情最是臺城柳，依舊煙籠十里堤。」之句，真得此地神髓，因為「無情」二字，說的就是李唐開國以來，以六朝帝王風月為礎石的妓家事業。這行當在承平歲月日漸發達，且總是附會於神異之說而更形興旺。

很快地，就有人以芳樂苑故地為號召，在雙闕以北數里之處發覺了新泉，指為東昏侯「跨池水、立紫閣」之故地。由於時隔甚久，說起前朝敗亡，事不關己，反而透露著奇思遐念的色彩。於是芳樂苑又敷染上宮娥般的綺妝麗飾，成為歌姬舞孃麇集之區。

這正是李白偶過的金陵。

次日亭午，寒煙侵路，他在前往臺城的牛車上問身旁瞽叟：「老人家夜來所說，可是『鳳凰臺』？」

瞽叟未料李白當時聽見了，也記得了，有些訝然，但是老江湖不動聲色，只淡然道聲：「諾。」

「鳳凰臺、鳳凰臺，」李白隨口笑道：「鳳凰為誰來？」

此語本非虛問。根據《韓詩外傳．卷八》有載。黃帝即位，施惠承天，一道修德，惟仁是行，宇內和平，但是古訓有諸，倘若能致萬物和諧，內外咸附，應現鳳象。只今不見鳳凰，夙寐晨興，不免多所揣想。於是乃召天老而問之，：「鳳象何如？」

天老提出了五個或現以形、或現以聲、或現以性的跡象。大凡如此：鳳的外觀，有「鴻前麟後，蛇頸魚尾，龍文龜身，燕頷而雞啄」之貌。其次，由於鳳凰有「戴德負仁，抱忠挾義」的德操，一旦鳴叫起來，「小音則金，大音則鼓」，絕非尋常禽鳥啁啾而呼之態。其三，當鳳凰現身時，「延頸奮翼，五彩備明；舉動八風，氣應時雨」，可見天地鬼神亦為之動容。此外，倘若鳳凰能夠在人前飲食，則是第四象，表示這高貴的靈鳥願與善祥之輩人共處而同群。所謂：「食有質，飲有儀，往即文始，來即嘉成；惟鳳為能通天祉，應地靈，律五音，覽九德」。

天老的說法很玄，但是層次井然，意思似乎是暗示：黃帝所施所為，根本還不及於見鳳凰：「天下有道，得鳳象之一，則鳳過之；得鳳象之二，則鳳翔之；得鳳象之三，則鳳集之；得鳳象之四，則鳳春秋下之；得鳳象之五，則鳳沒身居之。」

這一段記載末了聲稱，黃帝感嘆自己未能招來鳳凰，大慚恧，遂「乃服黃衣，帶黃紳，戴黃冠，齊（齋）於殿中。」不料鳳凰卻在這時來了，而且以其身長不滿五尺之軀，居然能「蔽日而至」，可見神奇。黃帝從東邊的丹墀上移身下階，以示禮敬，向西再拜稽首，拜道：「皇天降祉，不敢不承命。」鳳乃止帝東園，集梧樹，食竹實，沒身不去。這是古史上迷離惝恍有如神話的一則記錄，李白念茲在茲，執泥不休，無論如何，他都想看一眼鳳凰臺。

在李白而言，鳳凰臺三字有著全然無關乎輕歌曼舞的意思。他熟讀謝朓詩，常欣羨、玩味其〈入朝曲〉所詠：「江南佳麗地，金陵帝王州」之句，要旨不在佳麗，而在帝王。雖然段七娘說甚麼「好姻緣恰是惡因緣」，入耳固然驚心，勾引玩興匪淺，但是片刻間也就放懷一忘，李白念中無時或已者，卻是鳳凰臺。

但是與之同輿共駕的，是個瞽叟，若問這瞽叟鳳凰臺何在，就荒唐可笑了，他正猶豫著，空中猛可飄來一陣粉香，是另一輛牛車驅趕上前，但見紅拂塵打從珠箔簾中又向外一揮，同時聽見段七娘的柔聲細語：「前望便是永昌里，李郎且佇車而觀罷。」

或許就是前夕臨別時察言觀色所見，就連李白心頭尚未道出的話，段七娘也像是揣摩得透徹了。原來永昌里是個古地名，偏與那鳳凰來集有關，卻又不似黃帝、天老的記載那樣悠遠無稽，說的是南朝宋文帝元嘉十六年間之事。

據傳，有三隻頭小足高、五顏六色、鳴聲十分悅耳，狀如孔雀、外貌又絕不像開屏驕物的孔雀那麼張狂，一時之間飛來秣陵永昌里王顗家宅園中，棲止在一株李樹上。

所可以稱奇的，不是這三鳥之來，而是跟隨著牠們前來、比翼而飛的一大群鳥兒，為數從數十而百、數百而千，不多大辰光便令秣陵滿城翮影遮空，這是象徵太平盛世的景觀，一時間便震驚了滿朝君臣。當時秣陵歸屬揚州，統領當地的是揚州刺史、彭城王劉義康，他隨即下令，將永昌里改名鳳凰里，之後又千挑萬選，擇保寧寺後之山興建樓台，以為祝念；斯台即名鳳凰臺，彼山即名鳳臺山。但是，李白隨車登臨之時，不過是一片稍稍隆起的丘原，雖有「大江前繞，鷺洲中分」的地勢，原來應該是茂草密生的地方，大約屢經遊人踐踏，又逢深秋枯糜零悴的時節，非但看不出欣欣榮景，也很難想像此地曾經有過甚麼臺觀樓址。

「萬古茫茫，人來人往，登此臺者何止百千萬？畢竟鳳凰不入凡眼。」瞽叟哂道：「李郎不遠千里而來，未必即見鳳凰。」

「明目人不得見鳳凰，瞽目人亦見不得鳳凰。若從此意言之，則某與翁，實無別。」李白也笑了：「不過，請翁恕某夸詞大言——某，合是一鳳凰。」

「可憾老朽亦不能識面！」瞽叟指著自己的雙眼，說時與李白一齊放聲狂笑了。

才說到這裡，一陣寒風迎面而來，瞽叟面色一凜，朝駕車伕子喊了聲：「莫非老朽糊塗，起東風乎？」

才一問，兩相鄰車伕都應了聲：「是也。」

「啊！竟是冬寒食。」瞽叟朝李白一咧嘴，道：「李郎來得不巧，今日鳳凰不得火食。」

寒食本為冬至後一百另五日，至漢代朝令指為清明前三天，《荊楚歲時記》以為：「去冬節一百五日，即有疾風甚雨，謂之寒食，禁火三日。」民間原本亦有以晉文公綿山焚殺舊臣介之推之事附會者；殊不知寒食禁火之令，遠早於齊桓、晉文之時。實則此禁甚古，商、周時代，城居木屋，櫛比鱗次，每恐火災牽連，故於飄風終朝之日，懸令不許舉火。一直到大唐立國之後，才縮減為一日，多在黃昏時解禁，故大曆詩人韓翃乃有「日暮漢宮傳蠟燭，輕煙散入五侯家」之句。唯寒食不僅春日有之，夏、冬兩季亦偶有拂曉即發大東風之候，既有警於此，遂由州縣之守發閭里小吏擊梆鐸示警，凡城居編戶之民，例同春日寒食，總要等東風稍歇，才許生火吹爨。

瞽叟和李白卻都沒有想到，段七娘似乎早就知道這一日是冬寒食。當車駕來到鳳臺山上一個名叫伏龜亭的去處，僕婦們隨即將預先備妥的餱糧擺設停當，看來仍然是琳瑯滿目。主饌是煮豚肉，煮肉的露汁已經由於天寒之故而凝結成脂凍，施以薑豉，合以薦餅，柔軟香滑，風味殊勝。

除了豚肉餅，還有一味糯米合采蒻葉果，也是前一天先蒸就了的，米中雜以魚、鵝、鴨卵，另外還包覆著帶香的荷葉。佐餐的，還有以粳米和麥仁碾碎煮糊，混以醴酪而拌煮的杏仁粥。無一不是冷食，而入口卻無不帶有暖意。

李白在大匡山隨趙蕤學習割烹之術不下數載，齒牙何等靈俐？諸物才入口，便對段七娘道：「如此盛饌，當非一夜之功，某夜來不期而至孫楚樓，七娘子焉知此日乃有鳳臺之遊耶？」

段七娘聞言不覺一笑，道：「李郎不來，寧知不有他處郎來？」

這不是十分討巧的話，但是段七娘說來卻如此率真，如此坦蕩，李白頓時為之一喜，又覺出這調笑之中隱隱然還含蘊著些許無奈、些許感傷。遂借用了她前一夕臨別之語，道：「或須是。」

「孫楚樓本非孫楚行屐所至——」段七娘望著山前大江流經之處，拂塵順勢西北一揮，沉吟道：「鳳凰臺自亦不在金陵，而須是在長安呀！」

所謂「鳳凰臺在長安」，是出自劉向《列仙傳》上的一則軼事。秦穆公時，有一人名蕭史，善吹簫，簫聲能吸引孔雀、白鶴，聲傳則飛集於宮庭。憑著這一點本事，讓穆公的女兒弄玉為之傾心不已。由於弄玉也好吹簫，秦穆公便把女兒許配給蕭史，夫婦日夜協奏，學作鳳鳴之聲，居處數年，雙簫合璧，果然有了不一樣的音色，還真招來了鳳凰。秦穆公進一步為女兒、女婿建造了一座鳳臺，這對夫妻居止其上，竟然可以數年不下通於人世。忽然有那麼一天，兩人相偕隨鳳凰飛去。給秦人留下的，除了一座空蕩蕩的宮室之外，還有不時繚繞於樓臺之中的簫聲。

一般人稱述此事，總說：蕭史、弄玉安閒眷侶，平淡婚姻，像是在昭告世人：最令人豔羨的夫妻，似乎並不該沾惹生死離別、勾動愛恨波瀾，只須一味諧調律呂，求其同聲，無驚哀、無悲愴，亦無嗔癡。

可是，李白滿心渴慕著的，還是那故事「不知所終」的情境。是錯落的簫聲、是遼遠的鳳鳴、是不言可喻的貪歡男女，是若有似無的綺色佳約；如果以鳳凰臺作為指喻，所謂旦夕儔侶，露水風情，一曲濡沫，終身涕零。誠能如此，則兩情悅懌，亦毋須朝暮相攜、天長地久，何必說甚麼執子之手、道甚麼與子偕老？

念及這一層，李白立刻想起，年少時曾聽鄉人說過趙蕤於明月峽捕得高唐之女所化之魚為妻的奇聞。他從來不知道、也未曾探詢過，月娘是否就是那「魚妻」；然而傳聞中的夫妻，畢竟在李白出蜀之前無端離散了。年少所聽來的傳聞中，魚妻辭別時還說過：「情不可忘者，思我便來」的話。證諸日後的實事，月娘匆匆一別、去不復返，堪說「不知所終」。

可是，在李白的執念裡，「不知所終」恰恰是男歡女愛最美好的結局，畢竟如此一去，不使雞皮鶴髮，齟齬相對，也許還留下了「情不可忘」的感懷——而蕭史、弄玉，又何嘗不是「不知所終」呢？這時，李白不覺脫口而出：「鳳凰臺之合鳴，千古稱頌，詎非人稱好因緣者耶？」

段七娘卻也不答，逕自把原先未了的言語說下去：「江山、人物、宮室、風流，寧非盡在長安。李郎且再看——」她回身轉向西南，道：「舊縣之外八里，有勞勞亭，亭在勞勞山，山間是望遠樓，樓臺坐東南、望西北，隱約可見，而名之曰『望遠』，李郎可知這『望遠』果是何意？」

李白不知當地掌故，只能隨著段七娘的聲字唸叨了一句：「勞勞？寧非昔年古風〈為焦仲卿妻作〉所言：『舉手常勞勞，二情同依依。入門上家堂，進退無顏儀』之『勞勞』耶？」

勞勞，或作「牢牢」，感憂愁牢不可紓解之貌。李白猜得出字句，卻悟不透段七娘的心思，段七娘蹙額強笑，說是也不是；說不是也不是，再旋身半幅衝北，讓滿懷無歇無止的東風揚起她肩頭、臂膀上的紗披，豁然一片丈許寬長的紫雲，便圍繞著她婀娜的軀體，彌天飛揚起來；紗織欲散不散、欲聚不聚，煞是壯麗。段七娘就置身在這一片紫雲之間，幽幽說道：「勞勞亭北，則是新亭，故跡也無處尋覓了——說起新亭，李郎應知四百年前東渡之客在此相顧痛哭罷？」

新亭對泣，南朝舊典，非徒金陵百姓家喻戶曉，即令普天之下，陬隅之鄉，也莫不知其緣故。說的是晉元帝司馬睿從王導之議遷鎮於建康，過江而南的達官士人，每於暇日相約，皆在新亭，眾人坐臥於茵錦一般的草坪上，愀然悲泣，憂思不已，所歎者無它，莫非：「風景不殊，舉目有江河之異！」

李白笑道：「而今四海歸一，新亭寧有對泣之人？」

「恰如此！新亭、勞勞亭，日日有對泣之人。」段七娘轉向那些個的歌姬舞妓，黯然道：「小娘，是否？」

李白順勢朝群妓望去，果不其然，霎時間人人都止住了喧嘩笑語，若有所思，亦若有所失。好半晌，夜來那擊小鼙鼓的姑娘才強作嗔笑，道：「客歲以來，每出遊觀，七娘子總愛殺盡風景，絮絮叨叨，儘教小娘們莫要枉拋情意，比之雞鳴寺說經唸佛的老和尚還多牢騷。」

卻在此刻，李白卻隱隱然有所悟：「啊！某知之矣，是七娘子有以教我，樓名『望遠』，說的乃是往來不羈之客，每居心於西北之望，時時繫念於長安，卻不免辜負了金陵紅粉——」

段七娘舉手攬著那迎空亂舞的紗披，刻意顧左右而言他：「偏在這侵秋似冬之時，起甚麼東風？芳樂苑裡，應須更涼煞人；小娘們還是添些衣物了。」

瞿然之間，詩句已經隨著無端無著、倏忽侵臨的秋下東風撲面而至：

天下傷心處，勞勞送客亭。春風知別苦，不遣柳條青。

為甚麼柳條不青？固然因為節候是秋天；李白卻將之扭轉成春風不忍見離人愁苦，故風雖從東來，卻仍只一片枯槁蕭瑟。這是日後命名為〈勞勞亭詩〉的一首五絕。由於言未盡意，不能不再賦其餘——緊接著，當這一行人來到芳樂苑之後，登上遊池小舟，李白更作了〈勞勞亭歌〉。

後人每聚訟此二作，以為修辭支離，節氣錯亂，說不清究竟是撰寫於春日或是秋日，甚且拘泥其不能協於實景，而堅詞以為必非出乎李白之手。持此論者不知道東風未必及春而發；不按節氣而至的東風，來勢就像愛情。

金陵勞勞送客堂，蔓草離離生道傍。古情不盡東流水，此地悲風愁白楊。我乘素舸同康樂，朗詠清川飛夜霜。昔聞牛渚吟五章，今來何謝袁家郎。苦竹寒聲動秋月，獨宿空簾歸夢長。

李白在版紙上飛毫疾書，錄寫此作，遞給段七娘，道：「某與汝，略同此情。」

段七娘反覆看了幾遍，大約體會得到，所謂「略同此情」，說的是李白也有那種悵然西北望長安的情懷，然妓家所思，是去不復顧的情人；李白所思，則是渺不可及的前途。段七娘看得出來，這意氣風發的少年的確有著滿襟棖觸不安的氣性，但是詩中用事，仍不全然明白，怕誤會了，遂問道：「妾識書少，略知康樂公故事，卻不知牛渚五章何所指，請教？」

「我乘素舸同康樂」的來歷，是謝靈運〈東陽溪中贈答〉詩：「可憐誰家郎，緣流乘素舸」，然此處亦非直用本義，而是入夜過後，在芳樂苑泛舟之時，李白看見那一船的姑娘們把一雙雙白晰光滑的素足探到冰涼的水中，謔浪驚呼，拂鬧取樂，不免想起：「可憐誰家婦，緣流灑素足。明月在雲間，迢迢不可得。可憐誰家郎，緣流乘素舸。但問情若為，月就雲中墮。」所以，跟著「我乘素舸同康樂」的「朗詠清川飛夜霜」也是於張望群妓嬉水之際，朗誦他念念不能釋懷的謝靈運名句：「挂席下天鏡，清川飛夜霜」。

至於緊接著的這一聯，用事的確不常見：「昔聞牛渚吟五章，今來何謝袁家郎」。這是出自《世說新語．文學》。晉大司馬桓溫的記室袁宏幼年家貧，曾為人幫傭，運載田賦。當是時，鎮西將軍謝尚奉命到牛渚採集玉石製作編磬。清風朗月其景，江渚之間的估客船上傳來了詠詩之聲，情致雅不同於時調；而詩句聽來卻極為陌生，向所未聞。謝尚一邊讚嘆、一邊尋訪，不多時，知道是袁宏自詠其作〈詠史詩〉，謝尚於是派遣執事人等正式相邀暢談，大相賞得，劉孝標注云：「尚佳其率有勝致，即遣要迎，談話申旦。自此名譽日茂。」

李白空自望遠，卻得不到像謝鎮西那樣身在高位之人的緣遇賞知，所以末聯的「苦竹寒聲動秋月，獨宿空簾歸夢長」也不無以空閨自守的象徵，真把自己看作是失其所歡的小妓。

段七娘聽他說罷謝尚、袁宏的故事，追問了一句：「然則袁宏就因此而聞名天下了？」

「似如此。」李白道。

「這有何難？」段七娘笑道：「以妾所見，李郎詩天才卓秀，不同群響，多為孫楚樓留幾章名篇，教那往來士子交口傳誦，也消得天下聞名。」

說笑著，不覺時光流轉，再一回首，小舟橫身成東西向。李白縱目而望，但見半渡之外的溪流北岸，竟是一幅向所未見的奇景。連岸地勢看似平曠，倒是在月光瀰灑之下，明陰分曉，一眼便看得出來，有無數五七尺見方的小圓丘，密生矮草如茵，直逼天際。其間偶有幾座高下樓台，大多荒圮無燈火，說是齊、梁時殘存的宮室，也很難想像昔年風華了。

「某嘗凝眸視物，久之但覺其物忽然遠小，以此生造詞語，謂之『翠微』，此語前人從未道過，便自以為獨得天地之妙，不意人間原本有此。」李白指著那密匝匝為數不下百千、連綿近二、三里的小圓丘，訝讚不絕：「造化之奇，真真出人意表。」

「非也！非也！」段七娘搖著頭，連聲道：「那不是天造地化之力所成。李郎，還記得妾說：『好因緣恰是惡因緣』否？」

李白為之一怔，道：「此行。莫不是正是為看好因緣地？」

段七娘微微朝對岸的小圓丘抬了抬下巴，道：「彼即是了。自城西而鳳臺、而芳樂苑、以迄於這『翠微』之地，原為百年來金陵風月之勝場，至於那小丘之中——則盡是遠望傷心之人。」

段七娘脫下繡鞋，腳上仍裹著雙白綾襪，也學著小妓們沾探秋水，隨即抖擻裙裾，將身一矮，盤坐在船頭的一方錦席上，示意李白與之併身坐定，才指著臨岸的墳丘，一一為李白敘說：某處所葬，是某娘子，得年十幾歲；某處所葬，又是某娘子，得年仍是十幾歲。里貫各有分殊，而遭遇無一不同，俱是在小姑居處，結識了有情郎君，先為之神色顛倒，繼為之意亂情迷，兩心繾綣，似不虛偽。然而久則經年，暫則數月，這些郎君都沖身一飛，西北而去，倘非赴試，便即就官，總之，無一踐守舊約，再續前緣者。

「愈是好因緣，愈是惡因緣。這便是門巷人家的天經地義。」段七娘道：「李郎知我，不敢隱瞞。」

李白聞言悄然。他本非士族中人，卻深懷熱中之心。說來與那些振翅高飛，登臺求鳳的人物並沒有多大差別。段七娘毫不隱諱地安排了這麼一趟遊觀，三言兩語就說清楚了她在孫楚樓買賣風情的絕望處境，用意至明：無論來客出手如何闊綽、作態如何溫柔、用意如何深切；妓家風物，皮肉生涯，一切都是鏡花水月，不必留情。

「一丘埋身，竟無碑誌，聊記名姓？」

擊鼙鼓的小妓岔口道：「埋在此地的，都叫金陵子。」

「妾等執壺賣笑，不外『生不留情，死不留名』八字。」段七娘盼目倩笑道：「由此觀之，李郎尚能與妾『略同』乎？」

這一問卻把李白問住了。段七娘反唇相稽，原本也可以是一句委婉而動人的奉承，說的是終究有一天，李白能夠完遂功業，聲震天下，決計不止於一隱淪無名之輩。可是她無論如何不曾料到，這一問，卻擊中了李白的痛處。

25 送爾長江萬里心

自從來到金陵，無論是在孫楚樓酣歌對酒，或是在城郊之間登臺遊園，李白總不免時時想像，自己就如同三百多年以前尚未出仕的謝安——任時論囂騰，物議催促，謝安只是隱於東山，從容不迫、好整以暇地養其人望，在李白看來，謝安並非消極避世，而是於若有所守之中，另有所待。

作為一個世襲其職，責無旁貸的士族，當時的謝安還有無數的青春可以揮霍，機運與際遇時刻橫陳於前，任他檢選。他每天攜帶著引人側目的美麗聲妓，隨處設帳，放跡林泉，飲饌吟歌。李白也來到了謝安曾經登臨之處，追隨著已經不可能聞見的履跡，而恣歡肆悅的行徑卻可以仿效。

就在李白聽到所有傷心亡故的小妓女都被呼為「金陵子」的那一刻，他胸臆間猛可一陣傷痛、一陣悲苦、一陣憐惜，他知道：這就是懷憂天下、哀矜萬民的大人物自然而然的感情。《世說新語．識鑒》上提到過，謝安拒絕任官，反而在東山蓄妓，晉簡文帝司馬昱聽說了，不但沒有慍色，反而平靜而和悅地說：「安石必出。既與人同樂，亦不得不與人同憂。」求歡與厭苦同理，己欲與施人亦同理，所以日後謝安之所以毅然決然出就官爵、擔當責任，也一定是基於這種能夠不忍人之心真實的情感。李白揣摩著這一份同情之心，當下已經有了完整的構句，經由面前的歷歷青丘，把自己與謝安融為一體：

攜妓東土山，悵然悲謝安。我妓今朝如花月，他妓古墳荒草寒。白雞夢後三百歲，灑酒澆君同所歡。酣來自作青海舞，秋風吹落紫綺冠。彼亦一時，此亦一時，浩浩洪流之詠何必奇？

土山在金陵城外三十里，當下不寓於目，風物亦可以想見。據載，山無巖石，是築土而造成的，有林木、有樓館，畢竟一娛遊之地。謝安常邀請親屬友朋、朝中仕宦來此會宴。雖然不得不背負起做為士族的責任，承擔朝廷的責任，而終謝安一身，退隱東山之志未嘗稍歇，「白雞之夢」就是謝安晚年流傳的一則故事。

彼時，晉室偏安之局粗定，謝安最頑強的政敵桓溫已經下世，他奉命鎮守新城，遂攜帶了整個家族，由江道東歸，可是還來不及重溫昔年風雅倜儻的生活，居然生了一場大病。他悵然地對親近的僚屬表示：「昔桓溫在時，吾常懼不全。忽夢乘溫輿行十六里，見一白雞而止。乘溫輿者，代其位也。十六里，止今十六年矣。白雞主酉，今太歲在酉，吾病殆不起乎！」說完這話不久，謝安即上表遜位，又過了不多時，便一病不起。

李白的「白雞夢後三百歲」是相當顯著的借喻，將自己比為謝安。為了強調自己有所為、無所懼的志意與氣節，更在謝安之上，乃於詩篇之末，寫下了驚人的狂句：「浩浩洪流之詠何必奇？」

先是，桓溫有誅殺王謝豪門大臣之意，安排了一場酒宴，伏甲兵於壁上，受邀的賓客之一王坦之懼形於色，問謝安道：「當作何計？」謝安神意不變，答曰：「晉祚存亡，在此一行。」由這八個字的答覆可知，謝安所在意的不是個人生死，也就不會因之而驚憂動容。兩人相與俱前，王坦之追隨著謝安的腳步，望階趨席；謝安還不疾不徐地作「洛生詠」——也就是由於謝安年少時曾罹患鼻疾，終身語音濁重，恰合於從洛陽書生方言發音而流行起來的一種吟誦方式，由於語調濃重寬厚，益見沉著，許多名流都模仿謝安這種聲腔，謂之「掩鼻吟」。

至於謝安所吟誦的內容，則是當代詩人嵇康的作品〈贈兄秀才（按：此秀才即嵇康之兄嵇熹）入軍詩十八首之十三〉：「浩浩洪流，帶我邦畿。萋萋綠林，奮榮揚暉。魚龍瀺灂，山鳥群飛。駕言出遊，日夕忘歸。思我良朋，如渴如飢。願言不獲，愴矣其悲。」

在這一段詩文中，既有不捨良朋的深情，又有眷念家國的大義，當場令桓溫震懾，趕緊解散了甲兵，一場政變危機倏爾煙消雲散。這一則具載於《世說新語．雅量》的文字，一向被看作是判別王、謝二家士人風度優劣的佐據。倒是對李白而言，則並不以「浩浩洪流」之詠為足；他只道自己的才具、氣度——何妨只是姿態而以——也必定不下於謝安。

此一隨著詩思而展現的自許，原本並沒有設想周全，謝安終歸是世代大家，李白卻只是一個連耕稼之夫都不能比及的商賈之子。「某與汝，略同此情」，明明是出於李白自己之口的一句玩笑，一旦段七娘以之反問李白，則玩笑就顯得無比真實而殘酷了——他的確就跟孫楚樓的歌妓舞姬沒甚麼兩樣啊！

不過，李白並未因此而恚忿。

多年來趙蕤授以「是曰」「非曰」自相扞格之術，令他於不假思索之際，變常理而立說，反俗情以成性，越是癡慕，越作矜持；越是傷感，越作冷對。久而久之，總在受拂逆、受輕鄙以及受挫辱的時候，反倒意興遄飛，神色昂揚，像是無視於面前令他懊惱的一切，毋寧低回而三思的，卻是另一件事——如此豪快，全無刻意，甚至連他自己都無法解釋：為甚麼每當他人覺得痛苦、憤慨的事，一旦加臨己身，即成歡悅鼓舞？他隨即揚眉凝眸道：「汝道某詩不凡，則某何不便日日來、時時來，為七娘子製新詞萬千百篇，也——」說到此處，李白忽然頓住，上上下下仔細打量著段七娘。

段七娘開懷笑了，道：「也作麼生？」

李白從段七娘肩頭輕輕摘扯下那條丈許寬長的紫紗披，雙手十分敏捷地兜了幾兜，左右穿繞，再一盤裹，紗披堆垛成士人們頂戴的官帽形狀，由於模樣巧似，一旁小妓忍不住驚呼：「官人！官人！」

當真戴上紫綺冠來，李白挺胸抬肩，端起莊嚴的架子，肅聲道：「也——也就成了孫楚樓的風月之主了！」

「入行不難，」段七娘像是衷心喜歡這般玩笑，接道：「然則，李郎也隨妾踏水來。」

不只是段七娘，所有的小妓一時俱興高采烈地擁坐於蘭舟兩舷，探足打水，一面嘲嘲哳哳地呼寒號冷，並招呼著李白脫靴踏水。李白聽見背後的瞽叟壓低嗓子緩緩說道：「此乃近百年來白下故俗，凡我聊寄生涯於歌臺舞榭之人，遇水則踏，謂之『滌路塵』。」說著說著，還轉向群妓，半認真、半虛恫地揚聲斥道：「李郎同汝等自說笑，休便無禮。」

豈料李白覺得有趣，搶忙脫去了靴襪，移軀向前，把雙腳也朝溪池探了，撲翻拍打，掀起一陣陣的浪花浮沫，樂道：「不妨、不妨，某本來便是個東西南北之人，不知道路幾千，必當有路塵可洗！」

段七娘這時也難得一見地展破櫻唇，笑呼：「李郎說要為妾製作新詞，想必不是誑語耶？」

李白尚不及答話，卻聽得背後的瞽叟再一次壓低聲說：「某送汝出長江峽口，萬里之心，寧不記耶？詩文畢竟是千古才調，豈能枉付於妓家？」

這短短的幾句話，語調大不同於先前，像是來自全然陌生的另一人；但這陌生之中，又透著另一重似曾相識之感。那詞氣、聲腔，彷彿曾經一再耳聞。李白猛回頭，但見瞽叟微昂著一張老臉，雙瞳白翳迷茫如舊，懷抱中一張阮咸，三弦繃在指間，一弦則咬在嘴裡，正專心致意，調弄琴具。看他這情狀，是根本不能張口說話的。

正當李白反身坐定，將兩足再探入水中的那一刻，又聽見身後之人開口道：「唉！既然是『偏如野草爭奇突』，奇葩自不必發於苑囿園圃，則天下歌樓酒館，未嘗不能爭逐沉浮

——或恐……亦另是一途矣！」

這一段話，與先前的「詩文畢竟是千古才調，豈能枉付於妓家」恰恰對反，比合聽來，針鋒相對，倒像是諷刺了。其中「偏如野草爭奇突」說得咬牙切齒，字字鏗鏘，那又是來自多麼熟悉的兩句？——「代有文豪忽一發，偏如野草爭奇突。」

還是他！李白暗自驚心——錦官城之騎羊子、官渡口的張夜叉，果然還盤桓在側。他勉持鎮定，不動聲色，忖道：倘或真的是那號稱文曲星的張夜叉，那麼這幾句話，聽來容有圓鑿方枘、前矛後盾的感慨。一方面，他像是頗不以李白為聲妓作歌為然；另一方面，似乎又察覺這也不失為一條發跡之路。

東風在起更過後不久停歇，到了二更前，臺城之內漸漸有夜起操作的人戶開始舉火，炊煙一縷一縷地飄升，燈燭也沿著城居巷陌向深處散放，有如天星灑落尋常閭閻。自高處眺望，有些所在煙靄微茫；有些所在爝火熠耀，這是李白在蜀中和江陵都未曾見識過的。

此夕之遊，恍如漫無止境。這才捨舟登岸，原先乘坐的牛車又已經備駕完妥，在渡頭迎迓。車上酒饌更陳，茵錦一新，緩緩步向下一個不知如何之處。行腳之中，他屢屢找些個話題同瞽叟交談，無論是較聲譜、別宮調，還有古傳樂府諸曲之奇正新變；瞽叟說來也都曉暢明晰，卻總也不像是那小舟之上、隱身背後、長吁短嘆的張夜叉。令李白始料未及的是，就在他有意試探的答問之間，瞽叟所持之論，卻教他大開眼界。其中一說如此：「今人賦詩，崇尚五言，殊不知七言殊勝，蓋增益二字，周轉音律，迴圜便多些餘地。至若二三百載以下，此式復為天下喉囀唱疲唱老，則雖七言亦不足以盡其宛轉。」

此論李白聞所未聞，但覺新奇有趣，登時已將那陰魂不散的張夜叉拋諸九霄雲外，忙問：「如此則奈何？」

「二言、三言、四言、五言、」瞽叟一邊說、一邊勾撥著弦子，時而快如迅電、時而緩似流泉，口中不疾不徐地說：「六言、七言、八言、九言——窮極亂詞，參差不齊，是乃天花散矣！」

「翁所謂，乃在一章之中，參差句字、零亂節度，此法古已有之。」李白道：「某曾擬曹子桓、謝靈運之〈上留田行〉，無論長短句，皆以『上留田』三字齊之，是此法否？」

〈上留田行〉為古調歌行，根據晉人崔豹《古今注》所載，上留田是地名，此詩原有本事：有人父母既死，卻棄養其孤弟，鄰人作悲歌以諷勸之。到了南朝宋、齊間，此樂尚存，輾轉擬作寖多，自然不限原意。到陳朝臨海王在位的光大年間，《古今樂錄》編成，也收錄了這個曲目，可是當時之人已經不能按樂而歌了。曹丕、陸機、謝靈運、梁簡文帝等人皆有題名〈上留田行〉之作，逕以文本而收錄，只不過長短不一，命意不同；唯能辨識其出於同一題目的，只是文中有「上留田」三個趁韻的虛字——而在陸機和梁簡文帝的作品裡，竟然連這三個字都沒有。

「徒有詩法，亦不足以行。」瞽叟笑了，反問李白：「李郎可知『上留田』如何唱？」

「這——」李白遲疑了，赧然道：「某但知作，實不曉唱。」

瞽叟且不答話，撥了兩撥弦子，即興唱道：「今日一遊樂乎？上留田。好風不住須臾，上留田。休問短長道途，上留田。來對李郎酤，上留田。好酒斟滿銅壺，上留田。持向臺城太子居，上留田。」

這一曲〈上留田行〉語詞淺易直白，全無雅意，卻正吻合了瞽叟先前所論，它包含了兩種句法；其單數句分別用五、六、七言，短長不齊，自押一韻；雙數句只用「上留田」三言，自成另一韻。如此聽來，奇偶變化俱足，而又不失齊整。李白的確未曾料到，居然在歌館酒樓之地，竟也能見識到迥然不同的詩。更令他驚奇的，是瞽叟目不能視，順口吟哦，不假思索，竟憑其天生敏銳的耳聞鼻嗅，纖毫無誤地將牛車乍到的地景也唱入了詩中：「持向臺城太子居」——

就在繞行至臺城東南、來到一名為太子居的所在，炬火掩映之下，約莫可見道旁低處又有粼粼波光，其水蜿蜒九曲，隱隱然可見洲島亭榭，俱是古式宮樣，幾分樸雅、幾分莊嚴，引得僕婦也紛紛爭說：連年未曾來東宮行走，何不就在此歇息片刻？段七娘也不理會，只揮著拂塵催車前行。李白終於忍不住，問道：「此遊莫非達旦而止？」

「亦可不止。」段七娘面帶些許嘲意，道：「這就遠非長安、洛下等地可及了。金陵城坊，已多年不設管鑰，不擊門鼓，不禁夜行——李郎，仍西北望長安否？」

唐人都城，立城坊之制。在名義上，改古之里為坊。坊者，防也，故里門也叫「坊門」。每一坊皆設「坊正」督管，掌守坊門鎖鑰，有查奸捕盜之責。大體言之，城居之民入夜即閉戶，城池中央有鼓樓或鼓臺，入夜則專人擂擊，宣示閉關，此之謂「暮鼓」。暮鼓一響，各坊門也隨之關閉，以免閒人往來，趁夜暗作姦犯科。

除非極罕見的承平歲月，新歲寒春，時逢上元佳節，有過「夜放」之例，在正月十五，甚至增延到十八，前後三到四天，由皇帝親自下詔，重門夜開，以暢通陽氣，均協時和，可以開弛門禁，讓士民縱情飲食、歌樂，正名曰：「夜放」。

然而晚近多年以來，金陵很是不同，這完全是拜水利運輸之賜所致。

水行船舶不比陸路車馬那樣程途安穩，往往受雲雨風波影響，不能及時於天光之下抵達口岸——這就和李白先前遊歷過的江陵十分近似了——地方官吏體察市舶貿易的實情，發覺夜間商民治生瑣瑣，較諸白晝之時，亦不遑多讓，遂漸弛城門之禁。而門禁、坊禁，原本就是一體，為了不妨礙百姓生計，在並無重大奸盜之警的時候，暮鼓之擊只是虛應故事，則宵禁之於商務繁忙的水岸城市，便形同虛設了。

這日以繼夜、夜以繼日的遊觀、歌吟、飲饌、談笑，觸目所及，了無日常煙火，百業繁劇，比起當年在大匡山上讀書、習文、採藥、種菜的素樸作息，更不知平添多少活色生香。李白不但未曾遭遇，甚至難以想望。以堪稱受了驚嚇與魅惑的感受而言，放誕不羈如此，已經脫離了塵世，或許傳說中的神仙，大約也不過如此。他怔忡以對，不能作答。而段七娘醉妝未褪，又神似綿纏地補問了一句：「仍望長安否？」

李白不自覺朝西北一轉身，喉間「不敢望」三字還不及出口，西北方深濃的夜色之中迎睞而來的，竟是一陣煙塵，以及愈來愈近、也愈顯急促的驢馬奔踏之聲。

「合是崔五郎來耶？」彈琵琶的小妓尖聲呼喊，車下隨行的僕婦紛紛停步張望，有的胡亂揮舞起手中巾絹，也不問遠處來人可聞見否，直是扯起嗓子喊：「五郎歸來！五郎歸來！」

路塵朦朧，與夜霧相雜，更不容易清晰辨物。只知當先是一頭高大的赤毛馬匹，錦障泥俱為金銀線碎繡而成，從極遠之處就閃熾發光，在鞍韉下顛撲起落，好似那赤馬的一對小翼，驅風欲飛。這馬來勢甚急，到近前韁轡突地一收，馬上的丈夫雙腿一撐，馬前足高高騰起，這是個立馬式，自然少不了耀武揚威的用意。李白方欲看清騎者面目，瞽叟已自仰天大笑，道：「范十三這是借了誰的坐騎？」

被呼為范十三的：居然是個白髮皤皤的老者——也不對，說是個老者，固然因他髮色如雪，可是一根根銀絲稠密如織氈，而那張臉也潔淨明朗，唇紅齒白，並無鬚髯皺摺，說起話來語氣佻達，音聲清朗，分明是個少年：「諾諾諾！老瞎子耳力仍健，某就不問候了！七娘子別來無恙否？」

段七娘眉峰微蹙，也不答，逕往遠處塵埃望了望，才像是自言自語道：「崔五遲遲其行，偏是為賺一個風度！」

范十三也不惱，倒是看見了李白，四目略一接，馬上仗鞭拱手，笑道：「七娘子自有仙客相從，卻不須嫌某等來遲了。」

「某——綿州昌明李十二白。」李白見對方施禮，不敢怠慢，也高抬雙掌過額，往回一帶，齊頷而止，復一叉手——以左拳握住右手拇指，左手大指向上、小指平貼右腕。右手四指直向左伸，去胸二三寸——算是回禮了。這是尋常相見之儀，無論布衣士人，白身黃裳，如此並無高下疏失。可是李白卻忘了：他的左袖之中、腕臂之上，還紮縛著一柄匕首，才一抬掌，就露了相。范十三顯然熟老江湖，掃眼看了個仔細，冷冷一笑，道：「佳兵不祥，固非尊府明訓乎？」

「夫佳兵者，不祥之器，物或惡之。」語在《道德經．三十一章》，「尊府」一詞所繫，是老子李耳，這話當然不無譏嘲之意。李白卻纖介不以為忤，順手指著那匹還在踢跳喧嚷、焦躁不安的赤馬，道：「尊府亦有『愛民力則無愛馬足』之訓，當不以佳兵為祥！」

那是出於《列女傳》的一則記載。春秋時晉國大夫范獻子有三個兒子，皆遊於趙簡子的門下任事。趙簡子在自家園囿中騎馬，由於園中殘留著數量極多的枯立樹根，可能會傷及馬蹄，便問這三子，該如何處置。

范氏的長子說了兩句空話：「明君不問不為；亂君不問而為。」次子微有諷諫之心，希望趙簡子不要勞擾庶民，但也只是拿兩句不著邊際的議論搪塞了事：「愛馬足則無愛民力；愛民力則無愛馬足。」唯獨那幼子，機心獨運，定策讓趙簡子一連三次取悅了舉國的百姓——只不過他的謀略實在曲折而深刻。

首先，此子請趙簡子出一政令，鼓勵百姓入山墾伐樹根。繼之，再請趙簡子大開私囿之門，讓百姓在無意間發現園中有許多樹根；如此一來，山遠而園近，百姓赫然一喜。百姓捨遠逐近，輕役薄勞，暢然二喜。事畢之後，趙簡子並未放過那許多原本不值錢的樹根，刻意廉價兜售，百姓基於政令鼓舞，歡踴認購，非但讓趙簡子平白賺了些錢，百姓則欣欣然第三喜矣。

這個小兒子為趙簡子定策而返，在母親面前頗露得色，范母卻嘆息了；她認為，日後將要導致范氏滅亡的，必然會是這個小兒子。因為：「夫伐功施勞，鮮能布仁；乘偽行詐，莫能久長。」

白髮少年范十三在馬上微微一緊韁轡，意味深長地看了李白一眼，眼中帶著笑意，嘴裡的話卻是對著段七娘說的：「前約既訂，豈有不踐之理？七娘且緩緩歸，某等隨來請教。」說完，帶轉馬頭，回身向來處奔去。

段七娘的眸子深凝，眉峰卻舒展了，她幽幽地喊了聲：「來是空言，去莫回。」

范十三則頭也不回地在馬背上呼笑相應：「某亦同崔五說過的——莫須回！」

這時李白才看見，先前看似尾隨而來的路塵早已折向正西，應該是轉回驛道去了。仔細玩味他的話，以及前後光景，范十三同那路塵飛揚之處的一群人約莫是作夥的，快馬加鞭，疾行在道，匆匆說甚麼「不須嫌某等來遲」，看來是與段七娘另有前約，卻未能及時趕赴。如此反覆想來，李白才琢磨出一個輪廓：今日之遊，應須另有緣故；說甚麼讓他見識好因緣、惡因緣，看來卻是段七娘料定所約不能來踐，便帶著他四處行遊張望，至於遲遲未曾露面的那個崔五，才是段七娘的因緣之人。

26 富貴安可求

實情正如李白所揣想，段七娘所守候的，正是崔五；而他不能及時履約，的確有不得不爾的苦衷。崔五，名成甫，字宗之，以字行。這一趟風塵僕僕，事關官爵，這在士族少年而言，是天大事。

崔五的父親崔日用，是滑州靈昌人，科考中進士，初官任芮城尉。大足元年——也就是李白出生的那一年——武氏當國，鑾駕於十月間西行入關，至京師，路過陝州的時候，陝州刺史宗楚客以供應膳食事發付崔日用籌辦，不但供應豐厚，且遍饋從官，大賂人心，極受宗楚客賞識，由此而得薦舉，升新豐尉，隨即入居清要，成為監察御史。

也就是在這個號為「侍御」的官職上，崔日用深獲安樂公主的卵翼，而與武三思、武延秀及宗楚客結為黨羽，升任兵部侍郎。據傳，在一次宮廷宴會之中，君臣同醉，崔日用起身跳了一支「回波舞」助興，舞後向中宗皇帝求學士職，當下御賜詔命，讓崔日用「兼修文館學士」。

中宗的死相當突然，宮中頗有異聞，紛紜眾說之中有用毒一端，也不免指向韋后。崔日用偶然間聽到了這個揣測，固不敢信，然而他慎謀知機，非但不肯出面為韋氏一黨雪謠，反而召見了與臨淄王李隆基過從極密的僧人普潤、以及上清派的道術之士王曄，私下求見臨淄王，開門見山一句話：「為政難！」

李隆基早就明白崔日用一向所倚附的，是他當前的大敵，此時看崔日用辭色若有掩隱，聽出話裡別藏機栝，猜想或有他計，遂問：「卿身在機要，何出此言？」

崔日用道：「猶記昔年臣與科考試文，曾引孟子『為政不難』語，於今思之，世事恐也有孟子亦不能料者。」

再聽到這幾句上，李隆基更覺出蹊蹺來，趕緊追問：「願聆雅教。」

孟子的原話李隆基顯然不熟，那是出於〈離婁〉上篇，崔日用繞了個彎子，為的是勾引李隆基於猝不及防之間，道出自己的盤算——孟子是這麼說的：「為政不難，不得罪於巨室；巨室之所慕，一國慕之；一國之所慕，天下慕之。故沛然德教溢乎四海。」

把這番話轉用於政局時勢之所趨，指喻相當明白：巨室，就是韋氏、武氏以及安樂公主等人。若說「為政難」，就表示當今巨室之所慕，恰不與一國同，更不能與天下同，這就表示崔日用之居心，是站到了李隆基這一邊來。

當崔日用狀似憂心忡忡地表示：他已經看出了巨室之不安於室，李隆基忽然離席而前，趨近崔日用身邊，低聲道：「何若除之？」

話說得很不清楚，可是語氣、神態，充盈著一片殺機，崔日用不能逼視，低頭俯頷，囁嚅以答：「諾！」

李隆基接著又刻意操雅言說道：「今謀此舉，直為親，不為身。」

這就更明朗了：他之所以要除去巨室，不是為一己爭珪組、邀名爵、甚至承襲天下。他是為了鞏固自己的父親。這幾句話也正是崔日用想藉以攀緣過渡的索帶，登時應之以雅言：「此乃孝感動天，事必克捷。望速發，出其不意，若少遲延，或恐生變。」這是李隆基提領北門軍、發動「唐隆之變」前最得力、也最親密的一份鼓舞。

就在討平韋氏的當天夜裡，臨淄王傳皇帝詔令，令崔日用「以功授銀青光祿大夫、黃門侍郎，參知機務，封齊國公，食實封二百戶」。崔五日後所襲之爵，也就是齊國公。

睿宗即位之惴惴不安，世所共知，他在景雲二年十二月，召見天台山道士司馬承禎時公然請教的是陰陽數術，儘管司馬承禎對以：「道者，損之又損，以至於無為，安肯勞心以學術數乎？」睿宗截搭其言，一口咬定「無為」二字也暗合於他退位的心思，接著問：「理身無為則高矣！如理國何？」這是已然心有定見，要套取司馬承禎的話，老道士也只能就自己願意伸張的治國之道立言，遂說：「國猶身也，順物自然而心無所私，則天下理矣。」當時這番議論如果持續下去，不免會言及「心之所私」究竟為何——畢竟，出手奪取天下可能出於私欲，而拱手讓出天下又何嘗不然？但是睿宗一意已決，嘆口氣，說了一句話、八個字：「廣成之言，無以過也。」這是拿上古時黃帝求道於崆峒山神人廣成子的典故自況，既然神人如彼，何不從善如流？次年八月，睿宗一舉禪位，把天下讓給李隆基去理了。日後開元天子也援例召見司馬承禎，事以師尊，賜以名山，築以宮觀，可謂崇禮之極，到那時，司馬承禎卻對崔日用的兒子崔宗之嘆息著說：「某愈以無為，而愈有為如此。」

崔日用非但與謀李隆基之定鼎，其靜思世變，善觀辭色，制謀機先，當代無可及者。他參知機務不過一個多月，便與少保薛稷因細故在中書省爭執咆哮，鬧得個公然失儀，李隆基不敢明白迴護，下敕書將他轉貶為雍州長史，停知政事。之後不多久，便遷揚州；又過了一段很短的時間，暗暗升為婺州、汴州刺史，繼而出任兗州都督、荊州長史。

當局這樣一步一步為他經營外官地位，若非正印，即是美地——這一切自然是有心栽培，可是連皇帝在內，竟沒有一個人看出來，先前他之所以與薛稷衝突，全盤出於精心謀劃。

當時宰臣七人，就中四、五皆出於太平公主之門，以竇懷貞、蕭至忠、崔湜為首，而在情勢上倚附庸懦的太上皇為後盾。崔日用既不能明火執仗地與竇、蕭、崔氏為敵，卻能夠曲折借力，把一向同竇懷貞私誼甚篤的薛稷當作箭垛，刻意「忿競失度」，把自己貶出長安，正好遠離了太平公主與李隆基之間正在對立的風暴。

然而他不只是隨波逐流，很快便找著機會入奏言事，他是這麼說的：「太平公主謀逆有期，陛下應已明哲先見。往昔在東宮時，倘若欲為討捕，猶礙於子道臣道，不免用謀用力。今既光臨大寶，但須下一制書，誰敢不從？不然，倏乎之間，變生肘腋，奸宄得志，則禍亂不小。」

皇帝思忖良久，道：「誠如此，直恐驚動太上皇，卿宜更思之。」

崔日用早有準備，侃侃而言：「臣聞，天子之孝與庶人之孝全然有別。庶人之孝，謹身節用，承順顏色；天子之孝，安國家，定社稷。今若逆黨竊發，即大業都棄，豈得成天子之孝乎？伏請如前誅除韋、武故事，先定北軍，次收逆黨，即不驚動太上皇。」

清除太平公主一黨的行動有如風捲殘雲，薛稷便是受到這一番牽連，而於開元元年瘐死於萬年縣大獄之中。而崔日用隨即真如「誅除韋、武故事」之時一般，立刻獲得「加實封通前滿四百戶」、「尋拜吏部尚書」。

崔日用對於開元天子的影響，還顯現在另一件事上。有一年皇帝誕辰，百官進賀，崔日用采《毛詩》之《大雅》、《小雅》二十篇及司馬相如〈封禪書〉獻壽，藉以勸頌。這是李隆基第一次對封禪之事有了獨特的興趣，皇帝立刻下詔，賞衣裳一副，緞物五十疋，以為恩謝。

日後，崔日用雖然受到兄長犯贓的牽累而削官，可是在開元七年的時候，仍有詔令嘉勉：「唐元之際，日用實贊大謀，功多不宜減封，復食二百戶」調任并州長史，在任三年之久，因病故世，終年五十歲。崔日用在當地政績極好，并州人懷德追思，吏員黎庶皆著素服送葬，朝廷追贈為吏部尚書、荊州大都督——這大都督，已經意味著相當於皇子的地位了。

崔日用還在世的時候，崔宗之只一翩翩公子，經常一帆江上，往來於江陵、金陵、廣陵之間，結交各地文士。由於個性豪宕，行事疏簡，又多出入妓家歌館，行酒勸觴，名聲遠播，而不免迭有物議，說他是：「本朝岑郎」——這是拿太宗朝的一個校書郎岑文昭的事例來指斥他輕薄無行。

岑文昭在日，多與時人遊款，不擇雅俗，太宗以為有辱士族，卻由於書校郎官卑職小，不便親自斥責，繞了個彎，召見岑文昭的兄長——也是貞觀年間的著名宰相——岑文本；從容勸勉：「卿弟過多交結，恐累卿；朕將出之，為外官，如何？」不料岑文本聞言涕泣上奏，道：「臣弟少孤，老母特所鍾念，不欲信宿離於左右。若今外出，母必憂悴。儻無此弟，亦無老母也。」岑文本這一哭，皇帝亦為之動容，只好破例把岑文昭喚來，當面訓斥一番作罷。

崔宗之聽說人謔稱他是「本朝岑郎」，不但不以為忤，更自覺無可收斂，逢人還笑謂：「則崔五也算得是大孝不離於親！」

三陵所過之處，崔五足下少不了風流痕跡。開元十年，他漫遊無方，來到金陵孫楚樓，結識了段七娘，兩情繾綣，定下嚙臂之盟，說的是：既然不得暮暮朝朝、卿卿我我，每歲三寒食日若能暢遊終朝，也強過那只能在七夕一晤的牛郎織女了。崔宗之當時曾有一首七律留情；其調笑之意，自負之態，堪說是溢於言表：

仔細消磨話一般，片言三復未經刪。明明識破無情處，落落猜疑有意間。忽覺寒暄真解語，應慚說笑但開顏。楊花去遠桃花逐，恐怕春風不肯閒。

可是他與段七娘卻都沒有料到，過不幾日，并州就傳來了噩耗，齊國公病逝於任所。崔五自此廬墓三載，不能葷食服錦，更不得遊衍尋歡。段七娘癡心等著，三年後的春寒食匆匆已過，情人形影未繆，而杳無崔郎音信。春去秋復來，秋下即冬，這一寒食又過了。

然而，三年又半，崔五此來不只是踐約，還是告別。

由於是門蔭入仕，崔五不必經由科考、守選等程序，蔭任得門下省的起居郎，是個從六品的閒官，即將上任。先前那揚空十丈的黃塵，便是履新車馬。雖說是襲封而得官，崔五並無經世濟民的大志，他內心很清楚：而今吏門官署，無非進士之天下；而天下郎官，多如牛毛，也有高低等級的區別。

一般說來，郎官以吏部、兵部為「前行」，堪稱劇要。戶部、刑部為「中行」，在大僚面前，已遜容色。至於禮部、工部則為「後行」，地位最次。

就在睿宗、玄宗行禪讓的先天元年，有侍御史王主敬其人，自認才望兼具，求入尚書省任吏部考工員外郎，沒想到所獲之缺，竟是「膳部員外郎」，「膳部」是歸屬於「後行」的禮部，時人乃以詩戲嘲之：「有意嫌兵部，專心取考功。誰知腳蹭蹬，幾落省牆東。」省牆東，就是尚書省的東北角，膳部庖廚爐竈之所在侘傺尷尬之地——而這些，都還是建置於尚書省的郎官，至於崔宗之所得的門下省起居郎，斯又不及尚書郎之遠甚。

這是開元十四年，崔五早已服喪期滿，理當應命就蔭，赴省任官。他身在故鄉滑縣，距離當時朝廷所在的洛陽可以說是咫尺之遙，原本輕裝應卯，十分便捷。然而偏逢多事之秋，詔敕一直耽延下來，且都跟朝廷行在有關。

開元中葉以前，大唐帝國由於東南租賦運輸供應之便，行在經常遷往洛陽。李隆基又生於洛陽，極喜東都膏腴繁盛之區。近兩年藉著封禪大典起鑾回駕之便，就在東都待了下來。

可是，當各方雜沓人事紛擾不定之際，不論有無主張、有何計議，總有人像是急著歸林的倦鳥，只道：是不是該先回西京了？

先是中書令張說以宰輔之尊，遭崔隱甫、宇文融及御史中丞李林甫彈劾，罷職下獄鞫審。接著，又傳出了天子有意立武惠妃為后的風聞，朝議紛紜。有的說這是張說欲取立后之功，更圖再度入相；也有的人認為惠妃自有子嗣，一旦登上宸極，必將危及太子。偏偏在這喧囂四起的時刻，恰因河南、河北發大水，魏州接著也傳來溢河之災，溺死者數以千計。又過了不到一個月，詔令於龜茲設置安西都護府，發三萬大軍遣戍。於是內廷不時有返還西京長安之議。皇帝還猶豫著，又不便表示身眼仍為洛陽花色所迷，只好權宜同意，新任備任諸官，著令直赴西京待命。

崔五是從東都出發的，原本以日行二驛計，輕軺緩轡，約莫十六天可以抵達長安。繼而轉念，倘或今秋再誤了寒食之約，則不知何年何月，才能再赴金陵。既然詔命之下，是個乏人問津的冷官，一月赴任，無早無晚。略計其程途，設若先從驛路南下金陵，盤桓數日，再過江取渠道西溯漢水，經丹水至商州，復北接灞水、渭水，也是揚長赴京——這一段水路，不多年前才由於輸運江南米穀財用，而興大役疏浚過，至今暢通無阻；想來最多不過八、九日，也就到了。繞這麼一個彎，雖然行色匆匆，還是了了心願，爭如生生世世不能相見？就這一念所轉，忽然得句：「春秋倏忽逝，富貴安可求？」

雖然晚了大半日，他畢竟還是來到了孫楚樓，不意間卻先從范十三口中得知：蜀中綿州來了個「頗有意趣」的人物。這人則在多年之後，還記得他們初相見的那一天，崔五口占之句——李白非但記得，還套用了那句子，植入酬答之作，還給了崔五：「歲晏歸去來，富貴安可求？」

27 立談乃知我

兩處「富貴安可求」字句無別，而旨趣大異。崔五信口拈來，說的是時光匆匆，豈可為了追求富貴而辜負佳約；而李白的命意，則必須參照下文的「仲尼七十說，歷聘莫見收。魯連逃千金，珪組豈可酬？」這就直是慨嘆人世間根本不可能有追求而得手的及身富貴了。然而，正是這及身富貴之遙不可及，讓李白在與崔五初相見的這一夜，寫下了一首感傷奇特的〈上留田行〉。

這一夜，直到三更過半，崔五才在范十三接引之下，姍姍而來，排闥就席，互道名字，把雙眼睛直盯著李白打量。李白有些不自在，卻又從來者喜笑吟吟的神色中察知，他並無惡意，只是傾心好奇罷了。段七娘全不像前一夜那樣殷勤，侍坐陪飲，虛應故事而已。她遲遲不肯換妝歌舞，任誰也看得出，那是故作冷淡之態。

崔五卻似渾不在意，三言兩語之間，得知李白是前一日遠遊而來，隨緣巧遇，居然能得段七娘青睞，還為譜製新曲，一舉數章，這是孫楚樓向所未遇之客，也是門巷人家鮮聞少見之事。崔五當下慨然吩咐那報科頭人：「李侯帳目，併歸某處銷乏。」這就是將李白前一天的花費也包攬支付了去。

呼為「李侯」，更是把李白當士大夫相看，此為六朝以來官宦之家的風尚，施之於豪門貴姓子弟，本不唐突，可是對李白這般稱待，卻把他說得有些尷尬。

「豈敢？」李白一稽首，側身讓了讓。

「某接聞於范十三，說李侯吐屬非凡，」崔五道：「於今雖在布衣，然而器宇斯文，來日未必不能著緋紫，固毋須謙辭。」

李白聽他這麼說，反倒勾動思緒，喚起前情，忍不住將眉一蹙，歎道：「某有一故友，曾道：『此子讀書作耍二十年，也混充得士人行了。』看來，彼言不虛。」

這是自嘲，也是實話，與席眾人卻不明就裡，紛紛噱笑，說起平素往來生客熟客，某甲又復某乙，明明身在士行，卻不識書，儼然才是假士子。崔五原本也隨諸妓言笑，轉眼見李白神情黯然，想是那「讀書作耍二十年」的話中，還埋伏著些可說又不可說的身世感懷——試想，倘若一個人自幼操習墳典，卻不能登一科第，始終還是個白身，則若非考運蹭蹬，就是門戶低落。然而此人開口便熟用《列女傳》事典，作歌能蒙段七娘青眼相加，亦且於起坐之間，彬彬知禮，帶有一種遺世而獨立的風度，怎麼看，也不像是出身於微賤之家。崔五越想越覺出奇不解，只好轉作他語，問道：「儘教貴友是士族，卻也言出不遜。」

「他是匠作之子，與某同庚，多年來縱酒使氣，蹉跎而死了。」

「噫！不及壯而夭，殊為可憾。」崔五未料及此，頗覺意外，一時無詞以應，只好舉觴三奉，虛應了句：「彼言語倒是豪快！」

李白也酬應了三觴，轉身復對段七娘道：「向晚在芳樂苑溪舟之上，遠瞻青塚歷歷，七娘子曾告以：『生不留情，死不留名』之言，某實感愧不能自已——吾友指南，死於雲夢澤畔，槀葬而已，某時時懸念，不能為立一墓、撰一碑、留一名。是某之過矣！」

「毋乃貲力不足耶？」崔五問道。

「非也、非也！」李白不住地搖頭，好不得已才道：「白也何人？不能自成立，焉能揚我友之名？固不敢倉促其事。」

崔五一聽這話，為之肅色改容，道：「得友如君，合得一死！」說完，又自連引了三觴。

「若立一碑，終須有句，始得留名。」段七娘似也為李白之語所動，終於瞥一眼崔五，開了口，仍舊是話中有話：「李郎既不能忘情，便不能無句；莫似有些人，留句遣情，就算是勾帳了。」

段七娘此言一出，瞽叟應聲而低嘯，輕舉手上阮咸，打了個商角調，只一音，四弦齊發共鳴，蓄勢欲動。李白抖擻了一下前襟，對崔五和范十三橫裡叉手一擺，道：「起更時某與琴翁商量歌調，說起〈上留田行〉，某便以此作一歌罷。」

這一回，是段七娘親執版紙，蔥指揮毫，逐字錄寫李白的口占之作：

行至上留田，孤墳何崢嶸。積此萬古恨，春草不復生。悲風四邊來，腸斷白楊聲。借問誰家地，埋沒蒿里塋。古老向予言，言是上留田，蓬科馬鬣今已平。昔之弟死兄不葬，他人於此舉銘旌。一鳥死，百鳥鳴。一獸走，百獸驚。桓山之禽別離苦，欲去迴翔不能征。

這首詩，日後的面目並不止此，但是最初所作的末句，就是落在「欲去迴翔不能征」這一句上，自有典語可依；出於《楚辭．九思．悼亂》：「鶬鶊兮喈喈，山鵲兮嚶嚶。鴻鸕兮振翅，歸雁兮於征。」這個征字，就是行的意思。李白反其本義，刻意強調他面對故人新死，不應離去、不想離去的心思，恰恰也是在掩飾他不能不離去的事實。一旦寫到這銘心刻骨之處，考驗的是他修辭立誠的艱難——以此日之景況視之，他畢竟只能先將吳指南的屍骨暫厝於霜天寒湖之側，說是拂袖而去，亦不為過。如此反覆糾思結念，愈益自責，他更不能斟酌字句了。

瞽叟一仍撥弄著琴弦。他在等待，從他的耳中聽來，此詩並未作罷。以聲曲度之，七言的段落還少了六句，才算充實，收煞之處也該另有一章四言或六言的鋪排，但是他並不知道：李白在此刻一語不能再作；他無法面對、也無法忘卻的是：吳指南和他並未真正分離。

不只是瞽叟，崔五與范十三也只能剝落片面的字句，猜測詩中片面的情懷。崔五道：「句句皆是典語，可見二十年讀書入化精深！」

的確，此作除了借用上留田當地那個「棄弟不養」的故事以為借喻之外，前八句還靈活地鎔鑄了古詩十九首裡〈去者日以疏〉的：「去者日以疏，生者日已親。出郭門直視，但見丘與墳。」「白楊多悲風，蕭蕭愁殺人。」以及〈薤露歌〉的：「蒿里誰家地，聚斂魂魄無賢愚。」

接著，「蓬顆馬鬣今已平」一詞則出自《禮記．檀弓上》，子夏為孔子造墳，築成直長上銳而簡樸的斧狀，俗稱「馬鬣封」，取其形狀薄狹，葬器簡約之意。全句意會，即是塊土生蓬日久，自然也不免遭踐履而為平夷。不過，這些各有來歷的字句，雖然共同指涉了生死永隔，草草別過，皆不及「桓山之禽別離苦」切關意旨。

那是既見於《說苑．辨物》、復見於《孔子家語．顏回》的一個故事。孔子在衛國之某日，天色未亮即起，顏回隨侍在側，聽見遠方有婦人哭甚哀。孔子問：「汝知此何所哭乎？」顏回對曰：「回以此哭聲，非但為死者而已，又有生離別者也。」孔子再追問緣故，顏回答以：桓山之鳥，生四子，待其羽翼皆已豐滿之後，便將要分別散飛四海，於是：「其母悲鳴而送之，哀聲有似於此；謂其往而不返也。」顏回類比鳥鳴與人哭，以為音聲相彷彿，其情亦差堪近似。孔子派人問其哭者，果然得到了答案：「父死家貧，賣子以葬，與之長訣。」

這是從「死別」再轉向「生離」之苦。拂曉悲啼者正面臨著孩子們「散飛四海」的情境；在詩人來說，不僅桓山之鳥與衛國孀婦的哀傷相同，連他自己也陷入一樣的處境——他，猶如羽翼已成的禽鳥，或是死者已經年長成立的孤兒，翱翔於外，是不能重返故巢的。

一個隻身在外的遊子，若非困於資斧無著、衣食不繼，為甚麼不能回家？李白似乎在崔五等人臉上看見了這樣的困惑，於是他向眾人舉杯，平揖一過，仰飲而盡，道：「出蜀之日，某師趙徵君備酒為餞，曾諄諄告以鍾儀、莊舄之事。」

「楚之鍾儀、越之莊舄，《傳》記分明，彼等身去故里，為異國顯宦，卻能念念舊音，」崔五道：「這是勗勉李郎得意而毋忘故土——」

「某師偏以此為下士之證！」

「下士？」范十三大惑不解，道：「遠遊之人，眷戀閭里，樂聞鄉音，這是人情之常啊！怎麼說是——」

話還沒說完，崔五卻會了意，一面拊掌大笑，一面向李白舉杯，道：「我知之矣！既溺於常情，則不足以言四方之志。令師之言，恰是勉汝以馳騁縱橫之心。不意李侯而今真是兩難——若即此歸葬故友，以安亡者之魂，則不得不返鄉；固已泥於下士之行也。」

范十三搶道：「歸葬舊友，返鄉復出，不過是旬月間事，一來一往耳，又何難？」

「一來一往是不難，難在居心是否入道；而道之所繫，究其極，不外是太上忘情。」崔五不自覺地回眸望了段七娘一眼，又怕迎回了幽怨的目光，遂趕緊向李白再舉杯，道：「某所言，庶幾是乎？」

「某師行展萬里，放身浮世，所過處曾不回頭，真絕情人也。」李白也飲了，不住地點著頭，苦笑道：「某擔簦結囊，湖海覓訪，求道於四方，然於『絕情』二字，不能及某師遠甚。」

在崔五之前，還沒有任何人能如此言簡意賅直指李白心頭的矛盾，這是足以困擾李白終生的難題。自離開大匡山以來，每行一程、赴一地，初到或將離某處，他便像翻檢行囊一般，一遍又一遍地重溫趙蕤那「身外無家」的訓誨；他知道，趙蕤的用意不只是勸勉他莫受

「胡馬依北風，越鳥巢南枝」的俗情牽累；更要緊的，是要徹底迴避、掩藏甚至割捨、拋棄他作為一個行商之子的身份。否則，他永遠不能憑著一個像是借貸而來的「李」字姓氏而改換門第，飛黃騰達。

崔五這時眉一揚，腰一挺，玩興忽發，擊掌道：「李侯去來兩難，我等何不行一令以占之？」

「五郎久未來，孫楚樓還真是三年不聞雅令了呢！」段七娘聲調依舊透著些刻意的慵懶，可是顯然對行酒令是有興味的，隨即道：「行個甚麼令呢？。」

范十三道：「既然李侯秉承師教，慨然有天下之志，不肯瑣瑣為下士，我等何不以『天下士』為目，指一物，舉一人，賦一詩，且用典語明一志。」

「酒令軍令無二，貴在嚴明，還宜稍事範圍。」崔五忽然轉向段七娘，像是刻意討好似地拍打著她的手背，道：「七娘子是主人，便任此令『酒糾』罷？即請指命一物為題。」

段七娘別有心思，略一躊躇，便道：「眾口齊詠一物，豈不乏趣？范郎騎馬來，便以『馬』為題；李郎今日與妾等作滌路塵之戲，便以『鞋』為題；至於崔郎麼——此去西京赴任，明堂軒車，掙一副進賢冠，從此青雲直上，恰合以『冠』為題。三物皆『天下士』行腳海湖，出入郡縣，閱歷風塵之證。」

范十三揎拳擄袖地笑道：「七娘子非難倒天下士不以為快，還有甚麼令章，一併宣來！」

段七娘仍一派慵懶無著之貌，款款道：「妾識書不多，不敢造次。」

李白倒是興致勃勃，道：「既然約以典語明志，人不能盡同一志，也須分別則個。」說著，反身伏在一張隨時供備著筆墨的柵几上，分紙信手寫了幾字，吐息吹乾，將紙角折了，混入一盞核栗果棗之中。

段七娘身為酒糾，是發號施令的仲裁之人，從報科頭人手上捧了牙箸令旗，朝几頭三點復一擊，向瞽叟道聲：「樂起——」

瞽叟得了意思，猛地一崩琴弦，這就算是起令了。

崔五隨即笑道：「某等賦性癡愚，不能忍事，便先驅一駕了。」先驅一駕，明明是在比較急促的情況下行令，這也是崔五親切的善意，好讓李白能略得片刻從容，徐徐明瞭這酒中之戲的規矩，不至於因為臨令急迫而意興困頓，神思枯窘。

說罷，崔五伸手往果盞中翻攪一陣，摸出先前埋入的一角紙，攤開一看，是「詩」字。論以典語，就是得在《詩經》三百篇中拈出一段語句，這組出自《詩經》的語句，非但要能覆按他即將吟唱的詩篇，還得吻合那個「冠」字的意趣，並且含有表現一己身為「天下士」的抱負。

也就在這一刻，報科頭人持錦幡揮舞著繞榻一過，表示酒令已然啟行，而笙笛琴鼓混奏的樂聲一旦停歇，崔五就得寫出或誦出他所作的詩句，以及出自《詩經》的典語。

可是這一道酒令之難，非徒具備吟詠的才華便足以行之；除了賦詩，行令者還須熟悉經籍文句。尤其是「明志」二字，說的是一生一世的襟期懷抱，何止酒桌邊一時遊戲，也就不能任性拼湊字句了。然而，崔五捧著那一角紙，細細讀著那個「詩」字，儘說些閒話：「李侯書字方正，清壯無窮。」又傾過身去，對段七娘道：「三年不見，消得花容未減，酒力亦不稍弱，七娘子大佳青春！」段七娘有些怨意，又有些喜意，喜怨之間，反而平添了拗氣，只是垂首不應。

一曲數疊，轉瞬而過，落拍餘音嫋嫋。這時崔五讓身起立，一揮大袖，朗聲道：「冠之為物，甚誤人；漢高知之者，七娘子亦知之者，某無以為報，僅持典語答之：『庶見素冠兮，棘人欒欒兮，勞心慱慱兮』」接著，他高聲吟出了所作的詩句：

大風歌一曲，猛士結同歡。海內尋溲瀝，天涯認素冠。寸心聊與子，尺帛勉加餐。歸路誰能識，抬頭向月看。

崔五的題目是「冠」，所用的人物是漢高祖劉邦，其事出於《史記．酈生陸賈列傳》。酈生即酈食其，陳留郡高陽縣人，年過六十，身長八尺，自詡為儒，卻為鄉人目為「狂生」。他曾經在沛公劉邦掠地駐留高陽的時候，囑託同里青年向劉邦舉荐，這個在劉邦麾下任騎士官的青年卻警告酈食其：「沛公不好儒，諸客冠儒冠來者，沛公輒解其冠，溲溺其中，與人言，常大罵，未可以儒生說也。」

劉邦溲溺儒冠，固為粗鄙之事，可是將一溲字用在詩裡，崔五卻將之轉換為「溲酒」。《儀禮．士虞禮》有「嘉薦曾淖，普薦溲酒。」溲酒，也就是醙酒，酒之久而白者。用意一轉，竟將臭不可聞的尿液，變成了陳釀老酒，足可見巧思了。

到了第四句上，「素冠」更點出了酒令中的典語，出自《詩經．檜風．素冠》：「庶見素冠兮，棘人欒欒兮，勞心慱慱兮。」微妙的是這幾句詩又與段七娘的心境有關。《詩經》小序解說此詩的原旨，是「素冠，刺不能三年也。」意思是說：這首從檜國蒐集來的民歌，原意在諷刺國人不能為父母守三年之喪。可是，深究原詩辭旨，本無居喪之事，更無諷刺之情，「棘人」是瘠瘦之人，「欒欒」、「慱慱」則是憂心耿耿，苦於相思的情態。崔五刻意借「素冠」為喻，移取詩序諷刺不能守喪的說法，來影射自己守喪的現實——守喪三年、屢屢耽誤寒食日佳約，竟使段七娘憂勞盼望。所以在第五句中的「寸心聊與子」正是〈素冠〉第二章末句：「聊與子同歸兮」以及第三章末句：「聊與子如一兮」的轉語。換言之：崔五已經藉由酒令向段七娘表述心跡——所謂明「天下士」之志，竟然不是甚麼偉大的抱負；儘崔五衷心之所願，乃是與段七娘相伴相隨，終其一生。所以在最後一聯上，暗示這遠行之人有思歸之心，而此日追隨著頭上的月色歸來，也恰恰是實景。

段七娘仔細聽了，淡然道：「崔郎的詩，典語艱深，恕妾力微，不能再任此糾。」說時眼眶鼻尖併一泛紅，簡直就是要哭的模樣。然而，倘若當真鬧起了氣性，在門巷人家而言，是很不得體的，但見她一揚眉、一抬眼，臉上暈紅乍褪，只款擺腰肢起身，朝裡間屋疾行，這就是要更衣換妝的意思，僕婦不敢怠慢，搶著拉開屏門，服侍而入。

從這幾句敷衍的說詞看來，段七娘雖明曉時樂俚詞，卻不通經籍，對於詩中千回百折而委婉吐露的情思略無所覺，可是，看在李白眼裡卻另有一番情味，他認為段七娘怨悵經年，委屈深至，一時之間得此柔情撫慰，既不能豁然釋懷，又不能不有所感，唯恐失態，只好避席。

此時尷尬，崔五卻渾似不見，轉臉對范十三道：「十三郎的『馬』呢？」

語罷，舉起几邊的牙箸令旗，如先前段七娘處置，往几上三點一擊，瞽叟隨即四指崩弦，曲樂再度張揚，范十三順手從核果盞中抽取了另一角紙，展開一覷，是個「騷」字，捉得此字，范十三的典語便不能不向《離騷》中求取了。

范十三的名字與李白一向企慕的戴逵之師同名，也叫范宣，在日後李白為他所作的〈金陵歌送別范宣〉中，藉著金陵六代三百年帝都的繁華氣勢，寫下「四十餘帝三百秋，功名事跡隨東流」、「金陵昔時何壯哉，席捲英豪天下來」之類壯闊的句子，多少也與此夕范十三的豪吟有關——他當下所作的行令之詩是這樣的：

誰云可奈何？吾道先路者。氣壯拔名山，歌悲啼駿馬。凌煙入閣圖，勸駕傾商斝。千百太行秋，揮鞭謝天下。

也在瞽叟領奏的一曲終了時，范十三起身將詩作朗吟一過，接著唸出了所用典語：「乘騏驥以馳騁兮，來吾道夫先路。」果然是《離騷》開篇的名句。

這首詩追隨著先前崔五近體五律的形式，稍有不同的只在用「馬」字韻。起句已經點出了和馬有關的古人，是項羽。項王兵困垓下，以名駒烏騅與美人虞姬而作歌：「力拔山兮氣蓋世，時不利兮騅不逝。騅不逝兮可奈何，虞兮虞兮奈若何？」范十三借用了項羽的句子，也借用了原文反詰的語氣，使之翻轉原意，再以屈原的話語作回答。屈原雖然放逐悲吟，但是馳騁以先導天下的抱負卻歷歷分明——這也是范十三為「天下士」這個題目所下的註解；他擷取了項羽的氣概、屈原的胸懷，卻領入了另一層野心，那就是「凌煙閣」、「商罍」和「太行」所指涉的雄心。

唐太宗晚歲，貞觀十七年二月，李世民追念昔年僚屬，命畫師閻立本在凌煙閣內描繪二十四功臣圖，故范十三借凌煙二字以為凌越煙雲而入高閣之貌，對句則是用商湯討滅夏桀、制訂「罍」為御用酒器的掌故，作為「定鼎」的借喻，堪見壯圖瑰偉。更進一步的，是「太行秋」三字。

這又運用了東漢末年曹操的故事。

赤壁一戰而天下三分之前數年，袁紹的外甥、并州刺史高幹乘曹操北征烏桓之隙，派兵掩有上黨，並據守太行山壺關口，進窺中原，是為曹氏肘腋之患。建安十一年秋，曹操親征并州，包圍壺關，至次年三月迫降。此役曹軍從鄴城開拔，經太行山峽谷，曹操因此而作〈苦寒行〉：「北上太行山，艱哉何巍巍！羊腸坂詰屈，車輪為之摧。樹木何蕭瑟，北風聲正悲。熊羆對我蹲，虎豹夾路啼。谿谷少人民，雪落何霏霏。延頸長嘆息，遠行多所懷。我心何怫鬱？思欲一東歸。水深橋梁絕，中路正徘徊。迷惑失故路，薄暮無宿棲。行行日已遠，人馬同時飢。擔囊行取薪，斧冰持作糜。悲彼東山詩，悠悠令我哀。」

一詩中用「哀」、「艱」、用「蕭瑟」、「嘆息」、「怫鬱」、「迷惑」，更兩用「悲」

字，皆非其實情，反而多的是假飢寒交迫之狀寫躊躇滿志之意。「太行秋」是以並不幽怨，反而顯得慷慨萬千。

李白正欲為范十三這首豪氣干雲的詩擊節稱賞，崔五卻一正容色，喝道：「違令！」

范十三不服，道：「有何說？」

崔五道：「『太行』二字典語，直指曹家阿瞞，豈非以魏武與項王爭勝，此番酒令明言『舉一人』，汝竟是『舉二人』了。」

此言一出，舉座大笑，范十三想了想，搔搔頂上白髮，也不得不點頭稱是，舉杯道：「認罰！某且浮一大白。」

酒令三官，還剩下李白未作。此前兩人皆以楚漢為背景，一個用事於劉邦，一個取意於項羽，天下風雲翻覆，莫非此二人，李白尚未起手，已然落於下乘。可是他渾不在意。

像個孩子似地，他凝神看著眼前這兩位意氣風發的士子，一個玉面如脂，劍眉入鬢；另一個龍準高額，星目遠凝。他在書上讀到過些許——那個箋注過《論語》、《老子》的何晏，據說在炎夏之日食熱湯麵，而後「大汗出，以朱衣自拭，色轉皎然」，或許就是這等姿容罷？還有晉武帝時曾任中書令、封臨海侯的裴楷，「雙眸閃閃若巖下電」，大約也不外是這般面目罷？

這樣的人，與他青春相仿，談吐不隔，但是怎麼看都有一種侃侃如也，落落大方的氣性，都是他向所未見、也無從設想的一種人物。李白有生以來第一次傾心賞看著面前兩個男子的容顏。這時，浮現在他眼前的詩句，竟與酒令無關，是一句「緬邈青雲姿」。「緬邈」二字，來自李白所熟讀、並擬寫過不止一次的潘岳〈寡婦賦〉：「遙逝兮逾遠，緬邈兮長乖」；「青雲」二字，也出自李白熟讀而仿作過不知多少次的顏延年詩：「仲容青雲器，實稟生民秀」。

構句築砌典語，是詩家慣常，本來無足為奇。但是此時天外飛來的這一句，並不是為了行令而打磨成就的，甚至還攪亂了他原本根據「鞋」字而作的佈局。李白非常驚訝，冥冥中似有神，一如先前洞庭湖上君山老仙藉吳指南之口，囑託作文以勸錢塘龍君罷戰；或是幾個時辰之前的芳樂苑舟中，文曲星張夜叉藉瞽叟之口，斥責他將詩句付於妓家——儘管看似荒誕，但身形聲色，歷歷可見，只這「緬邈青雲姿」五字，卻橫空出世，跌破洪荒而來。像是天上字雨飛花，紛墜臨頭，不肯消歇，亦令人無從遁避。李白忽然恐慌起來——難道心魂所繫，還有另一個我在？

他力持容色，滿引一觴，高高向額前舉起，環揖一過，對范十三道：「尊作壯懷豪語，惝怳不可及也！」嘴裡雖是由衷之言，心下所想的，還是「緬邈青雲姿」五字來歷。

誠若以理逆之，許是看他崔五、范十三士族大戶，昂藏模樣，而想到了傳說中俊秀不可一世的潘安。又由於段七娘匆匆逃席，而蔓生出潘安在〈寡婦賦〉裡對於任子咸之寡妻——也是潘安的妻妹——的深切憐憫，以此而得「緬邈」二字。

至於「青雲」二字，顏延年〈五君詠〉詩之中的「仲容」，則是指阮籍之兄子阮咸——

恰與瞽叟手中之樂器同其名。〈五君詠〉分詠阮籍、嵇康、劉伶、阮咸及向秀等五人。阮咸之詠列在第四，「仲容青雲器，實稟生民秀」是開篇語，「屢薦不入官，一麾乃出守」根據《晉紀》所載：亦列名竹林七賢的山濤，曾經三次舉荐阮咸為吏部郎官，晉武帝皆不肯用。阮咸最後出任始平地方的太守，宦績不著，也談不上施展了何等懷抱。阮咸的故事裡包含了像山濤一般國之重臣顯宦舉荐隱逸之士的情節，才讓「青雲」這兩個字煥發出深層的意義，這就應該與《史記．伯夷列傳》篇末太史公的論斷有很大的關係。

司馬遷是這樣嘆息、感慨著：若非孔夫子光耀宇內古今，縱令伯夷、叔齊甚至顏淵等人之賢德如彼，又怎麼能夠彰顯其名呢？相對而言，那些處身於巖穴之間的人，如不能附身於驥尾，恐怕也就姓名湮滅而不能見稱於後世了。所以司馬遷才會有：「閭巷之人，欲砥行立名者，非附青雲之士，惡能施於後世哉？」的結語。

「青雲」因此而絕非泛泛稱頌某人物「意境高遠，有如蒼穹」之言，更彰顯了能夠讓草芥一般的庶人得以仰望和攀附的身份。李白在這一轉念之間，發現自己對於面前這兩位世家少年的羨慕、渴悅，還夾雜著親溷其行伍的企圖；換言之，崔五、范十三正是司馬遷所謂的那種「青雲之士」，如果不能經由這樣的人識拔與提攜，我李白還不過就是在歌臺酒館自得自喜其鳳凰之聲的一個無名之輩罷了。

「緬邈青雲姿」僅僅五字，所說的卻這樣多——這些，不可告人，卻都在如傾如注的字句之中洩漏。而李白第一次明白：他的詩，會替他坦白自己最不堪的心事，對此，他無能為力。

這一刻，他緩緩解下左臂上的匕首，輕輕拉開銅鞘一寸，忽又收鋒，復拔之，再收之；反覆發出一揚一抑、金鐵鳴擊之聲。反覆數過，崔五和范十三也都聽出來了，拔鋒或收鋒是聲調上揚而微有些許差異的兩種平聲，合鞘則是急促、沉墜的仄聲。一組連續不斷的聲調，便成一句。

28 迴鞭指長安

崔五手上的牙箸令旗一擊方落，不待瞽叟崩弦起令，李白已經隨口誦出了他的詩句：

緬邈青雲姿，潁川不洗耳。破家訪力士，士為知己死。一狙博浪沙，三揖圯上履。印銷六國絕，籌略漢天子——

一口氣誦到此處，看來詩作尚未完成，崔五等人已然瞠目結舌，耳不暇聞，還只能回味句中較為明朗的意旨——不消說，以「鞋」作題，李白所指之物，便是第六句的末字：「履」，所舉之人，則是輔佐劉邦成就漢室王業的留侯張良。

這是古體之詩，與先前崔五、范十三合乎時調的律體絕然不同。倒是今夕酒令令章中並未規範歌行一體不可行，而從李白起手吟作的格局與氣勢來看，似乎也無法在一首尋常的律體之中將題旨鋪排停當。尤有甚者，是崔五和范十三都對李白隨口作奔放之吟感到新奇而震驚。這個從偏僻的蜀地倏然而來的青年，似乎要經由張良的故事，表述一番頗不尋常的感慨；這得要從「潁川不洗耳」說起。

世稱張良先世為韓國的公族，張並非本姓。推溯其家世，大約已難得真相，因為秦滅韓後，張良「悉以家財求客刺秦王，為韓報仇」，博浪沙一椎誤中副車，秦皇大怒，發捕兵衛，追索遍天下。於是張良乃變更姓名，亡匿於下邳，而有了另一番奇遇。

張良原本的姓名里貫既不可考，僅《後漢書》謂：張良之祖家或可能出於城父縣，而城父縣又隸屬潁川郡，是以李白才在第二句上運用了「潁川洗耳」的許由之事，直指張良用心天下，刻意進取，而不至於像他的鄉前輩許由那樣，徒務高隱之虛名。此下僅用五至八句，就說明了張良十多年間的出入起伏：本事自俗稱黃石公的圯上老人始，老人有心試之，言行倨傲，不以禮為，命張良替他撿鞋、穿鞋，約期三番而屢責其後至，最後終於授以太公兵法書，為劉邦運籌帷幄，決勝千里，以成就帝王事業。

其中「印銷六國絕，籌略漢天子」尤其精鍊，說的是被稱為「狂生」的酈食其勸劉邦封六國諸侯之後為王，授以印信，賄以方士，而謀合力攻伐項羽。可是張良以「八不可」之說告訴劉邦：時移而勢異，「立韓、魏、燕、趙、齊、楚之後，天下游士，各歸事其主，從其親戚，反其故舊墳墓，陛下與誰取天下乎？」這一段爭辯，本來就與趙蕤所授於李白的「身外無家，以有天下」的思想相吻合，也正是李白傾心於張良之處。

八句初成，李白自斟一觴飲了，匕首再度拔出一寸，正待往下吟去，崔五卻眸光閃爍，圈臂一揖，嘆道：「李侯恕某，事有不忍不言者——留侯破家以謀天下，弟死而不葬，其情或與李侯之志亦同？」

「崔兄知我者！」李白被說破了不葬故友的心事，淚水直欲出眶，頓首道：「唯以詩篇答君——」

他繼續吟了下去：

天子起布衣，鵬鯤傍海飛。身外無閭里，去去何言歸？故轍安可守，放心寒復飢。病身絕穀粒，應笑臞者肥——

這隨口而占的酒令之詩進入第二章，李白藉張良的行事，牽動了更多出處進退的面向。首句「天子起布衣」，還是引自《史記．留侯世家》。當漢六年正月，大封功臣。三月初三上巳節，劉邦在雒陽南宮，從複道中望見諸將席地而散坐於塵沙之中，竊竊私語。天子雄猜，問起張良：彼等說些甚麼？張良答以：「陛下不知乎？此謀反耳！」因此才引出「陛下起布衣，以此屬取天下」的一番話，提醒劉邦：以天子地位，分封不能僅及於蕭曹故人；誅殺亦不能僅及於生平仇怨。

李白在此謀篇的用意，是從張良改換姓名、棄擲門第，飄然遠舉，有類鵬鯤的行止說起，以「去不計歸」的行止，表現出無私於室家的決心。接著，還分別反詰了陶潛和謝靈運的詩句之意。

「故轍安可守，放心寒復飢」是針對陶淵明唱反調。在陶詩〈詠貧士〉中，有「量力守故轍，豈不寒與飢」的句子，所言本是指自持本分，躬耕畎畝；安貧樂道，忍度飢寒；但是李白卻逆反其說，強調不應前車後轍、墨守故業，大丈夫會須走闖天下，以「放心」論飢寒，則有安心、樂心於飢寒的誇張意味。

至於「病身絕穀粒，應笑臛者肥」則是抽換了謝靈運的〈初去郡〉詩中的結語：「戰勝臛者肥，鑑止流歸停。即是義唐化，獲我擊壤情。」這首〈初去郡〉，原是謝靈運在回顧自己二十多年仕宦生涯之時，懊悔名利場上的爭逐，一向違逆本心所願，因此決意辭官（『負心二十載，於今廢將迎』）。思慮經年，謝靈運終於拿定了歸去的決心，身體也漸漸寬胖起來。不過，李白在此仍然顛倒用句，故意把張良「性多病，即道引，不食穀」的瘦，拿來調笑謝靈運的肥，也就對比出張良於功成事了之後飄然遠舉、不知所終的瀟灑。

「布衣之人，身在下陳，偶為酸語，二兄見笑了。」這首詩仍未作完，李白又破涕而笑，指著果盤，帶著幾分自嘲之意，道：「所餘一紙，上書『莊』字，典語則為《南華》〈天運〉一篇所謂『夫迹，履之所出，而迹豈履哉？』」

接著，他誦出了這首酒令詩的第三章，轉作入聲韻為結：

一君無所鈎，六藝空陳迹。忽憶輕身人，應慚陌上客。迴鞭指長安，風霧掩霄翮。誰共帝王遊，看留赤玉舄。

起手二句，呼應了酒令所約定的典語，也出於《莊子．天運》。莊子假託孔子向老子抱怨，聲稱自己窮治詩、書、禮、樂、易、春秋已經頗有時日，熟極而流，七十二賢弟子及門，論列三代先王之道，可是卻沒有一個國君能夠賞識而大用之：「一君無所鉤用！」莊子所虛構的老子則語帶詼嘲地回應孔子：沒有遇到治世的明君，堪稱是幸運的事。他所打的譬喻是：那些世人爭傳而奉行的經典——如「六經」也者；只不過是三代先王的陳迹，後儒書之錄之而以為寶，述之載之而以為貴，殊不知這些文字就像是腳印一般，連穿在腳上的鞋尚且不能及，又如何堪稱聖人之道呢？。

至此回到了首章前文，酒令之約，所「指一人」為張良——那個為圯上老人撿鞋的青年。張良在扶保漢室、大定天下之後：「封萬戶，位列侯，此布衣之極，於良足矣。」可是張良卻「願棄人間事，欲從赤松子游耳。乃學辟穀、道引、輕身」，這就是「輕身人」的本義。然而，張良拂衣遠引，猶在有所締造之後；李白卻認為自己不會有那樣的機會，所謂「風霧掩霄翮」就是「布衣之人，身在下陳」的隱括之語而已。

令崔五和范十三驚訝的是，就在這首詩的末一聯上，李白自運千鈞之力，打開生面，卻把酸語一舉而扭轉成豪語，而仍不離一個「鞋」字。

「赤玉舄」，就是赤玉做成的鞋，故事出自李白時常在詩句中引用的劉向《列仙傳．安期先生》。安期生，人又呼為安期先生，瑯琊阜鄉人，賣藥於東海之濱，與他有往來者皆稱之「千歲翁」。

秦始皇東遊到瑯琊時，曾經請見安期生，和他交談了三天三夜，賜以金、璧，其值數千萬。可是安期生分文不取，反而留下一雙赤玉舄和一封書信，以為答報。信上說：「後數年，求我於蓬萊山。」這就是秦始皇日後派遣徐福、盧生等人率童男童女赴海的原由。而「赤玉舄」，便成為答報帝王眷顧、以及信任的象徵——在李白日後所作的〈古風之二十〉詩裡，另有「終留赤玉舄，東上蓬萊路」一聯，顯示了李白將張良與安期生相綰結的用意，並非追求神仙，而是在輔佐聖明以達濟天下之後，一無所取，飄然遠去的行跡。

崔五還在回味著這一首在頃刻間順口吟成的聯章三疊之作，連嘆服的話還不及道出，范十三卻搶過牙箸令旗，連連敲擊著几面，亢聲道：「違令！違令！」

「汝有何說？」崔五搶著不服了。

「某以魏武與項王爭勝，固是違令；」范十三戟指一伸，衝李白笑道：「彼拾了黃石公鞋尚不以為足，更取安期生赤玉舄，亦多餘！」

三人方自歡噱，但聽間壁一聲嬌語：「總不合是妾多餘耶？」話語未落，紙屏分向左右開啟，嬝嬝亭亭走出來了新妝豔發的段七娘。

這麗人挽起椎髻，淡淡地散發著鬱金油的氣息。她還重畫了細而長的眉黛，龍消薄粉宜面，沉香鴉黃侵髮，更於雙唇當央點上了時下風行的「桃花殷」；較淺的紅脂勻上兩腮，是謂「欲醉濃」；最引人處，是兩眉之間，新點了一顆紅色的圓痣——據說這是仿天竺國女子而形成的修飾，也有個名目，叫「懶飛天」。

原先段七娘身上的素白窄袖襦和緋紅半臂、碧色短帔此時也卸了去，換成一襲圓領坦胸寬袖紗衣，外罩紫絳帔帛，襯得朱裙益見明亮。裙腳之下時隱時現的，是一雙簇新白羅襪。

但見她款款行來，抬手一掠鬢角，紗袖忽落，露出了臂間無數釧環，崔五不禁「噫」了一聲，臉色霎時一沉，脫口而呼：「七娘子，這是？」

釧環掛腕，原本無足為奇，然自唐代以降，門巷人家有這規矩，一旦聲妓準備落籍，不論是擇人而適，抑或是遁入道尼之門，都要舉行一個「布環宴」，取音於「不還」。落籍之妓，要將多年來所受於恩客的手鐲擇其美而貴者，分餽於仍在門巷中討生活的姊妹、僕婦，以為彼此的祝福。

一臂掛環不計其數，自然是多年來段七娘溷迹風塵之所得，這似乎正預示著一場突如其來的「布環宴」。

段七娘且不理會崔五，直向李白道：「妾更妝如此，李郎寧無新句？」

李白終究不曉箇中還有「不還」的用意，只一派天真，應了聲「諾」，當下仔細打量了段七娘幾回，信口吟來：「羅襪凌波生網塵，那能得計訪情親。千杯綠酒何辭醉，一面紅妝惱殺人。」

段七娘立身原處，瞥一眼茫然不知所措的崔五，高揚雙腕，抖擻起滿臂釧環，鬧得個一室琳瑯，仍沒有俯身就席的意思，反倒一旋腰，衝瞽叟道：「李郎喜作樂府調，十三郎酒令詩中復有『凌煙入閣圖』之語——此首，便來個樂府曲長孫公新曲如何？」

樂府初在漢惠帝時，任夏侯寬為樂府令，始有官名而已。至武帝而立官署，「采詩夜誦，有趙、代、秦、楚之謳」以及「以李延年為協律都尉，多舉司馬相如等數十人造為詩賦，略論律呂，以合八音之調，作十九章之歌。」（《漢書・禮樂志》），這是廣泛搜求、整理各地民俗曲辭之置。樂府歌詞之中，有的是取其聲曲，以為譜式，翻作新詞；也有的是保留歌詞，另鑄新聲。像是歸屬於「郊廟歌辭」、「相和歌辭」、「鐃歌曲辭」、「橫吹曲辭」者，就是既保留了曲譜、也記錄了歌辭的。此外，有辭無聲的也不少——像是許多後世擬仿之作，而且出於名公巨卿之手，樂官采而集之，以示禮敬，卻幾乎不為之編寫聲腔曲譜。

此下至於大唐，還有一種新樂府，都是當代的新歌，官司各處搜求來這些詩句，束之於署閣，也未必為之譜作聲曲，所謂聊備一格而已。段七娘所謂的「長孫公新曲」，即屬此類。

長孫公，是長孫無忌，凌煙閣二十四功臣之首，太宗內兄。以勳以戚，貴盛無匹，雖然在高宗即位之後，格於武氏集團的興起而漸衰其勢，到頭來還落得個奉旨自縊而死；然而開宗廟、輔儲君、攝大政，數十年呼風喚雨，當世堪稱鮮有與比肩者。他的詩作無多，流傳數首，被收入新樂府雜題的兩首極為知名，沒有立詩題，歸目於〈新曲〉之列：

儂阿家住朝歌下，早傳名。結伴來遊淇水上，舊長情。玉珮金鈿隨步遠，雲羅霧縠逐風輕。轉目機心懸自許，何須更待聽琴聲。

回雪凌波遊洛浦，遇陳王。婉約娉婷工語笑，侍蘭房。芙蓉綺帳還開掩，翡翠珠被爛齊光。長願今宵奉顏色，不愛吹簫逐鳳凰。

這兩首詩大體上七言六句，僅在第二、四兩句句末疊三字之聲，而得參差錯落之致。李白贈段七娘的口占之作，群妓便在瞽叟領帶之下，依著這個曲式載奏載歌起來：

羅襪凌波生網塵，生網塵。那能得計訪情親，訪情親。千杯綠酒何辭醉，一面紅妝惱殺人——

可是，唱到這裡，長孫無忌的〈新曲〉原詞尚有兩句未作結。領奏的瞽叟目不能視，看不見段七娘有何指麾，只能依照心頭默記的曲譜繼續彈下去，而段七娘似乎早有主意，也隨著曲式獨自引吭而歌，所唱的，竟然是長孫無忌原作的最後一聯，只為了將就李白詩作的韻腳，而改動了末句的聲字；更由於忽而轉成了獨唱，其悽惻孤子之情更甚於前：

轉目機心懸自許，何須更逐老風塵！

李白這一下才恍然大悟：段七娘是在利用自己的新詩、和長孫無忌近百年前的舊作，向崔五忿忿訣別。崔五對段七娘用心厚薄如何？實不能以言語自辯，此時他一語不發，卻形同默認了詞中深深的怨憾。范十三緊蹙雙眉，捉起酒盞自飲，似亦無話言可以為之調停。

段七娘一曲既罷，彷彿刻意要挑起張揚的興致，搖著雙臂，對群妓道：「我輩行歌之人，豈能讓三位郎君專美，也來行個令兒——得句者，且取一環！」隨即又轉向瞽叟：「便請琴翁起個〈楊白花〉罷。」

〈楊白花〉，詩篇之名，出於北朝民歌，後世歸之於樂府雜曲歌辭，自有故事。北魏有一受封為仇池公的楊大眼，當世名將。其子楊白花，於《梁書》與《南史》具有傳，附於開元天子王皇后之高祖王神念傳中，由此亦可知，楊白花與王神念齊一頭地，也是北魏名將。史載楊白花「容貌瑰偉」，遇上了另一個巾幗人物北魏宣武帝之皇后胡氏。

胡充華系出名門，為當朝司徒胡國珍之女，容色美豔，行止端方，為帝所知，召入掖庭，冊封為「充華世婦」。北魏初仿漢武故事，立有舊章，非正宮之后而孕儲君者，當賜死，稱之為「去母留犢」。以此之故，嬪妃「皆願生諸王公主，不願生太子。」然而胡氏卻「不願為貪生計，貽誤宗祧。」果然一舉得男，名拓跋詡，立為太子——也就是日後的明帝；而宣武帝非但沒有賜胡氏死，反而晉封她為「充華嬪」。

不幸的是，宣武帝早死，明帝沖齡踐祚，從而先後尊立胡氏為皇太妃、皇太后，甚至得以臨朝聽政。這也與胡太后年幼時曾經出家為尼、詳內典、識文字的教養有關，史稱：「太后性聰悟，多才藝」、「略得佛經大義，親覽萬機，手筆斷決」。

不過，就楊白花而言，芳年喪夫的胡太后卻有如夢魘。胡太后看上了楊白花，「逼而通之」。彼時正逢楊大眼過世，楊白花頓失所依，身為將門之子，原本就不甘心淪為后妃男寵，又畏懼日後將有不測之禍及身，索性改名楊華，率領了一支部曲，奔降於南方的梁朝。胡太后始終不能忘情於此子，「為作〈楊白花〉歌辭，使宮人晝夜連臂踏蹄足歌之，聲甚悽惋。」是後，負心之人與見棄之人都死於更強大且不可逆挽的變局——胡太后被爾朱榮篡殺，投溺於河；而楊白花則在侯景之亂中受迫於妻子被俘，不得已而降賊，也遭到誅戮。

〈楊白花〉的流傳不只是有一個哀豔動人的故事為底蘊，實則還有北地群舞踏歌的節奏聲腔，展現了全然有別於六朝以下節奏整秩的近體詩律。此歌開篇前兩句五言平韻，三、四句七言平韻，五、六句七言入韻，七、八句七言上聲韻，起伏迭宕，變化多端，與尋常齊言同韻的歌相較之下，顯得生面別開，格調非凡。豈止天下士人耳熟能詳，就連酒樓歌館的聲妓也眾口紛傳，時時翻唱，處處流行——不消說，傷心人懷抱，正是四海攸同。其原詞如此：

> 陽春二三月，楊柳齊作花。春風一夜入閨闥，楊花飄盪落南家。含情出戶腳無力，拾得楊花淚沾臆。秋去春還雙燕子，願銜楊花入窠裡。

陽春飛花，用以寓楊白花本來的姓名。南家，則是隱喻南方梁朝。「腳無力」說的是身為太后，不能追隨情郎行跡而遠行。「雙燕子」舊巢在樑，年年歲歲去而復來，當然也意味著守候出走之人再度歸來的深切懸望。段七娘指名奏此曲而徵辭令，不言可喻，還是要以楊白花借指崔五，而以胡太后昭昭自況。

小妓們聞道有釧環可領，紛紛言笑，你一句、我一句，段七娘只不滿意，頻頻搖頭，只搖得眸光靈動，淚珠凝集，終於深深看了崔五一眼。崔五不得已，俊秀的臉龐上擠出一絲苦笑，道：「我今歸止證遲遲，遲來心事不堪知，勉誦二句奉七娘子妝次解頤一笑罷——」接著，他藉原詩格調吟了這麼兩句：

涼風八九月，白露滿空庭。

白露取「白露為霜」之句，語出《詩經．蒹葭》的：「蒹葭蒼蒼，白鷺為霜。所謂伊人，在水一方。」沒有道破的「所謂伊人」，自是指段七娘無疑。偏在此時，原本未曾參與行令的瞽叟也應聲接道：「某老瞽不才，敢來邀取一環！」他吟的是：

秋聲隨曲赴高閣，傷心人在亭外亭。

這兩句恰是全曲旨意所在，藉轉韻點題，把前文未道出的「所謂伊人」勾勒明朗，還進一步將這傷心人之所以傷心的情由也說白了：「亭」是驛亭，長亭十里，短亭五里，亭外有亭，儘教離別而已。

「金陵子莫只閒鬧笑，」段七娘也不遲疑，拔取一枚雕蟲白玉釧，俯身掛在瞽叟阮咸的鳳尾頭上，轉向那總是行高腔、穿一席窄袖薄羅衫子、頭上簪花的小妓，道：「汝也來誦一節。」

瞽叟順著段七娘意思，撥弦將曲子領回前奏，反覆數聲，給了那簪花小妓一點餘裕，小妓果然不負所期，略一思索，當場唱來，起句平起仄收、換押入聲韻字，一樣是兩句：

迴鞭才指長安陌，身是長安花下客。

這簪花小妓顯然深識箇中機巧，從平聲韻換押入聲韻，也就將詞中意緒，再轉向辜負了傷心人的遠行者，這人要去京師長安，而且說行即行，毫不躑躅，免不了在那繁華的帝都也要縱情聲色的。

段七娘的眼淚非但沒有落下來，反而展唇露齒而笑，笑得勉強，而說得輕柔：「小娘且伶俐呢！」隨即也發付了她一只勾絲纏金釧；又擰轉身，看一眼那擊鼙鼓的小娘。小娘會了意，點點頭，待瞽叟的琴聲繞過一折，便按拍合板，接續前情，唱出〈楊白花〉最後兩句轉入上聲韻的結語：

誰似吳江一帶水，攜將明月夢魂裡。

唱罷，這小娘也不推讓，挺身高踞，牽起段七娘的手臂，自指點了一枚鑲了紅晶石的銀釧，滿臉笑悅。

李白回味著這一首即席而成的歌，反覆揣摩，別有體會，自顧頻頻頷首：

涼風八九月，白露滿空庭。秋聲隨曲赴高閣，傷心人在亭外亭。迴鞭才指長安陌，身是長安花下客。誰似吳江一帶水，攜將明月夢魂裡。

想到自己賦詩，一向率性適意。章句有如星飛花舞，自天外倏忽而來，轉瞬即逝，幸而以誦哦筆墨捕得，儘管過目而不忘，三復斯詠，往往於意興遄疾勃發之外，又覺得支離零落。反觀身畔的這些伶妓作歌，不過是即目會心之語，雖然看似直白淺近，然而前後追步，彼此揣摩，思理相諧，映帶成趣；總像是將自己的心意揉進他人的心意，忽而思慕，忽而嗔怨；投以悵望，報以憂懷——總之，這不是一個人能夠感悟、抒發的境界。無怪乎孔門詩教有興、觀、群、怨四題，其中興、觀與怨三者，皆明朗易懂，唯獨這「群」字——也就是吟歌之人彼此會通以情，相感以志；非到孫楚樓，他還真不曾體會到。恰是如此親即於詩歌的唱作，他竟然深深體會到崔五所辜負的，不只是一個女子的癡想，還有這一群伶妓僕婦的瞻顧。

然而此時的崔五卻顯得尷尬了。他知道，這些優美的詩句不僅吐露了段七娘守盼三年的悵憾，也在探詢著他此後一官羈縻之餘，還能有相思相憶之情否？崔五當然可以浮泛答應，說些此身遙迢、此心密邇的話，聊作維持；也可以坦言這長安之行，屈就一門下省的郎官，其滋味實在如同雞肋。無論怎麼敷衍，都好讓段七娘顏面舒緩。無奈崔五爽朗伉直之人，偏不肯模稜應付，竟慨然道：

「布環之宴，豈容率爾？可憾某蔭位襲官，聽鼓應命，不能久留，唯可將事以報七娘子厚意者，敬奉數金以為賮儀乃已。」說著，從懷中摸出一紙，付予報科頭人。

李白一眼看出，那和他隨身行囊之中所攜帶的契券是相似之物。

近世士族、負販，但凡往來諸道郡江湖之間，所需盤纏，皆黃白之物，易以銅錢，為數更龐大可觀。為了不使行囊沉重惹眼，出遊或行商之人，往往藉助於契券，券記注明約期，但有立據與擔保者具名，而約期已屆者，就能依約兌現。

此事此物新起於民間，初時號曰「便換」，趙璘《因話錄．卷六》有載：「有士鬻產於外，得錢數百緡，懼川途之難賫也，祈所知納於公藏，而持牒以歸，世所謂便換者，寘之衣囊。」可知此事從來久矣，而於盛唐之時已然相當普遍。又過了數十春秋，到了憲宗元和六年二月，也恰因帝國銅錢為數不足，「便換」之道大興，貨真價實的錢幣卻為天下商民囤積以居奇，流通日減。由於這個緣故，中書遂傳詔敕，一度禁斷「便換」。

朝廷卻沒有料到，一旦如此，私家囤積益甚，銅錢更不流通。紛紛擾擾了一年多，才又在元和七年五月，採戶部、度支、鹽鐵三司之奏請，改由官方獨占「便換」。而有「先令差所由招召商人，每貫（按：一貫即一千文錢）加饒官中一百文換錢，今並無人情願。伏請依元和五年例，敵貫（按：等價）與商人對換。」之令——由官署統而營之，甚至免除了民間「便換」收取的一分利差，所謂「輕裝趨四方，合券乃取之」的「飛錢」到了彼時，也就應運而生了。

崔五究竟發付了段七娘多少「便換」，外人無從得知，但見報科頭人圓眼高眉，喜不自勝的模樣，想必極為可觀。然崔五神情自若，略不措意，隨即對段七娘道：「孫楚樓歌舞豔發，聲曲曼妙，冠蓋滿東南，盡得天下風致，只今七娘子忽而布環，自茲而後，豈不令往來士子寖失所望？」

段七娘不答他，卻從袖中探出一節白皙的手臂，搖晃著無數釧環，轉向李白，笑問：「李郎可知這『布環』二字，作麼意？」

李白笑說不知，范十三搶忙俯首低聲說解了幾句，李白還在一知半解之間，但見段七娘又指了指簪花小妓，道：「這小娘方才唱得入情入理——『迴鞭才指長安陌，身是長安花下客』。說甚麼孫楚樓盡得天下風致？貴客麼，舟中馬上，來去自如，說到長安，便到長安；說去洛陽，便去洛陽；長安、洛陽花事如何，妾寧不能隨客而去，瞻仰則個耶？」

此語一出，崔五那張粉白的臉忽然透出一片陰慘慘的暗青之色。聽段七娘言下意思，似是要隨崔五一行進京了。依她剛烈果決的性情，這話可能也並非虛恫。崔五轉念忖道：自己服孝期滿，隨即攜妓進京赴任，傳揚開來，還真不是「本朝岑郎」四字之謔浪所可擔待的了。可是，不過片刻之前，他還在酒令詩中放懷高言，說甚麼「寸心聊與子」，無論是「聊與子如一」或是「聊與子同歸」，說的明明是一派深情相思，眼前這女子用兵如神，忽然說要隨行，他又怎好出爾反爾，嚴詞峻拒呢？

段七娘仍一眼不看崔五，甚至連范十三也不睬，直對著李白，宛轉低喉，似有不忍表白的萬千風情，只能隱忍著、壓抑著，道：「日來李郎也看盡芳樂苑裡丘丘壑壑的『好因緣』，說的，還不就是妾身門巷人家這連宵達旦的綠酒紅裳，日後，少不得也就是舟前水畔、綿延崗陵的黃昏青塚。李郎且算來，其數何止盈千八百？獨不缺妾身為添一個土饅頭也。」

她這麼幽幽說來，一旁僕婦、小妓並瞽叟也越聽越信以為真，有人皺著眉、搓著手，瞠目顫唇，如臨巨變。也有人低頭附耳，嘈嘈切切地說些倉促惶急的零碎話，看來也都吃驚不小。就中唯獨瞽叟老練，面上全無憂喜之色，只一逕摸著阮咸前端鳳尾頭上那玉釧。

范十三知道崔五即使有義正辭嚴之語，大可以坦直相告，但是他性情平易溫和，總不忍斥責一個被自己辜負的女子，只好壯起膽色，另開一話題，道：「我朝最重聲曲歌樂，當今聖人前些年曾經大開內教坊之門，廣引良家女弟入宮，號『內人』、『宮人』；七娘子藝傾江南，兼通琴瑟，並善搊彈，一旦赴京，或可入左、右教坊領銜教席。」

說時，范十三刻意強調了「良家」二字，不無反面提醒之意；但是他所說的倒是事實。大唐宮妓，本以徵選於民間樂戶、犯官女眷以及接受貢獻者居多；朝官也常以家妓女樂上獻於君王，有「良家子」之目，有別於罪犯遭到抄家而發遣者。至於所謂「內人」，初本限於十家之數，後來屢有擴充，仍以「十家」為名——鄭嵎長篇巨製〈津陽門詩〉有句：「上皇寬容易承事，十家三國爭光輝。繞床呼盧恣樗博，張燈達晝相謾欺。」將「十家」與虢國、韓國、秦國三夫人相提並論，可知寵眷貴幸之深了。

范十三如此說，頗有用心。風塵中人一旦布環，送別、告別之宴，就不會停歇。可能三朝五夕，也可能兼月連旬，端視妓家交遊脈絡如何。像這樣大張豔幟，除了送往迎來的人情之外，既有廣結善緣的目的，也有公告周知的動機，因為一個年華未老、色藝俱佳的妓女，還真有范十三所謂的「廣引入宮」這樣的一條前途。

開元初年，有民間吳某父女，女本為里妓，年方九歲即入籍學藝，十三成立，吳父則寄身於門巷中幫閒。不料忽一日妓家失火，几榻琴箏、杯盤簫鼓一空，父女二人沒了依託，只得「歌於衢路，丐食而已」，也算運氣好，在經過某將軍府時，囀喉高歌，深為將軍愛賞，不但迎迓入宅，還納為府中樂姬。吳氏女的遭遇經人閒話閒說，傳入大內宮中，引起皇帝的好奇，遂引教坊召人故事，敕歸宜春院，號為「內人」，成了不折不扣的女官，隨身還配有魚符，聽召而直入內廷。據說直到入宮時，吳氏女還是處子之身。這在風月場上，直是前所未聞之奇遇。

當段七娘言及「隨貴客而去，瞻仰長安、洛陽花事」，而崔五苦於不能辭、亦不能不辭的兩難之間，范十三好容易打開一條蠶叢鳥徑——無論如何，「廣引入宮」這話，往好處說，是一番堂皇的前程；往無用處說，還是一聲恭維。誰知段七娘冷冷一笑，道：「妾在金陵，際會諸端府、明府、少府夥矣！豈敢奢望再往聖人面前賣笑？」

此時，崔五、范十三和李白面面相覷，竟然無一詞得以答之。這是段七娘的告別之語。而這三位郎君也都明白，今夜，終將是個不歡而散之局。

29 蕭然忘干謁

崔宗之的〈贈李十二白〉一直留存在李白的詩集之中。雖然歷經一生的顛沛流離，其間還有幾次重大的征戰和喪亂，在全部作品的十之八九皆已亡軼的情況之下，這一首詩還是勉為其難地流傳了下來，後人或不能僅以李白與崔五之友誼解此。於李白，這一夜能與一個原本高不可攀的貴胄子弟不期而會，且結為至交，這是別具深意的。

從詩的內文可知，起手「涼風八九月，白露滿空庭」二句，原本是為襯托爾後兩句「耿耿意不暢，捎捎風葉聲」以景帶情所開之先河，目的是在表述自己思慕「雄俊之士」，久不可得的焦慮。這是極其精鍊的東漢格調，取意高古遠大，唯魏武帝曹操能當得。

崔五試以換韻五古一體——也就是李白最擅長的一種寫詩的方式——非但鉅細靡遺地刻畫了李白的裝束和風采，也將當天與李白透過詩篇參詳議論的史識與情懷作了相當清晰的勾勒。崔五既把孫楚樓上打令行酒、賦詩言志的情形記錄了下來，還提出了鄭重且罕見的邀請：

涼風八九月，白露滿空庭。耿耿意不暢，捎捎風葉聲。思見雄俊士，共話今古情。李侯忽來儀，把袂苦不早。清論既抵掌，玄談又絕倒。分明楚漢事，歷歷王霸道。

擔囊無俗物，訪古千里餘。袖有匕首劍，懷中茂陵書。雙眸光照人，詞賦凌子虛。酌酒弦素琴，霜氣正凝潔。平生心中事，今日為君說。我家有別業，寄在嵩之陽。明月出高岑，清谿澄素光。雲散窗戶靜，風吹松桂香。子若同斯遊，千載不相忘。

首章平仄二韻，鋪陳了與李白相見恨晚的感受，以及藉酒令酬答、相互體會的懷抱。次章也是平仄兩韻，僅從李白的裝束、形容下筆，已足見傾心。出之「平生心中事，今日為君說」可知，崔五是在初會之夕，行令之餘，寫下的這首贈詩。末章四聯八句，一韻到底，說的卻是一樁不知何時才能成行的約會。

所約之地，在遙迢千里之外，是一所嵩山南麓的莊園，獨占名山秀水，不惹塵囂。李白可以想像，大約與大匡山上、趙蕤寄居之處尚未傾圮的狀貌相彷彿。那多半是出身高門大戶之人，富貴有餘，擇其慕悅之地，或返其眷戀之鄉，鳩工興築，頤養天年的宅第。據趙蕤零落片段的追述，李白僅能猜測：大匡山上的子雲宅和相如臺等屋舍，早已為原主棄置而荒廢，或恐那間架規模看來應該相當可觀的室宇從來就沒有建成；而崔五的嵩陽別業，卻顯然要堂皇得多，僅「雲散窗戶靜，風吹松桂香」一聯便透露出無限端倪。松桂並生，斷非天然，能夠植松栽桂以實一苑，又是在遠離塵城市井的山邊，那一定是極其清雅而不失宏麗的園林了。

「子若同斯遊，千載不相忘」是極有深意的兩句。李白既然在酒令之詩中慷慨言志，說自己有張良之圖，功成於天下而弗居，飄然遠引。在史籍之中，留侯張良保其天年，薨逝之後與穀城山下所拾得的一方黃石並葬，卻仍留下了「欲從赤松子遊」這樣響亮的歸志。

赤松子是仙——《楚辭．遠遊》已有：「聞赤松之清塵兮，願承風乎遺則」的句子；相傳為神農氏的雨師，能入火自燒，在崑崙山中隨風雨而上下，語雖無稽，畢竟為一朝定鼎之雄所嚮往，也成為李白心儀的楷模。崔五「同斯遊」三字，恰是以嵩陽別業相招，期以歸隱，彼此成為「道侶」，共修清靜。這是道術之士——至少是以道術居心之士——心照不宣的一個境界。

可是十分罕見地，李白卻婉轉地拒絕了這邀請。他當場回覆了一首規格相彷彿的詩作，〈酬崔五郎中〉：

朔雲橫高天，萬里起秋色。壯士心飛揚，落日空歎息。長嘯出原野，凜然寒風生。幸遭聖明時，功業猶未成。奈何懷良圖，鬱悒獨愁坐。杖策尋英豪，立談乃知我。崔公生民秀，緬邈青雲姿。制作參造化，託諷含神祇。海嶽尚可傾，吐諾終不移。是時霜飆寒，逸興臨華池。起舞拂長劍，四座皆揚眉。因得窮歡情，贈我以新詩。又結汗漫期，九垓遠相待。舉身憩蓬壺，濯足弄滄海。從此凌倒景，一去無時還。朝遊明光宮，暮入閶闔關。但得長把袂，何必嵩丘山。

首章平仄二韻，充分表達了知遇之感，「朔雲橫高天」和「壯士心飛揚」分別出現在第一、三兩句，是以錯落之致，隱括了劉邦〈大風歌〉辭意，也是對崔五的酒令之詩作一回應。換韻之後，「功業猶未成」則是全篇樞紐，下文也緊緊扣住這一句，表現出自己心繫天下的進取渴望；這也是年輕的李白才有的專注意志。行文到第二章，是對崔五的禮讚和推崇，也表達了對於贈詩的感動和謝忱。

一旦言及平生所願，李白並不讓步，埋伏在謙和與熱烈的情感之下的，是相當直接的探詢；在他看來，如今已經迴鞭直指長安道的崔五，眼看立登要津，固為「青雲」中人，當有援引之力，何妨一諾而結共謀天下大事之盟？因此，「朝遊明光宮，暮入閶闔關」便成為前文「功業猶未成」的反襯之語。

從語詞的本原來說，「汗漫」、「九垓」皆出於《淮南子．道應訓》：「吾與汗漫期於九垓之外，吾不可以久駐。」此語隱藏密意；原典說的是秦始皇派博士盧敖求神仙，遇見一個神仙化身而成的士人，士人向盧敖描述了宇宙的寬闊無垠，天界的廣大浩渺，相較起來，四極六合之內的中州，猶困於日月列星、陰陽四時的運行，不過咫尺間耳。這士人又託稱他與「汗漫」（其實就是荒唐無稽的一個假稱）有約，不能在人世間久留，隨即舉臂竦身，潛入雲中，不見蹤跡。這一段話顯然迷惑了、也說服了盧敖，根據史料，他再也沒有回到始皇的宮廷覆命。

這個故事，恰是李白化用的遁辭。與「蓬壺」、「明光」、「閶闔」都具備相同的寓意。

「蓬壺」出於《拾遺記》，指的是傳聞中海外三座仙山中的蓬萊山和方丈（又名方壺）山。李白另有〈明堂賦〉之文曰：「蔑蓬壺之海樓，吞岱宗之日觀。」把來到此對照，其刻意展示廣大襟懷，荒唐其言，與盧敖所遇見的那個士人，又何其類似？

「明光」是指明光宮。在李白反覆模擬的王褒之作〈九懷〉裡，有：「朝發兮葱嶺，夕至兮明光。」王逸注解此語，指稱「明光」就是「丹巒」。其地山巒之色丹紅，又名丹丘。因為在這一方地理上，無分晝夜，都是一片光明。至於「閶闔」，則仍可以從《淮南子·原道訓》裡找到痕跡。

《淮南子·原道訓》描述河伯馮夷和水神大丙以雷霆為車駕，以雲霓為六馬，行走在惝恍迷茫的天地之間，馳霜雪而不留其痕，被日光而不留其影，最後騰躍於崑崙之巔，推開了閶闔之門。這門，就是天帝所居住的紫微宮正門。相對來看：人世間的「末世之御，雖有輕車良馬，勁策厲錣（音卓，馬鞭上的利刺），不能與之爭先。」如此用語，其意更明，李白是要強調：人生最高遠的目標與歸宿若是歷來道者所傳誦的那些神妙無倫之境，則並非此刻的他所能瞻望於萬一。

由於皇命在身，崔五不得不匆促登程，臨行時讓范十三將謄寫完卷的詩篇轉交給逆旅中的李白，李白問起啟程之期，范十三一拱手，道：「即是當下。此刻便在江津驛所返還騾馬，備辦舟船，驗換告身符卷，諸事不勝繁瑣；一俟某回覆了，便要啟程。」

「七娘子處不交代了？」

范十三聞言不覺大笑，轉低聲道：「朝命倥傯，豈能耽延？」「我輩倖得脫身，還應朝謝天子。」

李白略不猶豫，到私驛中牽取了馬匹，隨范十三催鞭趕赴江津，豈料果如范十三所言「諸事不勝繁瑣」，僅僅為了驗看告身而耽擱了大半日——這一耽擱，倒讓李白與崔五、范十三有了幾個時辰的閒暇，當即在江邊野亭盤桓，而有了兩首答贈之詩。一首是前揭之〈酬崔五郎中〉，另一首則是給范十三的〈金陵歌送別范宣〉。

告身，唐代任官給狀，沿南北朝之制而來。告，即誥也。無論是蔭襲、舉荐、考選出身，官員們經考覈任命之後，皆給以憑信，用金花五色綾紙書明身家、資格、職銜。加蓋「尚書吏部告身之印」印信，稱為告身。官員在任，多束此物於高閣，然行腳於途，則不可須臾離之；沒了告身，就沒了身份。故崔五有句說得入理：「一紙如身薄，十行盡志疏。」

崔五返還馬匹之時，多說了幾句，平添枝節。由於范十三的坐騎是私人牲口，將就市上遣賣，崔五便向驛卒打聽交易所在。也是那驛卒心眼伶俐，反覆讀著告身上崔五的名字，一面藉故拖延，說這私馬需要周身察看，毛中有無官烙，一面悄悄派人去城中請來驛長。

唐時郡縣等差，高下相懸不啻天壤，驛長職分雖一，所司之繁劇輕閒，分別極大。驛長所務，包括制命軍報的投遞，中朝驛使的接待，伕眾牲群的管理，館舍廄槽的營繕，以及舟船車輛的維護，皆有律則統管。

此外，大唐立國以騎射，特重驛馬生養孳息，就算是騾驢傷病，也視為國力嚴重的消耗，故牲畜未達天年而夭亡，或是意外傷蹶折損，驛長必須負賠填之責。窮鄉僻壤之地，督理還比較鬆散，一旦在緊望之區，驛長所擔負的責任就相當沈重，故往往召請地方上富豪之家的耆老出掌，以其家道殷厚，賠填不致傾家蕩產的緣故。

這驛卒刻意作難耽擱，為的就是讓江津驛長來「相一相」——此日要過江的，似乎是個不容錯過的要人。

老驛長疾行而來，寒冬中渾身上下都叫汗水給沁透了，卻仍顯得意態從容，他還不是一個人來的，兩騾一駕，除了駕丁之外，還有一個中年人，與范十三形容相仿，只不過頂上的髮色沒那麼透白，而面色紅潤，泛著亮光，大約三、四十年紀。此人一躍而下車，手腳矯健得很，落下地來，還只顧著同老驛長繼續說話：

「倘若改去彼『盡』字而成『耽』字，既美矣，又復善矣。」接著，是一口連珠彈丸似的襄州土話，老驛長似乎聽得真切，頻頻點頭；崔五、范十三和李白卻兀立於道旁，不知該見禮與否了。

老驛長找了個言語間的縫隙，掃一眼看出崔五身份尤高於他人，先叉手胸前，深深一頓首，回頭同他那話多不能停歇的伴當道：「想來這便是崔五郎君了，先見禮罷。」

那人神情清朗愉快，像是與崔五已經熟識多年，高拱雙拳一迎，未待崔五還禮，便繼續說了下去：「某方自與龔翁閒話，謂崔郎君〈告身詠〉氣清格高，自陶令節以來之言隱者，無可與大作齊一頭地者，但——但有一字不穩⋯⋯」這人一口氣說到此處，忽然停了下來，不說了，明亮的大眼睛朝眾人一骨碌，像是在等待著人們央請他往下說。

他口中的「龔翁」自然就是那老驛長了，畢竟一方耆宿，趁勢阻住了滔滔不絕而不知其然的閒話，雲淡風輕地蹓踏幾步，怡然而笑，順手暗暗推靠，諸人略無所覺，卻在轉瞬之間，被他請進了驛所近旁的憩亭。

此亭又深又闊，比尋常三間五架的屋宇還要寬敞得多。面向大道兩面有竹篾密編的牆垣兩堵，面向江津煙水蒼茫景色的兩面則開闊明亮，白鷺州赫然在望。雖然從頂至榻，無不散發著種種來自燈燭、來自人身、來自衣被箱籠的油膩氣息，恐怕也是歷百數十年熙來攘往的過客之所累積。看來屏障風塵，還真稱得上雅淨。

「老朽主此驛諸般繁瑣，廣陵龔霸，行十一。」老驛長隨即攤手朝那多話之人胸前一擺，笑道：「襄州一士，孟浩然。」

孟浩然接著大笑，直對崔五把先前要說而沒說完的話一口氣傾吐而出：「『一紙如身薄，十行盡志疏』倘若改成『一紙如身薄，十行耽志疏』，則神氣舒張多矣！」

叨來念去，說的還是崔五那首流傳在士行之中將近兩三年的名篇〈告身詠〉。作此詩時，乃是襲封齊國公之詔書方才布達，崔五實在沒有心思將後半生拋擲到修羅場中與百僚群官傾軋，遂賦此：

一紙如身薄，十行盡志疏。歸來尋栗里，迢遞夢華胥。肥遯知何用，無藏故有餘。平生黃卷外，聊並灞橋驢。

一首顯現出棄官不為而真心愉快、全無酸腐熱中之意的詩。之所以當下流傳，也在於崔五絲毫不掩飾他覺得蔭官之無趣。起句的「一紙」就是指告身，與第七句的「黃卷」相近，「黃卷」多指記錄官吏功過，考核聲蹟的文書。「栗里」用的是陶淵明的典故。根據昭明太子蕭統所撰〈陶靖節傳〉：「淵明嘗往盧山，弘（按：江州刺史王弘）命淵明故人龐通之齎酒具於半道栗里之間邀之。」之後，王弘藉故翩然而至，經由龐通之的引薦，乃得與陶淵明訂交。而崔五藉此所言，不只是回到故鄉、成為平民，還有「華胥」之夢。

這是出自《列子．黃帝》的一段夢遊故事，說黃帝「晝寢而夢，遊於華胥氏之國」，此國邈遠廣袤，「蓋非舟車足力之所及，神遊而已。」此一華胥之國，沒有師長子弟的分別，人人齊等相待。人民沒有嗜欲，自然而已。既然不知道要樂生惡死，也就沒有夭殤的痛苦。既然不覺得人與人之間親疏有別，也就沒有彼此愛憎的糾紛。由於不堅持一己之所信所仰、所鄙所輕，也就沒有是非利害的爭執。更因為「都無所愛惜」而「都無所畏忌」。

看來已經是個極樂的淨土，而其超凡絕俗，尚不止於此，彼處之民「入水不溺，入火不熱。斫撻無傷痛，指擿無痟癢。乘空如履實，寢虛若處床。雲霧不礙其視，雷霆不亂其聽，美惡不滑其心，山谷不躓其步，神行而已」。

崔五以華胥為反比之喻，已經相當明白地表現了對於大唐帝國現實的不滿。而有以下的「肥遯知何用，無藏故有餘」。「肥遯」一詞出於《易經．遯卦》。遯卦第六爻的爻辭說：「肥遯，無不利」意思是說，只要居心寬裕不爭，徒事隱退，就沒有一分一毫不利的情況。

由此而導入第六句「無藏故有餘」，轉用了《莊子．天下》的：「人皆取實，己獨取虛，無藏也故有餘。」的原文。再明白不過了：崔五視命官之告身如無物，才有「平生黃卷外」這般的結論——人還沒到西京，已經迫不及待地要趕往長安知名的送別之地，灞橋；他，寧可追隨那些正在離開京師的驢子。

30 寧邀襄野童

孟浩然比李白年長十二歲，比崔五年長十歲，舉止活潑似少年，李白碰上了喜趣昂揚之人，總是識面傾心，一見如故，眸光炯炯，滿臉洋溢著好奇，卻插不上話。崔五則免不了有幾分世家子弟的矜持，或則還暗自琢磨，為甚麼一定要將「十行盡志疏」改成「十行耽志疏」呢？便因此一逕沉默著。只那范十三，應許是慣逐風塵，見多識廣，一禮才罷，便道：「久聞孟夫子息影鹿門山，不意近兩年於伊闕、邙山之間，卻時時聽說夫子遊蹤。」

「伊闕」、「邙山」一前一後夾輔洛陽，沒有別的含意，可是范十三刻意不說東都、不提洛陽，也是出於一番含蓄的禮貌。

近年來，隱逸之風隨著開科求賢以顯巖穴的制度而風行起來，先是「安心畎畝，力田之業夙彰科」，接著便有「道德資身，鄉閭共挹科」、「養志丘園，嘉遁之風遠載科」甚至還冒出來一個「哲人奇士，逸淪屠釣科」。褒揚以爵祿，獎掖以功名，當然會出現像盧藏用那樣沽名釣譽的「隨駕隱士」。天子在處，成行成伍的「夷齊之士」便現身貢策，欲為「聖人參贊」。

許多具備科考資格、卻苦於榜頭沒有著落的士人，有的遵循兩漢南北朝以來愈益制度化的「獻賦」而謀晉身，藉文章辭翰之稱頌或諷諫，試圖打動皇帝，獵取一官半職。有的則隨朝廷動靜，結交中外大臣，出入各級官署，掉搖文筆，博取聲名。這些活動，看在高門大姓的士人眼中，的確有些尷尬。然而朝廷鼓勵，察其情志而憫其遭遇者，也不忍苛責。孟浩然本來就是趁皇帝行在東都之際，前往洛下的群士之一，這是范十三蓄意不提洛陽，而諱之以洛陽前後兩處地理之名的底細。

孰料孟浩然絲毫不隱瞞，仍只大笑，道：「三年在茲，一無所獲。呵呵！既不得於君，只便熱中而已！若非熱中如孟某者，也須從詩句中澄清高懷。」笑言到此，孟浩然忽而轉向崔五，道：「這也是某一再說：『眈志』勝於『盡志』的緣故。」

「非請教不可。」崔五略一欠身，神色十分虔敬；即此瞬間，順勢瞥一眼李白和范十三，忽而想起來尚不曾引見這幾位素未謀面之人，趕緊道：「汝海范宣，行十三；蜀中遠客，昌明李侯十二白——李侯詩作神秀，大驚吾眼，夫子可與言者。」

孟浩然一時之間無心交際，隨手一揖，急著要解釋他對那兩句詩的看法，李白卻悠然道：「『眈志』之旨，在於『書傳』，遂不以世務經心，此前代諸賢高古之所在，但不知孟夫子以為然否？」

此言一出，几前榻上猛可站起了兩條人影，孟浩然的驚訝固不待說，被稱為翁的老驛長龔霸也矍爍異常地回手按著崔五的肩膀，道：「汝道、汝道彼是昌明——昌明？」

「李十二白。」

龔霸還沒來得及接腔，孟浩然也載驚載喜地喊道：「我道崔家郎君風標卓秀，不意另有佳士奇才在焉；失敬失敬！汝，亦知崔郎之〈告身詠〉耶？」

「實不知。」崔五和李白同時應道。

龔霸這時低聲吩咐了驛卒幾句，遣他出亭去了。孟浩然則揚聲道：「史傳所記，正是此言，『耽志書傳，未曾以世務經心』。噫！李郎嫻熟乙部墳典，一至於斯？」

「某早歲作詩，亦曾用『遺志』一詞，為某師刪削，改為『耽志』，遂記之。」李白說的是實話，他並不知道孟浩然所背誦的那兩句史傳之語究竟有甚麼來歷。

孟浩然一字改作，竟如此得意，是有緣故的——「耽志書傳，未曾以世務經心」出於《魏書．逸士傳．眭夸》。

眭（按：音雖）夸，又名眭昶，趙郡高邑人。從他的祖父眭邁開始，就擔任西晉東海王司馬越的軍中謀掾，日後眭邁轉投北方石勒，出掌徐州刺史。至於眭夸的父親眭邃，也擔任過後燕慕容寶朝廷的中書令，堪稱北朝仕宦世家。

眭夸少有大度，不拘小節，「耽志書傳，未曾以世務經心」語繫乎此。由於寄情世外，不肯出仕，與俗寡合也是必然的。孟浩然改動一字，就是從這邃密之處揣摩齊國公崔家公子的性情、好尚而來。巧合的是，眭夸其人一生，最稱知己的好友也姓崔，叫崔浩。

崔浩任職司徒，曾上奏朝廷徵召眭夸任中郎，眭夸辭以身病而不赴。州郡官府強行派遣，眭夸不得已而至京，與崔浩盤桓數日，飲酒閒談而已。崔浩後來只得把皇帝布達的告身拋在眭夸懷裡，眭夸卻喊著崔浩的行字，說：「桃簡，卿已為司徒，何足以此勞國士也？吾便於此將別。」

眭夸私歸，是要問罪的，還虧得崔浩屢為關說，方得脫免。眭夸也不承情，非但嚴峻地拒絕了崔浩所贈之馬匹，甚至不回覆通問的信函，直到崔浩慘死。

崔浩乃是因修北魏國史大張隱醜，不避忌諱，得罪於太武帝，被囚在木籠之中，「送於城南，使衛士數十人溲於其上，呼聲嗷嗷，聞於行路。」終於在太平真君十一年被夷九族，此案牽連到清河崔氏、范陽盧氏、太原郭氏以及河東柳氏諸姻親，盡夷其族。

誰都沒有料到，始終拒人於千里之外的眭夸，在這生死交關之處，卻顯揚了千秋大節。他為故友身著素服，並代為接受鄉人弔唁，他公開聲言：「崔公既死，誰能更容眭夸？」於是寫下了知名的〈朋友篇〉、一時天下傳誦。至此可知，眭夸、崔浩實在是一而二、二而一的名士與賢人，孟浩然執意用「耽」字代「盡」字，就是以「耽志書傳，未曾以世務經心」作引子，將這兩個人的性情、遭遇和襟懷包攬在一字所得的聯想之中，比起原先單薄的述懷之語，就沉厚得多了。

一字勘改，何須念念？孟浩然其實另有深刻的居心。此前，他竟夕連朝在龔霸家中與這老人家論道，原本玄談無根，遊心物外，忽然聽得驛中雜役來報：江津來了個赴京就任的青年，看似是當年齊國公家的貴冑，孟浩然不覺為之訝然。

早在開元十二年冬，十一月中，由於預備封禪之故，皇帝行在東都，朝廷隨駕而就，一切官常職守，也都東遷洛陽。先是，孟浩然夜觀天象，看雲氣東集如飛，彗出如半席，竟夕不止，芒尾清晝可見，一連半月。孟浩然想起《史記．天官書》之言：「客星出天廷，有奇令。」客星乃非常之星，出入無常時，居留也無定處，忽見忽沒，或行或止，暫寓於星辰之間，如寄身之客。此彗先欺於北斗，再入文昌，掃畢宿，拂天節，經天苑，很是惹眼。

這就有故事了。孟浩然不免為之大喜——想當年東漢隱者嚴光為光武帝召入殿中，促膝長談，終日不倦。由於相知得意，漸失君臣之分，嚴光竟然把隻腳擱在皇帝的肚子上。到了第二天，太史入奏：「客星犯御座，甚急！」光武帝笑曰：「朕故人嚴子陵共臥耳。」

當是時，已經足年三十又六的孟浩然前思後想，總以為這客星入北斗的兆頭不容小覷，反覆合計，覺得自己的機緣也該到了，於是趁聖駕尚未啟蹕之前就來到了洛陽；千方百計結交了不少部裡的「前行郎官」，詩酒宴會，文章酬贈，碌碌終日，兩年有餘，卻始終沒有一個了局。人皆不免一問：「郎君寧不一試而出身乎？」孟浩然無以應之——日後到他四十歲上，果然赴長安應舉，榜上無名，嗒焉喪志。他似乎早就知道：應考出身，畢竟於已無分。

龔霸本人是流外小吏，但是數代以來，族中不乏顯達，田產積聚極廣，家業豐厚，在金陵號稱巨富。他喜歡結交名士，尤其是對上清派道法十分入迷，座上往來嘉賓，多的是已經致仕歸隱的郡縣守官、以及頗孚名望的道流羽客。這些人竟日詩文酬答，高談闊論；在他們眼中，孟浩然雖然是個後輩，然而隻身漂泊，遊蹤萬里，非僅吐囑不俗，尤其是見識清奇，談鋒犀利，遂多以士禮相待。一日聽說「齊國公」「崔氏」，孟浩然的心頭便猛可一亮——這不是那個以〈告身詠〉聞名一時的崔宗之嗎？

改他一字，博他一粲，只是雕蟲篆刻之餘事，孟浩然是要藉此在崔五面前踏一地步，於是接著慷慨陳詞起來：

「蒙崔郎呼我一聲『夫子』，君不聞古聖夫子有云：『後生可畏』，此言殊為至理。讀郎君詩，大有蕭然林下之味，然非少壯高明之士所當。古聖夫子又云：『焉知來者之不如今也？四十、五十而無聞焉，斯亦不足畏也已！』這便說得是……」說到這裡，把指尖朝自己的鼻頭一指：「——某也！」

說時，孟浩然眼瞠眉聳，神情夸怪，逗得眾人不由得噱笑連聲，而崔五卻不免為之感動。

他廬墓三年，實則灰心多於勵志。平淡思之，時常覺得儕流百輩千萬數，人人只求拚得聳壑昂霄，高人一肩，他自己的父親就是這樣的人，總在風雲詭譎之際，隨風持舵，以轉危為安為能事。雖說才辯絕人，而敏於事，能乘機反禍患而取富貴。據家人轉述，他死前交代，無論如何要跟兒子轉達幾句遺言：「吾平生所事，皆適時制變，不專始謀。然每一反思，若芒刺在背！」這幾句話，正是使崔五這「本朝岑郎」為人處事一大轉捩的關鍵。

他懂得了畏懼——不只是畏懼，尤有甚者，是退卻。這是為甚麼在他行酒令拈得「冠」字時，居然也會以「歸路誰能識，抬頭向月看」為結語，可見落拓疏散之致了。

還不到而立之年的崔五已經厭倦公門趨競的生涯，他實在無法體會，年近不惑的孟浩然竟然尚有未竟之志，而且急迫，也就難以揣摩孟浩然藉斟酌詩句以動人視聽、藉邀青睞的幽微用心；遂只綿綿淡淡地答道：「孟夫子隱居鹿門，是昔日龐德公養靜之地，懷抱亦差近之。而夫子的詩名馳走半天下，某在洛下，時時聽說，人人仰慕，但聞所吟，多陶、謝之音。所謂言為心畫，故知夫子亦非汲急於時務者流，應不至以功名勸揚晚進矣。」

孟浩然沒聽出這話裡的質疑，卻五官一振，眼中浮光，道：「崔郎亦知某詩？」

崔五的話雖然帶著幾分不可置信的狐疑之意，卻自有見聞之本。

孟浩然生於武周改元、另置宗廟的前夕，童幼懵懂，不知天下之鼎沸。彼時狄仁傑、婁師德先後貶逐；僧人懷義任大總管，火燒明堂，宮寢崩壞；張昌宗、張易之兄弟用事；突厥默啜時叛時降，邊警無時無之；狄仁傑被貶後復相，僅一年便去世了，彼時孟浩然十二歲，對國局時務萌生了一種混糅著厭棄與關心的情緒，他身邊的親長，無不私以大唐為正朔；然耳聞目見，奉天禮佛，則莫武周之號是從。

又過了五年，也就是中宗神龍元年正月，張柬之、崔玄暉、敬暉、桓彥範、袁恕己舉兵誅張易之、昌宗，遷太后於上陽宮——李唐皇帝復位。孟浩然在一片巨大的混亂中逐漸萌生出「慨然澄清天下，予亦可以有為」的自許。十八歲那年，他開始大量寫詩，一次又一次出門遊歷，每一行不過百數十里，初則兼旬，漸至匝月，往往親即土俗民風，農桑鄙事，這些，和詩作的鍛鍊一樣，都是為了博一「出身」所下的工夫。

在二十歲上，他來到了與襄州故里不遠的鹿門山，當時是大唐中宗景龍二年，孟浩然作〈登鹿門山〉一篇，很清楚地標誌著他日後詩作的風格與宗旨：

> 清曉因興來，乘流越江峴。沙禽近方識，浦樹遙莫辨。漸至鹿門山，山明翠微淺。巖潭多屈曲，舟檝屢回轉。昔聞龐德公，采藥遂不返。金澗餌芝朮，石牀臥苔蘚。紛吾感者

舊，結攬事攀踐。隱迹今尚存，高風邈已遠。白雲何時去，丹桂空偃蹇。探討意未窮，回艇夕陽晚。

此後孟浩然絕大部分的詩作也都依循著這樣一部章法，彷彿追隨著詩意前行的作者與讀者在一片自然山水中踅行，漫無所終而漸生興會，逐字句之開展，透露出一閃即逝的情懷——它也許不深刻，也許不獨特，但是一閃即逝，似有若無，甚至令人猶豫著是否錯會其意；便成為孟詩鮮明的特色。

《水經注．沔水》中記載：「襄陽城東……沔水中有魚梁洲，龐德公所居。」龐德公，本名是否即此，亦不詳，是東漢末年名士，荊州襄陽人，躬耕於峴山之野，與司馬徽、諸葛亮、徐庶結一不盟之黨，彼此呼傳聲張，遍干諸侯，以取用於亂世。故諸葛以「臥龍」為號，司馬以「水鏡」為名，龐德公之侄龐統則以「鳳雛」為字。諸人待價而沽，俟時以動。唯龐德公不見劉表，始終在鹿門山隱居未出，據傳採藥而終，詩云「昔聞龐德公，采藥遂不返」指此。

很顯然，孟浩然初立志，雖然以終身不仕的龐德公為楷模，卻也絲毫不能脫略於國事，不然不會有「紛吾感耆舊，結攬事攀踐」的僝僽糾結，二十歲弱冠之年，已自抒發著「回艇夕陽晚」的時不我與之歎。

兩年之後的中宗景龍四年，傳聞皇后鴆毒弒帝，臨淄王隆基起兵討韋氏，孱懦的相王李旦繼立，年號景雲，再過一年，司馬承禎奉詔入京，這是上清派道者為李唐皇室重振國姓、高揭治理的一舉，司馬承禎刻意漫談「無為」，讓首倡「無為」的老子李耳再度回到舉國臣民的記憶之中，對於也頂著和李耳同一姓氏的皇家而言，於願足矣。

這一年，孟浩然二十三歲。與他在鹿門山有了一個既屬同鄉、又屬同道的「隱侶」張子容，作〈夜歸鹿門寺歌〉，也提到了龐德公，詩人將龐德公借作張子容的隱喻：

山寺鳴鐘晝已昏，魚梁渡頭爭渡喧。人隨沙岸向江村，余亦乘舟歸鹿門。鹿門月照開煙樹，忽到龐公棲隱處。巖扉松徑長寂寥，惟有幽人自來去。

如果說這一首中的「幽人」是指孟浩然自己，另一首〈尋白鶴巖張子容隱居〉則必然是指張子容了：

白鶴青巖畔，幽人有隱居。階庭空水石，林壑罷樵漁。歲月青松老，風霜苦竹疏。睹茲懷舊業，攜策返吾廬。

「攜策」之策，固有多歧之義。一是指竹簡。凡書，字有多有少，一行可盡者，書之於「簡」，數行可盡者，書之於「方」，方所不容者，乃書於「策」。策也可以當作算籌，就是謀算、謀劃之意。此外，策也有馬箠、馬鞭的意思。《禮記．曲禮上》：「君車將駕，則僕執策立於馬前。」此外，策馬曰策；然二友隱居於鹿門，相鄰咫尺，何須策馬？看來此策，還是傾近於治國平天下的方略作解。這不能有所用於明時的一個「策」字，正是孟浩然「一閃而逝」、不忍鋪陳的痛處。

次年是睿宗皇帝禪讓之年，冬後孟浩然送張子容應進士舉，一榜取了張子容為進士，從此孟浩然的詩也就在京朝之中益發廣泛地流傳著了。那一首送行之詩〈送張子容赴進士舉〉，原文如此：

夕曛山照滅，送客出柴門。惆悵野中別，殷勤岐路言。茂林予偃息，喬木爾飛翻。無使谷風誚，須令友道存。

「谷風」二字出於《詩經．小雅．谷風之什》的首篇。僅就其首章所詠：「習習谷風，維風及雨。將恐將懼，維予與女。將安將樂，女轉棄予。」可知，斯作主旨，在於傷感朋友之間能夠共患難而不能夠共安樂的人情之常。此番送張子容遠行，成敗未卜，但是孟浩然已經預占地步，以為張子容終將「飛翻」而騰達，自己則不免「偃息」而沉淪；用語雖出於期勉，實則頗涉自卑與猜懼。

無何，張子容並沒有像〈谷風〉之中所說的「將安將樂，女轉棄予」，反倒是經由張子容的傳播揄揚，這些襄州之野無託士子的少作，的確讓鹿門山之地綻放華采，也使得深居簡出的孟浩然有了不小的名望。

四年以後，歲在開元五年。很難說是否出於巧合，當朝宰臣張說一再外貶、終於來到岳州任刺史，孟浩然竟然夤緣參與了張說在洞庭湖畔所主持的詩酒之會，當場獻酬了一首〈望洞庭湖贈張丞相〉：

八月湖水平，涵虛混太清。氣蒸雲夢澤，波撼岳陽城。欲濟無舟楫，端居恥聖明。坐觀垂釣者，空有羨魚情。

孟浩然自己不會知道：「氣蒸雲夢澤，波撼岳陽城」終將成為千古名句，他當下所在意的，是「欲濟無舟」、「坐觀垂釣」以及徒然「羨魚」。干謁之不能成，亦非由才具不佳，而是張說動輒在外逐任所大張旗鼓作詩文之會的目的，並不單純。

一般以刺史之尊，凡列在「望」「緊」以上的大州，人流賽江河，往來是極其頻繁的。結交時賢、鞏固族姓，都是必要的工夫。然而身為國之重臣，一旦外放，往往戒慎恐懼，韜光養晦。有太多的例子顯示：這些人為了不驚惹政敵注目，常刻意縱情詩酒，以示宦途灰心，不復有進取之意。

對於身在江湖，亟欲得一出身而強為干謁者來說，詩酒之會，又常是最容易攀交結緣的場合。故有心干人者自有心，無意被干者自無意；酒酣耳熱，意洽言歡的情境無時無之，招飲、賦詩、聯吟、題壁以及最有趣也最普遍的行令，落魄文生與放逐貴人自有說不完、道不盡的霜天寒曉可以相互慰藉，透過煙江雲水，飄絮飛塵，反凝著種種人生的浮光掠影。在相會的片刻，經由酒令中巧妙會心的字句互相賞慕才華，以相互慰藉——只不過，要像孟浩然所想望的那樣得知而見重，是太天真了些。

孟浩然已近而立之年，特別感到急迫，甚至到了逢人便探詢機會、央請推舉的地步。這一時期，他的詩句益發凝練，尤其是在聲調和格律的掌握上，堪稱精準響亮，即使是作古風，也刻意以律絕的格調大量運用黏對的手法，讓詩篇讀來抑揚有節。像是〈書懷貽京邑同好〉：

維先自鄒魯，家世重儒風。詩體襲遺訓，趨庭霑末躬。晝夜常自強，詞翰頗亦工。三十既成立，嗟吁命不通。慈親向羸老，喜懼在深衷。甘脆朝不足，簞瓢夕屢空。執鞭慕夫子，捧檄懷毛公。感激遂彈冠，安能守固窮。當途訴知己，投刺匪求蒙。秦楚邈離異，翻飛何日同？

此詩起句自附族祖於古聖孟軻，堪說是唐人推溯家世的習慣，然自「趨庭」句以下，就展現了文、命兩不相諧的怨憾。身在楚野而心懷唐廷（以復古而用『秦』字代），又用了「翻飛」一詞來狀述自己瞻望當局的感慨。其中縈迴不能釋者，在於關鍵性的典故：「捧檄懷毛公」。這是具載於《後漢書》卷三十九列傳第二十九上的故事。

此卷著錄大孝成器之人，有廬江毛義，年少守節，有孝行，而苦於家貧。當時的南陽名士張奉慕其名而前往拜望，恰巧府署中來了檄文，任命毛義出任安陽縣尉。張奉見毛義捧檄而入，喜動顏色，以為這不過又是一個浪得虛名，貪戀官祿的人，登時便瞧他不起，遂掉臂而去了。直到毛義的母親一死，毛義立刻辭官，朝廷屢徵不至，張奉才感嘆地說：「賢者固不可測！往日之喜，迺為親屈也。斯蓋所謂『家貧親老，不擇官而仕』者也。」

真實的奉親生涯是否一如毛義那樣偃蹇困頓？實亦未必。孟浩然在詩中訴其清貧，不如道其失意的意思居多。以同時期所作之詩〈田園作〉視之，尚有果樹千株，應該還不至於不能養親：

敝廬隔塵喧，惟先養恬素。卜鄰近三徑，植果盈千樹。粵余任推遷，三十猶未遇。書劍時將晚，丘園日已暮。晨興自多懷，晝坐常寡悟。沖天羨鴻鵠，爭食羞雞鶩。望斷金馬門，勞歌采樵路。鄉曲無知己，朝端乏親故。誰能為揚雄，一薦甘泉賦。

〈田園作〉和〈書懷貽京邑同好〉相通相同之處，是對於自己而立之年一無成就的惶恐和焦慮。但是在修辭上，「敝廬」、「養素」、「植果」、「丘園」等等，無不如影隨形地取徑於陶，於是〈田園作〉便形成了另一種簡樸質直的風格，直似以淵明詩為摹本。

用「三徑」一詞直逼五柳，固無論矣；至如「粵余任推遷，三十猶未遇」這樣的句子，粵字即是曰字，余字即是我字，「粵余」即可以解之為「歎我」，「任推遷」則是指任由時光輕易地流逝。其用語刻意仿古，皆此類也。

而崔五所謂：「但聞所吟，多陶、謝之音。所謂言為心畫，故知夫子亦非汲急於時務者流。」實無反諷之意，以他貴胄出身、襲封子弟的心情來看，的確不瞭解：一個居心行事真如毛義、陶潛一般的詩人，為甚麼老是「沖天羨鴻鵠」、「望斷金馬門」，看著人翩飛於宮闕之間而不能釋懷？

崔五確實熟悉孟浩然的詩句，一旦被他問著，毫不猶豫地背誦了幾聯名句，以及約莫在六、七年前，在歧王李範、光祿少卿駙馬都尉裴虛己連朝不歇的遊宴之上，讀到了鬨傳大江南北的〈晚春臥病寄張八〉中最為人所樂道的幾句：「雲山阻夢思，衾枕勞歌詠。歌詠復何為？同心恨別離。」、「世途皆自媚，流俗寡相知。賈誼才空逸，安仁鬢欲絲。」

孟浩然聞言大樂，抖著手回頭向襲霸討物事，襲霸會意，打從懷中摸出一卷，約莫二、三十紙，粗皮封、細麻線，略事捆裹，側面還悉心加之以絲縫——連李白都能一眼看出來，那是「懷軸」。數年前在大匡山上，月娘曾經教導他親手製作。這「懷軸」乃是從科考之行而來。唐人舉進士，必有行卷，為緘軸，士子錄其平素所著文章、詩歌，以獻主司，約略熟悉文筆，方便於斟酌考卷之時加減照應。月娘常說：這「懷軸」是出門在外的士人所必須操習的第一門手藝，也有工巧的講究，能夠將零散錄寫的詩文裁割整齊，紮縫成卷，除了抄寫工整，還要裝束雅潔。較之於飲食炊爨、衣袍裁綴，此藝尤不可廢。

「是編皆某所作，」孟浩然從襲霸手裡接了過來，舉奉崔五，笑道：「所錄亦不多，皆鹿門山裡山外十年間感遇、懷人、明志之情，與崔郎素昧平生，勉為交關之韻響，千祈雅正而已。」

看得出來，這是孟浩然將原本抄給龔霸的詩什轉讓給不期而遇的崔五了。崔五也舉卷過頂，恭禮收受，道：「崔五敬領厚貺。」

正送納間，龔霸差遣出亭的驛卒回來了，先讓近一列捧著酒食案器的從人，依照席次，將酒食皿盞布置了。那驛卒手上也沒閒著，捧著端正平滑、直稜方角，外罩白綾底金紫線繡滾飾的一疊軟物，待這廂七手八腳地伺候以畢，隨即恭恭敬敬呈給了龔霸。龔霸先擱在身後榻席上，回身對崔五道：

「請恕龔霸老邁魯莽，一旦文之意上來了貴客，便不暇細修儀檢，匆促前來，有擾清會，耑此聊備水酒為謝。」

賓主相互謙讓了幾句，問過程途，尚未舉箸行杯，龔霸又轉向李白，道：「某且隨崔郎呼一聲李侯罷——李侯少年英才，聲價已為時賢所推，委實難得啊！」

李白如墮五里霧中，還在勉力想著：所謂「時賢」，究竟是甚麼人。崔五和范十三已經你一言、我一語地向孟浩然稱道起他的詩句，孟浩然這是第一度正眼熟視身邊這體貌清瞿、容色明亮、眸光炯炯的後生，但覺斯人獨有一種罕見的器性，像是從邊外天涯、極其遙遠之處而來；觀之瑩然，感之修然，一身獨立，與此世格格不入，卻又朗然無所犯忤；的確是個叫人耳目一新的青年。

孟浩然身為長者，卻是個既無功名，更未通籍的讀書人，在崔五面前，不能隨口臧否，他只是微微頷首，甚麼話也沒說。

龔霸顯然還要說下去，他反手取了驛卒捧來的白綾包裹，道：「李侯初次過金陵，便有玉霄峰白雲宮道者為掃階墀，奉呈此物。」

李白幾乎不敢置信，口中冒出一聲輕呼——他想起了江陵城下的丹丘子、司馬承禎以及面容已經模糊的崔滌。

龔霸將白綾包裹遞上前，李白捧在手中，不敢輕動，任由這老驛長替他一角一角地掀開，裡頭露出來一襲色澤沉暗，卻隱隱然煥發著幽微光芒的紫袍。

31 宮沒鳳凰樓

道者初入三清之門，頭頂平冠，身著黃帔，大約是一般服制。從東漢五斗米教傳延而成立的天師道，又名正一道，也就是潘師正上推三代所受於陶弘景、下傳一代而及於司馬承禎的這個教派；其裝束就比較繁複。身為道者，頭戴芙蓉玄冠，下著黃裙，外披絳色粗布。若是假以時日，潛修上進，則服飾更為精麗，有的玄冠四葉，瓣象蓮花，褐帔三丈六尺，不以粗布，而用紫紗，且有青羅作裏，光鮮明麗。到了三洞講法師的位階，法服上還飾以紋繡，加九色章黼，如諸天雲霞，其燦爛華美，難以言表。

修習上清派《大洞真經》、《靈書紫文八道》和《黃庭經》等上清派原始經典，蓋因直承自魏夫人華存，須特示禮敬，道者入室之時，就有「以紫為表，以青為裡」的規矩，有鹿皮之巾，則著之；無鹿皮之巾，則以葛巾代之。總之，冠袍披戴，極盡繁瑣之能事。

席前諸人都不能道：這一襲外紫內青的長袍——或稱之為紫綺裘者；究竟在玉霄峰白雲宮中有著甚麼樣的地位，但知絕非等閒服色而已。李白從未受籙為道士，無端收受如此華服，自然著了些惶恐，低聲問龔霸：「恕某學疏識淺，不能解此中緣故，然未敢以身為溝壑而受之，謹以奉還。」

李白不由分說便拒絕了這一襲紫綺裘，看得眾人目瞪口呆，唯獨孟浩然的神情不同。他知道李白那一句「未敢以身為溝壑」的用意，遂不待龔霸回答，搶道：「憑君一語，而知士行，天下有何貴物不能受納？」

原來那是出於《子思子》和《說苑．立節》篇的兩段記載，被趙蕤取用於《長短書》，作「是曰」、「非曰」之辯，又是個矛盾相攻，莫衷一是的論題，正反皆以子思的言行為根據。趙蕤曾以此題令李白釋其所以然，而李白不能解。

《說苑．立節》上曾經提到：子思居留在衛國期間，過著極端清貧的日子，一身粗麻袍，連外裏的罩袍都沒有，二十天之中僅僅吃了九頓飯。魏文侯的國師田子方聽說了，派人送了一領白狐裘給他，又擔心他矜持不受，還特意吩咐：「吾借物與人，隨即或忘；贈與之物，亦如拋棄，故不必掛懷。」子思的答覆倒也爽快：「伋（子思名伋）聞之，妄與，不如遺棄物於溝壑；伋雖貧也，不忍以身為溝壑，是以不敢當也。」

然而，在《子思子．外篇胡母豹第五》上，另有一則文字，敘述衛公子交要餽贈四輛馬車給子思，溫言相勸道：「交不敢以此求先生之歡，而辱先生之潔也。先生久降於鄙土，蓋為賓主之餼焉。」子思的答覆是：「伋寄命以求，度身以服衛之衣；量腹以食衛之粟矣。又且朝夕受酒脯及祭膰之賜，衣食已優，意氣已足，以無行志，未敢當車馬之貺。」

趙蕤所挑釁的是，既然子思在衛國所受到的待遇是日夕皆有酒及祭膰（熟肉）之類的賜物，以及量身訂製的衣服，又何至於「縕袍無表，二旬九食」呢？

龔霸也許不明白這「未敢以身為溝壑」的典故；也許是明白的，卻根本不在意。但見他拈起二指，翻開紫袍光滑的表被，露出亮青色的襯裏，歎道：

「某乃江津小吏，身為賤胥，而傾心慕道數十年矣；一向聞彼玉霄峰天下名山，道法嚴明。此物確係上清派道者法服，未著之前，必以函箱盛護，置於高淨之處。既著之後，起坐須時時拂拭，勿使漬染。雖暫解離身，更不得與常服俗衣相鄰。縱是同修同契，亦不許相假交換。尤有甚者，絕不許賃借俗人服用。其矩範之森然，萬萬不得逾越。而尋常為下座者，實亦不能著此紫袍。然而，正因如此，李侯更不該峻拒所貺。」

「何則？」這倒是眾口一聲的疑惑。

「此必出於司馬上師之厚意，豈容吾輩妄臆？」說著，還是將白綾包裹覆蓋妥當，推還於李白手中。

話說至此，眾人都沉默了，倒是那驛卒怯生生地移膝向前，湊近几席，從袖內摸出一角紙封來，道：「尚有此物。某將袍至亭前，遇一女子，付某此箋，說是要面呈崔、李二郎君。」

崔五和李白相顧一眼，大約料到了這紙封的來處，卻都躊躇至再，沒有取看的意思。范十三一把將紙封掠去，搋入懷中，放聲大笑，道：「不外是加餐相憶之語，丈夫長策未揮，不必寓目了！」

也像是有意不理會那信箋所載，崔五依士人拜禮，長跽挺身，向孟浩然舉盞近額，道：「某後生，向不及親沐夫子雅教，但接聞於長者，謂夫子曾獻書宰輔，有鴻猷遠略以致朝廷

——」

不待崔五說完，孟浩然卻搖起頭來，也略一舉盞，隨即擱下，道：「也沒甚麼，俱是十年前的往事了。某野人獻曝，不察輕躁而已。」

然而一來一往的簡淡之言，卻勾起了李白的無限興味。在他聽來，十年前孟浩然似乎曾向當局獻策，上達宰相，而以崔五這般身份的公子也有所知會，應該是影響非凡了。隨即興奮地問道：

「某亦聞之於業師，投匭之制，廣開言路，俾壅塞自伸於九重，聖人親覽而知四方之事，果其然乎？」

投匭進狀，與書策文章，是武氏則天首創的奏事之例。她在垂拱元年，設置匭使院，屬中書省，以諫議大夫及補闕、拾遺一人為知匭使。命匠人鑄造四隻銅匭，旁側四面分別塗以青丹白黑四色，以應東南西北方位。每日暮進晨出，列於署外，任人投遞文書。

雖然天后始意，不免欲以風聞之言，藉作搜獵異端之據；然水能覆舟，亦足載舟，的確如趙蕤所說的，一時「廣開言路」，凡能屬文者，或者是懷才自薦的人，有「匡政補過、申冤辯誣、進獻賦頌者」，都可以暢其議論，令天下事匯集於內廷。其所施設，大凡如後來憲宗朝李中敏〈論投匭進狀奏〉所追述的情狀：「（銅匭）每日從內將出，日暮進入，意在使冤濫無告、有司不為申理者，或論時政，或陳利害，宜開其必達之路，所以廣聰明而慮幽枉。」

久而久之，難免也出現了冤濫誣控，詭異譖妄的文字，只好另謀權宜，先謄錄副本，呈之於專職的「匭使」，再三檢覈，不讓那些顯而易見的惡札煩擾御覽。可是，這似乎又違背了當初設銅匭以獎勵投文的本意。

匭使亦分兩層，由御史中丞、侍御史、中書舍人等兼任「理匭使」，以諫議大夫、補闕、拾遺一人充「知匭事」。也是這些職官，對於非由科舉、制舉出身的人才，知之最先亦最多。

開元初，太平公主之黨誅戮一空，薛稷瘐死於獄，崔日用復拜吏部尚書，一方面基於任用、考察官僚為其職守，另一方面也因涉及與太平公主一派勾鬥的畏忌，崔日用特別留心二事，一為舉才，一為物議。此二端都不免要留心「投匭」，遂時時徵詢於理匭、知匭諸使。

孟浩然上書是在開元四年，彼時朝廷看待投匭故事，已多援例收納，專使批閱，虛應而已。可是崔日用卻從獻策的文字之中，看出此子文才識見，不同俗流，經常誦述其策論文字，不徒是讚賞，也以之教誨子弟。

「某不敢僭越，然口呼『孟夫子』，自有緣故。夫子策論之文，某猶朝夕在心，是不敢忘家大人之言耳。」崔五眄一眼李白，當下隨口便誦出了一段當年在崔日用耳提面命之下強記的文字，那正是孟浩然投匭之作：「『詩書禮樂，大化流行，故舉寰區之人，莫不各安愚賤之分；文武成康，世澤敷衍，故盡素王之聖，而不敢有慕殷夏之心。』此何等豪越之言？家大人嘗言：若知貢舉，非取此人為狀頭而何？」

這番話不免讓孟浩然激動了。他知道崔日用大起大落，雖然身後榮顯畢至，偏偏在仕宦生涯之中，沒有主考舉士的機會。但是，孟浩然實則也有不足為外人道的隱衷——但凡作詩、行文，他必然是隨視聽之官，觸目接耳而浸假會心，始能徐徐落筆。這是因為由作詩入門，形成了鋪敘景語以為構思之本的積習，到了應考關頭，了無遊目騁心之資，遂難以在限時之內，依論題作文章。

當年他與張子容在鹿門山隱居，彼此戲為主考和舉子，互命一題，相應一策。張子容不逾一時而完卷，孟浩然卻在三天之後交出了一首根本離題的詩，亦即那一首結句在「睹茲懷舊業，攜策返吾廬」的〈尋白鶴岩張子容隱居〉。

張子容當下回了一首詩，調侃他凝思遲散：

巖棲挾何策，詩卷覓亡羊。眉斂三條燭，思空一篆香。
山深留野客，句老校書郎。事業皆如此，迷途不問臧。

這一首五律交錯運用了兩個典故。中間兩聯，是嘲笑孟浩然詩思遲滯。由於唐人進士科可以延長至夜間完卷，許燃燭三條。斂眉即皺眉，自然是苦思模樣；孟浩然眉毫天生稀疏，自己卻常說是由於苦思求句所致，故張子容一語雙關，既用「三條」來狀述眉稀，復以夜試給燭指其文思遲緩，不能急對。篆香煙散，滿目空無，可謂深謔矣。其下的「山深」、「句老」也都是承繼、發揮此一噱笑。

至於頭尾四句，遙相呼應，取材於《莊子．駢拇》，原文：「臧與穀，二人相與牧羊，而俱亡其羊。問臧奚事？則挾筴讀書；問穀奚事？則博塞以遊。二人者，事業不同，其於亡羊，均也。」

張子容從孟浩然的「攜策返吾廬」著意，用兩個好朋友的隱居生活開了玩笑，但也寓藏著深刻的自嘲和自歎。他把孟浩然比作莊子寓言中的「臧」，因為讀書失神而走失了所牧之羊；而即將上考場拚搏的自己，則像是寓言中因賭博遊衍、疏於放牧，也走失了羊的「穀」。

那麼，姑且將「羊」視為兩人最初隱居求道、不問世事的初衷，整首詩的意旨便是：無論進取或退縮，實在沒有高低尊卑之分；而其喪失了對神仙世界的嚮往、專注與追求，則是一致的。無論用語如何詼諧，這首帶著玩笑趣味的小詩，都道盡了孟浩然不敢輕易赴京就考的緣故。可是，從另一面說，縱使是走投匭那樣一條路，由於種種機緣，投獻之文不能獲知音者之青眼而沉落，仍屬枉然。

驛亭之外，一彎眉月不知何時已經自江頭升起，傍著微茫的月光散射，滿天星斗也一一陳列著了。沿岸取直而展向東南兩天涯處，穿透竹牆上的窗孔看去，尚有平坦而反映著天光的六朝古驰道，就像是另一條平靜無波的長江。而江邊巨木蒼蒼，彷彿碧玉雕琢而成，且看它萬葉翻騰，有如不甘在此佇立千古，經秋風鼓舞挑唆，便振起不計其數的小小翅翼，亟欲向天飛去的一般。

儘管孟浩然思潮洶湧，近二十年來的浮沉往事閃熾心頭，不足以為外人道者，仍不可道，他反覆咀嚼著那一句「若知貢舉，非取此人為狀頭而何？」幾乎要淒涼地笑出聲來。

崔五、范十三固然不明白他從未應試，實出於膽怯；而此時的李白，則直楞楞盯著孟浩然的幞頭發傻。那是一頂俗稱軟腳幞頭的巾帽，外觀上漿挺爽俐，堪知裏子襯了皮革，這是從太宗朝平頭小樣的款式逐漸改變而來，根據趙蕤的描述，是武周時期換了花樣，幞頂加高——有說是為了包覆假髻；中宗朝以後，不知甚麼緣故，頂上甚至分成兩瓣，若蓮花然，也謂之「武家諸王式樣」。

幾乎就在「武家王樣」廣為流傳、人人仿效的時候，原本幞頭後下垂如帶、接頸過肩的兩隻扁細腳帔也屢變新姿，那是由於庶民們開始大量頂戴幞頭，看來與士人略無差等，而士人相當厭惡這情景，遂刻意將垂帶剪短，並彎曲朝上，插入後腦後繫帶的結環，以與俗流區別，這正是士人行中不約而同的趣味。

孟浩然所戴的幞頭，便是這種曲環幞頭。李白絲毫沒有懷疑孟浩然作為一個士族之人的身份，但他也不明白：像這樣一個年近不惑、風雅卓絕，似乎文才亦頗受貴幸子弟推重的前輩，為甚麼沒有一份功名在身？不過，李白卻未曾料到：孟浩然對他也有著相似的不解：此子既蒙崔五嘉許，復為司馬承禎禮遇，俗謂：「後進英發，前途佳好」之流，可是為甚麼看上去也還不過就是一個白身呢？

幾乎是同時，也只除了彼此稱謂不同，李白與孟浩然衝口而出，問了對方相同的一句話：

「尚未赴科舉乎？」

他們互相望了一眼，也立刻沉默著迴避了對方的目光。這卻引起了崔五和范十三的好奇，不約而同地，范十三對李白、崔五對孟浩然，也各自搶了一句：「何不？」

「史稱『後進之秀』，向無『前輩之秀』，前輩者，受謗而已！」孟浩然苦苦一笑，搔了搔他那已經近乎全禿的眉峰，將此問推給了面前的李白：「文皇帝收天下英雄入彀，當以少年得意為可喜——以某視之，李郎銳志英才，如應一舉，高第可期。」

他的話，棉裡藏針，乃以李白為盾，屏擋了崔五和范十三的追問。東漢時代大儒孔融有那麼兩句名言：「今之少年，喜謗前輩。」一語流傳，唐人常常摭拾了來發牢騷、成感慨，以興時不我予之歎。說到後半段，孟浩然語氣一轉，再抬出唐太宗來，就更顯得振振有詞了——唐太宗有一次私訪御史臺，行過端門之時，正巧遇上新科進士們頂著頭上的七尺焰光，魚貫而行，皇帝於是躊躇滿志道：「天下英雄，入吾彀中矣！」

此時眾人目光齊集於李白之身，豈能另有他論？這少年儀表堂堂，有如傳說中北魏宮廷裡那面對缽水持清咒而燦生青蓮的佛圖澄，人人都不免要問：「汝何不逕取彼一進士耶？」

平生未遇此問，卻也是遲早必須面對的質疑。李白若直言：「某，賤商之子，不合應舉。」則不免會招致士族的驚疑與輕慢。然而，他也確實不知道該如何捏造身份，而後謾語應對。就在這一轉瞬間，他彷彿回到了大匡山，想起臨行之前，也是在一席酒宴之前，趙蕤問過他：為甚麼他的父親為他這一趟遠行所備辦的，是一匹馬，而不是一副車駕？接著，趙蕤語重心長地說了一段話：「鍾儀、莊舄之徒，下士也！不足以言四方之志。一俟風埃撲面，即知胡馬噤聲。汝自體會，乃不至忘懷。」

他必須徹頭徹尾地拋開身世家園，就像那在湍急的江流之中噤聲不嘶的五花馬，而決計不能是身為囚虜卻仍為敵壘君侯演奏故國音樂的鍾儀；更不能是偶於病中吐囑鄉音、洩漏念舊之思的莊舄。從這一刻起，他揮下了斬絕閭里之情的第一劍。

李白不期而然冒出一句：「神仙！」

他是在向幾千里外不知所在的趙蕤求救嗎？顯然不是。他知道：今後的處境無論如何，便是一心所生、一身所造；若非本我之所有，終必不能應對。此刻，他舉盞到唇，仰飲而盡，指望著亭畔那株看似直想沖天飛去的蒼蒼古木，笑著答覆諸席主客：「某恰有一詩橫胸，不吐不快，勉可誦之，以答諸公之問。」

蒼蒼金陵月，空懸帝王州。天文列宿在，霸業大江流。淥水絕馳道，青松摧古丘。臺傾鳷鵲觀，宮沒鳳凰樓。別殿悲清暑，芳園罷樂遊。一聞歌玉樹，蕭瑟後庭秋。

為何不應舉？李白根本不必回覆這一質疑，他還有一席可以滔滔雄辯之言，要讓天下人明白——縱令更不明白也無所謂；他自是一品神仙人物。

32 一鶴東飛過滄海

李白早歲的詩歌，多因壯年時的輕易佻達、以及中年後的流離奔亡而散逸，這一首，卻由龔霸謄錄收藏，傳於家，於上元二年——也就是李白過世前一年；為魏顥訪得而保全。龔霸與李白萍水相逢，初會即訣別，終二人一生未曾再遇。但是李白當日所言，令龔霸心神搖蕩，念念不忘，嘗以之教誨子侄。魏顥得之於數十年後，聞其語，猶覺斯人斯會，歷歷在目。

當是時，此詩名為〈玉樹歌〉，本來就是即眼前之景起興，聯想所及，自然是金陵一地所象徵的六朝興替。而古樂府所傳，復有〈玉樹後庭花〉之目，由於歌詞冶蕩，聲調綺靡，一向被視為陳後主亡國之因。

大唐高祖武德九年正月十日，上命太常少卿祖孝孫考正雅樂，至貞觀二年六月十日，樂成上奏之。當時太宗有意挑起議論，認為天下治道之興衰，自有其肌理，不應一味歸罪於聲歌之輕豔而已。於是對近侍之大臣說：「禮樂之所以成立，乃是聖人緣物設教，以為撙節。至若治道之隆替，豈簡易由此而決？」

御史大夫杜淹不意卻墮入了這一論辯的圈套，趕緊上奏，夸夸其言：

「前代興亡，實由於樂——世言輕薄最甚者，莫如〈臨春樂〉、〈黃鸝留〉、〈玉樹後庭花〉、〈金釵兩鬢垂〉，近幸小人，綺艷相高，極於輕蕩，男女唱和，其音不堪之甚！」

皇帝原本想要打斷他的慷慨陳詞，可轉念一想：持此論者，為數夥矣；未若放他暢所欲言，而盡得其異議。於是不但沒有阻止，反而微微頷首，讓他繼續說下去。

杜淹得著了鼓勵，亢聲接道：「據聞：陳後主每引賓客對貴妃等遊宴，又使諸貴人及女學士、狎客等共賦新詩，互相贈答。或採其尤為豔麗之作，以為曲詞，被以新聲。更選宮女有容色者，成千百數，令習而歌；分部迭進，持以相樂。至於前代，原有殷鑑，南齊之將亡也，國中有作〈伴侶曲〉者，行路聞之，莫不悲泣，所謂亡國之音也。以是觀之，國亡世衰，殆因於樂也。」

聲有哀樂、抑或聲無哀樂，這是魏晉名士玄談的話題，純屬個人感興、體悟，頗不易驗之於眾。大臣們皆未料及，太宗忽然神情肅穆起來，道：「不然！音聲感人，原是自然之道。情志歡愉之人，聞樂則悅；心緒憂戚之人，聞樂則悲。悲悅之情，在於人心，非由樂也。將亡之政，其民必苦；苦心所感，故聞之則悲耳。豈樂聲哀怨，能使悅者悲乎？如今〈玉樹後庭花〉、〈伴侶曲〉，其聲曲俱存，朕當為公奏之，知公必不悲矣。」

天威雖不測，可是皇帝的話裡似乎還帶著溫和的玩笑。就在這個時候，尚書右丞魏徵也上奏了他。這一次的進言，出乎許多大臣意外，居然是附和皇帝的看法，他說：「古人稱：『禮云禮云，玉帛云乎哉？樂云樂云，鐘鼓云乎哉？』樂，在於人和，不由音調。」

太宗稱許了魏徵，也趁機對祖孝孫多年來考訂雅樂，因而保存了殊方俗樂的努力，表示嘉勉。大臣們到這時才察覺：皇帝藉由對〈玉樹後庭花〉的親切賞知，是為了要獎掖天下之人，共進各地之樂。因為祖孝孫所從事的正是如此。

大唐制訂雅樂，固有莊嚴國體，附和典儀的目的。可是，更因為要普遍參酌四海之音，十方之曲，而大肆采集南北朝天下紛亂之際，諸異國殊俗的風調，故「陳梁舊樂，雜用吳楚之音；周齊舊樂，多涉胡戎之伎。於是斟酌南北，考以古音，而作大唐雅樂。」

即以古樂十二律來說，前朝之隋，「但用黃鐘一宮，惟扣七鐘。餘五鐘虛懸而不扣。及孝孫建旋宮之法。扣鐘皆遍。無復虛懸者矣。」祖孝孫按《禮記》所載，恢復古制，「凡祭天神，奏豫和之樂；地祇，奏順和；宗廟奏永和；天地宗廟登歌，俱奏肅和；皇帝臨軒，奏太和；王公出入，奏舒和；皇帝食舉及飲酒，奏休和；皇帝受朝，奏正和；皇太子軒懸出入，奏承和；元日冬至，皇帝禮會登歌，奏昭和；郊廟俎入，奏雍和；皇帝祭享酌酒讀祝文，及飲福受胙，奏壽和。」

這還只是皇家宮室用禮之樂而已。其餘如戰陣鼓吹之歌曲（凱樂），宴饗集會之歌曲（讌樂），俳優歌舞之雜奏（雜樂）；以及漢季以來舊曲——包括樂器制度、歌章古調，甚至「魏三祖所作者」，史籍俱有載收，而因種種播遷之變，其音分散，不復存於內地者，也藉助於北地各政權之主所輯納而保傳，謂之「華夏正聲」；其後，更損益增補，為設置清商署，而一總命名——謂之清樂。

太宗所屬意的，是將普天之下、歷朝各代凡能蒐羅網致之聲歌，一入於當朝。在他所想像的帝國疆域之內，無處不能有笙簫鼓角、琴箏笳笛。甚至連俳優歌舞雜奏，總謂之百戲者，如「跳鈴、擲劍、透梯、戲繩、緣竿、弄枕、珠大面撥、頭窟磪子、及幻伎激水化魚龍、秦王捲衣、笮鼠、夏育扛鼎、巨象行乳、神龜負岳、桂樹白雪、畫地成川之類」，皆普遍摭拾，靡有孑遺。

就像這一首惡名昭彰的〈玉樹後庭花〉，也和許多極具盛名而律呂曼妙、節度婉轉的古樂曲並列——像是〈王昭君樂〉、〈思歸樂〉、〈傾盃樂〉、〈破陣樂〉、〈萬歲長生樂〉、〈鬥百草樂〉、乃至於不滅莊嚴的〈聖明樂〉、〈雲韶樂〉等等，都隸屬於太常梨園別教院，以宮廷教習傳承，未遭刪削而漫滅。

李白這一首詩日後以〈月夜金陵懷古〉為題而流傳，大約是編輯者以領句有月而杜撰。若能返其著作之原本，乃是江邊玉立之巨木，作振葉高飛之勢，則詩中「一聞歌玉樹」便得以豁然而解；至於「玉樹」，也有多重命意，倘若不從〈玉樹後庭花〉之歌來看金陵一地的「霸業大江流」，又怎麼能夠翻轉李白與孟浩然看淡「帝王州」的託辭寄語呢？

實則，較李白稍晚一輩的包佶，天寶六年進士，他也有〈再過金陵〉一絕，詩云：

> 玉樹歌終王氣收，雁行高送石城秋。江山不管興亡事，一任斜陽伴客愁。

比李白晚生近百年的許渾更賦〈金陵懷古〉一律，其詞曰：

玉樹歌殘王氣終，景陽兵合戍樓空。松楸遠近千官塚，禾黍高低六代宮。石燕拂雲晴亦雨，江豚吹浪夜還風。英雄一去豪華盡，惟有青山似洛中。

這兩首詩，都隱約呼應著、也召喚著李白的那一首排律——李白很少寫極為工整的排律，一旦出之以此體，必有深意繫焉。一則是有所干謁，行卷奉詩，故以「中式」為上，想來他所干所謁之人，就是那些身在朝堂，謹於繩墨，寫詩行文皆持律成積習者；若非如此，也必是要藉著中規中矩的格律，刻意顯現他游刃有餘的神思。

此時在江津驛亭之中，李白略不遲疑，高聲吟著他即興而作的〈玉樹歌〉。一詩且誦且想，句意連綿遞運，孟浩然字字聽來，確實吃驚——此子看似不多思索，儘管開篇也用景語「蒼蒼金陵月」，但是第二句首字便賦予全詩靈動的生機；「空懸」之空，暗示了他對「帝王州」所象徵的泱泱大業獨具一隻冷眼，在這天地相應的格局之下，就有了亙古長存與一時俱滅的對比；是以「霸業大江流」五字一出，旨意收束而境界全開；孟浩然幾乎要振衣起立，為之擊節。

可是他強自按捺住了，看李白朝亭外暗沉沉、滾逝逝的江水瞥了一眼，順著那視野極目可見，馳道與江流看似在地角盡頭交纏，而李白此刻也掉轉文思，再從景觀入意，令孟浩然更不禁嘖嘖稱奇的是，這第二度寫景時夾雜了虛擬之物，於「淥水絕馳道，青松摧古丘」之後，竟帶出眼前不能見、而事理不可或缺的「臺傾鳷鵲觀，宮沒鳳凰樓」。

鳷鵲觀為司馬相如〈上林賦〉所詠之地，原文：「蹶石闕，歷封巒；過鳷鵲，望露寒；下棠梨，息宜春。」自石闕以迄露寒，都四處，皆觀宇之名，屬於長安故地甘泉宮外的建築群落，而棠梨和宜春則是另外兩座建於甘泉宮南方的宮殿；大率造於漢武帝建元年間，歷經八百餘年，早已荒圮湮滅，遺跡不可復尋。以此觀之，即使領句以「臺傾」二字，也不外是捕風捉影的遐想。李白把來入詩，純為與落句所述之「宮沒鳳凰樓」為對仗，卻也因著一虛、一實的映照，而讓先前「霸業大江流」的意思更加沉鬱而豪健。

在接下來的一聯裡，李白悄然投入了自己的身影：「別殿悲清暑，芳園罷樂遊」所言正是他數日之前與段七娘等人的一夜遊蹤，「清暑」非指節候，而是昔年東晉孝武帝在臺城之內所建造的清暑殿，傳聞「殿前重樓複道，通華林園，爽塏奇麗，天下無比，雖暑月，常有清風，故以為名。」這一聯的非凡之處，在於詩人隻字不言「我在」，而若非詩人之我在，便不能有其下末聯之「聞」；反從下文回顧，芳園之樂遊，已然不是當日偏安江南、任霸業消流的帝王，而是在一片蕭瑟的秋景之間，徘徊嘆息的後人了。

「噫兮！」孟浩然搖頭長歎，嘴角眼角帶著不勝讚許的笑意，久久才道：「果然是千古不勝之愁！」

縱使是在大匡山上受業，李白也從未受過長者這般的推崇，一時感激，不禁忘形，上前執手道：「夫子有以教我！結句如此更佳，結句如此才是！」

孟浩然不明所以，狐疑道：「結句如何？」

此詩，於是另有一抄，更易末句「蕭瑟後庭秋」如此：

蒼蒼金陵月，空懸帝王州。天文列宿在，霸業大江流。淥水絕馳道，青松摧古丘。臺傾鳷鵲觀，宮沒鳳凰樓。別殿悲清暑，芳園罷樂遊。一聞歌玉樹，千古不勝愁。

「千古之愁，愁繫於今，而託之於古耳！」對於進取與否，李白未置一詞，僅此轉眼間捷思六韻以對，眾人幾乎隨之拋開了原先所要追問之事，但是李白卻念念不忘，他要說的是神仙。對於神仙之道——也基於追隨趙蕤問學數年的親切體會——他另有別解，而且相當自豪：「古之為帝王者，欲訪大隗、呂尚之賢，豈其懸科名而釣之哉？」

在這裡，李白引用了兩宗古代帝王的事典，將天下共主求訪賢士的本質和手段隨口揭露，和大唐以科舉牢籠天下英雄作一對比。寥寥幾句，引得孟浩然心緒湧動，血脈賁張，這正是他時時懸之於心，卻難以訴之於口的想法，經此三言兩語，爽邁道出，孟浩然忍不住連連頷首，道：「李郎得此天地精神！」

之所以稱許他「得此天地精神」，亦非虛飾之語，而是呼應「大隗」的故事。

《莊子．徐无鬼》上的記載，相傳在上古黃帝的時代，有一神人，名叫「大隗」，能通天下至理，居遊無定處，只道經常在具茨山（亦稱秦隗山，日後屬河南密縣）出沒。黃帝聞其名而慕其義，專駕往訪。命方明為駕伕，以昌寓做陪乘，另遣張若、謵朋在馬前引導，昆閽、滑稽在車後跟隨；可是一旦來到了襄城的曠野，七位聖人都迷失方向。

偏在此時，道旁出現了一牧馬童子，七聖只得趨前問路，道：「童子可知具茨山何在嗎？」童子答道：「知道。」又問：「你知道大隗所居之地嗎？」童子又答：「知道。」黃帝不免有些驚訝，一時興起，開了個玩笑，道：「怪啊，童子！不僅能知具茨山之所在，又知大隗之所處；則可知治理天下之道乎？」

沒想到童子居然回答了：「治理天下，同牧馬應是一理，又何必多事呢！我從幼小之時，便獨自遊於天地四方之間，又有頭暈目眩之病，彼時便有長者教我：『汝應乘白日之車，而至襄城之野。』如今我的病已經漸漸好轉，我還得再去天地四方之外遊歷。若所謂治理天下，也便如此而已！」黃帝聽童子說了幾句，益發奇其人，執意以之為傳說中的大隗，仍堅詞請教，如何治理天下。童子無奈而答：「夫為天下者，亦奚以異乎牧馬者哉？亦去其害馬者而已。」皇帝聽了這言簡意賅的推辭之語，立刻再拜稽首，連聲稱天師而退。

許多注解莊子的後學都以為童子所謂的「害馬者」為不良之馬，或「害群之馬」，實則大謬不然。童子以己身罹患瞀病，須「乘日之車」作喻，即是提醒面前黃帝等「迷路」的七聖，治天下沒有甚麼奧義深思，但能像太陽一般照耀透徹即完足矣。

這一節，與〈徐无鬼〉篇前文所說的相狗、相馬之能，以及後文所謂「以目視目，以耳聽耳，以心復心。」精神上是一致的；無論所「相」的對象為何，遍照明察而已。尋訪大隗之不智，乃在識見不明，至於童子是否即為大隗？或大隗究竟存在於否？皆與「如何治理天下」一問相同，固非本旨。這遍照明察，就成為聖人訪賢的本分；賢者不自干於聖人，聖人仍須察知：孰為賢者。

呂尚的故事更清晰。那是周文王在出獵之前，先作一夢，請卜夢人為之占解，占者云：此次狩獵，將有所得，其物「非龍非彲（按：同螭，音癡），非虎非羆；所獲，霸王之輔。」不日之內，周文王果然在渭水北岸遇到呂尚，相談甚歡，因而留下了：「自吾先君太公曰：『當有聖人適周，周以興。』子真是耶？吾太公望子久矣！」之歎；這是一個帝王期勉、禮遇臣子的事例，「太公」是周文王的父親、周太王的幼子季歷，「聖人適周」的預言出自太公，則太公之「望」意味對天下士有先見之明，顯示了求賢若渴的思慕，而非懸鉤以釣的用心。

「聖人既以神仙事賢者，某何不聊以待之？」李白笑了，轉向孟浩然一深揖，道：「想來夫子之自處，也無非如此。」

崔五這時舉杯向各席邀勸一巡，看眾人皆飲了，才問道：「李侯之意，乃謂赴進士舉便有損神仙之道了？」

「又不然！」李白徐徐答曰：「神仙之道，無所損益；其晦明參差者，帝王之道耳。牧馬童子自述其瞀，豈其瞀哉？固是諷黃帝不知眼前童子為神仙罷了；周文王稱太公『望』子久矣，眼目自在他周室之人面上。某等，不過神仙自為，以待明時而已——這正是渭濱之釣，直鉤無餌食之謂也。」

倘若帝王不自昏瞀，必有尋訪之能；神仙人物如大隗、呂尚者，又何必趨時干祿呢？李白採取了逆其理以證之的辯術，令崔五也啞口無言了。其中機栝，是將士人赴舉競試，視為干擾帝王耳目的手段，而舉進士、考明經以及應詔而就諸般制科的事，就徒然自暴其喧嘩紛紜了。

「某飄然一身，匆促南北，明朝即赴廣陵，未料能逢今夕高會，得聞仙音如此——」孟浩然頰光泛紅，神采奕奕，話也多了起來：「某曾有雜吟一聯，謂：『當路誰相假，知音世所稀』，沉吟再三，不能續作；今日聆李郎一席言，洵知音人也！姑舉以此聯佐觴奉謝。」

詩句往來，平添意氣，李白欲罷不能，停盞凝眸略一掃視，慨然再歌，這一度，作的是古風。他把前一首裡的「玉樹」信手拈來，重新布置，轉採漢武故事。相傳漢武帝在宮外起神明殿九間，廣為裝飾，極豪侈之能，所施設者，「萁珊瑚為枝，以碧玉為葉，植玉樹之法，花子或青或赤，悉以珠玉為之。」命名就叫「玉樹」。而李白一向心儀、模擬至再的北周詩人庾信曾作〈謝滕王集序啟〉，文中即有此句：「若夫甘泉宮裏，玉樹一叢；玄武闕前，明珠六寸。不得譬此光芒，方斯照燭。」

不過，李白轉用事典、匠心獨運，雖然同用「玉樹」之詞，卻將陳叔寶〈玉樹後庭花〉的荒淫冶蕩，一轉而成就了帝王光芒燭照的意象——對於即將東行的孟浩然而言，未嘗不是一番明時可待的祝福：

一鶴東飛過滄海，放心散漫知何在。仙人浩歌望我來，應攀玉樹長相待。堯舜之事不足驚，自餘囂囂直可輕。巨鼇莫載三山去，我欲蓬萊頂上行。

「某知之矣！」崔五聽了，忽然撫掌大悟而笑，道：「仕，抑或不仕，固非丈夫所宜關心也；但看他聖人眼力如何耳！原來『玉樹』之深意尚能有此。」

這一笑，引得范十三也興味昂揚，當下舉盞起身，一指李白袖口微露的匕首，居然深深一揖，滿頂白髮閃映著巨燭明月的光芒，道：「今夕一別，某等渡江而北，再會何期？李侯或能以一詩相賜，聊慰攀慕否？」

「固所願也！」李白道：「玉樹一歌，不能不有三歎。」

石頭巉巖如虎踞，凌波欲過滄江去。鍾山龍盤走勢來，秀色橫分歷陽樹。四十餘帝三百秋，功名事跡隨東流。白馬金鞍誰家子，吹唇虎嘯鳳凰樓。金陵昔時何壯哉！席捲英豪天下來。冠蓋散為煙霧盡，金輿玉座成寒灰。扣劍悲吟空咄嗟，梁陳白骨亂如麻。天子龍沉景陽井，誰歌玉樹後庭花。此地傷心不能道，目下離離長春草。送爾長江萬里心，他年來訪南山皓。

較諸先前贈孟之作，這〈金陵歌送別范宣〉更是有心為之的一首，分別採取了三個層次的鋪陳角度，益發細膩地對金陵的形勢、范十三的欣賞，以及江山與人物之際會的感嘆。雖然結語在「傷心不能道」，但是離離的春草所象徵的生機卻扭轉了灰飛煙滅的傷感。其下跳轉長江萬里之心，再添奇崛雄邁的祝福；最後，還拿范十三少年白髮的形貌開了個頗具推許之趣的玩笑，南山皓，所指當然是商山四皓，如此一來，李白非但還是重申了以張良自況的志意，也藉由那四位受到兩代帝王崇仰、信賴的國師而再一次洩漏了他自己對前途的憧憬。

33 雲山從此別

東方啟明之星，又號太白，便在離人不知不覺間升起。北行江船，拂曉解纜，迎風逆流，卻是徐徐向西而去。

席間連聲說要下廣陵訪友的孟浩然卻已經醉臥榻上，不省人事，偶吐夢囈，連聲直道：「君登青雲去，余望青山歸」、「君登青雲去，余望青山歸」；但見他翻來覆去，只此二句，看來頗為李白先前詩中的「緬邈青雲姿」所觸動，不能去懷，可是他在夢中似仍詩思凝滯，愁情悶苦，近乎全禿的眉丘緊緊隆蹙著。

李白一樣連宵未眠，卻真如那初從江頭升起的星子，瞳光奕奕，精神煥然。送行之後，立時把來紙筆，抄錄著先前即席吟詠的詩句。聽見孟浩然囈語不止，還同他戲鬧，每每接著他那兩句，繼續吟下去：「雲山從此別，鴻雁向人飛」，或是「兩惜青青意，一揮薜荔衣」或是「相隔雲山杳，唯看江浪肥」。

龔霸原本也倦意十足，直欲返家，可是一來不想擾人清夢，二來又覺得與李白如此促膝而談，無論玄言道術，倡議史事，或者細究詩法，都有難得而出乎意表的驚喜，遂遣發驛卒，收裹孟浩然的大小行囊，拴縛穩妥，自與李白閒談，將就著孟浩然夢中之句問道：「青雲既去，青山復歸，此或孟郎寄崔郎之語？」

「諾。」

「則李郎續作之句，何者切旨？」

李白一面冥思前作，休休落筆，一面笑答：「某隨口作調笑耳，皆不佳！」

「如何是不佳？」

「憶昔在蜀中之時，某師嘗責某作詩，每為時調所縛，困於聲律——」李白看一眼那舌強齒鈍、還在支吾作聲的孟浩然，笑道：「想來孟夫子亦然。」

「某實不能解，請教？」

「彼神思發於睡夢，不羈繩墨，故得句如『君登青雲去，余望青山歸』者，皆是漢魏古調；某所續成之句，皆為時調。此不佳者一。」

這就把龔霸說得更糊塗了，當下追問：「李郎前作亦多古調，何不以古調續之？」

「孟夫子終不免要赴京試舉，若不牽於時調，以稱彼有司座主之意，則青雲、青山二者，便永為異路矣！」李白說時，眉宇間不免微露嘲謔之意，可是接著說到了詩中用字寄意，便不知不覺地莊重起來：「此外，彼首開二句迭宕天地，境界遼迥；某所續成之句，似稍輕。此不佳之二也。」

「不輕！」一聲呼喊，孟浩然忽而醒了，猛可坐起身，捉著李白的袍袖，搖晃著頭顱，對兩人道：「勿就我睡榻邊論詩，否則不及睡也！某便是教汝『一揮薜荔衣』打醒，豈可謂輕？豈可謂不佳？此作堪成，恰是李郎相助也！」

這一首〈送友人之京〉也是經龔霸保留、輾轉於孟浩然身後多年為集賢院修撰韋滔抄去，而得以存錄。孟浩然自己的手筆則是這樣的：

君登青雲去，余望青山歸。雲山從此別，淚濕薜蘿衣。

第三句「雲山從此別」援用李白的戲說之詞，刻意與前二句重字，以之收束第一、二句。這正是李白慣常手段——一如他少年時那首〈初登匡山作〉以頸聯二句「啼舞俱飄渺，跡煙多蕩浮」來收束「仙宅凡煙裏，我隨仙跡遊。野禽啼杜宇，山蝶舞莊周」四句，巨力翻折，殆非凡手可為。

「淚濕薜蘿衣」也從李白「一揮薜荔衣」轉出——原本是《楚辭．九歌．山鬼》的句子：「若有人兮山之阿，被薜荔兮帶女蘿。既含睇兮又宜笑，子慕予兮善窈窕。」與李白一揮袍袖，拂衣而去的用意是多麼地不同？孟浩然有淚不能禁，畢竟要多情一顧，回首兩行，才肯罷休。

定稿之後，他反覆吟誦了幾遍，確認聲字鏗鏘，才像是鬆了一口氣，轉臉直視眸子，問李白：「汝所作，以『一揮薜荔衣』、『唯看江浪肥』為結，其高曠清幽，某自愧不及，而汝今後行止，果然不復以京朝為念乎？」

李白不能不為孟浩然的熱切所震懾，以及感動。

他想像得出，這樣一個亟欲有所為於天下的士人，念茲在茲，不外京朝，顯然並非圖謀俸祿名聲而已。孟浩然的「淚濕薜蘿衣」沾帶著一種在李白身上從未出現過的、熾烈的情感；士人之所事，並不像他初登大匡山時所慷慨陳詞的那樣：「學一藝、成一業、取一官、謀一國，乃至平一天下，皆佳」「不成，亦佳」。

其中，還有令他不得不肅然以對的懷抱——好似當年他隨口應答月娘「某並無大志取官」的時候，月娘出其不意、聲色俱厲地責備他：「汝便結裹行李，辭山逕去，莫消復回！」

李白模模糊糊地發現，孟浩然之問，也是他自己從不敢自問的一句話：汝於天下，有一諾否？

果爾，孟浩然追問出聲，而且所引用的，是李白自己的詩句：「汝自行於蓬萊頂上，豈不去聖人愈遠？」

李白依然不能承諾，他甚至預料自己終身不能有此一諾，總只能像趙蕤那樣，出入於書卷之間，縱橫以墳典之語，聊為應付，於是一揚眉，仍舊圓睜著一雙潭水般深邃的眼睛，答道：「莊生曾假仲尼之口，謂蒼生大戒有二：以命、以義，愛親、事君；皆無所逃於天地之間。逃天不遂，遊必有方；某，姑且『乘物以遊心，託不得已以養中，至矣。』」

這是《莊子．人間世》裡的一節，也是李白與孟浩然的贈別之語。孟浩然喜其豁達，固不待言，可是只有李白知道：他說了其實連自己都不相信的話。

34

攜手林泉處處行

孟浩然東下廣陵的這一天，李白依禮回訪龔霸之家。龔霸殷殷留客，情意款洽。若非在宅中朝暮開筵招飲，便是邀約城中耆老士流，四出遊衍，設帳歌饌。其間不免賦詩，〈金陵城西樓月下吟〉即作於此時：

金陵夜寂涼風發，獨上高樓望吳越。白雲映水搖空城，白露垂珠滴秋月。月下沉吟久不歸，古來相接眼中稀。解道澄江淨如練，令人長憶謝玄暉。

另有一首〈金陵白楊十字巷〉，也是在出遊時且行且吟，口占而成，堪令一座嘆服的神情，千古以下亦不難想見。龔霸非但將詩稿傳之後人，還在這一首詩後留下了簡單的跋記，聊注詩人操法：「白落落高古，自於曲折時調處見之。」這句話是理解李白作品不泥於時尚所趨的管鑰；而〈金陵白楊十字巷〉是這麼寫的：

白楊十字巷，北夾潮溝道。不見吳時人，空生唐年草。天地有反覆，宮城盡傾倒。六帝餘古丘，樵蘇泣遺老。

這首詩可以作為龔霸那簡短一語的例證。

所謂「時調」，即唐人承襲自南朝而來的「近體」，最明顯的表現就是用平聲字為韻腳，而李白這一首頗似律體的詩，卻全用仄韻，並不常見。此外，「時調」也就是唐人形成其五七言格律之所依——八句之作，中間二聯必作對句，此其一。四聯之間各雙數字之平仄，固須相同；而除首字外、單數字之平仄，則須參差相映，此其二。後世議之論之者，稱此為「黏對」，已道盡矩範。

然而正當其時、力行其法、踐其實而不識其名的盛唐詩人，尚不知「黏對」一詞，龔霸所謂「曲折時調」四字，恰是在說李白於當「黏」處作「對」——讀此詩可知：「生」字平而「地」字仄，「城」字平而「帝」字仄，皆刻意不守「黏」法，如此成誦，卻形成一種反本於前代古詩的格調。

不只是聲律上的「曲折」，也有命意和用字上的講究。詩題作〈白楊十字巷〉，可知為當地一景，然全詩中可數的現實之物，僅一「草」字；其餘者，如「北夾潮溝道」，潮溝乃是三國時吳大帝孫權所開，引江潮、接青溪，而入秦淮。

再如「天地有反覆」，乃是東漢時韓遂與敵將樊稠陣前接馬，交臂相加時所說的一段豪語：「天地反覆，未可知也。本所爭者非私怨，王家事耳。與足下州里人，今雖小違，要當大同，欲相與善語以別。邂逅萬一不如意，後可復相見乎？」由此可以看出李白所善用的古語，也同他個人的器宇性情相彷彿。

又如「樵蘇泣遺老」亦然。「樵蘇」即砍柴刈草，語出《史記．淮陰侯列傳》的廣武君李左車：「臣聞千里餽糧，士有飢色；樵蘇後爨，師不宿飽。」無論如何，這不是尋常字眼，顯見也是著意雕刻，讓全詩始末一貫，洋溢著一片漢魏風調。

然而，「樵蘇泣遺老」的悵惘不甘之情，偏是令壯氣噴薄的李白再也不能佇留金陵的緣故。

就這樣飲酒作詩，盤桓了不知幾日。他人無所知覺，李白始終惦記著孫楚樓。他一直好奇著、猜測著，那封為范十三收進懷裡、將攜遠行的信箋上，段七娘究竟寫了些甚麼？然而，離開龔霸的宅院，來到孫楚樓前，他才發現，不只段七娘芳蹤窅然，連瞽叟也不在了。再三問訊，才從那一身窄袖薄羅的小妓口中聽說：前幾日向晚時分，樓前妝綵牛車一駕，載著段七娘等二、三人，輕裝就道，揚長東去。李白可以想像：那一柄硃砂色的拂塵，偶或在夕照中探出珠箔晶簾，揮別傷心之地。伊人行方如何？是否脫籍？一時不得查考，所能於回味中惆悵而了悟的，也就是那一夜「布環」一節，的確信而有徵。李白悻悻然撲空而返，頓時覺得金陵已無可眷戀佇留了。

這一天，陪同李白往孫楚樓的，是龔霸的家僮，名喚丹砂。這童子看不出確切年紀，說他十一、二，已經世故精明得很，說他十三、四，聲語還帶著小娃腔調。其耳目聰明，手腳伶俐，真不尋常，既能作吟嘯，亦頗善俚曲，於筵前隨口放歌，也不遜歌館中人。由於龔霸長年修習道術之故，總是將這丹砂打扮成一小道童的模樣，金陵城方圓數十里，遐邇皆知，亦不以為怪。這童子出入市井，走串人家，總是開顏喜笑，與人不稍忤犯，很討龔霸的歡心。

李白在孫楚樓大失所望，神魂嗒然，丹砂卻給出了個主意：「既然說這七娘子車駕向東，城東歌館所在多有，笙笛亦繁密非常，某便隨李郎往城東踅去，信步探看，或可訪得些許行跡。」

「彼布環就道，拔出風塵，豈能再事管弦？」李白苦笑著說：「應須是訪不著了。」

「遮莫七娘子不見人，那八娘子、十娘子，城東也自不少。」丹砂道：「脂粉門巷，豈有他哉？不外就是『你若無情我便休』麼？」

李白任令一雙拖沓的腳步，隨著丹砂往城東漫走。一客、一奴就這麼且行且說，又將金陵踏訪了一回，偶於門巷人家近旁，聽得琴聲泠泠，箏聲嫋嫋，丹砂忍不住話，便道：「此初學小娘，工尺尚未嫻熟。」或則：「此傷情之人，撚挑之間，真個苦雨淒愴。」或則：「此曲將愁作歡，不欲人知他心事耶？」

「汝好生識得曲度？」

「胡思野想，其樂也無窮。」丹砂呵呵笑了，道：「奴看李郎，也是其樂無窮之人；只這兩日席會連番，直出落得倦怠，可是為思念那七娘子否？」

李白大笑：「小奴無禮！果然胡思野想！」

訪段七娘而不遇，有著難以釋懷的棖觸——這已經是他生命中第二個忽然之間不告而別的女人。丹砂看人眉目，猜人肚腸；雖然看得分明，卻猜錯原委。李白之不愜，更是對金陵這一方天地感覺到無比的憂悶。

六朝金粉盡去，空餘江山，這種人事代謝的悲涼，本來是其他名都大邑所少見的。多少可歌可歎的凋零，片時而興、片時而壞，本來最易勾動那些「樵蘇遺老」個人身世的傷懷。斯人也，不及聞達於世；斯人也，不及驅策於君，人過強仕之年，或者是知命而不服命者，蝟集於白下之城，真是不可數計。

這些人垂垂近老，夜以繼日，一一來到龔霸門下，扶策感傷，勸杯進盞，噉酸太息。久而久之，也令李白益覺不忍，復不能忍，連連懇辭邀宴，到頭來也就不便借枝而棲了。終於在得知段七娘一去絕蹤的這天，他向這位溫厚長者告別，託辭與孟浩然相期再會於廣陵，不能不離去。

臨行時，李白大筆親題於舟發之地，地名征虜亭。此亭地理，異說紛紜。初於東晉中為將軍謝石鳩工興建，也有說在石頭塢的，也有說在青溪而地近秦淮的。大唐立國之後，臨水處唯餘方丈片石數起，殘礎雄峙，昔日規模可見。里坊中人指點為遺跡，過客自也不能爭辯，李白在此地所賦之詩，題曰〈夜下征虜亭〉，聊為贈別，可惜的是龔霸未曾及時抄錄完整，只記了前四句：

船下廣陵去，月明征虜亭。山花如綉頰，江火似流螢。

遊苑冠添紫，滌塵山更青。金陵一留別，孤劍寄飄萍。

倒是在這首詩的頸聯裡，李白深藏了另一樁本事。頭、頷兩聯，即事即景，無甚敷陳。第五句說的是初抵金陵那日，夜遊芳樂苑，他借用段七娘的紫紗披，盤頭裹成官帽形狀，惹得諸妓噱笑，呼為「孫楚樓的風月之主」；第六句則寓兩事：一是在蘭舟上脫靴「滌路塵」，二是滿目所見，歷代為「好因緣」所苦而抑鬱以終之妓所埋身的墳丘。然而浮觀詩句，也可以理解為對金陵山川形勝的描寫。尾聯既是留別龔霸，也是暗自銷魂，惆悵段七娘萍蹤難覓。

金陵舊俗，贈別須有賮儀，在征虜亭前執手相祝之際，龔霸送給李白一匣六只「蓬萊盞」，是時稱金扣玉杯的巧工之物。李白不敢推辭，正想著此去廣陵，也就是託辭遠走而已，其實遊方不定，前途未卜，日後會不會重逢？又該如何約期再會？都還沒有主張。未料龔霸又絮絮叨叨，道：「李郎身為天下士，舟車在途，關河險阻，想來不免勞頓。某老而憊，驛職不能卸肩，責務瑣瑣，也就難以侍從左右，貪玩山水了……」

李白搖指江流，道：「彼自是一去不回之物，白也心目猶在，眷思不已，去去復來。唯公宜自珍攝。」

龔霸微笑著搖了搖頭，回身招那正在抄寫詩篇的家僮丹砂近前，又對李白道：「此童能文字，堪使喚，姑且遣之奉君一行。日後所過林泉巖壑，如有吟詠，亦可付他作書。李郎再返金陵時，攜之歸宅亦可，令其自歸亦可。但莫忘能有幾軸詩卷，聊慰我一雙老眼，常作江湖盼想耳！」

說時，龔霸一字一句，皆流露著不捨。他眼眶潤濕，相執之手顫顫不能已。丹砂則一派天真，揚聲道：「翁莫哭，李郎說去去復來，奴便去去復來，當非虛言。」

驀然天降一奴，李白自不免吃驚，但更多的還是迷離惝恍。他想起那一柄紅傘，想起那一襲紫綺裘，轉念之際，還有眼前這一個身著道服的童子，隱隱然覺得將有揮之不去的甚麼，即將揭露於眼前，依依隨身，直到天荒地老。然而，這就是他將要上下求索的嗎？

回顧江流，此水彼水，脈脈不絕，萬事又何嘗不同於斯？來處歷歷，月娘、趙蕤、吳指南，乃至於匆匆數面的崔五、范十三以及段七娘和瞽叟……蒼茫間，儘是那些與他錯身而過，並且在轉眼間消逝於莽莽洪流之中的人，彼形彼影，看似只能就夢魂牽繫，虛訴重逢而已。

龔霸卻長吁一氣，對丹砂道：「汝將遠行，且為翁作一嘯，以為留別罷！」

丹砂毫不遲疑，隨即長嘯一曲，曲名〈鳳臺操〉，其音如笙，清峭幽拔，直入雲中。

（第二卷完）

文學森林 LF0043

大唐李白 鳳凰臺

作者
張大春

一九五七年生，山東濟南人。臺灣輔仁大學中文碩士。早期作品展現出對日常用語的反覆思索與挑戰，從而產生對各種意識形態的解構作用，將虛構與現實交織，進行對寫實主義小說的反思，代表作品《將軍碑》、《四喜憂國》曾獲選二十世紀華文小說百大。八零年代以來，張大春走過早期讓評者驚艷、讀者驚喜的寫作時期，接著迎向在紙媒創作融入時事、以文字顛覆政治的新聞寫作時期，作品：《大說謊家》《沒人寫信給上校》。九零年代，張大春以大頭春為名，出手風靡一時的《少年大頭春生活周記》系列，暢銷現象影響流行文化，並從而進入電視廣播媒體。二十一世紀，張大春掉頭以新武俠小說拓展寫作，以五十六萬字完成《城邦暴力團》，爬梳近代歷史，接著寫出對家族父輩的悼念之作《聆聽父親》，處處展現不同過往的寫作關懷。近年，對漢文化凋零的憂心，從而透過專欄完成《認得幾個字》、《送給孩子的字》，堅持不同時人的寫作路數，其別有風骨的創作姿態，對臺灣文壇起著難以估量的影響力。其他作品尚有：《公寓導遊》、《尋人啟事》、《本事》、《我妹妹》、《野孩子》、《撒謊的信徒》、《春燈公子》、《戰夏陽》、《一葉秋》、《小說稗類》、《歡喜賊》、《富貴窯》……。

封面設計 莊謹銘
校　對 陳錦生
責任編輯 陳柏昌
行銷企劃 詹修蘋、張蘊瑄
副總編輯 梁心愉

初版一刷 二〇一四年三月二十四日
定價 新台幣四二〇元

ThinKingDom 新經典文化
發行人 葉美瑤
出版 新經典圖文傳播有限公司
地址 臺北市中正區重慶南路一段五七號一一樓之四
電話 02-2331-1830 傳真 02-2331-1831
讀者服務信箱 thinkingdomtw@gmail.com
部落格 http://blog.roodo.com/thinkingdom
總經銷 高寶書版集團
地址 臺北市內湖區洲子街八八號三樓
電話 02-2799-2788 傳真 02-2799-0909
海外總經銷 時報文化出版企業股份有限公司
地址 桃園縣龜山鄉萬壽路二段三五一號
電話 02-2306-6842 傳真 02-2304-9301

大唐李白. 二,鳳凰臺 / 張大春著. -- 初版. -- 臺北市：新經典圖文傳播, 2014.03
面；　公分. --（文學森林：YY0143）
ISBN 978-986-5824-18-1（平裝）

857.7　　103003007

Li Bo II: the poetic Age of Tang Dynasty

First Published in Taiwan, March 2014

Printed in Taiwan